古典文學研究輯刊

十七編

曾永義 主編

第11冊

論豪放（下）

于成我 著

國家圖書館出版品預行編目資料

論豪放（下）／于成我 著 — 初版 — 新北市：花木蘭文化事業有限公司，2018〔民 107〕

目 4+214 面；19×26 公分

（古典文學研究輯刊 十七編；第 11 冊）

ISBN 978-986-485-328-1（精裝）

1. 中國古典文學 2. 文學美學 3. 文學評論

820.8　　107001701

ISBN-978-986-485-328-1

古典文學研究輯刊

十七編　第十一冊　　ISBN：978-986-485-328-1

論豪放（下）

作　　者　于成我

主　　編　曾永義

總 編 輯　杜潔祥

副總編輯　楊嘉樂

編　　輯　許郁翎、王筑　美術編輯　陳逸婷

出　　版　花木蘭文化事業有限公司

發 行 人　高小娟

聯絡地址　235 新北市中和區中安街七二號十三樓

電話：02-2923-1455／傳眞：02-2923-1452

網　　址　http://www.huamulan.tw　信箱　hml 810518@gmail.com

印　　刷　普羅文化出版廣告事業

初　　版　2018 年 3 月

全書字數　557861 字

定　　價　十七編 26 冊（精裝）新台幣 50,000 元

論豪放（下）

于成我　著

目 次

上 冊

中　冊

下　冊

第七章　「豪放」的審美意蘊

意蘊即概念或範疇具有的內在含義和意義，審美意蘊則是這種含義和意義在審美領域之內的貫注和體現，它向內聯繫著概念或範疇的內涵，向外聯繫著它外在的情狀和姿態。簡而言之，意蘊就是顯示著特殊的一般，但這個「一般」，是在各個層次和角度上體現出來的一般，而不是範疇核心內涵的一個根本層次或角度，因此，它就要比內涵豐富、複雜得多，也更多姿多彩。就「豪放」而言，亦是如此，其審美意蘊要在範圍上比其內涵廣泛得多，也深厚得多。可以說，它是「豪放」之美的一個立體化的豐富展現。如果說內涵是一個範疇本質性規定的揭示，那麼意蘊則是其內在內容所能夠容納的所有內容的總和，它們和本質性的規定密不可分。如果說本書論述「豪放」的特點的時候主要是從其風格論意義上來進行的，只要能在風格上與其他的風格上區別開來，揭示其本質特點就可以了，那麼，本章所涉及到的「豪放」的審美意蘊，則主要是揭示其內在的意義與外在的姿容相統一所表現出來的一些方面，是用人生和文學藝術中的具體事實和形象所揭示出來的「豪放」的整體美學風貌，而「豪放」的魅力，也得以充分展現。

「豪放」的審美意蘊，主要體現在四個方面，下面，我們逐一進行探討、剖析。

第一節　以「活」爲辯證法的人生境界

從本質上說，「活」即靈活，是人在面對自然社會的一種態度，是用發展的眼光來看待事物的一種思維方式，其內在精神即是辯證法思想，體現了一種靈活的辯證的精神。而這種辯證法精神，正是「豪放」範疇的一個根本精神，是「豪放」的主體之所以能夠不受拘束的根本原因。從事物的發展來說，人是應該用動態的靈活的眼光來審視自然人生和社會的，這種思想在中國傳統文化精神中的主體儒、道、釋三家都有體會。例如《論語・子罕》中「子在川上，曰：『逝者如斯夫！不捨晝夜。』」所記述的孔子的慨歎，道家老子對「自然」、「無爲」的推崇，莊子的「齊物論」、「逍遙遊」思想〔註 1〕，佛教的「無著」、「無住」思想——例如《金剛經》中所說的「汝等比丘，知我說法，如筏喻者；法尚應捨，何況非法」、「『須菩提：於意云何？菩薩莊嚴佛土不？』『不也，世尊。何以故？莊嚴佛土者，即非莊嚴，是名莊嚴。』『是故，須菩提，諸菩薩、摩訶薩應如是生清淨心：不應住色生心，不應住聲香味觸法生心，應無所住而生其心。』」〔註 2〕——最爲生動的例子是禪宗五祖兩大弟子神秀和惠能在爭奪衣缽中的那兩個偈語：「身是菩提樹，心如明鏡臺。時時勤拂拭，勿使惹塵埃。」（神秀）「菩提本無樹，明鏡亦非臺。本來無一物，何處惹塵埃？」〔註 3〕（惠能）惠能的高明之處即在於破了神秀的「有執」思想，實際上是以「無」破「有」，兩端不執，得到了禪宗五祖弘忍的認同，因此傳之衣缽，成爲佛教史上的一大公案。

這樣一種辯證法思想的理路，貫穿了儒、道、釋三家的思想精神，在最高意義亦即哲學和形而上的意義上，可以說三家的思想境界是殊途同歸的。但是在具體實現的過程中，三家的思想在豐富性上便有著種種的差異。總起來說，道、釋兩家基本上是偏重於純哲學形態的思想的，都體現了「無」對於「有」的否定和超越，這要比儒家思想要鮮明得多，因爲從整體上來說，儒家思想基本上是一種倫理哲學，社會人生的意味比較濃厚，受「善」的影響和規範，而有著積極的入世、進取精神，從而不可避免地受其「志」即社

〔註 1〕《莊子》裏的《逍遙遊》從鯤鵬徙於南冥、學鳩譏笑大鵬、堯讓天下於許由等角度層層遞進，分析了其各自的不足，最後又以莊子答惠施「今子有大樹，患其無用，何不樹之於無何有之鄉，廣莫之野，彷徨乎無爲其側，逍遙乎寢遊其下。不夭斤斧，物無害者，無所可用，安所困苦哉」的方式，闡明了莊子獨特的辯證法思想。

〔註 2〕《白話金剛經》，麗岸注釋，三秦出版社，1992 年版，第 56、92 頁。「無住理論是大乘般若類經典的重要學說，無住即不執著」，見第 48 頁。又結實「即非」句的辯證法云：「『即非』一句缺乏辯證通融之處。只有否定第一句的非實性，又否定第二句的極端性，達到更高一層的否定，即否定之否定，才是金剛般若的理論特色所在。」見第 100 頁。

〔註 3〕《白話壇經》，魏道儒注釋，三秦出版社，1992 年版，第 15、23 頁。

會理想的影響。而具有理想，正是一種執著狀態，從而在實際精神上又是和「活」的辯證法背道而馳的。比如孔子的歎息，是伴隨著其恢復「周禮」的落後思想的背景的，在這一點上，孔子不可能不執著，因此在曾點說出自己「異乎三子者之撰」的「莫春者，春服既成。冠者五六人，童子六七人，浴乎沂，風乎舞雩，詠而歸」的志意時，孔子不自覺地喟然歎曰：「吾與點也！」「喟然」而歎，其實正生動地刻畫出了孔子若有所失的樣子。他的歎息和讚賞，又正是陶醉在這種境界裏的一種自然反應，而背景的言外之意則是，我亦未能如是也！曾點之「志」所顯示的境界，正是對於儒家思想太執著於現實功利的一種「撥亂反正」，在一般意義上是要高於儒家思想精神的——這種境界，徐復觀謂之「藝術境界」，並分析說：

> 孔子何以獨「與點」，古今對此，異論紛紜；其中解釋得最精切的依然當推朱元晦的《集注》。茲錄於下：「曾點之學，蓋有以見夫人欲盡處，天理流行，隨處充滿，無稍欠缺。其動靜之際，從容如此。而其言志，則又不過即其所居之位樂其日用之常，初無舍己無爲人之意。而其胸次悠然，直與天地萬物，上下同流，各得其所之妙，隱然自見於言外。視三子之規規於事爲之末者，其氣象不侔矣。故夫子歎息而深許之。」……朱元晦……體會所到的，乃是曾點由鼓瑟所呈現出的「大樂與天地同和」的藝術境界；孔子之所以深致喟然之歎，也正是感動於這種藝術境界。此種藝術境界，與道德境界，可以相融和；所以朱元晦順著此段文義去體認，便作最高道德境界的陳述。一個人的精神沉浸消解於最高藝術境界之中時，也是「物我合一」，「物我兩忘」，可以用「人欲盡處，天理流行，隨處充滿無稍欠缺」這類的話去加以描述。但朱元晦的態度是客觀的，體認是深切的；於是在他由體認所領會到的曾點的人生意境，是「初無舍己爲人之意」，是不「規規於事爲之末」；這又分明是「不關心的滿足」的藝術精神而不是與實踐不可分的道德精神。由此也可以瞭解，藝術與道德，在最高境界上雖然相同，但在本質上則有其同中之異。朱元晦實際已體認到了，領會到了，但他只能作道德的陳述，而不能說出這是藝術的人生，是因爲孔子及孔門所重視的藝術精神，早經淹沒不彰，遂使朱元晦已體認到其同中之異，卻爲其語言表詮之所不及。後人紛紛以爲朱元晦此處是受了了佛老的影響，

眞是癡人說夢。〔註 4〕

徐先生所論極是，然尚有未盡委曲處。蓋朱熹於此境界能有體會，其之所以僅作道德描述，是欲將此境界拔高到道德境界作一肯定，贊其不『規規於事爲之末』(因孔子已「與點」矣)，而不是什麼「語言表詮之不及」。反過來說，即其已知此境界甚高，然於儒家之最高境界畢竟有所不如，「初無舍己爲人之意」，因爲藝術境界爲個體所能成就，而儒家之最高境界卻須兼顧社會人生，故此藝術境界尚非是眞正「大我」之境界。「大我」境界的實現，是依靠人的社會理想而成立的，其中所包含的正是一種積極進取的精神。從這個意義上來說，曾點之「志」雖對於儒家的功利思想有一種克服的作用，但是他並沒有吸收儒家思想精神的長處，而只是一種單純的克服，只是一種「破」的境界，還不是「立」的境界。至於道、釋二家的尚「無」，則是從根本上取消人的「志」意即積極進取的社會理想，而只是著眼在人生理想上，它們的境界大體上和曾點的境界差不多，但是要徹底得多。所以三家思想都有其不足，優勢互補是必然的事情。怎樣既順應自然的辯證法原則又能夠體現出人的社會理想之「志」必須建立呢？顯然，兩者在一定程度上是矛盾的，而將這兩方面統一在一個矛盾的對立和諧體中的，正是「豪放」的內在精神之顯現。在「豪放」的結構合成上，「豪」體現了容納「志」的精神，而「放」體現了辯證法原則，「豪放」的統一體則正是這兩方面因素調和互補的結果，體現了儒道互補的格局。這種格局，既最大限度維護了辯證法原則，又最大限度強調了人的「志」的重要性，眞正體現了一種靈活的把握現實矛盾和解決矛盾的精神。而「豪放」的互補格局之所以能夠成爲現實，歸根結底，還是人的主觀能動性的在起作用。爲什麼呢？因爲人的主觀能動性相對於自然的變化來說，只要人認識了自然規律，就能夠利用自然規律爲自己服務，這相當於在自然變化的過程之中，人可以有一定的限度走在自然變化的前頭，正是這種人「前在」於自然變化的存在，使得人之「志」結合辯證法原則成爲可能。也就是說，在這樣一系列的分析之中，最爲重要的還是強調人的建立在自然規律之上的主觀能動性，而「豪放」中對主體性精神的強調，正是很好地體現了這一點。只有將辯證法原則和人的「志」結合在一起的人生境界，才是最值得肯定的，「豪放」的內在結構方式和精神，就恰恰體現了這一點，「豪放」這兩方面的顯現，是以上所述靈活的方式來完成的。

〔註 4〕 徐復觀：《中國藝術精神》，華東師範大學出版社，2001 年版，第 11～12 頁。

問題還不僅僅止於此。正由於「豪放」有上述兩方面的長處，所以在對待人和物不同的層次上，就體現了兩種不同的境界。在對待人上，是以人之「志」爲準則的，要體現一種人道精神。人道精神即儒家仁者愛人的思想〔註5〕，愛人分兩個層次，一是直接地體現愛人的行動，一是由對不仁行爲的糾正和反抗間接的體現，前者是人世間有著良善之心的人的共同品格，而後者則是非常之人所能具有的品格，因爲抗惡揚善，需要自身很高的精神境界和修養——以「豪放」的重要體現者「俠」爲例，「『俠』成爲行動，並不是一件容易的事，它充滿危險，需要一種以身殉道的勇氣，所以『俠』要求它的行動具有『富貴不能淫，威武不能屈，貧賤不能移』的個人品質」〔註6〕，還要有墨子熱情利人解人危難堅忍不拔的精神，像金庸在《神雕俠侶》中就宣揚了郭靖「爲國爲民，俠之大者」的思想精神。人道精神是「豪放」中的自我由「小我」向「大我」提升的有效途徑，也是「豪放」之美在得到體現之時最爲感人的因素之一，從而成爲「豪放」的重要的審美意蘊。這樣的精神在現實生活中不計其數，人道精神也不爲「豪放」的內涵所獨有，但是在體現這樣一種精神上，在「豪放」之美的最爲重要的主體承擔者英雄俠士身上，可以說是表現得最爲集中、最爲豐富、最爲生動動人。古往今來大量的史傳、俠義小說和武俠小說中，具有這種人道精神的故事舉不勝舉，限於篇幅，僅舉金庸《射雕英雄傳・比武招親》中郭靖和黃蓉初次相見的一幕爲例（黃蓉離家出走，打扮成一個衣衫襤褸的小叫化子，和郭靖在酒店中相遇）：

> ……兩名店夥卻在大聲呵斥一個衣衫襤褸、身材瘦削的少年。那少年約莫十五六歲年紀，頭上歪戴著一頂黑黝黝的破皮帽，臉上手上全是黑煤，早已瞧不出本來面目，手裏拿著一個饅頭，嘻嘻而笑，露出兩排晶晶發亮的雪白細牙，卻與他全身極不相稱。眼珠漆黑，甚是靈動。
>
> 一個店夥叫道：「幹麼呀？還不給我走？」那少年道：「好，走就走。」剛轉過身去，另一個店夥叫道：「把饅頭放下。」那少年依言將饅頭放下，但白白的饅頭上已留下幾個污黑的手印，再也發賣

〔註5〕如《論語・顏淵》：「樊遲問『仁』。子曰：『愛人。』」《論語・陽貨》：「子曰：『君子學道則愛人。』」

〔註6〕蔡翔：《俠與義——武俠小說與中國文化》，北京十月文藝出版社，1993年版，第76頁。

不得。一個夥計大怒，出拳打去，那少年矮身躲過。郭靖見他可憐，知他餓得急了，忙搶上去攔住，道：「別動粗，算在我帳上。」撿起饅頭，遞給少年。那少年接過饅頭，道：「這饅頭做得不好。可憐東西，給你吃罷！」丟給門口一隻癩皮小狗。小狗撲上去大嚼起來。

一個店夥歎道：「可惜，可惜，上白的肉饅頭喂狗。」郭靖也是一楞，只道那少年腹中飢餓，這才搶了店家的饅頭，哪知他卻丟給狗子吃了。郭靖回座又吃。那少年跟了進來，側著頭望他。郭靖給他瞧得有些不好意思，招呼道：「你也來吃，好嗎？」那少年笑道：「好，我一個人悶得無聊，正想找伴兒。」說的是一口江南口音。郭靖之母是浙江臨安人，江南六怪都是嘉興左近人氏，他從小聽慣了江南口音，聽那少年說的正是自己鄉音，很感喜悅。那少年走到桌邊坐下，郭靖吩咐店小二再拿飯菜。店小二見了少年這副骯髒窮樣，老大不樂意，叫了半天，才懶洋洋的拿了碗碟過來。那少年發作道：「你道我窮，不配吃你店裏的飯菜嗎？只怕你拿最上等的酒菜來，還不合我的胃口呢。」店小二冷冷的道：「是麼？你老人家點得出，咱們總是做得出，就只怕吃了沒人回鈔。」那少年向郭靖道：「任我吃多少，你都作東嗎？」郭靖道：「當然，當然。」轉頭向店小二道：「快切一斤牛肉，半斤羊肝來。」他只道牛肉羊肝便是天下最好的美味，又問少年：「喝酒不喝？」那少年道：「別忙吃肉，咱們先吃果子。喂夥計，先來四乾果、四鮮果、兩鹹酸、四蜜餞。」店小二嚇了一跳，不意他口出大言，冷笑道：「大爺要些甚麼果子蜜餞？」那少年道：「這種窮地方小酒店，好東西諒你也弄不出來，就這樣吧，乾果四樣是荔枝、桂圓、蒸棗、銀杏。鮮果你揀時新的。鹹酸要砌香櫻桃和薑絲梅兒，不知這兒買不買到？蜜餞嗎？就是玫瑰金橘、香藥葡萄、糖霜桃條、梨肉好郎君。」店小二聽他說得十分在行，不由得收起小覷之心。那少年又道：「下酒菜這裡沒有新鮮魚蝦，嗯，就來八個馬馬虎虎的酒菜吧。」店小二問道：「爺們愛吃甚麼？」少年道：「唉，不說清楚定是不成。八個酒菜是花炊鵪子、炒鴨掌、雞舌羹、鹿肚釀江瑤、鴛鴦煎牛筋、菊花兔絲、爆獐腿、薑醋金銀蹄子。我只揀你們這兒做得出的來點，名貴點兒的菜肴嘛，咱們也就免了。」店小二聽得張大了口合不攏來，等他說完，道：「這八樣菜價錢可不小哪，單是鴨掌和雞舌羹，就得用幾十隻雞鴨。」少年向郭靖一指道：「這位大爺做東，你道他吃不起嗎？」店小二見郭靖身上一件黑貂甚是珍貴，心想就算你會不出鈔，把這件黑貂皮剝下來抵數也盡夠了，當下答應了，再問：「夠用了嗎？」少年道：「再配十二樣下飯的菜，八樣點心，也就差不多了。」店小二不敢再問菜名，只怕他點出來採辦不到，當下吩咐廚下揀最上等的選配，又問少年：「爺們用甚麼酒？小店有十年陳的三白汾酒，先打兩角好不好？」少年道：「好吧，將就對付著喝喝！」不一會，果子蜜餞等物逐一送上桌來，郭靖每樣一嚐，件件都是從未吃過的美味。那少年高談闊論，說的都是南方的風物人情，郭靖聽他談吐雋雅，見識淵博，不禁大爲傾倒。他二師父是個飽學書生，但郭靖傾力學武，只是閒時才跟朱聰學些粗淺文字，這時聽來，這少年的學識似不在二師父之下，不禁暗暗稱奇，心想：「我只道他是個落魄貧兒，哪知學識竟這麼高。中土人物，果然與塞外大不相同。」再過半個時辰，酒菜擺滿了兩張拼起來的桌子。那少年酒量甚淺，吃菜也只揀清淡的夾了幾筷，忽然叫店小二過來，罵道：「你們這江瑤柱是五年前的宿貨，這也能賣錢？」掌櫃的聽見了，忙過來陪笑道：「客官的舌頭眞靈。實在對不起。小店沒江瑤柱，是去這裡最大的酒樓長慶樓讓來的。通張家口沒新鮮貨。」那少年揮揮手，又跟郭靖談論起來，聽他說是從蒙古來，就問起大漠的情景。郭靖受過師父囑咐，不能泄露自己身份，只說些彈兔、射雕、馳馬、捕狼等諸般趣事。那少年聽得津津有味，聽郭靖說到得意處不覺拍手大笑，神態甚是天眞。郭靖一生長於沙漠，雖與拖雷、華箏兩個小友交好，但鐵木眞愛惜幼子，拖雷常跟在父親身邊，少有空閒與他遊玩。華箏則脾氣極大，郭靖又不肯處處遷就順讓，儘管常在一起玩耍，卻動不動便要吵架，雖然一會兒便言歸於好，總是不甚相投，此時和這少年邊吃邊談，不知如何，竟是感到了生平未有之喜。他本來口齒笨拙，不善言辭，通常總是給別人問到，才不得不答上幾句，韓小瑩常笑他頗有南希仁惜言如金之風，是四師父的入室子弟，可是這時竟說得滔滔不絕，把自己諸般蠢舉傻事，除了學武及與鐵木眞有關的之外，竟一古腦兒的都說了出來，說到忘形之處，一把握住了少年的左手。一握了下，只覺他手掌溫軟嫩滑，柔若無骨，不覺一怔。那少年低低一笑，俯下了頭。郭靖見他臉上滿是煤黑，但頸後膚色卻是白膩如脂、肌光勝雪，微覺奇怪，卻也並不在意。那少年輕輕掙脫了手，道：「咱們說了這許久，菜冷了，飯也冷啦！」郭靖道：「是，冷菜也好吃。」那少年搖搖頭。郭靖道：「那麼叫熱一下吧。」那少年道：「不，熱過的菜都不好吃。」把店小二叫來，命他把幾十碗冷菜都撤下去倒掉，再用新鮮材料重做熱菜。酒店中掌櫃的、廚子、店小二個個稱奇，既有生意，自然一一照辦。蒙古人習俗，招待客人向來傾其所有，何況郭靖這次是平生第一次使錢，渾不知銀錢的用途，但就算知道，既和那少年說得投契，心下不勝之喜，便多花十倍銀錢，也絲毫不會放在心上。等到幾十盆菜肴重新擺上，那少年只吃了幾筷，就說飽了。店小二心中暗罵郭靖：「你這傻蛋，這小子把你冤上啦。」一會結帳，共是一十九兩七錢四分。郭靖摸出一錠黃金，命店小二到銀鋪兑了銀子付帳。

出得店來，朔風撲面。那少年似覺寒冷，縮了縮頭頸，說道：「叨擾了，再見罷。」郭靖見他衣衫單薄，心下不忍，當下脫下貂裘，披在他身上，說道：「兄弟，你我一見如故，請把這件衣服穿了去。」他身邊尚剩下四錠黃金，取出兩錠，放在貂裘的袋中。那少年也不道謝，披了貂裘，飄然而去。那少年走出數十步，回過頭來，見郭靖手牽著紅馬，站在長街上兀自望著自己，呆呆出神，知他捨不得就此分別，向他招了招手。郭靖快步過去，道：「賢弟可還缺少甚麼？」那少年微微一笑，道：「還沒請教兄長高姓大名。」郭靖笑道：「眞是的，這倒忘了。我姓郭名靖。兄弟你呢？」那少年道：「我姓黃，單名一個蓉字。」郭靖道：「你要去哪裏？若是回南方，咱們結伴同行如何？」黃蓉搖頭道：「我不回南方。」忽然說道：「大哥，我肚子又餓啦。」郭靖喜道：「好，我再陪兄弟去用些酒飯便是。」這次黃蓉領著他到了張家口最大的酒樓長慶樓，鋪陳全是仿照大宋舊京汴梁大酒樓的格局。黃蓉不再大點酒菜，只要了四碟精緻細點，一壺龍井，兩人又天南地北的談了起來。黃蓉聽郭靖說養了兩頭白雕，好生羨慕，說道：「我正不知到哪裏去好，這麼說，明兒我就上蒙古，也去捉兩隻小白雕玩玩。」郭靖道：「那可不容易碰上。」黃蓉道：「怎麼你又碰上呢？」郭靖無言可答，只好笑笑，心想蒙古苦寒，朔風猛烈，他身子單薄，只怕禁受不住，問道：「你家在哪裏？幹麼不回家？」黃蓉眼圈兒一紅，道：「爹爹不要我啦。」郭靖道：「幹麼呀？」黃蓉道：「爹爹關住了一個人，老是不放，我見那人可憐，獨個兒又悶得慌，便拿些好酒好菜給他吃，又陪他說話。爹爹惱了罵我，我就夜裏偷偷逃了出來。」郭靖道：「你爹爹這時怕在想你呢。你媽呢？」黃蓉道：「早死啦，我從小就沒媽。」郭靖道：「你玩夠之後，就回家去罷。」黃蓉流下淚來，道：「爹爹不要我啦。」郭靖道：「不會的。」黃蓉道：「那麼他幹麼不來找我？」郭靖道：「或許他是找的，不過沒找著。」黃蓉破涕爲笑，道：「倒也說得是。那我玩夠之後就回去，不過先得捉兩隻白雕兒。」兩人談了一陣途中見聞，郭靖說到八個穿男裝的白衣女子意圖奪馬之事。黃蓉問起小紅馬的性子腳程，聽郭靖說後，神色十分欣羨，喝了一口茶，笑吟吟的道：「大哥，我向你討一件寶物，你肯嗎？」郭靖道：「哪有不肯之理？」黃蓉道：「我就是喜歡你這匹汗血寶馬。」郭靖毫不遲疑，道：「好，我送給兄弟就是。」黃蓉本是隨口開個玩笑，心想他對這匹千載難逢的寶馬愛若性命，自己與他不過萍水相逢，存心是要瞧瞧這老實人如何出口拒絕，哪知他答應得豪爽之至，實是大出意外，不禁愕然，心中感激，難以自己，忽然伏在桌上，嗚嗚咽咽的哭了起來。這一下郭靖更是大爲意外，忙問：「兄弟，怎麼？你身上不舒服嗎？」黃蓉抬起頭來，雖是滿臉淚痕，卻是喜笑顏開，只見他兩條淚水在臉頰上垂了下來，洗去煤黑，露出兩道白玉般的肌膚，笑道：「大哥，咱們走罷！」

郭靖會了鈔下樓，牽過紅馬，囑咐道：「我把你送給了我的好朋友，你要好好聽話，決不可發脾氣。」拉住轡頭，輕輕撫摸馬毛，說道：「兄弟，你上馬罷！」那紅馬本不容旁人乘坐，但這些日子來野性已大爲收斂，又見主人如此，也就不加抗拒。黃蓉翻身上馬，郭靖放開了手，在馬臀上輕輕一拍，小紅馬絕塵而去。〔註7〕

〔註7〕金庸：《笑傲江湖》，廣州出版社、花城出版社，2003年第2版，第224～228頁。

引文偏長，但是單靠簡述而不全引又不足以見其中精彩。從文中我們可以看到，黃蓉出奇的舉動全是爲了試探郭靖而來的，因爲像她這樣聰明絕頂的人物，很難想像身在江湖，竟然有這樣毫無機心而眞誠待人的人，這一試便試出了郭靖那金子般美好的心靈和偉大的人道精神！郭靖從一開始就是把黃蓉當作一個平等的人來對待的，而且認爲幫助這樣的人是天經地義的事情，因此深深贏得了黃蓉的芳心。郭靖花錢大方固然顯得豪爽，但是在豪爽的表面下眞正隱藏和有意義的卻是那種人道精神，這種人道精神，灌注著「豪放」的不受世俗觀念和禮法制度束縛的精神。後來兩人再見面時，黃蓉便以眞面目女兒身相示了，而且動了眞感情：

> 黃蓉點點頭，正正經經的道：「我知道你是眞心待我好，不管我是男的還是女的，是好看還是醜八怪。」隔了片刻，說道：「我穿這樣的衣服，誰都會對我討好，那有甚麼希罕？我做小叫化的時候你對我好，那才是眞好。」（《射雕英雄傳》第八回《各顯神通》）

兩人以對大愚對大智、大拙對大巧，眞可謂是天地間的絕配！其實郭靖固然在精明的世俗人眼中顯得是「笨」一點，那是智力上的事，勉強不得，但是我們不能說他的這種良心和人道精神是愚是笨，說它是愚是笨，也是在社會功利的意義上來說的，因爲一個人本著善良、人道之心處世，已經在心計上失掉了先機。因此，正是這種不能割捨的人道精神，使得「豪放」能夠在很大程度上放棄功利思想，從而違背了——另一個意義上也是超越了——弱肉強食的自然規律，也因此顯示出人類社會的美好來，顯示出「豪放」之美的眞義之所在！〔註8〕「豪放」之所以能夠實現儒道互補的格局，而充分吸收儒家積極進取的精神和道家捨棄現實的功利性太重的思想行爲的精神，對於一般人來說這是一種艱難的選擇，但是對於「豪放」之人來說這卻是自然而然的事情，這種自然而然，實際上就體現了「豪放」在實現的過程中靈活的掌握辯證法原則的程度，是眞正呈現了「豪放」之美的人生境界。也正因爲「豪

〔註 8〕 梁漱溟在《東西文化及其哲學》一書中，在提到達爾文的「物競天擇」思想時，也特別提到了克魯泡特金「對進化論家見解之修正」，指出「以前的進化論家看出了生物界的生存競爭，是他們的很大的發見；卻是頭一回所見總不能很周到，似乎只看以競爭圖存的一面，不留意內中還有互助圖存的一層」，認爲逆這種「物競天擇」自然規律而動的，卻正是人類社會的進步所在——當然，這是在褒義的基礎上來說的，因爲若按照「弱肉強食」的法則，則人類社會只能是無窮無盡的戰爭和廝殺、爭奪。見《梁漱溟全集》（第 1 卷），山東人民出版社，2005 年版，第 499 頁。

放」在靈活掌握自然辯證法原則的過程中決不放棄對人的價値的重視和肯定（人的價値是第一位的），所以它才具有鮮明的主體性精神特徵，而爲其他「壯美」的風格所無，這可以說決不是偶然的。

而在對待物上，「豪放」之人也別具風采，那就是用極端靈活的思維方式，盡量去體會事物的發展狀貌體性，最大限度地將事物的長處爲我所用，這主要體現了自然辯證法原則，即俗話說的「活學活用」，例如晉人，「風神瀟灑，不滯於物」〔註9〕，就是一個很好的境界。在對待人上「豪放」的特色是人道精神，是一種在人的價値面前永遠的非功利態度，而在對待事物上，則是體現在體物的過程之中，「豪放」之人能夠最大程度地排除外界的干擾，包括世俗利害的干擾，以及人們已經認識的固有的規律的干擾，前兩種因素是一個能否專心於物的問題，而後一種因素則是思維方式的靈活問題——固有的規律必須看到其已經過時的因素而重新發現新的規律，不爲舊的規律所拘束，這是一種「豪放」的精神，而一旦體會認識到新的規律，他就進入到眞正「豪放」的境界，進入到眞正的創造境界，因而顯示出一種「豪放」之美。這種境界可以說是「豪放」上升到上面我們所說的人生境界的基礎，它爲以人道精神爲意蘊的「豪放」奠定了深厚的自然辯證法基礎，而人道精神與「豪放」的融合，正是這種基礎擴展到社會歷史文化領域之中的必然結果。關於例子，可以參看金庸《笑傲江湖・傳劍》一章所寫華山派宗師風清揚所教授令狐沖武功無招勝有招的境界，及《倚天屠龍記・太極初傳柔克剛》一章所寫張三豐教授張無忌太極拳的故事，這些情節的演繹都是非常精彩的，此處不再加以索引贅論。

宋人受禪宗辯證法思想的影響，「以禪喻詩」成爲時髦，「蓋比詩於禪，乃宋人常談」〔註10〕，如韓駒在《贈趙伯魚》一詩中說：「學詩當如初學禪，未悟且遍參諸方。一朝悟罷正法眼，信手拈出皆成章」，又如吳可的《學詩詩》有云：「學詩渾似學參禪，竹榻蒲團不計年。直待自家都了得，等閒拈出便超然。」宋人關於「以禪喻詩」的詩歌，實在不勝枚舉。其根本上是提倡一種不黏不滯的靈活的「活法」。關於「活法」，宋人論述極有心得，如呂本中《夏均父集序》云：

〔註9〕宗白華：《美學散步》，上海人民出版社，1981年版，第212頁。

〔註10〕錢鍾書：《談藝錄》，中華書局，1984年版，第258頁。第256～260頁綜論宋人「以禪喻詩」之詩及論等，甚爲詳備，解說亦佳。

學詩當識活法。所謂活法者，規矩備具，而能處於規矩之外；變化不測，而亦不背於規矩也。是道也，蓋有定法而無定法，無定法而有定法。知是者，則可以與語活法矣。謝玄暉有言：「好詩流轉圓美如彈丸。」此眞活法也。〔註 11〕

這種辯證法思想，如果不具體體現在事物之上，就成爲一種模棱兩可的方法而無益世用。蘇軾《書吳道子畫後》裏所說「出新意於法度之中，寄妙理於豪放之外」，其前一句正了見宋人的這種典型思理。而蘇軾之所以能夠在詞的創作上有更大的作爲，卻是後一句的原因。如果不是在「寄妙理」的基礎之上，是很難達到「豪放」的美學境界的。宋人的詩歌比之李、杜的豪放已經遠遠不如，或者說並不以「豪放」爲審美理想，因此在這一點上，蘇軾能夠突破宋人的這種思理，而爲「豪放」詞的產生做了先鋒，實在是難能可貴的！

結合著這種「活法」的辯證精神，在詩學史上最具有影響的「以禪喻詩」，則是嚴羽的《滄浪詩話·詩辨》中的下面這段話：

夫詩有別材，非關書也；詩有別趣，非關理也。而古人未嘗不讀書、不窮理。所謂不涉理路、不落言筌者，上也。詩者，吟詠情性也。盛唐諸人惟在興趣，羚羊掛角，無跡可求。故其妙處透徹玲瓏不可湊泊，如空中之音、相中之色、水中之月、鏡中之象，言有盡而意無窮。近代諸公乃作奇特解會，遂以文字爲詩，以議論爲詩，以才學爲詩。以是爲詩，夫豈不工？終非古人之詩也，蓋於一唱三歎之音有所歉焉。……〔註 12〕

嚴羽的這段話，是針對當時宋詩「以文字爲詩，以議論爲詩，以才學爲詩」的弊端而發的，具有解放詩歌而回歸詩歌本質的作用，作爲「豪放」意蘊的基本要素，還是值得肯定的。《滄浪詩話》的這種思想理路受到了後世的重視，引起了清代馮班反向的「糾謬」和王士禛正向而有偏差的「繼承」——錢鍾書在《談藝錄》中謂之「誤解」，並且談了自己對嚴羽詩學思想的由批評到認識的深入因而改觀的過程，以及學術界因爲自己的糾正而對嚴羽的詩學思想有所改觀的情況：

〔註 11〕郭紹虞主編：《中國歷代文論選》（第 2 冊），上海古籍出版社，2001 年版，第 367 頁。

〔註 12〕郭紹虞主編：《中國歷代文論選》（第 2 冊），上海古籍出版社，2001 年版，第 424 頁。

余四十年前，僅窺象徵派冥契滄浪之說詩，孰意彼土比來竟進而冥契滄浪之以禪通詩哉。撰《談藝錄》時，上庠師宿，囿於馮鈍吟等知解，視滄浪蔑如也。《談藝錄》問世後，物論稍移，《滄浪詩話》頗遭拂拭，學人於自詡「單刀直入」之嚴儀卿，不復如李光昭之自詡「一拳打蹶」矣。茲贅西方晚近「詩禪」三例，竊比瀛談，聊舒井觀耳。〔註13〕

但是我們也必須認識到，僅僅從詩法或技巧、技術的角度和層次上去理解「豪放」意蘊之中所具有的那種「活」的精神，是極其不足的，這其實也是之所以導致對嚴羽等人的詩學思想進行「糾謬」的一個很重要的原因。這種「活」的精神，必須面向現實的事物和世界，其最終的精義，仍然無非是在通過對於束縛著人的發展的已經僵化了的形式和制度、技法等等的超越，達到人的眞正發展，提升人的人生境界和思想境界、精神境界。對此，陳忻有精闢的論斷：

宋人求新求奇的最終指向決不是生澀怪癖，相反，「看似尋常最奇崛，成如容易卻艱辛」、「出新意於法度之中，寄妙理於豪放之外」才是其努力的方向。……其後呂本中更明確提出了「活法」說……事實上，這種「活法」並不僅僅是純藝術的問題，「活」乃得之於入乎其內，卻又能出乎其外的心態。若僅僅入乎其內，則執著不回，斤斤於規矩難於變化；只有出乎其外，方能得心應手，左右逢源。所以探究宋人出入自如的文風與心態，仍當歸結於他們堅毅的道德節操與飽嘗宦海風波之後對人生的透徹瞭解和超然物外的精神。〔註14〕

陳先生以蘇軾等人爲例，分析了他們之所以能夠在浮沉不定的人生境遇之中，仍能表現出相當的灑脫的原因，「淡泊自然、入而能出作爲北宋人超脫精神在文學上的外觀，它與文人們一樣都是飽經患難、歷經滄桑而後復歸於平淡的產物。」「但是，淡泊超脫決不等於麻木不仁，淡泊之下潛流的是壯志難酬的悲憤……與唐人相比，宋人來得更理智、更成熟、更冷靜、更超脫，他們不以憤恨激烈的情感撞擊讀者，而是以深沉厚重的內力感動讀者。……蘇軾在《自評文》中說：『吾文如萬斛泉源，不擇地而出，在平地滔滔汩汩，雖一日千里無難。及其與山石曲折，隨物賦形，而不可知也。所可知者，常行

〔註13〕周振甫等編著：《〈談藝錄〉讀本》，上海教育出版社，1992年版，第596頁。
〔註14〕陳忻：《唐宋文化與詩詞論稿》，重慶出版社，2004年版，第200頁。

於所當行，常止於不可不止。』應當說，這種『隨物賦形』的水的精神品格也就是北宋文人的理想人格，它既包含了頑強的毅力和堅定的意志，也包含了明達睿智、曠放超脫的襟懷。」〔註 15〕這種靈活的人生境界，北宋文人中蘇軾是一個最好的代表性人物，充分體現了人生的一種「活」的辯證法。因此，蘇軾能夠開創宋詞中的「豪放」一脈，可以說絕對不是偶然的。正是將宋人一貫的「以禪喻詩」中的「活法」的精神繼承下來，並在和現實世界和人生經歷的實際情形中將它提高昇華，「活」的辯證法上升爲「豪放」的審美意蘊才是可能的。

這種「活」的辯證法，充滿了「豪放」意蘊的各個層次：從「豪放」內在的結構合成上來說，「豪」內而「放」外，共同構成一個具有和諧結構的美的境界，同時，「豪」之內在的盛大充沛的「氣」通過「放」表現出來，釋放出來，完成了一個完整的從「收」到「放」的生命活動流程，而在現實社會生活中，這個流程的實現，是伴隨著主體從「小我」到「大我」的境界的轉變的；繆鉞在《論辛稼軒詞》一文中說論辛棄疾詞的「吾國自魏晉以降，老莊思想大興，其後與儒家思想混合，於是以積極入世之精神，而參以超曠出世之襟懷，爲人生最高之境界。〔註 16〕在儒、道互補的層次上，也充分地實現著這種辯證法。從本質上來說，「豪放」的這種審美意蘊，是其核心內涵「不受拘束」在主體對待客觀世界事物時所採取的一個態度和方法，最後的結果是形成了具有「豪放」意蘊，達到了人生自我和社會生活最好的結合的人生境界。也只有具備這樣一種「活」的思想精神，主體才能最大限度直面現實，並在作品文本中表現出最大限度的「現實性」的豐富、複雜、深刻的社會民生意蘊，從而是「豪放」思想精神最爲深厚的辯證法基礎；也正是在此意義上，「神味」說理論才非常重視「活」之一字，而以「『活』字爲其靈魂」〔註 17〕的。

第二節　天眞、樸素、本色的人格本眞架構

郭沫若《滿江紅》詞云：「滄海橫流，方顯出、英雄本色」，「滄海橫流」是比喻政治混亂、社會動蕩的局面，只有在這種情況之下，英雄豪傑才可以

〔註 15〕陳忻：《唐宋文化與詩詞論稿》，重慶出版社，2004 年版，第 200～201 頁。
〔註 16〕呂薇芬選編：《名家解讀宋詞》，山東人民出版社，1999 年版，第 353 頁。
〔註 17〕于永森：《詩詞曲學談藝錄》，齊魯書社，2011 年版，第 6 頁。

更好地顯示出拯民於水火之中、不顧自我一己私利的豪情壯志的本色，才顯示出其「豪放」之美。那麼在政治相對清明、社會相對安定的時候，英雄豪傑的本色又顯示爲什麼呢？從人格架構上來說，統一二者的是「天眞」的心態和「樸素」的價值觀念，也就是說，只有在這樣兩種素質都具備了的情況之下，英雄豪傑才能在無所用其「志」的情況下，不斷積聚起爆發的氣勢和力量，才能在危難時刻挺身而出，完成「豪放」的行爲表現，創造出「豪放」之美。「豪放」的生成流程決定了作爲「豪放」之美表現主體的人，不可能總是處於一種「放」的狀態，而在處於「收」的狀態的時候——相對來說這是一種常態——保持謙虛謹愼的心態以學習別人的長處，保持虛靜的心境以最大限度地使自己的專長達到最高境界，其所需要的素質正是「樸素」和「天眞」兩義。因此，一方面來說，「樸素」要求「豪放」之人在現實世界中時刻保持讓別人形成對自己的優勢的狀態，雖然他在精神上是用平等的眼光來看待人的，這樣才能學到別人的長處以充實自己。因爲在其處於「收」的狀態之時，他還是一種「小我」的境界，只有將「小我」充分地完善了，才有可能在一定時刻突破「小我」而提升到「大我」的境界，說到底，「大我」之境的實現需要有一定的資本或前提，從人格的層面上來說，這種資本或素質之一就是「樸素」，其次就是我們後面將要論述的「天眞」。「樸素」不僅僅是強調外在形式的東西，而更爲重要的是「樸素」的內在精神，這種精神使得作爲「豪放」之美的承擔者和表現主體的人具有強烈的排斥虛僞、浮華、名不副實、矯飾等品質，在人格境界上崇尚一種返樸歸眞的狀態。「樸素」精神來源於儒、道兩家思想，具體說來又有所區別、有所偏重。儒家偏重在「素」，這是一種以何爲第一位的價值的判斷和崇尚，例如《論語・八佾》中記載：

「『巧笑倩兮，美目盼兮，素以爲絢兮』何謂也？」子曰：「繪事後素。」曰：「禮後乎？」子曰：「起予者商也，始可與言《詩》已矣。」

這種「繪事後素」的思想，實際上就是把內在的「質」評價爲第一位的價值的精神，當然，孔子也不忽視「文」，他也說「質勝文則野，文勝質則史。文質彬彬，然後君子。」（《論語・雍也》）但是，「質」是第一位的。孔子「文質彬彬」的思想是就禮義而言的，後世則擴展到人的修養問題，而在完善「小我」的境界和時間裏，「豪放」的主體則強烈地片面地發展了內在的「質」，而盡量減少外在形式的影響，這就其專長的修煉來說，是有一定道理的，其實也就是吸收了老子「五色令人目盲；五音令人耳聾；五味令人口爽」的思想，人只有在艱苦和艱難的環境中，才能鍛鍊自己的意志，而意志無疑是讓自己的專長得到最大限度提升的最好的推動力量。武俠小說中的很多奇人異士都是如此，他們不要求外在的條件的順利和奢華，尤其是物質條件上的，這些對於他們所追求的專長來說，都是次要的，因而鮮明地體現了「豪放」生成流程中「收」的特徵——之所以這樣做，也是爲了形成「收」的最大力度的緣故，從而和「放」的狀態形成最大的彈性張力差，爲「豪放」的表現提供最爲有力的保障。老子則重視「樸」（有時也「樸」、「素」並稱，如「見素抱樸，少思寡欲」），如言「敦兮其若樸」、「知其白，守其辱，爲天下谷。爲天下谷，常德乃足，復歸於樸。」「樸散則爲器」、「道常無名樸。雖小，天下莫能臣。」「道常無爲而無不爲。侯王若能守之，萬物將自化。化而欲作，吾將鎮之以無名之樸。鎮之以無名之樸，夫將不欲。不欲以靜，天下將自正。」「我無欲，而民自樸」。從這些言論來看，和儒家對「素」的角度不同，老子把「樸」主要是看作一種狀態、一種境界，即「道」的境界，在現實世界中，它又和「欲」相對立。在老子看來，「樸」和「欲」是成反比例的。莊子對於「樸素」更是重視，稱「素也者，謂其無與雜也；純也者，謂其不虧神也，能體純素，謂之眞人」（《莊子・刻意》）「樸素而天下莫能與之爭美」（《莊子・天道》）。從完善自我的角度來說——即有一專長，如武俠的「武」，專長是很重要的，是一個人從「小我」走向「大我」的資本，但是作爲「大我」的有機組成部份，「小我」階段的思想精神已經接近了「大我」的境界，已經形成了非功利的處世態度，這就是「樸」，只有在這樣一種狀態下，「小我」才能完善起來，將自己的專長修煉到最高境界，才能順利完成「大我」的準備，伺機待發。而克制了自己外在的欲望，也就必然呈現爲「樸素」的狀態。儒、道兩家「素」和「樸」的思想，爲「豪放」之美的主體奠定了人格基礎，從這個意義上來說，也只有「樸素」之人才能夠達到眞正的「豪放」境界——「樸素」的眞正意義體現在，缺乏「樸素」人格的人未必不能呈現爲「豪放」的境界而具有「豪放」之美，但是，這樣的人永遠不能達到「豪放」的最高境界，永遠不能最豐富、最充分、最到位的表現「豪放」之美，不能表現「豪放」之美最完美的魅力。所謂根深葉茂，義即在此。

而從「天眞」一方面來說，則是要求「豪放」的主體能夠保持天然之眞的本性，而不受外在世界物質的利誘和世俗禮法的拘束，能夠從自己的本性、本心之眞出發去行動和判斷，這主要是從性情上而言的。例如魏晉時候的阮籍，「當時文俗之士所最仇疾的阮籍，行動最爲任誕，蔑視禮法也最爲徹底。然而正在他身上我們看出這新道德運動的意義和目標。這目標就是要把道德的靈魂重新建築在熱情和率眞之上，擺脫陳腐禮法的外形。」〔註 18〕「天眞」之義主要來源於道家思想，例如老子說：「載營魄致一，能無離乎？專氣致柔，能如嬰兒乎？」「沌沌兮，如嬰兒之未孩」。老子強調「嬰兒」，主要是指嬰兒的天眞之氣最爲全完的狀態，還沒有受到世俗的薰染，是一個自主自由狀態的人。〔註 19〕後來莊子繼承並發展了這種思想，在《馬蹄》篇中他指出：「馬，蹄可以踐霜雪，毛可以御風寒，齕草飲水，翹足而陸，此馬之眞性也。」而伯樂曰：「我善治馬。」於是「燒之，剔之，刻之，雒之……馬之死者十二三矣。饑之，渴之，馳之，驟之，整之，齊之，前有橛飾之患，而後有鞭策之威，而馬之死者已過半矣。」世俗禮法對於人的作用有好有壞，莊子只強調了其中壞的一面，是爲了反對儒家僵化的秩序對人的本性的戕害，還是有很大的意義的。尤其是在「豪放」的「小我」階段，因此《莊子・達生》篇提出「以天合天」的思想：

> 梓慶削木爲鐻，鐻成，見者驚猶鬼神。魯侯見而問焉，曰：「子何術以爲焉？」對曰：「臣工人，何術之有？雖然，有一焉。臣將爲鐻，未嘗敢以耗氣也，必齊以靜心。齊三日，而不敢懷慶賞爵祿；齊五日，不敢懷非譽巧拙；齊七日，輒然忘吾有四枝形體也。當是時也，無公朝，其巧專而外骨消。然後入山林，觀天性，形軀至矣，然後成見鐻，然後加手焉；不然則已，則以天合天，器之所以疑神者，其是與。

這裡有兩點値得注意：一是梓慶爲鐻前「未嘗敢以耗氣」，這表示他已經積聚了相當的「氣」，而之所以不敢消耗氣，就是因爲在「爲鐻」的過程中要消耗掉大量的「氣」，這個流程和「豪放」的生成流程是一致的。一是只有「以天合天」，才能得物之「神」而展現出來。人既然具有自然性和社會性兩重性，

〔註 18〕宗白華：《美學散步》，上海人民出版社，1981 年版，第 225 頁。

〔註 19〕蘇轍《老子解》卷上云：「人各溺於所好，其美如享太牢，其樂如春，登臺囂然，從之而不知其非。唯聖人深究其妄，遇之泊然不動，如嬰兒之未能孩」，正道其存天性之眞，而不爲外物所染。《文淵閣四庫全書・老子解》（電子版），上海人民出版社、迪志文化出版有限公司，1999 年版。

在和自然性相對的意義上，恰恰就是「豪放」的主體完善「小我」的階段。因此，一個人保持「天眞」（得天之眞，即通過「以天合天」來達到）的心態，對於「豪放」而言有兩方面的意義。一是只有保持「天眞」的心態和性情，才能永遠保持靈活的審視世界萬物的能力（主要體現爲一種靈敏的直覺能力），才能不會隨著外在事物的變化而失掉自己的本性——這些外在事物包括——比如年齡、地位、名譽、權力、金錢等等，才對於新事物具有天然的喜愛能力和傾向，對於人在社會中居於第一位的價值才能充分的付諸行動。只有保持「天眞」的心境，才能像《莊子・達生》中記述的另一個痀僂者承蜩的故事達到「吾處身也，若厥株拘；吾執臂也，若槁木之枝；雖天地之大，萬物之多，而唯蜩翼之知」的「用志不分，乃凝於神」的境界，練就出神入化的本領，實現「小我」的完善。莊子還在《漁父》篇中說：「眞者，精誠之至也。不精不誠，不能動人。……禮者，世俗之所爲也；眞者，所以受於天也，自然不可易也。故聖人法天貴眞，不拘於俗。」這裡莊子對「天眞」一義論述得相當到位，又涉及到了「天眞」對於「豪放」的另一方面的意義，那就是「不拘於俗」。得之於天的眞性情的自然流露是完全不受世俗禮法的束縛的，因此「天眞」一義中隱含著和「豪放」的內涵相近的思想精神。〔註20〕而「不拘於俗」的天眞之性情的自然流露，其結果必然就是呈現爲極大程度上的「放」，也就是「爛漫」的狀態、淋漓盡致的狀態——這又和「豪放」的特點極大地聯繫起來了。我們把「天眞」和「爛漫」並用而稱爲「天眞爛漫」，從某種意義上說，只有性情上的「天眞」之人，才能達到「爛漫」的「豪放」之美的境界。在人的自然性上，這種「天眞」之「放」就是「爛漫」，而在人的社會性上，由於人的「志」的影響而積聚起內在盛大而充沛的「氣」，從而導致了「放」的結果，這就是「豪放」之美。同時，「豪放」之人也特別的喜歡「天眞爛漫」之人及美，這也從另一方面反證了惺惺相惜、同「病」相憐，所以「豪放」的主體也是以「天眞爛漫」爲心性的，例如左思——他是魏晉時期少有的具有「豪放」之美的人，他的《嬌女詩》云：

〔註20〕周波《莊子「大美」思想論》一文指出，莊子所推崇的「大美」思想，是一種「壯美」形態，「體現爲博大、雄渾、壯闊的境界」，其思想內涵實質上表現爲一種「樸素、本眞、天全的眞美形態」，同時又是一種「浩瀚博大、雄渾磅礴的壯美境界」。也就是說，莊子思想中「豪放」（主要是「放」）的審美意蘊，是以這種眞美形態爲本的。見夏之放、孫書文主編，《文藝學元問題的多維審視》，齊魯書社，2005年版，第408、405頁。

吾家有嬌女，皎皎頗白皙。……濃朱衍丹唇，黃吻瀾漫赤。……輕妝喜樓邊，臨鏡忘紡織。舉觶擬京兆，立的成復易。玩弄眉頰間，劇兼機杼役。從容好趙舞，延袖象飛翮。上下弦柱際，文史輒卷襞。顧眄屏風畫，如見已指謫。丹青日塵暗，明義爲隱賾。馳鶩翔園林，果下皆生摘。紅葩綴紫蔕，萍實驟抵擲。貪華風雨中，倏忽數百適。務躡霜雪戲，重綦常累積。並心注肴饌，端坐理盤槅。翰墨戢函案，相與數離逖。動爲壚鉦屈，屣履任之適。……脂膩漫白袖，煙薰染阿錫。衣被皆重地，難與沈水碧。任其孺子意，羞受長者責。瞥聞當與杖，掩淚俱嚮壁。〔註21〕

這首詩極形盡態地描寫了小兒女的天眞爛漫之態和風神，自由自在不受拘束沒有經過世俗禮法制度薰染的神情姿態，正是具有「豪放」的內在精神之人所極其羨慕的，因爲一旦經過禮法制度的薰染而成人，則意味著不受拘束、一任純眞的年齡一去不復返了。又如辛棄疾，也是如此，其《西江月》云：

醉裏且貪歡笑，要愁那得工夫。近來始覺古人書，信著全無是處。　　昨夜松邊醉倒，問松「醉如何？」疑松動要來扶，以手推松曰「去」！

眞正寫出了詞人醉中流露的天眞爛漫之情態，「唯眞性情乃有眞文字」，確實如此！〔註22〕此種天眞爛漫的風味辛詞中還有很多，如《鵲橋仙・題阿卿影像》裏的「有時醉裏喚卿卿，卻被傍人笑問」、《賀新郎》裏的「白髮空垂三千丈，一笑人間萬事。問何物、能令公喜。我見青山多嫵媚，料青山、見我應如是。情與貌，略相似」、《鷓鴣天》裏的「去年醉處猶能記，細數溪邊第幾家」、《生查子》裏的「赤腳踏層冰，爲愛清溪故」。不過這其中最好的，當還數兩篇爲戒酒而作的《沁園春》，在極盡放浪恣肆的風致趣味之中，饒有無限的天眞爛漫豪放的意味，這裡就不再徵引了。「天眞爛漫」是人的心性沒有受到世俗禮法薰染的狀態，大多爲孩童所有，可以說是人之「小我」境界的一種最佳狀態，而人一旦踏入社會，就很難保持這樣一種心性。除非是「豪放」之人，他在保持「天眞爛漫」心性的同時，又逐漸形成了自己的「志」即理想，這種理想也是不受世俗禮法中僵化的因素限制和約束的，因而便很

〔註21〕《文淵閣四庫全書・玉臺新詠》（電子版），上海人民出版社、迪志文化出版有限公司，1999年版。

〔註22〕劉揚忠：《辛棄疾詞心探微》，齊魯書社，1990年版，第67頁。

難爲社會所容納，在和外在世界萬物碰撞的過程中，「天眞爛漫」就變成了「豪放」之美。爲了實現人的價值和社會理想，從而使「天眞爛漫」的「小我」狀態轉變爲具有「豪放」之精神和美的「大我」境界，完成了一次蛹化爲蝶的燦爛的蛻變。也正是這種「天眞爛漫」加入「豪放」之中成爲其有機的一部份，才使得「豪放」的主體不把世俗的權力、地位、金錢等外在的因素看得那麼重要，這種視名利如浮雲的思想精神，其實就是「天眞爛漫」在社會中的一種延伸和具體體現。連儒家的大宗師孔子，有時候免不了也流露出對這種境界的嚮往：「飯蔬食，飲水，曲肱而枕之，樂亦在其中矣。不義而富且貴，於我如浮雲。」（《論語・述而》）同俠的隱逸思想不同，現實世界中的「豪放」主體執著地認爲入世是完成「大我」的必要一步，但是，「權力鬥爭的殘酷性，充分暴露了人性的黑暗，也由此產生了知識分子『君子遠庖廚』的思想」〔註 23〕，從而使得他們產生用世之「志」的非功利思想，而這種非功利思想之所以能夠和積極進取的人生意態結合起來而呈現爲「豪放」，其內在的人性基礎就是「天眞爛漫」。

「天眞」和「樸素」是「豪放」之爲人的「本色」的基礎，從人性上來說，「天眞」、「樸素」就是一種「本色」，「豪放」也是一種本色，不過它們分別處於人生的兩個不同層面而已。從性情的角度來論證「豪放」和「婉約」都是一種「本色」，這正是清代進步詞學家的一種理論依據，這個我們將在第八章中詳細論述。說到底，「本色」即是指人的本色，做人的本色，「豪放」或非「豪放」，「本色」的意義是不同的，都有存在的理由，不過「豪放」之爲人的「本色」具有更高的社會價值和美學價值，是人的發展的一種高級形態。我們在「豪放」的生成、發展和嬗變一部份中已經論述了元曲體制上的「豪放」因素，這種「豪放」因素和特色在關漢卿的曲（主要是劇曲）中體現得最爲明顯，而從語言的活潑層面來說，則體現了一種類似於人的「天眞爛漫」的特點，因爲活潑的有著極大自由程度的文字表現，已經在關漢卿的曲中達到了極限，而也正是這種「天眞爛漫」的文字的神采，體現了曲之體制「豪放」的特點和精神，這也從一個具體的事例證明了「天眞爛漫」和「豪放」有著極大的統一的可能性。同時，關漢卿在思想精神上也是「豪放」的，這和其文字的「豪放」相得益彰，有時候我們還眞是迷惑不解爲何在元人曲

〔註 23〕蔡翔：《俠與義——武俠小說與中國文化》，北京十月文藝出版社，1993 年版，第 130 頁。

家之中唯有關漢卿的曲子能在體制上最能體現「豪放」的特色，現在我們明白，這正是關漢卿精神上具有「豪放」的因素的原因，看一看田漢寫的話劇《關漢卿》，你就會明白了這絕不是一種偶然現象，而是有著其內在的根本原因。正是關漢卿在精神上體現爲「豪放」的「本色」，他才能在曲體體制上體現出「豪放」的「本色」，在這一點上，「豪放」就又和「本色」統一起來了。歸根結底，不管是「樸素」也好，「天眞」也好，「本色」也好，實際上要求的是一種人格的內在素質，也就是「豪放」的主體在很大程度上所依賴的人格架構，在人格的維度上，它們充分地顯示著「豪放」的審美意蘊。李白也是這樣：

> 李白心目中的崇高人性是人與人之間的互相尊重和平等，個性能得到自由與解放，特別是在權貴與威勢面前，應該保有傲岸不屈的氣節和敢於蔑視的浩然正氣。他的這種思想雖是朦朧的，但又是強烈的；雖是自發的，但又是執著的。這種要求平等自由的性格，正是李白思想中最具民主性的精華。請看以下的詩句：「人生在世不稱意，明朝散發弄扁舟」……「安能摧眉折腰事權貴，使我不得開心顏」（《夢遊天姥吟留別》）。他就是這樣一個狂放而不失天眞、浪漫而不失眞誠的人。難怪王稚登《李翰林分體全集序》稱讚道：「沉緬至尊之前，嘯傲御座之側，目中不知有開元天子，何況太眞妃、高力士哉！」這種精神，在君主專制、等級森嚴、禮教桎梏嚴酷的封建社會，是十分難能可貴的。〔註24〕

既「豪放」又天眞，對社會人生保持著一種非功利的審美境界，既對現實充滿著熱情的關懷，而又不失爲人的「本色」，不受世俗禮法制度的束縛，這些複雜而豐富的意蘊集中在一起，正是從「人」的視角對「豪放」所做出的一種生動詮釋！

第三節　自信熱烈、一往情深的心靈世界

自信——可以說是「豪放」的主體最重要的心理特徵，比如「（李白詩歌的）所謂氣壯，表現爲一種強烈的自信心」〔註25〕，因此沒有自信的「豪放」

〔註24〕周嘉惠：《唐詩宋詞通論》，中國文聯出版社，2001年版，第180頁。

〔註25〕袁行霈：《中國詩歌藝術研究》（增訂本），北京大學出版社，1996年第二版，

是不可想像的。如果說「婉約」是以含蓄爲特徵的方式表現出來的話，其心理特徵就不可能呈現爲充分自信的狀態——因爲自信的狀態是表現爲外在的、張揚的，飽滿的顯示著主體的心理特徵的，是主體內在精神和積聚起來的盛大而充沛的「氣」呼之欲出的狀態，是一種「張力」彌滿的狀態。這些特徵，都是和「婉約」難以兼容的，而獨爲「豪放」之美的主體所顯示出來的鮮明特色。「婉約」在很大程度上要隱藏自己思想精神的鋒芒，而只透露出隱約的意思，就像佳人眸子裏的秋波之意味，是很難琢磨的。它總體上要求只表達一種情思，至於內在的精神，已經基本上超出了「婉約」範疇的承載範圍。而自信雖然是一種心理特徵，卻在根本上源於人的內在精神，以及由這種精神培養的「志」所引發而積聚起來的內在之「氣」：

> 豪放之人所稟之氣，當爲一種最爲淳厚的、飽滿無缺的陽剛之氣，此氣根於「道」，內充於人，乃令豪放之詩人眞力充滿，自足自信，昂然向上，豪情似狂。〔註26〕

這種自信的心理狀態一旦外在的表現出來，就體現爲一種精神狀態和精神風貌，具有極大的感染力。李白在詩中自信地宣告：「天生我材必有用，千金散盡還復來」(《將進酒》)、「長風破浪會有時，直掛雲帆濟滄海」(《行路難》)、「安能摧眉折腰事權貴，使我不得開心顏」(《夢遊天姥吟留別》)，杜甫則說：「會當凌絕頂，一覽眾山小」(《望嶽》)，「豪放」中都透露著無限的自信。自信和「豪放」的關係就是，自信之人未必就能表現爲「豪放」之美的境界，但是「豪放」之美的表現主體一定具有飽滿的自信心和精神狀態。對抗世俗之見和嘲笑，要達到不爲世俗的禮法制度所束縛，怎能沒有強烈的自信呢？這種自信，來源於三個方面：

一是人天然不受拘束的原始生命力。「正如所有的成熟都會走向它的反面一樣，文明通過各種禮儀規範一方面使人由野蠻走向高雅，但另一方面人的蓬勃的自然生命力也在禮儀的規範下逐漸衰竭。」〔註27〕而這卻是必然的，而源於人的自然生命力的自信，卻是人最基本的自信，是沒有任何東西可以阻擋的，只有世俗社會的禮法制度對於它的束縛和摧殘。「豪放」則能夠以其

第246頁。

〔註26〕張國慶：《中國美學對「雄偉」、「秀麗」的體系式研究——〈二十四詩品〉壯美論、秀美論解析》，載《文藝理論研究》2005年第3期。

〔註27〕蔡翔：《俠與義——武俠小說與中國文化》，北京十月文藝出版社，1993年版，第183頁。

強烈的主體性精神對它進行突破，如蛹之破繭而出，燦爛而爲蝶！

一是來源於人高超的技藝、技巧、智力等方面。比如武俠小說中常說的藝高人膽大，以及在面對強敵時悠然自得的自信，都是因爲有恃無恐。同時，也只有超絕的技藝，才能嫻熟地表現出超越了爲一般規律所束縛的狀態，而達到自由創造的境界。我們所論述到的唐代懷素的書法和吳道子的繪畫，基本上就是屬於這種情況。技藝嫻熟也未必就能呈現爲「豪放」的境界和美，而一旦這種技藝以內在之氣發之於外，則必然就顯現爲「豪放」的境界及美，清人沈宗騫有云：

> （吳道子）應詔圖嘉陵山水，他人累月不能就者，乃能一日而成，此又速以取勢之明驗也。山形樹態，受天地之生氣而成，墨滓筆痕託心腕之靈氣以出，則氣之在是亦即勢之在是也。氣以成勢，勢以御氣，勢可見而氣不可見，故欲得勢必先培養其氣。」（《芥舟學畫編》）

可見，內在所積聚的盛大的氣，是「豪放」主體自信的基本支持，它是受人的意志理想控制的，這和《莊子・達生》裏梓慶削木爲鐻的體驗是一樣的。「氣」積聚經久，而一旦發之於外，則「豪放」的氣勢是不能避免的，徐復觀也說：

> 以豪放之氣寫人物，這是人物畫的一大發展，正是吳道玄度越前人之所在。更以豪放之氣寫山水，山水之形，乃能融入胸中，驅遣於筆下，而使作者在山水中取得了主宰的地位……正由氣盛使然。〔註 28〕

可見，「豪放」之「氣」，對於繪畫技藝的提高及其表達過程來說，都是至關重要的。因爲氣的積聚而達到豪放，從而「使作者在山水中取得了主宰的地位」，人的自信在由此而產生，就是自然的了。又比如《世說新語・任誕》篇記載，桓溫因欠賭債而求救於袁耽：

> 時居艱，恐致疑，試以告焉，應聲便許，略無慊吝。遂變服，懷布帽，隨溫去與債主戲。耽素有藝名，債主就局，曰：「故當不辦作袁彥道邪？「共戲。十萬一擲，直上數百萬，投馬絕叫，旁若無人，探布帽對人曰：「竟識袁彥道不？」

「豪放」之致，乃至於此！從人的內在素質來說，也只有嫻熟的技藝，才能

〔註 28〕 徐復觀：《中國藝術精神》，華東師範大學出版社，2001 年版，第 156 頁。

使人的潛力最大限度的發揮出來，達到一種「豪放」的境界——至於「酒」等因素對於「豪放」之美表現的作用，則是一些外在的因素，因而就不是根本性的原因了。

一是來源於人的理想。爲了實現理想，人的那種自信的狀態就體現在沒有任何艱難困苦可以阻擋他的行進和決心，尤其是人在艱難困苦中所呈現出來的那種自信，實際上也就體現了「豪放」的內在精神和內涵，因而表現爲「豪放」之美。如果說酒是人自願接受的促使自己更加「豪放」的事物，是一個「順」的因素的話，那麼艱難困苦則是外在的和人的意志相對立的「逆」的因素，同樣也可以激發出人的「豪放」精神。《孟子・告子》下裏說「故天將降大任於是人也，必先苦其心志，勞其筋骨，餓其體膚，空乏其身，行拂亂其所爲，所以動心忍性，曾益其所不能。」就是對於「志」的培養的一個生動詮釋。在這個意義上，人是爲了維護自己的尊嚴和人的價值而存在而奮鬥，內在的潛力以「豪放」的形式源源源不斷的表現出來。《孟子・公孫丑》上說北宮黝「視刺萬乘之君，若刺褐夫」、「視不勝猶勝也。量敵而後進，慮勝而後會，是畏三軍者也。舍豈能爲必勝哉？能無懼而已矣。」這和《論語・子罕》中孔子所說的「三軍可奪帥也，匹夫不可奪志也」的意志精神是一樣的。在孔子的弟子之中，除了曾點言志式的「豪放」之致外，以「剛」、「勇」爲特色而具有大無畏精神和「豪放」氣度的人，就是子路，孔子曾經讚揚他說「衣敝縕袍，與衣狐貉者立，而不恥者，其由也與？」（《論語・子罕》）正是由於內在的極端充實和自信，才能做到這一點，而表現出超越世俗觀念的「豪放」精神。「豪放」之人不以外在的事物改變自己的意志理想，視榮華富貴如糞土，正是極端「豪放」的體現。

在人存在於社會，尤其是開始接受社會的文明之時，自信就在很大程度上是得自於人的社會理想的刺激了。理想之中飽含有無限的深情，而這情感又是極其熱烈的，這種熱烈飽滿的情感，是和「志」聯繫在一起的，是內在之「氣」的具體內容。王明居說得好：

> 豪放強調一個情字，注重一個氣字。豪放之情，不是微溫，不是含而不露，不是纏綿悱惻，而是熱烈、激越。它如心底燃燒的火焰，又如洶湧澎湃的急流。豪放之氣，不像娳娳上騰的炊煙，而似橫貫宇宙的長虹。它有恢宏的體積，巨大的力量，迅猛的衝擊波。它風馳電掣，呼嘯而過，勇往直前，勢不可擋。它不善於曲折迂

> 迴、低眉吟哦，而喜歡直訴衷腸、高山放歌。……唯其有充沛的情，才會鼓起充足的氣；唯其有貫注的氣，才能引發洋溢的情。所以，情與氣是相互滲透、共同協作而施之於豪放的。有情無氣，則情焉能汪洋恣肆、噴射而出？有氣無情，則氣豈非淺淡稀薄、空虛無力？〔註 29〕

理想是自信具有熱烈的情感的保證和源泉，理想越高則情感越熱烈，自信也就越多，「豪放」的程度也就越大。自信既是對於人自身生命力的一種肯定，也是對於人的理想的一種執著，具有極大的前瞻性，從而體現了人的主觀能動性，體現了人相對於外在的自然事物的一種「優勢」。但是我們必須認識到，對於人而言，「豪放」之美的呈現是一種暫時的狀態，不可能長時間地呈現出來，因爲它受內在之「氣」的制約，內在之氣衰弱則「豪放」就不能生成了，就轉爲有「豪」（即內在之氣的積聚）而無「放」的階段。「氣」有盛衰大小，而其中的「情」則是永遠處於一種熱烈的狀態的，它和人的理想直接相聯繫，當「氣」衰弱時，正是熱烈的「情」重新使得「氣」不斷得到積聚。所以說，「豪放」之人即使僅僅有「豪放」的精神而未表現爲「豪放」之美，其內在的情感也總是熱烈而一往情深的。一往情深的情感代表了人的理想，還有著勃勃生機，它不但使「豪放」的主體具有無限的自信，而且還堅持了對於人的價值的始終給予肯定和關懷的基本原則，堅持了對於人的價值始終以非功利的態度對待之的價值觀，也只有堅持這樣一種價值觀，「豪放」的主體才能充分的顯示出爲了人的價值毫無顧忌、不受世俗價值觀影響的品格。這種執著的一往情深而自信的態度，從根本上保證了「豪放」之美的生成流程，保證了「豪放」始終保持在美的領域之內而不使之在形式上溢爲非美，保證了「豪放」內在的積極進取、融入和關注現實的思想精神。

當然，「豪放」的這種自信而一往情深的意蘊，並不表示具有這種意蘊則一定是快活的，相反，由於「豪放」的主體要超越世俗社會的禮法制度，有的時候就要付出理想不能實現的代價，無論是鮑照《行路難》的悲吟，李白《將進酒》的絕唱，還是辛棄疾《賀新郎》（「甚矣吾衰矣」）的豪情萬丈，其實是都飽含著一種隱然的「痛感」的，痛並快樂著，失意而自信著，這正是「豪放」獨有的一種美學意蘊，其中灌注著的，正是「豪放」主體對於社會

〔註 29〕王明居：《詩詞風格談——雋永　沉鬱　豪放》，引自「http://blog.zgwww.com/html/49/n-10949.html」。

人生的一種一往情深的獨特姿態！和「崇高」的主體往往和黑暗勢力對決於某一特定時空，而導致主體的毀滅不同，「豪放」的主體始終堅持「達則兼善天下，窮則獨善其身」的原則，留得青山在，不愁沒柴燒，始終保留一個寶貴的生命存在，以爲社會做最大限度的貢獻。這種境界，不是在辛棄疾那裡體現得尤爲明顯嗎？

第四節　詩酒豪放、琴劍炫異的人生意態

在人生境界上說，「豪放」偏重於一種內在的精神，是一種抽象的不受拘束、追求自由的精神品格，而從文學藝術的境界來說，「豪放」及「豪放」之美則具有更多的具體可觀的形象和意態——對於前者而言，美的形式之表現決定了這一點，對於後者而言，「豪放」的主體性精神特點決定了「豪放」之美是和主體在現實世界中的意象選擇密切相關的。在中國古代漫長的歷史長河中，「豪放」的美學意蘊因其主體的能動性，從而以各種方式對中國傳統文化中的若干意象進行了獨特的「選擇」，從而形成了一些具有「豪放」意蘊的經典意象。從中國傳統文化的具體內容來看，「豪放」之美的境界主要是和詩、酒、琴、劍爲中心的意象意蘊聯繫在一起的，其中尤其重要的是酒和劍——前者多傾向於「豪放」的外在形式，後者則具有「豪放」的內在品格精神。被中國傳統文化特色和中華民族特點浸染了的酒和劍，已經成爲中國傳統文化的重要組成部份。可以說，正是以這兩者爲中心的富有中國傳統文化特色的獨特因素，才使得「豪放」這一範疇與一般意義上的「壯美」區別了開來，也是使「豪放」成爲中國獨有的美學範疇的主要原因。而這種文化上的原因的獨特性，決定了「豪放」之爲美學範疇在世界美學史上的獨特特色和地位。例如西方美學史上和「豪放」同屬於一般意義上的「壯美」風格的「崇高」，就沒有和酒及劍的意象意蘊結合起來，這是因爲西方世界裏酒、劍兩者並沒有中國這樣悠久深厚、多姿多彩的文化意蘊。酒文化和劍文化的發達，使得兩者幾乎成爲「豪放」的代名詞和象徵。葛景春在《詩酒風流賦華章——唐詩與酒》一書中說：「酒還與藝術結寫了不解之緣。酒與詩歌，酒與繪畫，酒與書法，酒與音樂，酒與舞蹈，酒與體育之間的密切關係，更是眾所周知的。從《詩經》到唐詩，詠酒的詩歌汗牛充棟，僅以不完全的統計，《全唐詩》中涉及詠酒的詩篇，就多達六千多首。唐代詩人中，幾乎沒有一人是不會喝酒的。更不用說他們中間以飲酒出名的酒仙、酒士、斗酒學士、醉隱先生等。

若是沒有了酒，唐詩便不知會減少多少迷人的魅力。」「酒還對唐人的性格和人生態度起著不可估量的影響作用。唐人的浪漫，唐人的豪邁，唐人的青春活力，唐人的向上精神，不能說與酒沒有絲毫關係。唐人的創造精神，唐人的享受人生的態度，誰能說沒有酒神精神在起作用呢？千金一擲的豪賭，醉臥沙場的曠達，醉草和蕃書的才情，醉舞霓裳的風采，醉揮草書的神態，無不顯現了酒文化在文學藝術中無所不在的威力。」〔註 30〕這樣看來，唐詩的「豪放」絕非偶然，因爲，「唐代的酒文化精神帶有一種放浪不羈的浪漫色彩，那種追求自由、展示個性、追求獨立人格的解放精神，頗具有大唐時代精神的風采。像李白『天生我材必有用』的豪邁自信，杜甫『酒酣擊劍蛟龍吼』的憤世狂放，白居易『各以詩成癖，俱因酒成仙』的詩酒放達……無不顯示了唐人酒中心態的曠達與大氣，思想的自由開放。這種自由開放的酒神精神，給中國的民族性格增添了不少生機活力和新鮮血液。」「詩酒風流，一直是國人對中國文人瀟灑人格的一種讚美和豔稱，也是魏晉以來中國文化的一個美好傳統。它給我們素稱文靜沈穩、少年老成的民族性格，注入了一種浪漫熱情、激情狂放的激素，使得民族的心理性格，充滿著活潑的生機。」〔註 31〕楊義也在《李杜詩學》一書中說：「若問中國古代文人一脈相承的最令人神往和陶醉的人生方式有哪些？大概不須多加思量就可以舉出：詩酒風流。詩酒因緣，於唐尤深，爲有唐一代美麗奇特的精神文化現象。」〔註 32〕這樣看來，「酒」在中國已經成爲了「豪放」範疇的代名詞，就不難理解了。

在中國歷史上，酒文化的載體雖然普遍作用於各個階層、各個文化層次的人，然而能夠把酒提升到文化的層次而喝出較高品位的，一類是粗豪的性情中人，一類則是士——進而言之，則尤其是文人。酒量大本身就是一種豪氣的體現，酒量大則氣魄大，兩者似乎是天然的聯繫在一起的，因而飲酒成爲文人生活的重要組成部份，實際上是以「豪放」的形式來彰顯其人生的風流自適的意態，如杜甫的《飲中八仙歌》描寫詩人們的風流豪放姿態：

> 知章騎馬似乘船，眼花落井水底眠。汝陽三斗始朝天，道逢麴車口流涎，恨不移封向酒泉。左相日興費萬錢，飲如長鯨吸百川，

〔註 30〕葛景春：《詩酒風流賦華章——唐詩與酒》，河北人民出版社，2002 年版，第 36～37 頁。

〔註 31〕葛景春：《詩酒風流賦華章——唐詩與酒》，河北人民出版社，2002 年版，第 287～288 頁。

〔註 32〕楊義：《李杜詩學》，北京出版社，2001 年版，第 71 頁。

銜杯樂聖稱世賢。宗之瀟灑美少年，舉觴白眼望青天，皎如玉樹臨風前。蘇晉長齋繡佛前，醉中往往愛逃禪。李白一斗詩百篇，長安市上酒家眠。天子呼來不上船，自稱臣是酒中仙。張旭三杯草聖傳，脫帽露頂王公前，揮毫落紙如雲煙。焦遂五斗方卓然，高談雄辨驚四筵。

如果其他形式的「狂放」等姿態在社會中得不到一般人的理解的話，那麼因酒而「放」，則絕對不但無咎，且盡顯風流的，所以唐代詩人張籍的《宴客詞》一詩中說：「上客不用顧金羈，主人有酒君莫違」。酒不但是「豪放」的形式，而且這種形式還直接和每個人的性情志意結合了起來，從而深入到了「豪放」的內在精神。酒的麻醉作用，使人至少在形體上暫時脫離了世俗社會禮法的約束，而呈現出人性中應有的「豪放」的一面，如果不是醉得不省人事而內心還有清醒的感覺，那麼飲酒這種「豪放」的形式就和「豪放」的精神極大程度的結合了起來了，在無拘無束的形式後面，是一顆眞實而熱烈、追求自由自在生命意態的「豪放」的心靈。反過來說，人們又借酒這種形式，來批判現實，「酒激發了人們對現實的批判精神。人們在現實中飽受社會環境和生活的壓力，充滿了壓抑感。只有在酒桌上，三杯老酒下肚，頭昏耳熱之際，方感到突然來了勇氣，才敢於面對現實生活中的黑暗與不平，大發牢騷，大喊不平。他分開，他不滿，他痛哭，他狂歌，他發泄，他控訴，他要把滿腔的鬱悶和委屈都傾瀉出來。」〔註 33〕酒天生有一種破壞世俗禮法的作用，在這樣的一層面紗之下，可以適當掩蓋「豪放」的內在精神的實質，如《晉書．裴秀傳》記載：

石崇以功臣子有才氣，與楷志趣各異，不與交之。長水校尉孫季舒與崇酣燕，慢傲過度，崇欲表免之。楷聞之，謂崇曰：「足下飲人狂藥，責人正禮，不亦乖乎！」乃止。

這說明利用酒的形式適當的形成對於禮法的違背，也是爲世俗之情所能夠允許和原諒的。如果說孫氏的行爲還只是一種外在的「豪放」形式的體現，那麼像阮籍，則顯然是一種壓抑著的「豪放」了，《世說新語．任誕》篇記載「步兵校尉缺，廚中有貯酒數百斛，阮籍乃求爲步兵校尉。」還記載「竹林七賢」常集於竹林之下，「肆意酣暢」，竹林成了他們展現「豪放」風采的天堂：

〔註 33〕葛景春：《詩酒風流賦華章——唐詩與酒》，河北人民出版社，2002 年版，第 28～29 頁。

> 籍遭母喪，在文王坐，進酒肉。司隸何曾亦在坐，曰：「公方以孝治天下，而阮籍以重喪顯於公坐飲酒食肉，宜流之於海外，以正風教。」王曰：「嗣宗毀頓如此，君不能共憂之，何謂？且有疾而飲酒食肉，固喪禮也。」飲啖不輟，神色自若。

何曾小人，他哪裏知道在「豪放」的形式下面，掩蓋的是「豪放」的精神的實質呢？所以司馬昭也是深知阮籍的用意，還爲之敷衍何曾，他知道，在形式上和阮籍的這種「豪放」較眞，那可就是大錯特錯了！「王孝伯問王大：『阮籍何如司馬相如？』王大曰：『阮籍胸中壘塊，故須酒澆之。」直指胸中心靈深處和肺腑，王大的解釋還差不多。《晉書・阮籍傳》記載：

> 籍容貌瑰傑，志氣宏放，傲然獨得，任性不羈……嗜酒能嘯，善彈琴。當其得意，忽忘形骸。……籍本有濟世志，屬魏、晉之際，天下多故，名士少有全者，籍由是不與世事，遂酣飲爲常。文帝初欲爲武帝求婚於籍，籍醉六十日，不得言而止。鍾會數以時事問之，欲因其可否而致之罪，皆以酣醉獲免。……籍雖不拘禮教，然發言玄遠，口不臧否人物。……嘗登廣武，觀楚、漢戰處，歎曰：「無英雄，使豎子成名！」登武牢山，望京邑而歎，於是賦《豪傑詩》。

《豪傑詩》今已不存，阮籍的「不拘禮教」的「豪放」的內在精神，當時人並非沒有識者，只是人家頹廢若此，連司馬氏和鍾會之流也毫無辦法。魏晉士人的所謂曠達，以阮籍最具有代表性。這種曠達和「豪放」的區別就在於，曠達犧牲了「豪放」內涵中「氣魄大」氣勢盛大的部份，而將「豪放」內涵中的「不受拘束」發揮得淋漓盡致，而且是借助酒來達到的。在阮籍而爲言，只不過這是一種格外的痛苦罷了。醉並豪放著，這是典型的阮籍式的人生意態和存在姿態。酒使得曠達中所含有的「豪放」成分得到發揮，這在表面看來是一種生理上的外在形式，而曠達在思想精神上的傾向則是玄談，這不過也是「豪放」的扭曲形式罷了。

正因爲酒有這樣一種似乎合理的「豪放」的作用，所以魏晉士人可以說將飲酒的行爲發揮得姿態萬千、難以割捨。「魏晉時代酒文化的社會層面由廟堂轉向士林，其功能也發生了實質性的變化，增濃了個人化和審美化的色彩。時值社會動蕩，禮制崩壞，老莊之學銜玄談的形態復興，敏感的文化人在頻繁的戰火煎熬和改朝換代的夾縫中深切地感受到生存危機，便在生命無常處體味著生命的恒在價值。作爲這種生命體味的酵素的，便是帶有刺激感、麻醉感和迷狂感的特殊飲料——酒。他們打破了『酒以成禮』的傳統成規，借杯中物以自陶自適，在任性放誕的士風中體驗著內在生命的蒼涼與暢達，使生命進入了一種詩情的奇幻境界。」〔註 34〕《世說新語・任誕》篇記載：

王佛大歎言：「三日不飲酒，覺形神不復相親。」

王孝伯言：「名士不必須奇才，但使常得無事，痛飲酒，熟讀《離騷》，便可稱名士。」

王衛軍云：「酒正自引人著勝地。」

張季鷹縱任不拘，時人號爲「江東步兵」。或謂之曰：「卿乃可縱適一時，獨不爲身後名邪？」答曰：「使我有身後名，不如即時一杯酒。」

畢茂世云：「一手持蟹螯，一手持酒杯，便足了此生。」

劉劉伶病酒，渴甚，從婦求酒。婦捐酒毀器，涕泣諫曰：「君飲太過，非攝生之道，必宜斷之！」伶曰：「甚善。我不能自禁，唯當祝鬼神自誓斷之耳！便可具酒肉。」婦曰：「敬聞命。」供酒肉於神前，請伶祝示。伶跪而祝曰：「天生劉伶，以酒爲名，一飲一斛，五斗解酲。婦人之言，愼不可聽！」便引酒進肉，隗然已醉矣。（筆者按：這裡我們固然欣賞劉伶的「豪放」曠達，不過卻忽視了其妻的可愛之情與愛劉之心矣！）

「酒是魏晉士人狂放任達的一個重要的道具」〔註 35〕，這些士人的姿態，其實是以酒代表著他們內在的「豪放」精神的。魏晉以後，酒和文人的結合而彰顯豪放風流的意態，便越加盛行起來。文人（區別於士，雖然士是包含文人的，這裡的文人獨指具有文學創作能力的人，至於用其能力而多用於實用性的文字文章的，不在此列）的氣質是偏弱的，一般缺乏陽剛之氣，俗話說的文人「手無縛雞之力」是也。但是文人在精神上是嚮往「豪放」的境界的，怎麼樣來達到呢？其中的途徑之一就是和酒的結合。弄酒而性情可見，「豪放」而風流自達，所以歷代文人如果要表達其內在的「豪放」之情，最好的方式就是飲酒和在文章、詩歌中寫出飲酒的「豪放」之情。我們且來簡單的看一

〔註 34〕楊義：《李杜詩學》，北京出版社，2001 年版，第 78 頁。

〔註 35〕馬召輝：《試論魏晉士人的狂狷美》，濟南：山東師範大學碩士學位論文，2006 年。

下歷史上的文人詩人以酒體現其「豪放」的例子：《晉書・陶潛傳》記載陶淵明「穎脫不羈，任眞自得」，可見是具有「豪放」的精神的，《五柳先生傳》自云「性嗜酒，而家貧不能恒得。親舊知其如此，或置酒招之，造飲必盡，期在必醉。既醉而退，曾不吝情。」《晉書》本傳將他列入隱逸一類，稱他「不屈其志」，其人格也很爲後世所欽仰。但就是這麼一個「不屈其志」之人，在酒的面前也不得不「屈服」了：

> 既絕州郡覲謁，其鄉親張野及周旋人羊松齡、寵遵等或有酒要之，或要之共至酒坐，雖不識主人，亦欣然無忤，酣醉便反。……其親朋好事，或載酒肴而往，潛亦無所辭焉。每一醉，則大適融然。又不營生業，家務悉委之兒僕。未嘗有喜慍之色，惟遇酒則飲，時或無酒，亦雅詠不輟。……刺史王弘以元熙中臨州，甚欽遲之，後自造焉。潛稱疾不見，既而語人云：「我性不狎世，因疾守閑，幸非潔志慕聲，豈敢以王公紆軫爲榮邪！夫謬以不賢，此劉公幹所以招謗君子，其罪不細也。」弘每令人候之，密知當往廬山，乃遣其故人龐通之等齎酒，先於半道要之。潛既遇酒，便引酌野亭，欣然忘進。弘乃出與相見，遂歡宴窮日。潛無履，弘顧左右爲之造履。左右請履度，潛便於坐申腳令度焉。弘要之還州，問其所乘，答云：「素有腳疾，向乘藍輿，亦足自反。」乃令一門生二兒共轝之至州，而言笑賞適，不覺其有羡於華軒也。弘後欲見，輒於林澤間候之。至於酒米乏絕，亦時相贍。

陶淵明爲了堅持己志，而固守貧困至於無履，也可以說是相當不易了，可是，因爲自身精神中本有的「豪放」精神，使得他難以抗拒酒的魅力，因爲酒入腸中，有益「豪放」的意味，雖然這種意味是只有他自己才明白的。他沒有做到叔齊、伯夷的拒食周粟而死，我們也沒有責備他的意思，相反，這正是他的可愛之處，也是他的不違背本性之處，那就是「豪放」。試想，如果沒有酒的助力，他怎能寫出像《詠荊軻》這樣唯一具有「豪放」之氣而偶露崢嶸的詩作呢？這也算是爲了「豪放」而局部犧牲自己的「志」的一個佳話，一個中國美學史上與「豪放」範疇及其意蘊相關的佳話。

酒之所以能夠和「豪放」聯繫得如此密切，除了我們在探討「豪放」範疇的本體生成的主客觀原因一部份探討的以外，還因爲從人生境界而言，「酒能使人的思想麻痹，忘卻世間的痛苦；也能使人思想活躍，使人達到道家超然世外的精神境界，在醉中與道冥冥相通。」〔註 36〕當然，這是一種純粹的審美境界，尚非「豪放」意蘊的最高境界。

中國文學藝術史上偉大的作家，很多在「豪放」和酒的聯繫上，表達得豐富多彩、氣象萬千，增加了中國文學的民族性趣味，也提升了中國民族美學的審美境界。例如具有「豪放」氣度的杜甫，我們以爲他是一個憂國憂民的大詩人，一臉嚴正深沉的樣子，其實他寫過《醉爲馬墜諸公攜酒相看》一詩，其中的諸公攜酒來看，可見也是解人，如「酒肉如山又一時，初筵哀絲動豪竹。共指西日不相貸，喧呼且覆杯中淥」之類，寫盡「豪放」之致。他的《飲中八仙歌》不必說了，《醉時歌》中說：「忘形到爾汝，痛飲眞吾師」，「痛飲」正是一種眞正「豪放」的意態，之後則是「此身飲罷無歸處，獨立蒼茫自詠詩」（《樂遊園歌》），《舊唐書・文苑傳》稱「永泰二年，啗牛肉白酒，一夕而卒於耒陽。」死也死得不得不和酒沾上邊，可謂「豪放」之極了！詩人一生艱難困苦、窮愁潦倒，理想遠大而難以實現，就不能不有「豪放」之情，使酒弄氣，正是「豪放」的表現。《八哀詩・故著作郎貶台州司戶滎陽鄭公虔》云：「嗜酒益疏放，彈琴視天壤。」可謂道出神情。《壯遊》中杜甫自云：

> 性豪業嗜酒，嫉惡懷剛腸。脫略小時輩，結交皆老蒼。飲酣視八極，俗物都茫茫。……氣劘屈賈壘，目短曹劉牆。忤下考功第，獨辭京尹堂。放蕩齊趙間，裘馬頗清狂。春歌叢臺上，冬獵青丘旁。呼鷹皂櫪林，逐獸雲雪岡。射飛曾縱鞚，引臂落鶖鶬。蘇侯據鞍喜，忽如攜葛強。快意八九年，西歸到咸陽。

可謂詩人「豪放」意態的眞實寫照，尤其是「性豪業嗜酒」，不是極其明白地點出「豪放」意蘊和酒的關係了嗎？嗜好喝酒，不但是因爲本性之中原有「豪放」的成分不自覺而使然，而是明確認識到了「嗜酒不失眞」（《寄薛三郎中》）、「嗜酒見天眞」（《寄李十二白二十韻》）的道理，而崇尚人性之眞而不顧世俗禮法的束縛，正是「豪放」精神的體現。《少年行》云：「不通姓字粗豪甚，指點銀瓶索酒嘗。」把索酒視爲「粗豪」的表現，也可謂事出有因了。「白日放歌須縱酒」（《聞官軍收河南河北》），「豪放」的方式是「縱酒」。「千里猶殘舊冰雪，萬壺且試開懷抱」、「氣酣日落西風來，願吹野水注金杯」（《蘇端

〔註 36〕葛景春：《詩酒風流賦華章——唐詩與酒》，河北人民出版社，2002 年版，第 24 頁。

薛復筵簡薛華醉歌》)，這是寫飲酒的氣魄，益見「豪放」。杜甫詩中及於飲酒者比比皆是，像他這樣以儒為貌的詩人，若非是酒，恐怕也沒有那麼多精彩的好詩，見不出其「豪放」的意態。

李白使酒弄氣的意態，比之杜甫有過之而無不及。其天才式的詩才，很大程度上體現在七言古詩中，七言古詩在唐代也稱歌行或樂府，既稱歌行，有歌焉能無酒？李白天風飄灑、豪放飄逸的詩歌天才的表現，便是以歌行為主，中間也夾雜著三言、四言、九言等雜言。七律在李白的時代在體制上已經成熟起來，而李白不願意受七律精嚴格律的束縛（當時律詩已漸成型），益可見出其不受拘束之處，這是其「豪放」的天性使然，並非偶然的現象。「豪放」的意蘊即在於內在內容的盛大而充實充沛，必然要求其外在的表現形式不是整齊劃一有著規範太過的氣象的，李白以其天才式的詩歌實踐證明了這一點——何況還有酒的作用呢！李白的詩歌天才因酒而得到極大的發揮和表現，而飲酒過量也給其生活帶來了悲劇性的後果，他沒有把酒之為「豪放」的助力和表面形式的實質認識清楚，實際上也是在形式上的過於「豪放」導致了非美因素闌入生活所導致的後果，雖然在詩歌中他的「豪放」是無可非議的。李白的詩歌天才在中國詩歌史上是一個僅有之例，其縱酒亦然，「豪放」也獨具異彩。《將進酒》是李白體現其使酒弄氣而表現出極大「豪放」的意態的傑作：

> 人生得意須盡歡，莫使金樽空對月。天生我材必有用，千金散盡還復來。烹羊宰牛且為樂，會須一飲三百杯。岑夫子，丹丘生，將進酒，君莫停。與君歌一曲，請君為我側耳聽。鐘鼓饌玉不足貴，但願長醉不願醒。古來聖賢皆寂寞，惟有飲者留其名。陳王昔時宴平樂，斗酒十千恣歡謔。主人何為言少錢，徑須沽取對君酌。五花馬，千金裘，呼兒將出換美酒，與爾同銷萬古愁。

此作端的是痛快淋漓，可以說是「豪放」意蘊因酒而得體現的完美結晶。《結客少年場行》一篇，是寫少年俠客使酒弄豪的，通篇貫注著「豪放」的意氣姿態，《白馬篇》則寫豪俠由鄉里轉而至於沙場殺敵立功之事。李白詩歌中洋溢的仙、俠、道、儒四大因子，可以說前三者都是和酒聯繫在一起的，酒和李白天生的反叛個性及豪放精神結合在一起，使得其詩歌創作每每徘徊於一種巔峰狀態，極其精彩地展示了「豪放」之美的風姿意態。李白最好的詩歌作品都是和酒及「豪放」這兩種因素聯繫在一起的，能夠把酒和「豪放」的精神統一在一起而使得兩者都呈現出富有中國傳統文化和美學意蘊特色的詩人，在中國詩歌史上，李白可以說是首屈一指。

辛棄疾的「豪放」，顯然也得力於酒不少。李白的飲酒是使自己的才情盡情的發揮出來，「豪放」的精神意態由之而見，辛棄疾則是用酒來麻醉自己——當然李白也有這方面的因素，不過他可以選擇優游世俗的方式，在完全的自我世界裏完成對於個體的假構和昇華，辛棄疾則因爲身在朝廷而總想有所作爲，不能徹底放棄自己的用世之志，所以酒這種有助於「豪放」意態的物質，竟然在辛棄疾那裡得到了有限制的發揮。而實際上的結果卻是適得其反，外在物質的有限制而防止其盡情的有助於「豪放」意蘊的展現，一時間是壓制了「豪放」的外在表現形式，但內在的「豪放」的精神卻不能被壓制住，反而有了更大的內在之「氣」的積聚，從而導致了更爲盛大的外在「豪放」的表現形態。現實的理想是辛棄疾思想精神中根本的東西，不可能放棄，雖然在他的作品中充滿了對於陶潛歸隱田園的無限嚮往，然而對於他來說那種人生境界始終是一種嚮往而已，他自己很清楚根本不能實現，這是其衡量良心作出的歷史性選擇。盡可能的在現實世界中做出一點有益於社會民生的事情，正是他的深衷所在。所以他沉浮在腐敗的南宋政治氛圍之中，浮亦進，沈亦進，榮辱並不能改變他爲國爲民的決心和精神。但是在文學中，他是一個立體化的、具有豐富而飽滿的個性色彩的人。他無可奈何地感慨「人間路窄酒杯寬」（《鷓鴣天・吳子似過秋水》），因此「天下事，可無酒」（《賀新郎・題傅岩叟悠然閣》），大呼「春色難留，酒杯常淺」（《錦帳春・席上和叔高韻》），他羨慕陶潛的自我自適的境界：

> 莫向空山吹玉笛，壯懷酒醒心驚。四更霜月太寒生。被翻紅錦浪，酒滿玉壺冰。　　小陸未須臨水笑，山林我輩鍾情。今宵依舊醉中行。試尋殘菊處，中路侯淵明。（《臨江仙・醉宿崇福寺，寄祐之弟，祐之以僕醉先歸》）

人生在世，誰不嚮往「閒飲酒，醉吟詩」（《最高樓・吾擬乞歸，犬子以田產未置止我，賦此罵之》）的詩意生活，可是罵則罵矣，歸卻未得。內在的「豪放」之氣終將要發泄出來，於是，酒和詩就成爲顯現「豪放」意態的載體：「要他詩句好，須是酒杯深」（《臨江仙》），「掀髯把酒一笑，詩在片帆西」（《水調歌頭・和王正之右司吳江觀雪見寄》），「這裡都愁酒盡，那邊正和詩忙」（《朝中措・崇福寺道中歸寄祐之弟》），「快斟呵。裁詩未穩，得酒良佳。」（《玉蝴蝶・叔高書來戒酒用韻》），還有「細數從前，不應詩酒皆非」（《新荷葉・再和前韻》）的自我寬慰，也偶而會想起「少年握槊，氣憑陵、酒聖詩豪餘事。」（《念奴嬌・雙陸和坐客韻》）的豪情萬丈，而「綠野先生閒袖手，卻尋詩酒功名。未知明日定陰晴。今宵成獨醉，卻笑眾人醒。」（《臨江仙・即席和韓南澗韻》）的意態何嘗不是自己的寫照呢？生活現實中難得「豪放」之氣的使酒弄性者，於是萬物也成爲酒中知己——「拄杖而今，婆娑雪裏，又識商山皓。請君置酒，看渠與我傾倒。」（《念奴嬌》）「翦燭西窗夜未闌。酒豪詩興兩聯綿。香噴瑞獸金三尺，人插雲梳玉一彎。」（《鷓鴣天・和陳提幹》）因酒而見豪氣，貫注於詩，純粹地顯示著人的眞性情的「豪放」意態，其實只是詞人的一種以退爲進的人生策略罷了，性情和精神中的「豪放」是不能用這樣的形式來打發的，何況終日沉醉有礙身心的健康呢，於是朋友們屢屢勸其戒酒，辛棄疾自己也下了很大的決心，特作《沁園春・將止酒，戒酒杯使勿近》一詞：

> 杯汝來前，老子今朝，點檢形骸。甚長年抱渴，咽如焦釜；於今喜睡，氣似奔雷。汝說「劉伶，古今達者，醉後何妨死便埋。」渾如此，歎汝於知己，眞少恩哉！　　更憑歌舞爲媒。算合作、人間鴆毒猜。況怨無大小；生於所愛，物無美惡，過則爲災。與汝成言，勿留亟退，吾力猶能肆汝杯。杯再拜，道「麾之即去，招之即來。」

這眞是酒和「豪放」結緣的又一大佳話。他還有次韻一篇，是仿傚劉伶的以酒戒酒的故事，由此可見，酒之與「豪放」意蘊的緣分，眞是非同一般呢！酒到了辛棄疾那裡，可以說因「豪放」的意蘊而體現得最好的了，能夠把酒淋漓盡致地發揮到這種地步，除了「豪放」的意態，還有什麼呢！而這兩篇曠古絕今的《沁園春》，也因此而得以臻致「神味」之境界，即正是王國維《人間詞話》所不解的「南宋詞人之有意境者，唯一稼軒，然亦若不欲以意境勝」〔註 37〕的「不欲以意境勝」的高於「意境」的「神味」之藝術境界的傑作。假如固守在「意境」爲審美理想的舊眼光之中，當然無法盡然體知稼軒《沁園春》的佳處所在了。

中國文學史上這種弄酒使氣的文人數不勝數，其中大多數是男性，女人之中端是少見，在中國傳統文化的歷史語境之中，具有「豪放」之美和意態

〔註 37〕王國維：《人間詞話》，上海古籍出版社，1998 年版，第 77 頁。

的女人眞是太少了，女人除了要被籠罩於文化和禮法制度之下，還要被籠罩在男人的權威之下，拋頭露面已經很爲許多的男人所不樂意，何況是具有「豪放」的人生意態的女人呢！婉約派的大詞人李清照爲人所熟知的唯一一首「豪放」詞是《漁家傲》（「天接雲濤連曉霧」），也不過是抒發超邁浪漫的化外之思的作品而已，可以說是微有「豪放」的色彩，其《夏日絕句》（「生當做人傑」）詩則已經體現了作爲女人要衝破束縛的決心，然而在詞中她最終還只是接觸到「豪放」意蘊的邊緣而已。而處於中國傳統文化將要崩潰的前夜的秋瑾，則已經鮮明地表現出來了「豪放」的意態，並且是和酒聯繫在一起的：「不惜千金買寶刀，貂裘換酒也堪豪」（《對酒》），因爲她有「漫云女子不英雄，萬里乘風獨向東」（《日人石井君索和即用原韻》）的志向抱負，最能體現她「豪放」精神的是其詞作《滿江紅》：

> 小住京華，早又是中秋佳節。爲籬下黃花開遍，秋容如拭。四面歌殘終破楚，八年風味徒思浙。苦將儂強派作蛾眉，殊未屑！　身不得，男兒列，心卻比，男兒烈！算平生肝膽，不因人熱。俗子胸襟誰識我？英雄末路當折磨。莽紅塵何處覓知音？青衫濕！

眞是唱出了古今女人的心聲的最高音！正因爲有志如此，她才覺得「濁酒不銷憂國淚，救時應仗出群才」（《黃海舟中日人索句並見日俄戰爭地圖》），而所謂「出群才」，正是能夠以嶄新的思想精神來改造和突破舊思想舊體制舊格局的人才，關鍵是人而不是別的什麼，所以她才在《紅毛刀歌》一詩中說：「紅毛紅毛爾休驕，爾器誠利吾寧拋。自強在人不在器，區區一刀焉足豪？」自古以來，女子飲酒者有之，但是畢竟酒只是外在的激發「豪放」的意態的一種質料而已，最根本的還是內在的「豪放」的思想精神，從秋瑾這裡，我們就可以深深地明白這個道理。詩酒纏綿風流的意態不過是「豪放」的一種附著形式罷了，說到底它們是「豪放」的重要載體，卻不是「豪放」本身，所以古今能詩好酒者所在多有，而能夠具有「豪放」的精神意態的，就不是很多了。以上我們略微舉了幾個有代表性的例子，從這些例子之中，「豪放」意蘊中的詩酒纏綿的人生意態，也就可以一隅以三隅反了。

李白《贈崔侍郎》詩云：「長劍一杯酒，男兒方寸心」，《在水軍宴韋司馬樓船觀妓》詩云：「詩因鼓吹發，酒爲劍歌雄」，可見，酒又是和劍經常聯繫在一起的。如果說酒是「豪放」的外在形式的一種激發物，那麼劍則在文化層次上具有精神的品格。這是因爲，中國古代不但有著「借俠（或劍）貫輸豪情、自傷身世是詠俠詩的一個傳統。作爲俠文學抒情階段上的高標，唐人詠俠詩對任俠精神的歌詠是熱烈而純情的，寄託著詩人自信、自強、自尊的時代文化心理和深沉的現實身世之感。因而就抒情言，唐人詠俠詩中，俠（或劍）在詩人筆下虛實相生，不斷對象化和象徵化，或表現爲一種人物，或爲一種形象，或爲一種精神，詩人藉此俯仰古今，直抒胸臆，使詠俠詩在高曠雄豪之外，包含著濃鬱的抒情色彩。」〔註 38〕俠最早的身份是和劍密切相連的，而且，劍在古代中國是神物崇拜思想的最主要的兵器，「其最初原型可能是蛇……南方普遍崇拜蛇……因龍蛇相類，很自然地劍與神性廣大的龍攀上了因緣。……劍的精靈似乎來自那不可探知的古遠之世，怎樣封藏也難脫神性，鎖閉在武庫多年仍會將神威本性洋溢空中。」〔註 39〕而蛇正是中華民族圖騰對象龍的最主要淵源和組成部份，蛇的神秘靈異是導致在自然力極其不發達的條件下人們崇拜它的原因。劍的神異如果脫除其迷信的一方面的原因，實際上反映了人和劍的親和，人對於劍的極大期望和依賴，在劍身上人們寄託了一種精神，「《越絕書》卷十一……寫晉鄭王竟爲奪劍而興兵圍楚，而楚王在城上揮動泰阿之劍，既然使晉國三軍大敗，士卒流血千里。劍在這裡，已具有一種超自然的神力。連楚王也不禁感到疑惑：『夫劍，鐵耳，固能有精神若此乎？』」〔註 40〕這裡的「精神」是指劍的那種不可思議的威力，而這種神奇的威力，被先人認爲是得人之精華的結果，所以古代煉劍時多有以血喂之而始具有神奇威力的傳說，如「《吳越春秋》卷四寫干將鑄劍時，莫邪提出『夫神物之化，須人而成』，干將也說昔日他師父冶煉金鐵，夫妻俱入冶爐中而成，於是莫邪就斷髮剪爪投入爐中，終於煉就了干將莫邪陰陽（雌雄）劍。可以說這是人血煉劍的萌芽。……嗜血，乃是劍的本性。古代時有這樣的傳聞，即刀劍等兵器由於殺得人多了，時常在夜裏發出嘯叫聲，甚至在出擊飲血前躍出劍鞘半截。」〔註 41〕因此，「就不難理解古人總是認爲劍是一種

〔註 38〕汪聚應：《唐人詠俠詩芻論》，載《文學遺產》2001 年第 6 期。

〔註 39〕王立：《偉大的同情——俠文學的主題史研究》，學林出版社，1999 年版，第 10 頁。

〔註 40〕王立：《偉大的同情——俠文學的主題史研究》，學林出版社，1999 年版，第 8～9 頁。

〔註 41〕王立：《偉大的同情——俠文學的主題史研究》，學林出版社，1999 年版，第 18 頁。

具有生命的東西」〔註 42〕，因而先人「力圖渲染劍的生命活力，劍與人之間的生命感應」〔註 43〕，劍的靈異和生命力象徵，實際是在劍上寄寓了人的主體性精神和生命力，顯示了人的主體性因素在面對自然界時的姿態，因而成爲具有「豪放」精神的主體俠士的象徵和最佳武器。在中國古代兵器中，劍具有最高的地位，原因也正在於此，正在於其內在的和人感應的那種親和力和生命力。也正因爲如此，劍才天然地成爲正義的化身和象徵，賦予了它一種陽剛的性情和精神：

> 劍可辟邪，似源自中國古代的陰陽對舉、相生相剋觀念。劍是秉天地靈氣的陽物，是勇力與正義的化身，對陰物邪惡必然會產生威懾作用。宋人筆下的女鬼，就有這樣的自白：「夫劍，陽物而有威者也；鬼，陰物而無形者也；以無形而遇有威，是故銷鑠其妖，而不能勝，故鬼畏劍也。」劍作爲陽物的性質，與其龍蛇原型有關部門。《禮記‧明堂位》「周龍」章注稱「龍，陽類，貴象也」；賈誼《新書‧容經》亦曰：「龍者，陽類，君之象也。」〔註 44〕

所以，劍所具有的正義和陽剛之氣的文化內涵，就已經在氣質、精神上和「豪放」聯繫起來了。「應當說，劍術必有用場，尤其是干預政治，張揚了俠干預世事不平的主動性與自覺精神」〔註 45〕，也正是一種「豪放」精神的顯示。劍的積極向善的精神，代表了人的理想意志的寄託，因而歷代文人都喜歡用劍這個意象來表達心中的怨鬱不平之氣，顯示著對於世俗現實社會的態度，也彰顯著自己「豪放」的人生意態。凡是有積極的用世之志意理想的，都不能不在根本的思想精神上和「豪放」的意蘊聯繫起來，劍就成爲這種意蘊的一種象徵，因而他們在作品中反覆詠歎，就是代表著一種精神。從這個意義上來說，劍所具有的「豪放」的意態，要遠遠大於酒所含有的「豪放」意味。

歷代文人詠劍或借劍詠懷之作已經成了一個傳統，要表達自己的用世之

〔註 42〕王立：《偉大的同情——俠文學的主題史研究》，學林出版社，1999 年版，第 12 頁。

〔註 43〕王立：《偉大的同情——俠文學的主題史研究》，學林出版社，1999 年版，第 6 頁。

〔註 44〕王立：《偉大的同情——俠文學的主題史研究》，學林出版社，1999 年版，第 16～17 頁。

〔註 45〕王立：《偉大的同情——俠文學的主題史研究》，學林出版社，1999 年版，第 30 頁。

志和人生理想，最好的象徵就借助與劍的文化精神。如敦煌無名氏曲子詞的「三尺龍泉劍，匣裏無人見」（《生查子》），說明「豪放」中「豪」即內在之氣的積聚已經完成，只等著合適的機會加以表現了。又如「攻書學劍能幾何……四塞忽聞狼煙起，問儒士，誰人敢去定風波？」（《定風波》）可謂豪情中生！「豪放」派的大家蘇軾在精神上是不能稱之爲積極用世的，所以他的詞中很少有劍這樣陽剛積極的意象，不過在酒的刺激下，還是會露出一點「豪放」的本性來，那是在面對大自然的時候，「老夫聊發少年狂……親射虎，看孫郎。　酒酣胸膽尚開張，鬢微霜，又何妨。持節雲中，何日遣馮唐？會挽雕弓如滿月，西北望，射天狼！」（《江城子・密州出獵》），這是蘇軾的第一首「豪放」詞，因爲是在盛產豪傑人物的山東任職，受當地民風的影響，不自覺地流露出「豪放」的本性，但是此後他就消極了，再也沒有出現這樣「豪放」的作品。檢索全宋詞可知，劍這個重要的文化意象在蘇軾的詞中竟然沒有出現過，這可眞是怪事！作爲古代文人書劍風流一柔一陽一文一武之一的劍，居然在蘇軾的詞中沒有出現，這從一個側面反映了蘇詞爲何沒有眞正探得「豪放」的內在精神的最高境界的原因——姜夔、周邦彥、李清照也是如此，不過他們是婉約派的大家——而辛棄疾則恰恰相反，他的詞中出現的劍意象在宋詞中首屈一指，這不也同樣說明了爲何其詞能夠成爲「豪放」詞的巔峰的原因嗎？像柳永，他還有「屈征途，攜書劍」（《鵲橋仙》）的自覺，李煜《浪淘沙》的「金劍已沉埋，壯氣蒿萊。晚涼天淨月華開。想得玉樓瑤殿影，空照秦淮！」也在沉痛之中喚起了一種對於故國的追思和豪壯之情，賀鑄的《六州歌頭》，則是借寫豪俠精神來抒發他對宋室積弱不振的現實的不滿，在詞中，俠（「少年俠氣」）、酒（「轟飲酒壚」）、劍（「劍吼西風」）這些具有「豪放」意蘊的意象都出現了，就更不用說文天祥《酹江月》裏「堂堂劍氣」、「恨東風、不借世間英物」的感慨了！張孝祥也感慨：「念腰間箭，匣中劍，空埃蠹，竟何成。」（《六州歌頭》）劍意象在辛詞中可謂意氣淋漓、豪放沉鬱：他想的是「漢中開漢業，問此地、是耶非。想劍指三秦，君王得意，一戰東歸。追亡事、今不見，但山川滿目淚沾衣。落日胡塵未斷，西風塞馬空肥。」（《木蘭花慢・席上呈張仲固帥興元》）、「舉頭西北浮雲，倚天萬里須長劍」（《水龍吟・過南劍雙溪樓》），不堪的是「長劍倚天誰問，夷甫諸人堪笑，西北有神州。」（《水調歌頭・送楊民瞻》）閒時也是「喚起一天明月，照我滿懷冰雪，浩蕩百川流。鯨飲未吞海，劍氣已橫秋。」（《水調歌頭・和馬叔度遊月波樓》)，豪氣不覺外溢，即使是醉了，也「醉裏挑燈看劍，夢回吹角連營」(《破陣子・爲陳同甫賦壯詞以寄之》)，劍在辛詞中已經成爲一種代表性的象徵意象，而具有了無限的「豪放」意味和姿態。劉過是「豪放」詞的繼承者，其詞就成就來說遠遠比不上蘇辛，以其作爲「豪放」派的代表來貶低「豪放」詞，也沒有說服力，其詞的藝術性畢竟遜色不少，但是他的詞中「豪放」的精神意態，卻是一脈相承而毫無虛假可言、毫不含糊的，一個重要的證據就是其詞中的劍意象：「一劍橫空，飛過洞庭，又爲此來」(《六州歌頭・盧蒲江席上，時有新第宗室》)、「印金如斗，未愜平生。拂拭腰間，吹毛劍在，不斬樓蘭心不平。」(《六州歌頭・張路分秋閱》)、「弓劍出榆塞，銅駲上蓬山」(《水調歌頭》)、「男兒事業無憑據。記當年、悲歌擊楫，酒酣箕踞。腰下光芒三尺劍，時解挑燈夜語。誰更識、此時情緒。」(《賀新郎》)、「看人結束征衫，前呵騎馬，腰劍上、隴西平賊。」(《祝英臺近》)、「年少起河朔，弓兩石，劍三尺，定襄漢，開虢洛，洗洞庭。」(《六州歌頭・題岳鄂王廟》)雖然在藝術上他沒有達到「豪放」派的大家水平，但在思想感情上無疑是繼承了「豪放」的內在精神的。從文人對於酒和劍意象的運用來看，劍的陽剛反映了「豪放」的內在精神，偏於「豪」的內容，而酒的曠達——即不是陽剛也不是陰柔——主要是反映了「豪放」的外在姿態，偏於「放」的內容。文人們精神、心靈中的陰陽建構可以用書、劍這兩種意象來象徵之，對於劍的意象的缺乏，正反映了他們精神中在根本上是缺乏「豪放」精神的，單純用詩酒風流纏綿的方式來顯示其人生意態的，只是一種形式罷了。中國傳統文人由於在現實中得不到獨立的地位，所以審美意識中也就相應地缺乏積極剛健的精神，從而影響了整個中華民族的審美意識，不但是在文學藝術中如此，即使在和詩歌關係極爲密切的音樂來說，也足以反映這個問題。隨著歷史上的魏晉南北朝時代外族尤其是北方民族的入侵中原，也給中原帶來了慷慨激越的音樂，和中國原有的音樂不斷地融合，實質上卻正是——說得好聽一點，是中國原有的文化和音樂不斷的同化了外來文化和音樂，但是，從另一個角度來說，如果中國原有的音樂是不缺乏陽剛之氣的，那麼也就不會實現這種融合。其實是中國原有的音樂存在著陽剛之氣不足的缺陷，所以才不斷的吸收外來音樂的精華。這種融合的過程在唐代之後即越來越少終至於無，整個中國封建社會的下坡路也就開始了。從宋詞尤其是婉約中劍的意象的缺乏，我們足以認識到這個問題，也足以認識到「豪放」對於中華民族乃至文學藝術是何等的重要了！

關於後世中劍意象在文學藝術中的表現，也已經沒有再擴大範圍的必要，能夠說明問題就已經足夠了。至於琴的方面，可一算是對於劍的一種互補，就像詩酒一樣。「從豐富多彩的詠酒詩和唐人大量的酒後所作的精彩詩篇來看，這些詩確實是唐人酒文化營養基中孕育出的精神花朵。可以毫不誇張地說，好的唐詩幾乎有一半是在酒興中寫出來的。……從另一個角度來說酒與詩的關係，那就是酒乃詩的基素之一。因爲酒是詩的催生劑和重要的物質觸媒，同時，酒的文化精神也是詩的一個重要的精神支柱。」〔註 46〕正像詩離不開酒的意趣和作用，琴劍並稱，也已經成爲中國傳統文化的一個慣例。「豪放」的最高境界是剛柔相濟的，它完全可以兼有陰柔之美的特長，這在本書前文中已經論證過了。像《笑傲江湖》中衡山派的劉正風和日月教的曲長老，琴簫合奏，何等風流，其內在的精神卻是無比「豪放」的，因爲這種意態，實在是他們對於江湖無休止的爭鬥的一種調和和抗爭，算是對於「豪放」意蘊中過剛之弊的一個矯正，是對於不以人的價值爲第一位的價值觀的一種抗爭和背叛，因而體現了一種非功利的人生態度，眞正體現了「豪放」的精神和美。說到底，琴意象在精神的淵源上仍然屬於莊學，而向古逸閒雅靠近，是「豪放」中「放」的意蘊一種溫和的表現。

作爲「豪放」範疇的代表性美學意象，劍在質料、質感上更多的偏向於剛質，而酒則偏向於柔質。劍雖以其外在的形式而得其剛質之感，但經過中國傳統文化的薰染，已經具有了主體性的內在品格，它代表著「豪放」的精神的一個高度，代表著一種積極奮進的精神狀態。酒在外在的形態上雖然是柔質的，但是要在這種柔質中呈現出「豪放」的審美意蘊來，則不得不在很大程度上依靠主體內在盛大而充沛的「氣」來達到，否則就不可能達到「豪放」的境界；同時，酒對於「豪放」之「氣」，也具有一種催發的作用，使其在「放」的流程之中達到最大的張力和效果，渲染出最爲多姿多彩的審美意蘊。正因爲劍和酒都對「豪放」審美意蘊的產生都有十分積極的意義，因此它們才成爲「豪放」範疇的經典審美意象。由於劍主要在俠那裡得到最爲精彩、合適的寄託，而酒則廣泛適用於社會民生的各個階級，因此就兩者的普適性而言，如果再進一步做出比較的話，則酒意象無疑更能代表「豪放」的

〔註 46〕葛景春：《詩酒風流賦華章——唐詩與酒》，河北人民出版社，2002 年版，第 276～277 頁。

審美意蘊。但若沒有劍意象的指引，則酒意象極易向著頹廢、狂放、曠達等「豪放」範疇群的外圍發展，而消解了「豪放」的積極意義和精神高度，這卻又是我們不得不注意的。

第八章　「豪放」範疇主要涉及理論問題論辨（上）

「豪放」確立其內涵及豐富飽滿的姿態意蘊，並發展成為一個獨具特色的美學範疇，是在宋代完成的，並且主要是在和「婉約」相對立的形勢下完成的。它和「婉約」相對立的形勢，既有激烈的衝突，也有碰撞和融合。可以說，它在中國詩學視野之中的一系列理論問題，基本上都是圍繞著這一點展開的，因此，接下來的兩章本書將專門集中探討一下涉及到「豪放」和「婉約」的種種理論問題。這裡所說的「詩學視野」，包括傳統意義上的詩學、詞學和曲學，但由於詩、詞、曲又都是詩歌的不同形式，所以我們所謂的「詩學視野」，其實就是以統領詩、詞、曲的那種「大詩學」的高度，來審視具體的詩學、詞學和曲學的一個角度。這樣的一個角度，有益於我們跳出詞學的狹窄領域和視角來審視「豪放」，從而擺脫中國古代統治階級意識籠罩下以「含蓄」、「溫柔敦厚」等思想為詩學思想主流的影響，客觀公正地評價「豪放」和「婉約」及「豪放」本身的種種理論問題。同時必須指出的是，「豪放」在具體的詩學領域之內，其代表時代是唐代，以李杜為代表的詩歌和以顛張狂素為代表的草書，其「豪放」的價值和地位在唐人那裡是不存在什麼問題的——但那時「豪放」還未眞正的成為一個美學範疇。對於「豪放」的貶低、排斥是從宋人開始的，而這又關乎中國整個古代社會、民族審美意識的轉變，這些我們在前文探討「豪放」的發展嬗變及其詩學基礎時已經論述過了，「豪放」在具體的詩學意義和領域裏始終沒有上升為一個美學範疇，不存在理論上的一些認識偏差，所以下面兩章我們主要就詞學和曲學領域裏涉及到「豪放」的有關理論問題進行一番探討，這些問題主要涉及：「豪放」對「婉約」的突破和發展，其核心點是「豪放」是否是一種值得肯定的發展；「豪放」是否可以兼有「婉約」之長，其核心點是兩者誰是詞的最高境界的問題；「豪放」、「婉約」何者是詞的「本色」，其核心點是這種「本色」之爭是否能解決詞的片面發展和進一步發展的問題；「豪放」詞是否是一種「詩化之詞」，其核心點是詞應不應該具有詩學的廣闊視野以求取得更高層次的發展；「豪放」、「婉約」二分法辨，其核心點是這種二分法是否不科學、不客觀和沒有多少實際價值；「豪放」與詩體形式（詩、詞、曲）的演進變化，其核心點是「豪放」才是詩詞曲形式發展變化以取得新鮮的生命力的內在動力。下面，我們將就各個問題依次進行探討。

第一節　「豪放」對「婉約」的突破與發展

「豪放」美學範疇的價值，很大程度上體現在以剛健積極爲主的美學特色對於以柔弱萎靡不振爲主的美學思想的突破和發展，在詞學的領域之內，則主要體現爲「豪放」對「婉約」的突破與發展。「豪放」對「婉約」詞的突破與發展，是一個歷史的事實，現在早已經取得了人們的共識。胡雲翼在《宋詞選・前言》中評價蘇軾說：

> 北宋前期的詞，不論晏殊、歐陽修、柳永或其他詞人，不論雅詞或俚詞，不論所反映的是士大夫或是市民的精神面貌，都沒有突破「詞爲豔科」的樊籬，內容仍舊局限於男女相思離別之情，「靡靡之音」充滿了詞壇，風格始終是柔弱無力，極少例外。蘇軾的貢獻首先是打破詞的狹隘的傳統觀念，開拓詞的內容，提高詞的意境。……建立這種豪放風格不是一個單純的形式問題，也不是一件簡單的事情。歐陽修對於詩文都有所革新，對於詞則原封不動，可見詞的傳統觀念的牢不可破。蘇軾「以詩爲詞」，不僅用詩的某些表現手法作詞，而且把詞看作和詩具有同樣的言志詠懷的作用，這樣，就解放了詞的內容和形式上的束縛，使它具有較前寬廣得多的社會功能，這意義是不可低估的。王灼《碧雞漫志》說：「東坡先生非醉心於音律者，偶而作歌，指出向上一路，新天下耳目，弄筆者始知自振。」這是一個根本性的問題。〔註1〕

〔註1〕胡雲翼：《宋詞選》，上海古籍出版社，1982年新2版，第9～10頁。

對於蘇軾而言，其歷史作用在於「眞正把詞推向高峰並開豪放境界又奠立地位」，「詞在他的筆下，沖決了『豔科』的藩籬，開創出『傾蕩磊落，如詩，如文，如天地奇觀』的壯觀局面。……他打破了『詩莊詞媚』的觀念，亦將文章筆法帶入詞中，一切皆由胸中溢出而全衝破束縛」，「他使詞擺脫了對音樂的附庸地位，同時在語言方面也一掃花間詞人的脂粉與柳永詞作的俚俗。」〔註 2〕這些性質，也正可見出蘇軾的做法本身，就具有一種「豪放」的精神。胡傳志在《豪放詞四論》一文中說：「北宋前期一些有理想的士大夫創作了少量具有豪放詞風的作品。如大家所熟知的范仲淹《漁家傲》……像他們這樣有遠大理想的士大夫一旦作詞，就會出手不凡，就會表現其豪情壯志……可以說，只要文人繼續參與詞體的創作，繼續表現士大夫多方面的懷抱，就必然會產生豪放詞。」〔註 3〕「婉約」詞是以抒情爲主的，「情」如果沒有「志」的指引，就難以達到「豪放」的境界，這在前文我們在研究「豪放」的生成流程的時候已經有所論述，那麼反過來來講，一旦宋人中的士大夫要在詞中抒發他們的「志」，就必然會突破「婉約」詞單純抒情的路子。正因爲胡先生對「豪放」之「豪」（表現爲內在之「氣」，且態勢爲盛大）是由於大我之「志」所造成的這一點並無深刻的理解，所以他在文章中認爲「柳詞之『放』與蘇詞豪放相通」，其實柳永的詞僅僅是偏於「豪放」之中的「放」，沒有「豪」的「放」和「豪放」之「放」有著本質上的區別，其相通僅僅是表面上的現象而已。

而龍榆生在《試談辛棄疾詞》一文中，也肯定了辛詞對於詞的發展所起的巨大的決定性的作用：

> 一般所謂蘇、辛詞派，其實也就是自由作他的新格律詩，因而把內容擴充得異常廣泛，洋溢著作者的生命力……詞發展到了稼軒，才眞正在文學史上奠定了它的崇高地位……辛棄疾在詞學發展史上的創造精神，是多數學者一致承認的。〔註 4〕

歷史上及現在的很多學者以蘇、辛之詞爲「以詩爲詞」，因而用這個藉口來貶低他們，但是實際上客觀的看來，像這裡龍先生所提的「新格律詩」的說

〔註 2〕張維青、高毅清：《中國文化史》，山東人民出版社，2002 年版，第 191～193 頁。

〔註 3〕胡傳志：《豪放詞四論》，載《安徽師範大學學報》（人文社會科學版）1999 年 11 月第 27 卷第 4 期。

〔註 4〕龍榆生：《龍榆生詞學論文集》，上海古籍出版社，1997 年版，第 359 頁。

法，看他對這種「新格律詩」的讚美，就可見詞之所以能夠代替詩而成爲宋代的「一代之文學」的代表，就是因爲詞在當時取得了一種「新格律詩」的資格，這正是詞進步的地方，有什麼值得自慚形穢的呢？胡適將詞的發展分爲「歌者的詞」、「詩人的詞」、「詞匠的詞」（《詞選自序》），對於以蘇、辛爲代表的「詩人之詞」，卻是最讚賞的，因爲在詞中他們很好地突出了「個性」。〔註5〕他從形式上研究了詩、詞、曲的同異，認爲豪放詞在形式的解放方面做得最好，如其留學日記「詞乃詩之進化」條載：「吾國詩句之長短、韻之變化不出數途。又每句必頓住，故甚不能達曲折之意，傳宛轉頓挫之神。至詞則不然。如稼軒詞『落日樓頭，斷鴻聲裏，江南游子，把吳鈎看了，闌干拍遍，無人會，登臨意。』以文法言之，乃是一句，何等自由，何等頓挫抑揚！」又 8 月 3 日札記「讀詞偶得」條云：「年來閱歷所得，以爲讀詞須用逐調分讀之法。每調選讀若干首，一調讀畢，然後再讀他調。須以其同調各首互校，玩其變化無窮、儀態萬方之旨，然後不至爲調所拘，流入死板一格。即如《水調歌頭》，稼軒一人曾作三十五闋，其變化之神奇，足開拓初學心胸不少。」又謂陳亮詩「無一佳者，其詞則無一首不佳，此豈以詩之不自由而詞之自由歟？」〔註6〕如果詞不發展到「豪放」詞而對「婉約」詞有所突破和創新，我們是很難想像詞是否能夠成爲「一代之文學」的。而「豪放」之所以能夠具有如此偉力，根本原因乃是「豪放」需要「最充實的主體修養」〔註7〕，而且這種修養只能從最爲豐富、複雜、深刻的社會民生的現實生活中來。關於「以詩爲詞」的問題，我們將在下一章第一節中集中探討，這裡不作過多的論述。

從詞史的源流上看來，我們不能不說在「豪放」對「婉約」的突破上，起最大作用的無疑是蘇軾，而以流派而言，則是「豪放」派對「婉約」派的突破和發展。本書在第五章「宋元明清：『豪放』的盛極而衰」一部份裏，已經就以「兩種盛唐」爲代表的中國古代審美意識的轉折做了分析，針對後一種盛唐，李澤厚已經指出：「一個很有意思的情況是，杜、顏、韓的眞正流行和奉爲正宗，其地位之確立不移，並不在唐，而是在宋。」〔註8〕「如果說，前者更突出反映新興地主知識分子的『破舊』、『沖決形式』；那麼，後者突出

〔註 5〕 胡適：《詞選》，河北人民出版社，1999 年版，第 3～7 頁。
〔註 6〕 《胡適留學日記》（下冊），海南出版社，1994 年版，第 78、110～111、78 頁。
〔註 7〕 張國慶：《〈二十四詩品〉詩歌美學》，中央編譯出版社，2008 年版，第 91 頁。
〔註 8〕 李澤厚：《美學三書》，天津社會科學出版社，2003 年版，第 131～2 頁。

的則是他們的『立新』、『建立形式』。……那麼，這些產生於盛（唐）中（唐）之交的封建後期的藝術典範又有些什麼共同特徵呢？它們一個共同特徵是，把盛唐那種雄豪壯偉的氣勢情緒納入規範，即嚴格地收納凝煉在一定形式、規格、律令中。從前，不再是可能而不可習、可至而不可學的天才美，而成爲人人可學而至、可習而能的人工美了，但又保留了前者那磅礴的氣概和情勢，只是加上了一種形式上的嚴密約束和嚴格規範。」〔註 9〕對於法度和形式的重視和強調是第一位的，而作爲唐代文學藝術最高境界的「豪放」則退居其次，到了宋代，即使蘇軾說出了「出新意於法度之中，寄豪放於妙理之外」的話，也仍是如此。但是，我們必須認識到，雖然宋人在對「豪放」的肯定上已經不是最高的了，但其審美理想顯然也不是唐末、五代以香豔纏綿爲特色的詞風，蘇軾的「豪放」詞對於「婉約」詞的突破和發展，就是在這樣一種情勢之下產生的。

以蘇軾爲代表的宋人的審美理想，體現了中國古代封建社會後期逐漸趨於保守的發展態勢。隨著由唐而宋的在國勢上攻守形勢的轉變，王朝的開放程度在宋代已經大不如以前，對於「豪放」的影響而言，就是它又進入了一個外在的「收」勢的狀態，而對宋代的文化更是有著深刻的影響。外在的變化勢必會導致內在的變化，李澤厚敏銳地分析了中唐以後社會歷史文化所存在著的深層的內在矛盾：

> 如上篇所說，杜甫、顏眞卿、韓愈這些爲後期傳統文藝定規立法的巨匠們，其審美理想中滲透了儒家的思想。他們要求在比較通俗和具有規範的形式裏，表達出富有現實內容的社會理想和政治倫理主張。這種以儒家思想作藝術基礎的美學觀念不只是韓、杜等人，而是一種時代階級的共同傾向。所以，儘管風格、趣味大不相同，卻貫穿著這同一的思潮脈絡。……就在這批「文以載道」、「詩以采風」的倡導者們自己身上，便已經潛藏和醞釀著一種深刻的矛盾。作爲世俗四主階級知識分子，這些衛道者們提倡儒學，企望「天王聖明」，皇權鞏固，同時自己也做官得志，「兼濟天下」。但是事實上，現實總不是那麼理想，生活經常是事與願違。皇帝並不那麼英明，仕途也並不那麼順利，天下也並不那麼太平。他們所熱心追求的理想和信念，他們所生活和奔走的前途，不過是官場、利祿、宦

〔註 9〕李澤厚：《美學三書》，天津社會科學出版社，2003 年版，第 126～8 頁。

> 海浮沉、上下傾軋。所以：就在他們強調「文以載道」的同時，便不自覺地形成和走向與此恰好相反的另一種傾向，即所謂「獨善其身」，退出或躲避這種爭奪傾軋。結果就成了既關心政治、熱中仕途而又不感興趣或不得不退出和躲避這樣一種矛盾雙重性。……他們的地位畢竟不是封建前期的門閥士族，不必像阮籍嵇康那樣不由自主地必須捲入政治漩渦（參看本書「魏晉風度」），他們可以抽身逃避。〔註 10〕

這種雙重的矛盾的結果在宋人的身上的體現，不是如魏晉士人的或消極避世或狂放大悖於禮法制度，而是更注重內心的追求。李澤厚認爲蘇軾就是這樣一種社會歷史背景在「文藝思潮和美學趨向的典型代表」，「他是上述地主士大夫矛盾心情最早的鮮明人格化身。他把上述中晚唐開其端的進取與退隱的矛盾雙重心理發展到一個新的質變點。」「……對整體人生的空幻、悔悟、淡漠感，求超脫而未能，欲排遣反戲謔，使蘇軾奉儒家而出入佛老，談世事而頗作玄思；於是，行雲流水，初無定質，嬉笑怒罵，皆成文章；這裡沒有屈原、阮籍的憂憤，沒有李白、杜甫的豪誠，不似白居易的明朗，不似柳宗元的孤峭，當然更不像韓愈那樣盛氣淩人不可一世。蘇軾在美學上追求的是一種樸質無華、平淡自然的情趣韻味，一種退避社會、厭棄世間的人生理想和生活態度，反對矯揉造作和裝飾雕琢，並把這一切提高到某種透徹了悟的哲理高度。無怪乎在古今詩人中，就只有陶潛最合蘇軾的標準了。……終唐之世，陶詩並不顯赫，甚至也未遭李、杜重視。直到蘇軾這裡，才被抬高到獨一無二的地步。」李先生還分析了後人對蘇軾這種美學理想的反對（應該說後人所反對的不是蘇軾的美學理想，而是反對他把這種美學理想抬高到最高的位置），包括朱熹、王夫之等人，原因是蘇軾的思想中總是「深深的埋藏著某種要求徹底解脫的出世意念」，「他們都感受到蘇軾這一套對當時社會秩序具有潛在的破壞性。蘇東坡生得太早，他沒法做封建社會的否定者，但他的這種美學理想和審美趣味，卻對從元畫、元曲到明中葉以來的浪漫主義思潮，起了重要的先驅作用。」〔註 11〕李澤厚的論述是精到的，這對於我們理解宋人的審美理想及其文藝實踐，有著十分重要的意義。我們之所以要費力地論述了如上的內容，就是要在社會歷史文化的層面上深刻理解宋人對於

〔註 10〕李澤厚：《美學三書》，天津社會科學出版社，2003 年版，第 137～139 頁。
〔註 11〕李澤厚：《美學三書》，天津社會科學出版社，2003 年版，第 145～149 頁。

「豪放」問題的闡釋，從而爲我們研究宋代「豪放」問題的複雜性提供一個前提和心理準備。尤其是蘇軾，前文中在論述到唐代吳道子的繪畫和懷素的書法時已經有所涉及，而在這裡我們就可以明確地肯定，楊存昌在《道家思想與蘇軾美學》中關於蘇軾「以道爲核心思想的人生哲學」的觀點，是正確的——當然，有一個從儒到道的轉變，而對於宋人審美理想的確立，起到最大作用的顯然是道家思想（吸收了佛教思想）。也只有認識到這一點，才可以理解蘇軾對於「豪放」的態度。從總體上來說，道家思想是主靜的哲學，缺少現實的積極進取的精神，這對於「豪放」之「豪」中的「氣」的產生，是一個不利的因素。蘇軾在思想上主於道家，因此他處世的仕宦狀態就只是一個形式，而不是他的人生理想的境界，因此他在根本上是達不到「豪放」的最佳狀態的，這一點是毫無疑問的。此外，禪宗在中唐以後極其繁盛，尤其受到士大夫階層的歡迎，以「禪」喻詩在宋代極爲流行，並深刻影響了宋人的詩歌創作及其理論，禪宗對心性對人的內在的挖掘是前所未有的，儒、道兩家均不能和它相比，「禪宗……實際上是道家哲學和佛學兩家蔣妙之處的匯合，對此後中國的哲學、詩歌、繪畫產生了巨大的影響。」〔註 12〕這也是爲什麼宋人尤其是知識分子對它特別喜愛的原因，它雖然宣揚不立文字爲第一義，但是對中國文學藝術背後所隱藏的作者的思想精神和狀態，對於主體心境的修養，卻是有著很大的作用的。同時，從主體的角度來審視，則不難發現，「宋代士大夫始終未能解決時代的兩個重大問題，一是面對北面強悍的西夏、遼和金，一敗再敗，一直未能解脫困境；二是面對強大的商品經濟和市民俗氣，全不曉其中包含的歷史動因。這兩方面的迷惘使他們仍是繼續高揚道德主體、內心情操，大肆提倡士人的雅趣，文人的韻味。前者表現爲理學的建立，後者表現爲文人畫的產生。由於二者仍然擺脫不掉歷史的壓力，於是最能準確地反映宋人心態的，就是纏綿悱惻的詞了。」〔註 13〕從審美理想的高度來說，宋人確實是這樣一種情況。但是無論是理學（如朱熹，「朱子論詩主平淡」〔註 14〕）、詩文也好，文人畫也好，其審美趣味都逐漸轉向了「淡」（「澹」）、「靜」，如梅堯臣《讀邵不疑學士詩卷杜挺之忽來因出示之且伏高致輒書一時之語以奉呈》一詩云：「作詩無古今，惟造平淡難」，《依韻和晏公》

〔註 12〕馮友蘭：《中國哲學簡史》，新世界出版社，2004 年版，第 217 頁。
〔註 13〕張法：《中國美學史》，上海人民出版社，2000 年版，第 216 頁。
〔註 14〕錢穆：《朱子學提要》，三聯書店，2002 年版，第 200 頁。

一詩云：「因吟適情性，稍欲到平淡」，《林和靖先生詩集序》一文云：「其順物玩情，爲之詩則平淡邃美，讀之令人忘百事也。其辭主乎靜，正不主乎刺譏，然後知趣尚博遠，寄適於詩爾。」〔註 15〕歐陽修《六一詩話》云：「聖俞平生苦於吟詠，以閒遠古淡爲意」、「聖俞覃思精微，以深遠閒淡爲意」〔註 16〕，蘇軾《評韓柳詩》一文云：「所貴乎枯澹者，謂其外枯而中膏，似澹而實美，淵明、子厚之流是也。若中邊皆枯澹，亦何足道。」〔註 17〕《書黃子思詩集後》云：「獨韋應物、柳宗元發纖穠於簡古，寄至味於澹泊，非餘子所及也」〔註 18〕，《送參廖師》一詩云：「欲令詩語妙，無厭空且靜。靜故了群動，空故納萬境」，《與二郎侄》云：「大凡爲文，當使氣象崢嶸，五色絢爛。漸老漸熟，乃造平澹（淡）。其實不是平澹（淡），絢爛之極也。」〔註 19〕這些典型地都是宋人這種審美理想的體現，「平淡」是「宋人的理想境界」。〔註 20〕究其根本的原因，這一審美理想境界是受宋代理學「主靜」〔註 21〕旨趣的影響而形成的。而在詞中，則蘇軾之前以「婉約」爲主的風格，卻和宋人的這種審美理想尚存在著一定距離，因此，蘇軾作爲宋代審美理想的代表性人物，他本身在詞的領域裏又是一個專家，因此他以宋代的這種審美理想來改造詞，是遲早的事情，是必然的。

與上之所述密切相關的，是在這種社會歷史文化背景和審美理想影響之下的文學的發展。文學理論的代表正如李澤厚所說的那樣，在唐代是司空圖的詩學理論，在宋代是嚴羽的《滄浪詩話》。晚唐五代的文學在詩詞中的代表傾向是香豔溫軟的風格，小令的形式尤其適宜在這種社會文化的氣候中得到發展。聯繫上面所論述的觀點，宋人的審美理想的最高境界是和詞的這種婉約性（主要是香豔綺麗，特別適宜於女性化品格）不相容的，而作爲宋人審

〔註 15〕《文淵閣四庫全書・宛陵集》（電子版），上海人民出版社、迪志文化出版有限公司，1999 年版。

〔註 16〕郭紹虞主編：《中國歷代文論選》（第 2 冊），上海古籍出版社，2001 年版，第 243、244 頁。

〔註 17〕郭紹虞主編：《中國歷代文論選》（第 2 冊），上海古籍出版社，2001 年版，第 304 頁。

〔註 18〕郭紹虞主編：《中國歷代文論選》（第 2 冊），上海古籍出版社，2001 年版，第 300 頁。

〔註 19〕舒大剛、曾棗莊主編：《三蘇全書》（第 13 冊），語文出版社，2001 年版，第 439 頁。

〔註 20〕張法：《中國美學史》，上海人民出版社，2000 年版，第 225 頁。

〔註 21〕儀平策：《中國美學文化闡釋》，首都師範大學出版社，2003 年版，第 264 頁。

美理想的代表人物蘇軾，他對婉約詞的反撥是必然的事情。宋人審美理想的向禪和道家思想的靠近，決定了其審美理想的代表性的傾向是「絢爛之極，歸於平淡」的美，這是與整個中國封建社會的文化在宋代達到頂峰並逐步得到積澱、靜化（再之後是呈現衰落之象的僵化，內容的逐漸淡化和形式的越加講究）的歷史相應和的，內容中的棱角（表現爲積極進取的精神、行爲）已經逐漸磨光磨圓，形式的考究到了爐火純青的地步，例如宋人的繪畫和瓷器，都極閒靜淡遠的優美之趣。因此從這一點來說，宋人的審美理想使得他們的藝術品位和趣味，不可能停留在晚唐五代以來的詩詞中香麗繁豔之風格上，這樣的風格太具有外在形式的東西而徒能眩人之目，和宋人追求內在內心的平淡邃永深沉幽遠之思的好尚格格不入。這樣一來，詞在宋代開端所生發的婉約風格，就在整體上和宋人的審美理想發生了不可避免的衝突和矛盾，只有從整個中國古代文化和文學史的層面來審視這個問題，才能得出這樣的結論，否則，就只能是局限在詞的狹小的視野裏，擺脫不了詞以「婉約」爲本色或正宗的蹊徑老路。而考察「豪放」之所以在此時以「婉約」的對立面出現的眞正原因，亦即在此，「豪放」和「婉約」在這裡的對立不是狹義的「豪放」的層面上的，而是廣義的「豪放」和「婉約」形成了對立，這才是「豪放」作爲一個文論的概念進入到一個新的領域、境界（發展爲一個審美範疇）的根本原因之所在！宋人的審美理想決定了「豪放」對婉約詞的突破是遲早的事，只不過歷史把這個任務交給了蘇軾而已。蘇軾對「婉約」的突破也不是在「豪放」的狹義的基礎上進行的，因爲從總體上說「婉約」是中國古代哲學範疇裏的「陰」、「柔」在宋詞中的轉換、變相，屬於優美的範圍，所以在總體上和它相對立的，就只能是壯美，而「豪放」在以壯美的代表出現時，毫無疑問採取的是其廣義，這樣蘇軾詞的風格才能被納入「豪放」詞的範圍而凸顯出其開一代新風氣的歷史意義，而在狹義的「豪放」那裡，蘇軾詞是不具代表性的，這在前文分析蘇軾評價吳道子畫和懷素書法時已經論述過，從宋人的審美理想來看，也是如此，因爲「出污泥而不染，以物觀物，寓意於物〔註 22〕，產生這些理論的歷史背景就是宋代都市文化的市民性。這三種理論都表徵了宋人的心靈固守，也暗喻了宋人心靈的巨大緊張。」〔註 23〕「平淡的審美理想，包含了宋人最爲複雜的心態內容和歷史走向，即

〔註 22〕筆者按：這裡的『寓意於物』理論，作者在書中云代表是蘇軾。
〔註 23〕張法：《中國美學史》，上海人民出版社，2000 年版，第 263 頁。

一方面向市民趣味靠攏趨向，但另一方面又與市民趣味保持距離、劃清界限」〔註 24〕，柳永的路子能夠擺脫這種審美理想，但是他的詞不夠檔次，藝術境界不是很高，甚至不能代表「婉約」詞的最高境界。能夠在這種審美理想之上而又超脫出這種審美理想的，也只有辛棄疾及其詞了。實際上蘇詞的風格主要是「曠達」——詹安泰在《宋詞風格流派略談》一文中即把蘇軾列入「高曠清雄」一派的風格裏，認爲這是蘇詞的主要風格，並特別指出「蘇詞也有寫得很豪放的，除上舉『大江東去』一首外，如《念奴嬌》（『憑高望遠』）、《南鄉子》（『旌旆滿江湖』）等都是」〔註 25〕，——本質上是一種禪和老莊相糅和的產物，帶有消極的避世出世色彩，這和「豪放」的積極進取的精神境界，還是有一定距離的。因此，蘇軾以「豪放」的面目出現而和「婉約」詞形成對立，實際上是在糾正詞的片面的偏於柔美優美一路的弊端，而引入壯美的風格以提高詞體的表現力，增加其內容和容量，它的意義不在於蘇詞是不是眞正的或者說是嚴格意義上的具有核心意蘊的「豪放」，而是在「豪放」的邏輯起點「收」、「放」的關係的維度上，蘇詞表現了一種「放」的姿態，這對於以前是一種可貴的突破和解放。關於這一點，胡寅在《題酒邊詞》裏說得很好、很明白：

> （詞）方之曲藝，猶不逮焉，其去曲禮則益遠矣。然文章豪放之士，鮮不寄意於此者，隨亦自掃其跡，曰謔浪遊戲而已也。唐人爲之最工者。柳耆卿後出，掩眾製而盡其妙，好之者以爲不可復加。及眉山蘇氏，一洗綺羅香澤之態，擺脫綢繆宛轉之致，使人登高望遠，舉首高歌，而逸懷浩氣超然乎塵垢之外。於是《花間》爲皁隸，而柳氏爲輿臺矣。〔註 26〕

本來，如果僅僅從形式和美的角度來審視詞這種體式的話，那麼它確實適應了人的感情的抒發，滿足了人在感情方面放縱或哀怨的心靈空場。但是，由於宋人的審美理想和文學藝術要求「眞」、「善」、「美」三位一體以達到盡善盡美的境界的雙重因素影響，就使得詞不可能永遠在這種狹小的天地裏發展，關於前者方面的原因已如上之所述，而後者方面的原因則主要是先從「善」的角度來進行的。「善」的體現首先表現爲道德因素對「婉約」詞的反撥，由

〔註 24〕張法：《中國美學史》，上海人民出版社，2000 年版，第 229 頁。
〔註 25〕劉揚忠選編：《名家解讀宋詞》，山東人民出版社，1999 年版，第 81 頁。
〔註 26〕郭紹虞主編：《中國歷代文論選》（第 2 冊），上海古籍出版社，2001 年版，第 360 頁。

於開始時詞人並不能將「眞」、「善」、「美」三者統一起來，所以就出現了這樣的情況：

> 如一代儒宗和文壇領袖的歐陽修，其詩文中表現的是一幅莊重嚴肅的儒家面孔，其詞中則流露出風流浪子的情調，以至於「爲尊者諱」的黃昇不得不曲爲辯護，說歐陽修的「豔曲」是「小人」僞作，「謬爲公詞」。蔡絛甚至坐實說這些「豔曲」是被歐陽修黜落的落第舉子劉輝「僞作」。〔註 27〕

黃、蔡之流當然是極其可笑的，在詞的適應抒發人的感情和性情趣味上，相對於宋詩的流於「以文字爲詩，以議論爲詩，以才學爲詩」（嚴羽《滄浪詩話・詩辨》），詞顯然具有較大的優勢，否則詞也不可能興起取代詩歌成爲宋代「一代之文學」，因此楊有山在《婉約與豪放——「本色」詞與「詩化」詞》一文中指出：「除了偶而作詞的名公巨卿外，婉約詞的代表作家幾乎無一不是非正統士大夫。諸如柳永、晏幾道、秦觀、周邦彥、姜夔、吳文英等人，他們的人生遭遇和歌辭創作儘管千差萬別，但對社會政治價值的淡漠，對個性、眞情、聲色之美的追求，則是他們的共同特點。這對於正統士大夫的人生道路和道德規範來說，無疑具有強烈的叛逆色彩。他們的婉約詞正是這種新的人生價值觀念的體現。」〔註 28〕這是相當有道理的，在這個意義上，詞儘管開始時是以婉約的面目出現的（這是在相當長的時間裏占統治地位的一種詞學觀點，不過在今天隨著敦煌曲子詞的發現和整理，這種觀點已經顯得不正確了），相對於在形式上已經有些僵化的詩歌來說，詞卻仍然具有革新的意義、「強烈的叛逆色彩」。但是這種情況必須分析其適用的範圍：這裡面既有詞以其新鮮的活力勝於詩歌的原因，也有詩歌中的道德說教、格律束縛等不能和詩歌的形式、內容形象的結合在一起因而出現了僵化方面的原因。對於前者而言，涉及的是詩與詞的關係，因而不是在詞的範圍之內進行的，也就是說並不能因此否定「豪放」詞對「婉約」詞的超越和提升；對於後者而言，道德教化方面的內容入詩本來是無可非議的事，但是這裡存在著一個藝術技巧的問題，因此在後者來說就是一個藝術技巧的問題，在這個層面上，詞也存在著這種情況，只是在詞的初創之初還沒有明顯顯現出來，因此對詩

〔註 27〕楊有山：《婉約與豪放——「本色」詞與「詩化」詞》，載《信陽師範學院學報》（哲社版）1994 年第 3 期。

〔註 28〕楊有山：《婉約與豪放——「本色」詞與「詩化」詞》，載《信陽師範學院學報》（哲社版）1994 年第 3 期。

歌形成了優勢，這也和「豪放」詞對「婉約」詞的超越並不矛盾。這裡值得注意的是胡寅文章中所反映的事實背後的東西：既然像歐陽修等「文章豪放之士」在詩文方面做到了「豪放」，爲什麼在詞中卻不能體現其「豪放」的風采？難道僅僅是因爲詞體的原因？顯然不是的，其根本的原因不是詞不適宜於表達「豪放」的東西，而是他們對待詞的態度不正確，受到了詞是「豔科」觀念的影響而諱於自然的表達表現，因而就不可能在詞體上開拓新的境界。也只有像蘇軾這樣把儒家的仕途之路作爲一種人生存在的形式，而在人生哲學上卻趨指於禪、道意蘊的人物，擺脫了道德觀念對文藝的束縛，才可能突破「詞爲豔科」的觀念，拓展了詞的表現空間，而在歐陽修等人那裡是不具備這樣的條件的。胡寅的話實際上揭示了這樣一個道理：既然在詩歌文章中是有「豪放」的，而它又很大程度上來源於人的主體性精神，是其生命本質層面上的內容。因此這一類人物措手爲詞，他們就不可能不把這種「豪放」的東西表現出來，以表現其人生的本質。而在「豪放」詞發展高峰的南宋，由於國家命運形勢的影響，「豪放」詞就在本質上符合了進步士人的精神品格，而更顯示出積極的意義，「豪放詞與婉約詞相比主題上嚴肅高遠……只有豪放詞才能夠眞正容含南宋文人思想精神」，「豪放詞之出現是傳統士大夫的以天下爲己任的社會責任感與豐富細膩的個人生命憂患意識結合的產物，其風格是豪健超曠的壯士豪情中有婉轉曲折的深沉情感。因此，豪放詞雖發端於北宋，卻被接受和發揚於南宋，因爲，南宋的政治文化環境是更適合於這種風格的土壤」〔註 29〕，所以從這個角度來說，「豪放」的出現和發展是必然的。

「豪放」詞要表現廣闊的社會現實生活的內容，彰顯作者主體的個性，而必然要突破「婉約」詞的狹窄表現領域，這不但體現在「豪放」派詞人群體和「婉約」派詞人群體的鮮明對比上，而且，在一個人身上也不乏從「婉約」上升到「豪放」者，例如南宋詞人張孝祥，由於人生閱歷和對社會現實認識的加強，詞學創作從前期的「婉約」轉向了後期的「豪放」。〔註 30〕而在中國詞文學史上，最強有力的證據則是清代陳維崧詞的創作歷程的轉變。清代雖表現了對「豪放」的極大關注，但是在一些基本問題上，還是沒有多大

〔註 29〕吳婕：《從張孝祥詞風的嬗變看江南士風在豪放詞形成期的影響》，載《安徽文學》2007 年第 5 期。

〔註 30〕吳婕：《從張孝祥詞風的嬗變看江南士風在豪放詞形成期的影響》，載《安徽文學》2007 年第 5 期。

的進展，尤其是他們對於「豪放」的關注，只是在詞的範圍內進行的，這在一定程度上導致了「不識廬山眞面目，只緣身在此山中」的困惑，不能從根本上解決問題。一些理論家想要糾正傳統對「豪放」詞的偏見，但是他們的聲音在傳統勢力和觀點的喧鬧中很快就被淹沒了。清代是號稱詞的「中興」的年代，先是浙西派、陽羨派並立於詞壇，兩家轉衰後，常州詞派籠罩了整個清代詞壇，直至於晚清其勢不衰。所謂理論上的總結，以浙西、常州二派爲最主要，尤其是常州詞派，從張惠言到周濟，建樹良多。浙西派以朱彝尊爲首，提倡「醇雅」而以姜夔、張炎爲宗，這一派講究的是詞的形式和格調等外在的東西，迴避社會現實生活，以迎和清代統治者「清眞雅正」的要求——不獨詞中如此，詩中則是王士禎的「神韻」說和沈德潛的「格調」說，繪畫中是以惲南田（名格，以字行）「靜」、「淨」爲主旨的美學理想和仿古派「四王」（王時敏、王鑒、王翬、王原祈）守法、仿古的理論，文章中是方苞——講究「義法」，倡「雅潔」——啓其源的桐城派，書法中是董其昌的秀逸一格）。常州詞派稍稍有所進步，張惠言倡「意內而言外」，但是仍然局限在「雅正」的格局之內；周濟提出詞「非寄託不入，專寄託不出」的思想，這在技術上是可行的，他雖然對辛詞極爲讚賞（其《宋四家詞選》選周邦彥、辛棄疾、吳文英、王沂孫），表現了兼容「婉約」、「豪放」的態度，但他不是把辛詞即「豪放」詞作爲詞的審美理想，提出了「問途碧山，歷夢窗、稼軒以還清眞之渾化」（《宋四家詞選目錄序論》）〔註 31〕的路徑，可見還是以周邦彥爲詞的最高境界，仍然是以「婉約」爲最終旨歸的。這兩派局限在「婉約」的格局之內，片面地發展了「豪放」和「婉約」的中間狀態，這個問題我們在前文中已經論述過了。總而言之，詞在清代的「中興」只是一個假象，它無法超過宋詞的水平，因爲在清代詞這種文體已經不代表先進文學的發展方向了，也就不可能表現鮮活的思想和現實內容，舊瓶當然可以裝新酒，但這兩派裝的卻是陳酒。能夠舊瓶裝新酒的，是以陳維崧爲代表的陽羨派。從陳氏詞的創作歷程，我們可以更好的看出「豪放」是怎樣兼「婉約」而有之的，不過和辛詞的「豪放」兼「婉約」不同，陳詞在藝術水平上沒法和辛詞相比，後者是以絕對「豪放」的姿態兼「婉約」而有之的，陳維崧卻經歷了一個由「婉約」向「豪放」轉變的過程——這是另一種姿態，是一個很有趣的現象，

〔註 31〕郭紹虞主編：《中國歷代文論選》（第 3 冊），上海古籍出版社，2001 年版，第 582 頁。

雖然陳詞在藝術上沒法和辛詞相比，不過他的這種轉變，卻可以更好地說明問題。孫克強在《清代詞學》一書中論述陳維崧的這種轉變及其詞學思想甚爲詳細明析〔註 32〕，我們順著孫先生梳理的線索，來審視一下陳氏的創作和詞學觀：

陳維崧初學詞沿雲間「婉麗」之習，雲間詞人蔣平階曾引爲同調，以至於鄒祗謨《遠志齋詞衷》稱其學與間詞「入室登堂，今惟子山、其年」。孫先生認爲，「雲間的復古主張雖然從補救明詞淫靡的角度看有一定的積極意義，然而以時代劃界域，從古人作品中討生活，是此非彼，其弊端亦顯而易見。」「順治十六年（1659）王士禛任揚州推官，廣陵詞壇盛極一時。……廣陵詞壇諸人雖各有特色，而總體不出婉麗。」〔註 33〕王士禛《花草蒙拾》評之云：「友人中，陳其年工哀豔之辭」，可以說陳氏是以傳統的才子詞人的面目登上詞壇而爲人注意的，這時候詞人所注重的富豔之才情的抒發和表現，還沒有形成自己的藝術個性。但是，隨著陳維崧人生經歷的逐漸豐富，尤其是其科場的不如意和潦倒的人生處境，其詞漸漸突破了「豔科」的範圍。關於陳詞轉變的原因，當時的蔣景祈、陳宗石、陳廷焯皆有解釋說明，其中陳宗石在《湖海樓詞序》中說：「迨中更顛沛流離，饑驅四方，或驢背清霜，孤篷夜雨；或河梁送別，千里懷人；或酒旗歌板，鬚髯奮張；或月榭風廊，肝腸掩抑。一切詼諧狂嘯，細泣幽吟，無不寓之於詞。」現實生活加深了他的思想認識和情感力量，豐富的人生閱歷擴大了創作的題材，詞風遂不能限制在「豔科」範圍之內，也就可以理解的了。陳維崧後期的詞以「豪放」著稱。孫先生認爲，陳維崧「詞轉爲豪放風格除了身世命運、性格稟賦等原因外，還與其審美意識的變化有關，可以說是一種自覺的追求。」在這種審美意識的影響之下，才能達到一種「質變的飛躍」。〔註 34〕他以陳惟崧《採桑子・吳門遇徐宋之問我新詞賦此以答》一詞爲例：「當時慣作銷魂曲，南院花柳，北里楊瓊，爭譜香詞上玉笙。　如今縱有疏狂興，花月請生，詩酒浮名，丈八琵琶撥不成。」認爲「詞中反思了以往香豔『銷魂曲』的輕浮，並表達了對豪放風格的追求和嚮往。」〔註 35〕陳維崧還在《任植齋詞序》中也談到了他二十年前做的豔詞：「憶在庚寅、辛卯間與常州、董遊也。……顧余當日妄意詞之工

〔註 32〕孫克強：《清代詞學》，中國社會科學出版社，2004 年版，第 162～169 頁。
〔註 33〕孫克強：《清代詞學》，中國社會科學出版社，2004 年版，第 162 頁。
〔註 34〕孫克強：《清代詞學》，中國社會科學出版社，2004 年版，第 165、163 頁。
〔註 35〕孫克強：《清代詞學》，中國社會科學出版社，2004 年版，第 165 頁。

者，不過獲數致詞足矣，毋事爲深湛之思也。乃余向所爲詞，今復讀之，輒頭頸發赤，大悔恨不止。」與和凝、陸游在成爲顯臣之後，以士大夫的身份回視曾寫作能「損格」的「卑體」小詞而後悔不同，「陳維崧則是爲少作只追求語言的工致而內容貧乏、風格浮靡而慚愧，轉而講求具有深刻思想內容的新詞風。這些均反映出他文學思想的進步。」〔註36〕陳氏提倡「豪放」詞風，要有深刻的思想內容是一個重要原則，但是他明確反對「豪放」派的末流，即徒具「豪放」形式而無「豪放」精神內容的作品和作風。歷史上不乏模仿辛詞而流於粗率叫囂的，陳廷焯《白雨齋詞話》說：

稼軒自有眞耳，不得其本，徒逐其末，以狂呼叫囂爲稼軒，亦誣稼軒甚矣。〔註37〕

這樣的言論在書上尚多，如卷六有云：

稼軒《滿江紅》……龍吟虎嘯之中，卻有多少和緩。不善學之，狂呼叫囂，流弊何極。〔註38〕

又如批評鄭板橋說：

板橋詞，如「把夭桃斫斷，煞他風景。鸚哥煮熟，佐我杯羹。焚硯燒書，椎琴裂畫，毀盡文章抹盡名。……」似詞惡劣不堪語，想彼亦自以爲沉著痛快也。〔註39〕

這種貌似「豪放」而實非「豪放」的「豪放」詞風的末流，陳模《懷古錄》、沈義父《樂府指迷》和周濟《介存齋論詞雜著》均曾加以批評，是有道理的。陳廷焯於陳維崧的詞不可謂不讚賞：

國初詞家，斷以迦陵爲巨擘。後人每好揚朱而抑陳，以爲竹垞獨得南宋眞脈。嗚呼！彼豈眞知有南宋哉！庸耳俗目，不值一笑也。」

迦陵詞氣魄絕大，骨力絕遒，塡詞之富，古今無兩。……在國初諸老中，不得不推爲大手筆。〔註40〕

但是我們也必須指出，這種「粗豪」的弊端，陳維崧並沒有完全避免，陳廷焯說：

〔註36〕孫克強：《清代詞學》，中國社會科學出版社，2004年版，第166頁。
〔註37〕陳廷焯：《白雨齋詞話》，人民文學出版社，1959年版，第205頁。
〔註38〕陳廷焯：《白雨齋詞話》，人民文學出版社，1959年版，第151頁。
〔註39〕陳廷焯：《白雨齋詞話》，人民文學出版社，1959年版，第173頁。
〔註40〕陳廷焯：《白雨齋詞話》，人民文學出版社，1959年版，第71～72頁。

迦陵詞……只是一發無餘，不及稼軒之渾厚沉鬱。

迦陵詞，沉雄俊爽，論其氣魄，古今無敵手。若能加以渾厚沉鬱，便可突過蘇辛，獨步千古。惜哉！〔註41〕

當然，不單純是像陳廷焯說的那樣，只要再加「沉鬱渾厚」就可以超過蘇、辛，蘇不敢說，超過辛詞卻是不可能的：一是陳氏的精神、思想境界和人生閱歷比不上辛棄疾，後者獻身於民族國家爲民爲國的那種社會經歷和不得志的內心矛盾複雜體驗，不是陳廷焯處於太平盛世裏個人的潦倒生活可以體會的到的；一是辛詞對待「婉約」的態度，是吸收其長處而兼有之，不像陳詞那樣過「婉約」而替代之以「豪放」，這樣一來，不免於「婉約」之長有所不能，因而顯得有些絕對了，「豪放」走向了「狂放」，格致上可能比辛詞更爲倔強堅宕，但是非美的因素也就攙雜其中了。雖然顧咸三評論其詞云：「宋名家詞最盛，體非一格。蘇、辛之雄放豪宕，秦、柳之嫵媚風流，判然分途，各極其妙。而姜白石、張叔夏輩，以中淡秀潔得詞之中正。至其年先生縱橫變化，無美不臻，銅琶鐵板，殘月曉風，兼長並擅，其新警處，往往爲古人所不經道，是爲詞中絕唱。」但顯然是有些過譽了。「豪放」詞在辛棄疾那裡已經發展到了極致，後世不可能再超過他，可以說陳維崧詞風的由「婉約」轉爲「豪放」，並以「豪放」代表了其創作的成就，帶有相當的歷史偶然因素，是個體特出的性情和歷史偶然相遇和的結果。但是，陳維崧在當時之所以提倡「豪放」詞風，除了親身經歷的經驗之外，「也是針對詞壇積弱不振的局面而發的。他在《詞選序》中分析了當時詞壇的情況云：『今之不屑爲詞者固無論，其學爲詞者，又復極意《花間》、學步《蘭畹》，矜香弱爲當家，以清眞爲本色，神瞽審聲，斥爲鄭衛，甚或爨弄俚詞，閨幨冶習，音如濕鼓，色若死灰。此則嘲詼隱廋，恐爲詞曲之濫觴所慮，杜夔左軫將爲師涓所不道，輾轉流失，長此安窮？』這種香弱之風由來已久，明詞的淫靡且不論，清初從雲間開始雖轉入典婉雅麗一路，卻仍是婉約的一統天下，所以在此時提倡豪放詞風是具有積極意義的。」〔註42〕陳維崧雖然在創作上未能兼「豪放」、「婉約」之長，但是在對待詞的風格問題上，還是比較客觀公正的。孫先生指出：「由於陳維崧是針對詞壇積弊有的放矢、倡導新風氣，並能抓住思想內容這一構成文學風格的根本因素，所以能夠高屋建瓴，較之從語言、音

〔註41〕陳廷焯：《白雨齋詞話》，人民文學出版社，1959年版，第71～72頁。

〔註42〕孫克強：《清代詞學》，中國社會科學出版社，2004年版，第167頁。

律上斤斤兩兩分別豪放、婉約的詞論家更具理論高度的說服力，所以產生了很大的影響。由於陳維崧是從思想內容、感情因素談風格，所以並不偏執，而是多種風格並舉。他在《今詞選序》中談到選詞原則時表達了這一思想：『體制靡乖，故性情不異。弦分燥濕，關乎風土之剛柔；薪是焦勞，無怪聲音之辛苦。譬之詩體，高、岑、韓、杜，已分奇正之兩家；至若詞場，辛、陸、周、秦，詎必疾徐之一致。』……陳維崧分析了詞風格不同是由於主客觀條件的不同所致。就主體的作者來說性格有差異，閱歷有不同；就作品來說，形式體裁各有特點。所以不能厚此薄彼，偏廢一方。」〔註43〕更爲重要的是，「要有深刻的思想內容是他提倡豪放詞風的一個重要原則」〔註 44〕，這就在現實上爲「豪放」找到了立足點，因而富有積極的現實意義。縱觀陳維崧的創作和詞學觀，在當時無疑是積極的，只不過清代初年在「康乾盛世」的氛圍之中，統治者提倡以清眞雅正之格作爲文學，使文學的審美意識柔化、雅化了，那麼陳惟崧的這種詞學觀和詞學實踐，就必然得不到很好的繼承和發展。隨即清王朝在「康乾盛世」之後就迅速轉衰，而進入中國古代封建社會衰落的風雨飄搖之勢和氛圍之中，這種具有積極進步色彩的詞風和詞學觀在腐朽落後的清代政治文化環境裏，也只能成爲中國古代詩歌中「豪放」意蘊的最後一抹亮麗的光彩。陳維崧詞的偉大意義就在於，他以現實的創作實踐，證明了詞要進入到更高境界，「豪放」突破「婉約」是必然的這樣一種必然性。

「豪放」對「婉約」的突破，作爲一個美學範疇來說，對於宋詞來說意義重大，是宋詞成爲「一代之文學」的主要依據，李會轉在《豪放範疇和宋詞之美》一文中認爲：

> 豪放範疇之於宋詞有著極爲重要的美學意義。蘇軾有詩云「短長肥瘠各有態，玉環飛燕誰敢憎」（《孫莘老求墨妙亭詩》），這正道出了美的本質規律。一種文體的完善與成熟，應是各種風格的盡情展露，應能給讀者帶來多方面的審美愉悅，讓後人在它的體式中找到各種摹寫的範本，此可謂經典。唐詩是這樣，宋詞也是這樣。在宋詞的發展中，倘若沒有蘇軾、辛棄疾等人豪放美的創造，只是沿著花間風習、柳永風調一路纏綿溫軟下去，單調與枯燥必然相與而

〔註43〕孫克強：《清代詞學》，中國社會科學出版社，2004 年版，第 167～168 頁。
〔註44〕孫克強：《清代詞學》，中國社會科學出版社，2004 年版，第 166 頁。

生，後人便很難在詞中體悟出宋人幽深而複雜的人生況味，難以在詞中找到一種振拔之氣、一種陽剛之美，也不會視宋詞爲古典文學峰巔之一。其實，在蘇軾之前，詞之被視爲不登大雅之堂的俚曲小調，「文章豪放之士，鮮不寄意於此者，隨亦自掃其跡」（胡寅《題酒邊詞》），這足以說明詞之發展潛藏著深重的危機。如何挽救危機？「變則可久，通則不乏」（劉勰《文心雕龍・通變》），也正是在蘇軾等人的創變當中，宋詞才得以長足發展，創造出了更豐富多樣的藝術風貌，從而使宋詞保有了鮮活的生命。〔註 45〕

唐詩中最爲輝煌的代表詩人李白和杜甫，其藝術風格是「豪放」的，宋詞中最爲輝煌的代表詞人蘇軾和辛棄疾，其藝術風格也是豪放的，元曲主流或本色本來就是「豪放」的，就更不用說，由此可見「豪放」在中國文學史和美學史上的地位和價值了。

「豪放」對「婉約」的突破，說到底是一個民族審美理想的問題。民族要求進步，就必然不能停留在人的主體性精神並不突出的「優美」或「婉約」的境界上，這是一個民族發展的根本性問題。周來祥認爲，「『優美』表示『關係』中對象的親善與無害，同時暗含了主體的弱小。」〔註 46〕周明秀也認爲，「『陰』之美」是「婉約詞的女性化傾向」，「『弱』之美」是「婉約詞力學的柔美特徵」，「『小』之美」是「婉約詞數學的柔美特徵」〔註 47〕，她是在肯定的基礎上來論述的，但我們卻可以由此看出「婉約」的不足之處，在這個問題上，「豪放」作爲一種「壯美」，其歷史作用是非常明顯的。周明秀立論的基礎是將「含蓄」作爲詞體的主要表現方法範疇，認爲「詞主言情，但婉約詞言情而不直露，以婉曲含蓄爲尚」，雖然她也明白「詞在大類上屬於詩歌」，但是她又說「詩貴含蓄是古代詩學的一大傳統。《禮記・經解》引孔子語曰：『溫柔敦厚，《詩》教也。』」〔註 48〕將理論依據追溯到詩教中的「溫柔敦厚」上，而這個理論依據卻本來就是靠不住的，關於這一點，本書在「豪放」的

〔註 45〕李會轉：《豪放範疇和宋詞之美》，載《遼寧行政學院學報》2005 年 5 月第 22 卷第 5 期。

〔註 46〕此封先生在論述著名美學家周來祥先生的美學觀點時的觀點，見封孝倫《二十世紀中國美學》，東北師範大學出版社，1997 年版，第 438 頁。

〔註 47〕周明秀：《詞學審美範疇研究》，華東師範大學博士論文（2003 年，導師方智範）。

〔註 48〕周明秀：《詞學審美範疇研究》，華東師範大學博士論文（2003 年，導師方智範）。

詩學精神一節中已經有詳細的論述了。

詞在發展過程中逐漸趨於以「婉約」的柔弱化徵象爲主，不過是「意境」作爲中國傳統文藝審美理想在整體上偏於柔弱化長河中的一條小溪流，是由於追求「意境」爲最高審美理想的士大夫階層的思想和審美意識所根本決定的，即「意境」及「婉約」詞都是中國傳統文化薰染的士大夫、文人精英階層以雅正爲主的審美意識、審美趣味的具體表現（實踐），對此筆者的《「神味」說詩學理論要義集萃》一文有過總結〔註 49〕，可參看。而之所以出現這種情況，從根本上來說，除了以儒家思想爲主的中國傳統文化思想整體偏於保守這一根本因素之外，在審美意識領域則是：「意境」所蓬勃發展成熟的時期是漢代以後至隋唐，起關鍵性作用的是南北朝時期，由於戰亂的影響士大夫階層南遷，審美意識逐漸偏離了北方文化思想的主流，與南方本地士大夫合流並一起深化發展了南方文化，以南方文化思想爲主流、主要基質的中國傳統文化思想及其審美意識格局基本奠定，直至清末。期間雖然有唐代以北方文化思想爲主的以「壯美」爲最高境界的思想、審美意識的崛起，唐代文藝雖然勃發並以「豪放」爲最高境界，但並未培育起足以抗衡這種南方文化爲主的中國傳統文化思想整體格局的新士大夫階層〔註 50〕，而只表現在一些極其傑出的「個體」那裡，容易呈現出曲高和寡的態勢，難以改變民族的整體思想、審美意識的大局，因此在中唐及以後即仍然逐漸被優美意識所消弱，並在宋代終於根本性成型、定局。因此，總結上述歷史經驗，要想在根本上眞正發展具有「質變」徵象而不同於中國傳統文化思想的新的文化思想精神，發展新的文藝及其新審美理想（理論體系），實現中國民族社會歷史發展的根

〔註 49〕于永森：《諸二十四詩品》，陽光出版社，2014 年版，第 50、71 頁。

〔註 50〕作爲政治、社會層面的新的士大夫階層在唐代是出現（大體上是武則天之後）的，並根本改變了中國此後社會統治階層及其統治的基本格局，但在思想精神層面，新的士大夫階層則吸收了儒家思想的保守及佛教尤其是禪宗思想的平和、消極、沖淡、超逸、空靜等品性，更加深化了「意境」理論的柔弱化發展、成熟，也深化了中國傳統士大夫文人漢代以後以南方文化思想爲主、以雅正爲主的審美意識、趣味的態勢。上述這些因素，較之唐代初期士大夫文人激情澎湃的建功立業、積極入世的思想精神面貌等有利於北方文化思想生長的因素，更爲根本且持久，因此後者最終也被逐漸削弱乃至消解了（開元以後則更加上政局、社會趨弱的現實因素）。中唐以迄晚唐，士大夫文人流於浮華、浮薄，「當時進士浮薄，則實爲不可否認之事實」（錢穆《國史大綱》第五編第二十九章《大時代之沒落（續）》，商務印書館，1994 年版，第 490 頁），更不可振起而復興以北方文化思想爲主的趨勢了。

本、眞正的偉大復興，就必須發展、創新以北方文化爲主、爲根本的文化思想精神，發展、創新以北方文化以「壯美」爲主的審美意識，這是毫無疑問的。捨此一途，別無他法。而類似筆者新審美理想理論體系「神味」說理論的創構，即正是基於上述思想的一種嘗試、實踐。當然，中國新文化思想精神的最高境界仍然應該是呈現爲融合南北文化之長的態勢的，只不過在根本上是以北方文化思想爲主，而兼容南方文化思想而已——本書下節所論「『豪放』詞可兼有『婉約』詞之長」之一內容，也正是上述根本問題局部領域的一個呈現。

第二節　「豪放」詞可兼有「婉約」詞之長

蘇軾對「婉約」詞的超越和提升，是一個辯證否定的過程，它並不徹底否定「婉約」詞的地位及作用，因爲「一陰一陽之謂道」(《周易・繫辭上傳・第四章》)，陰陽相互對待，缺一不可。因此，蘇軾「豪放」詞的意義就在於它塡補了婉約派詞人太偏於陰柔一面而缺乏一點陽剛之氣的空白和缺陷。單純討論陰陽互補的問題是沒有意義的，問題的關鍵是陽剛的一面恰恰是能夠容納社會現實方面內容的，感發於世俗社會生活的力度大，反映到文學中來的程度也相對大些，這在中國古代文學史上作爲一個必然現象，不僅僅是詞中如此而已。「婉約」詞流連光景而限制在抒發個人情思的範圍之內，缺乏關注社會現實的力度，這才是蘇詞革新的眞正意義之所在，而要完成這樣的一種革新，沒有「放」的姿態顯然是不行的。也正因爲有這樣的姿態，他才能容納「婉約」詞而不是走向極端徹底否定它——也就是說，這種「否定」是在繼承前一事物的長處的基礎上進行的，「否定之否定」邏輯思維中的「否定」，在很大程度上是一種發展、進步。蘇軾在《和子由論書》一詩中說：「吾雖不善書，曉書莫如我。……端莊雜流麗，剛健含婀娜」，可見蘇軾是有兼有「壯美」和「優美」兩種美學風貌的明確意識的。他能夠兼有「婉約」詞之長，這從一些試圖將其拉回「婉約」詞陣營的學者那裡，也可以得到明確的信息。現在很多研究者已經指出了蘇詞並不是專以「豪放」爲特色的，而且在數量上，蘇詞中「婉約」風格的遠遠超過「豪放」風格的作品，也有的學者以此爲據說蘇軾不是「豪放」詞的代表。關於蘇詞的研究情況，侯怡敏在《蘇軾文學研究述略》裏總結說：

> 蘇軾詞的「豪放」及「以詩爲詞」問題，前些年曾有熱烈的爭論，近幾年有關這兩個問題的認識更深入了。對於前者許多研究者認爲不能再簡單地用「豪放」來概括蘇詞的特色。如王恒展《論宋代豪放詞的感傷情調》（《山東師大學報》1990 年第 5 期）提出「蘇詞在豪放曠達格調背後，彌散著一片沉鬱濃重的感傷情緒」，「反映了封建社會中，知識分子不能主宰自己命運的痛苦。」……傅承洲《文學流派與蘇辛詞派》（《寶雞師院學報》1991 年第 1 期）對「蘇辛詞派」提出了質疑，認爲「東坡詞多放曠，稼軒詞多豪邁」，二者絕不相同，難以同派，就時代而言，二人時代不同，更不能同派。在宋代詞壇，北宋根本不存在豪放詞派，南宋則形成了以辛棄疾爲首的稼軒詞派。另一些研究者則認爲蘇詞與婉約詞有相通之處。如王利華《蘇軾對婉約詞的雅正》（《內蒙古師大學報》1992 年第 4 期）認爲蘇軾使婉約詞從抒情風格到詞品都得到更新，他去掉了柳詞的俗豔輕浮，卻吸收了它寫景和意境烘托的闊大；改變了雅詞柔弱的風格，卻學習了它抒情的含蓄和語言的優雅。蘇軾把他的修養、胸襟、操守融入婉約詞的創作，爲婉約詞的極盛，特別是辛詞的兼容並蓄，起了很大的作用。何文楨《蘇軾婉約詞的創作特色》（《南開大學學報》1995 年第 6 期）指出：「在現存蘇軾三百四十多首詞中，其豪放詞竟不足他全部詞作的十分之一，而較多的卻是明麗、婉媚的婉約詞」，並認爲「蘇軾婉約詞獨特風格的形成，首先在於他對詞這一文體藝術傳統的繼承和革新」。〔註 51〕

以上所引，其中何文楨「在現存蘇軾三百四十多首詞中，其豪放詞竟不足他全部詞作的十分之一，而較多的卻是明麗、婉媚的婉約詞」的統計，容易造成人們的誤解，認爲既然蘇詞中的「豪放」詞數量的比重是如此之小，那麼把蘇軾稱爲「豪放」派的詞人是否有問題。關於這方面的代表性觀點，還有孫方恩的《唐宋詞人不宜分爲婉約豪放兩大派》一文：

> 分派者中有人說，唐宋詞人歸屬哪一派當視其主導方面，蘇軾詞作風格的主導方面是豪放，所以歸爲豪放派；柳永詞作風格的主導方面是婉約，所以歸爲婉約派。柳永詞作風格的主導方面是婉約不假，但蘇軾詞作風格的主導方面是豪放卻令人懷疑。蘇詞現存三

〔註 51〕侯怡敏：《蘇軾文學研究述略》，載《中國文學研究》1997 年第 3 期。

百餘首，而眞正屬於豪放風格的詞也就三四首，約占全部詞作的百分之一，難道這百分之一能代表其風格的主導嗎？〔註 52〕

這一擔憂是不必要的，實際上蘇詞中的「婉約」詞雖然是「對詞這一文體藝術傳統的繼承和革新」，但這方面的革新卻是在詞的自然演進中進行的，是眾多詞人共同努力的結果，是令詞發展到慢詞、小令發展到中長調的歷史的必然，蘇軾若有其功，也只是其中之一，遠不如他的「豪放」詞突破詞爲豔科的貢獻爲大，這是一方面；另一方面，我們之所以把蘇軾的詞歸入「豪放」一派，不是根據「豪放」詞占其詞的比例是多少，而是根據蘇軾「豪放」的貢獻來審視他的；而且詞的成就根本不能以「數量」來決定，而應該根據「質量」，這又是一個簡單的道理——考察蘇軾的詞作，毫無疑問質量最高最好最膾炙人口的是「豪放」詞！何況，他的「豪放」詞還在文學史上產生了重大影響，最終開宗立派！孫先生接著又說：

也有人說，蘇軾的豪放詞數量雖不多，但也不宜用統計學的方法作死板刻求，蘇軾畢竟爲詞體開拓了表現領域，爲南宋慷慨悲壯的愛國詞開了風氣，因此把他視爲豪放派是無可非議的。蘇軾爲詞開拓了更廣的表現領域，爲南宋愛國詞開了風氣是無可置疑的，而且還可以說他對詞的發展繁榮起到了關鍵性的作用。但這跟把他視爲豪放派並無關係，不把他視爲豪放派誰也不會否認他的成就。而北宋詞壇的其他名家如范仲淹、柳永、周邦彥、李清照等對南宋愛國詞產生的影響，也是誰也不應否認的。至於不以詞作的數量爲標準，那麼還有什麼可以作爲標準呢？「花間集」中牛嶠的《定西番》，李清照的《漁家傲》都可算爲豪放詞，難道我們也能不按數字統計學的方法苟求，把他們也劃歸爲豪放派嗎？

不知道還有「質量」的標準，且以李清照爲例證，這就有些講不通了。李清照誠然有一首偏於「豪放」風格的《漁家傲》，數量之少不但和蘇軾的情況沒法比，即以質量而論，這首詞也不是李詞最好的代表性作品，放在「豪放」詞中同樣也不在最好的作品之列，又怎麼能說出「李清照的《漁家傲》都可算爲豪放詞，難道我們也能不按數字統計學的方法苟求，把他們也劃歸爲豪放派嗎？」這樣的話呢？（筆者按：關於孫先生的觀點，本書後文在論述「豪

〔註 52〕 孫方恩：《唐宋詞人不宜分爲婉約豪放兩大派》，載《中國人民警官大學學報》（哲社版）1997 年第 2 期。

放」與「婉約」二分法的問題時，還要進行具體的系統的駁辯。）關於這個問題，蔣哲倫在《詞別是一家》一書中的說法，可謂公論：

> 分析和判斷一個作家的藝術風格，應考察其全部作品、全部風格，也應從中擇取最有代表性和獨創性的那部份作品，並將它置於文學發展的整體系列中去分析、比較和鑒別，看它提供了哪些前人及他人所沒有的東西，從而斷定它的主體風格，並確定它在文學史上的地位和價值。綜觀東坡全部詞作，其藝術風格確實豐富多彩，決非「大江東去」或「老夫聊發少年狂」一個調調；雄奇豪放者有之，清曠飄逸者有之，韶秀嫵媚、含蓄蘊藉者亦有之。然就其本質和主流而言，「大江東去」一類豪放詞最能體現其創作個性和開拓精神，而「似花還似非花」一類婉約詞則並不代表其主體風格。……一般地說，作家的藝術風格都不是單一的。社會生活和客觀事物本就包羅萬象而豐富繁雜，作者的生活、個性和表現手法亦常多姿多彩，因而反映在作品中的創作個性和藝術風格自然也就異彩紛呈、千姿百態。……因此，肯定蘇軾的豪放詞及其開創的豪放派，既不是以偏概全，也不會抹殺其風格的多樣性。恰恰相反，只有這樣，才能認識和把握蘇詞的特質及其基本的風貌。〔註 53〕

人們以「豪放」來作爲蘇軾詞的歸屬，正是對他的成就和貢獻極大肯定的體現，也是對其創作個性的主體方面的確切認識。蘇軾以切實的行動表明了他對於詞這種體裁的辯證觀，在壯美對優美的補充上，他的「豪放」以「曠達」居多，在此意義上他的「豪放」詞和「婉約」詞形成了對立的形勢，而實際上他對於那種發展至極致的「豪放」是持排斥態度的，道家思想爲主的人生哲學決定了這一點，從前文中我們對其排斥吳道子繪畫和懷素書法的「豪放」即可證明。也就是說，在「婉約」詞和「豪放」詞之間，還存在著兩者之間處於聯繫狀態的一種詞，那就是「曠達」詞，它類似於「豪放」和「婉約」的中間狀態，和後來姜白石的清空騷雅一派也是可以歸到一起的——關於這個問題，本書將在後文第九章《「豪放」和「婉約」二分法辨》一節中詳細論述。正是由於這種「中間狀態」性，導致了蘇軾未能走到「豪放」詞的最高峰，當然，這也可以視爲他能夠兼有「婉約」、「豪放」之長的一個

〔註 53〕蔣哲倫：《詞別是一家》，上海社會科學院出版社，2005 年版，第 80～81、90～91 頁。

證據。

其實，「豪放」派詞人兼作「婉約」風格的詞，這在歷史上實在是不成問題的，「豪放」派的兩個詞人蘇軾和辛棄疾都是如此。歷史上關於這方面的言論也很是不少，如蔡嵩雲《柯亭雜論》「稼軒詞不盡豪放」條說：「稼軒詞，豪放師東坡，然不盡豪放也。其集中，有沉鬱頓挫之作，有纏綿悱惻之作，殆皆有爲而發。其修辭亦種種不同，焉得概以『豪放』二字目之。」〔註 54〕沈謙的《塡詞雜說》也說：「稼軒詞以激揚奮厲爲工；至『寶釵分，桃葉渡』一曲，昵狎溫柔，魂消意盡，詞人伎倆，眞不可測。」〔註 55〕陳衍也在《石遺詩話》卷二十中說：「以夢窗爲一於質實者，固屬目論，以稼軒爲專於豪放者，尤瞽說也」〔註 56〕，辛棄疾詞作風格和題材的多樣化，正是其詞創作大家的表現。辛棄疾「婉約」風格的詞作寫得相當到位，比起那些「婉約」派的大家一點也不遜色，這說明在豪放派詞最具代表性的辛棄疾那裡，他也是採取包容的態度來對待「婉約」和「豪放」的。毛澤東的情況亦是如此，並且他還以自己的創作爲例，在理論上闡述了「婉約」可以和「豪放」兼容的現象：

> 1957 年 8 月 1 日，毛澤東讀范仲淹詞時寫的批語說：「詞有婉約、豪放兩派，各有興會，應當兼讀。……我的興趣偏於豪放，不廢婉約。」毛澤東的詩詞創作，同他的讀詞興趣類似，也是偏於豪放，不廢婉約。當然毛澤東的詩詞，絕大多數屬於豪放派，如新發表的《七律・洪都》，等等；極少數的屬於婉約派，如新發表的《虞美人・枕上》，還有介於婉約與豪放兩派之間的，如《賀新郎》。〔註 57〕

從這些例子和理論來看，「豪放」詞的大家能夠兼作藝術境界極高的「婉約」詞，其正確的理論推理導向應該是「豪放」能夠兼有「婉約」之長。但是傳統的詞學理論爲何沒有得出這樣的結論呢？這是因爲，像上文中提到的以數量的多寡或「豪放」詞人也作「婉約」風格的詞來對待「豪放」一樣，這些詞學家的眞正用心實乃在於抹殺「豪放」詞在詞史上突破「婉約」詞的

〔註 54〕唐圭璋編：《詞話叢編》，中華書局，1986 年版，第 4913 頁。

〔註 55〕陳良運主編：《中國歷代詞學論著選》，百花洲文藝出版社，1998 年版，第 374 頁。

〔註 56〕陳衍：《石遺室詩話》，遼寧教育出版社，1998 年版，第 272 頁。

〔註 57〕吳正裕：《偏於豪放　不廢婉約——讀新發表的毛澤東詩詞二首》，載《人民日報》（海外版）1994 年 12 月 27 日。

歷史作用，以此來達到否定「豪放」是詞的正宗或本色的問題——這個問題我們在後文中還要專節論述。他們的眞正用心在此，但我們卻從同樣的視角中得出了不同的結論，那就是：「豪放」詞不但可以兼有「婉約」詞之長，而且反向來看不成立，即「婉約」詞卻不能兼有「豪放」詞之長——也就是說，詞作爲一種文學體式，其審美理想或最高境界應是「豪放」詞，而非「婉約」詞。「豪放」派的最具代表性的辛詞，已經被作爲兩宋詞文學成就第一併作爲詞的審美理想，而鮮明地提出來了〔註 58〕，這實在是一個很好的證明！辛棄疾、蘇軾，乃至陳惟崧（賈宗普《簡論清代詞學審美觀念的演進》一文中說：「陽羨派……代表人物除陳之外，還有曹貞吉、蔣景祁等。他們主要上繼蘇辛詞風，重視壯美而又不反對婉約詞的柔美」〔註 59〕），這三個成就極高的詞人傳統上一般都認定他們是「豪放」派的代表人物，他們的創作充分說明了以「豪放」爲主要特色的詞人是可以兼作（並作得很好）「婉約」風格的詞的。而如果反過來推究，「婉約」派大家那裡的情況又是怎樣的呢？比如李清照，她是提出詞「別是一家」（《詞論》）理論而嚴格固守在詞爲豔科的範圍之內的詞人，她的詞除了一篇《漁家傲》（「天接雲濤連曉霧」）稍稍具有一點「豪放」的風格而外，都是「婉約」風格的。其他諸如秦觀、周邦彥、柳永、吳文英、姜白石等人，基本上也是固守在「婉約」的風格範圍之內。這裡面最能說明問題的是姜白石，他的詞雖然仍然是「婉約」的，但是在外在的色彩上多了一些「清」，內在的意境方面多了一些「逸」，已經大不同於詞的香豔溫柔的傳統，但是這絕不是一種「豪放」，它比不上蘇軾的「曠達」，至多也就是前面所講的「中間狀態」那一種情形。因此，我們可以總結說，「婉約」派詞人基本上是不能兼作「豪放」風格的詞的，單純從事物美的形態來說，就可以斷言他們即使有很高的成就，也是殘缺不完的，這絕對不是詞創作的正確的路子，也是顯而易見的。剛柔相濟，乃爲「中和」〔註 60〕，從哲學高度來說，

〔註 58〕周春豔：《論辛棄疾詞爲兩宋第一及辛詞作爲審美理想對於詞體的意義》，濟南：山東師範大學碩士學位論文，2004 年。而主要從社會學和文學本身發展的規律的意義上來評價詞的價值的胡適，則很早就在《詞選》中提出了辛棄疾「是詞中第一大家」的觀點，追溯上去，則劉熙載《藝概・詞曲概》以「詞品」平衡諸人，云「詞品喻人，東坡、稼軒，李、杜也」，也給了辛詞最高的評價。

〔註 59〕賈宗普：《簡論清代詞學審美觀念的演進》，載《廊坊師專學報》1999 年第 1 期。

〔註 60〕張晧：《中國美學範疇與傳統文化》，湖北教育出版社，1996 年版，第 333 頁。

「婉約」詞已經先失一籌了。曾祖萌也在《中國古代美學範疇》一書中指出：「……古代的理論家把風格的美學特徵分爲陽剛、陰柔二類，決不是把二者對立起來，恰恰相反，而是要求二者互相補充，以加強藝術美的感染力。正因爲如此，所以『有其一端而絕亡其一』，剛而至於『僨強而拂戾』，柔而至於『頹廢而暗幽』，都不是眞正的好作品。它們二者可以有偏優，然而，決不可偏廢。」〔註 61〕說得眞是太好了！「豪放」詞在最高境界上是克服了偏剛而無柔的缺點的，但是「婉約」詞則始終沒有解決這個問題。而推究「婉約」詞人不能兼「豪放」風格的原因，恐怕還得從他們的主體方面的內容上去找。「豪放」是一種源於顯著而強烈的主體性精神的風格風貌，內在的「氣」來源於對社會現實和人世間眞、善、美的深切體察和關注，並敢於大膽表現，而「婉約」詞派的詞人其癥結恰恰是在他們不能正視這個問題，總是拿「婉約」爲詞的正宗來做幌子，而力圖迴避詞介入現實以擴大其表現力的問題，迴避眞正的感情，這就把詞徹底葬送了。因此，吳熊和《唐宋詞通論》一書指出：「重周、姜而薄蘇、辛，反映了宋末詞風之弊」，「《詞源》論詞，唯重雅正，取徑已經十分狹窄……因此《詞源》的清空之說，是宋末詞風之弊在理論上的表現之一。而崇尚清空的結果，詞的最終衰落，就愈發不可避免了。」〔註 62〕龔兆吉也指出：

> ……以姜夔爲代表的一派詞人，在詞的創作上以格律爲主，講究詞法，推敲聲韻，雕琢字句，使詞遠離民族危難的現實，成了象牙之塔中的藝術擺設，沿襲下去，至南宋末期詞完全走上了專門在文字、聲律上下工夫的歧途。但是，對姜夾詞人及其作品，不少詞論家卻予以多方面的讚揚，甚至說：「詞至南宋始工，至宋季始極其變，姜堯章氏最爲傑出。」（朱彝尊：《詞綜發凡》）當然對姜詞在藝術上所取得的成就及其部份作品的好的思想內容應當重視，但必須進行全面的分析和評價。像這種拋開姜夔不少詞作中不健康的思想內容，孤立地推崇其藝術成就，就不免把詞的創作引入歧途。清代「浙西派」詞人盲目地師法姜夔，終於陷入形式主義泥坑而不能自拔，這是個值得人們深思的問題。〔註 63〕

〔註 61〕曾祖萌：《中國古代美學範疇》，華中工學院出版社，1986 年版，第 360 頁。
〔註 62〕吳熊和：《唐宋詞通論》，浙江古籍出版社，1989 年版，第 307～311 頁。
〔註 63〕龔兆吉編：《歷代詞論新編》，北京師範大學出版社，1984 年版，第 8 頁。

所以，詞如果沿著固守在詞爲豔科的範圍之內，就必然走向越來越講究形式的路子上去，最終使詞的生命力逐漸衰落乃至於喪失，歷史已經證明了這一點。主體性精神的完善有待於人的積極參預社會活動的實踐，「婉約」派詞人所缺乏的正是這一點，這也是他們的詞的創作不能兼有「豪放」的根本原因。他們在對待外部世界尤其是現實社會上採取了一種退避（即「收」的狀態）的態度，又怎麼能創作出具有「豪放」意蘊的作品呢？馬克思主義認爲，世界在本質上是「動」的，不存在絕對的「靜」，只有相對的「靜」，田盛頤、劉長林在論述《易傳》的美學思想時也指出：「《繫辭》上說：『剛柔相推而生變化。』『剛柔者，立本者也。』確認陰陽剛柔這兩種動勢的相互作用是世界上一切變化的根源，是萬事萬物得以建立的根本。由於陰陽是功能性概念，以陰陽爲本，實際上亦就是主張以事物的動態功能爲世界之本。」〔註 64〕因此可以說在用「動」、「靜」這一對範疇來認識世界時，世界是以「動」爲主而兼有「靜」的，而「豪放」正是以「動」爲主而兼有「靜」的審美範疇，相反「婉約」卻是以「靜」爲主的。具有剛健積極色彩的「豪放」，是人的主觀能動性的鮮明體現，代表了人類社會存在的姿態。即使是中國傳統哲學中的道家哲學，也強調「動」的作用，如「從莊子提出的『通天下一氣耳』的觀點中，可以明顯看出莊子的唯物主義傾向，他認爲自然界的萬事萬物都由『天地之強陽氣』所致（《知北遊》），『強陽』是運動的意思，自然界就是『氣』運動的結果。」〔註 65〕「婉約」詞又何有於此呢？徐傳禮說得好：

> 一般說來，偏於陽剛者，大多重視競爭，開拓、創造、求異，偏於陰柔者，大多喜愛和諧、守成、總結、趨同；前者主動、主多、主情、主勇，後者主靜、主一、主智、主仁；前者以解放、自由、廣博、新奇爲追求目標，後者以統一、秩序、精深、純正爲歷史使命。不同的時代、民族，不同的主體、語境，自然會有不同的選擇。本世紀全人類都處於博放之世，因而大多數人更喜歡陽剛一派。然而作爲頭腦健全、襟懷廣闊的學者，必須客觀公允、超越偏見和偏愛，堅持兼收並蓄、具體分析的態度，決不掩蓋陰柔之美和精約之長，也決不隨心所欲地溢惡溢美，使文化文藝因偏枯偏廢而失衡失

〔註 64〕李澤厚、汝信名譽主編：《美學百科全書》，社會科學文獻出版社，1990 年版，第 701 頁。

〔註 65〕曹利華：《中國傳統美學體系探源》，北京圖書館出版社，1999 年第 2 版，第 52 頁。

> 重。在充分發揮陽剛博放之長時，還必須注意克服必然具有的局限和弱點，而糾偏矯正的最好途徑就是充分利用其對立面的能動性，發揮非主流派陰柔精約的能動制衡力，這是歷史的經驗，也是哲理的必然。〔註 66〕

「豪放」之所以能夠兼有「婉約」之長，關鍵的一點就是——如果用中國古代文論傳統意義上的「道」、「技」之辨來分析的話，那就是：「豪放」的姿態和精神始終是和社會現實生活密切聯繫著的，而不僅僅是形式技巧上的東西，或者說這是單純的形式技巧難以達到的，「婉約」之所以不能兼有「豪放」之長，根本的原因也即在此。「豪放」本於「道」的姿態和精神，是其能夠擔當起詞體審美理想的內在原因。今人周春豔的碩士學位論文《論辛棄疾詞爲兩宋第一及辛詞作爲審美理想對於詞體的意義》〔註 67〕一文，已經明確地將「豪放」範疇最終確立並達到最高境界的辛詞作爲詞的審美理想，可以說對這個問題做了一個很好的總結。此外，我們還可以從夏敬觀《忍古樓詞話》裏的一些觀點，從反面證明「豪放」之所以能夠兼有「婉約」之長是因爲「豪放」確實是一個在層次上較高的美學境界：

> 番禺葉玉甫恭綽，亦號遐庵，蘭臺先生之孫也。幼隨父仲鸞太守於南昌官所，與余爲總角交。年十六七即能詞，萍鄉文芸閣學士廷式極歎賞之。芸閣詞宗蘇辛，玉甫嘗爲余言：「近代詞學辛者尚有之，能近蘇者惟芸閣一人耳。」余謂：「學辛得其豪放者易，得其穠麗者罕。蘇則純乎士大夫之吐屬，豪而不縱，是清麗，非徒穠麗也。」〔註 68〕

這裡的觀點是很典型的，其一是談到了蘇軾的詞的美學境界是「豪而不縱」，即「豪」而不「放」，是「清麗」，即混合著曠達的「麗」，這和辛棄疾的「穠麗」即更爲「婉約」的「麗」是不同的。其二，葉恭綽稱讚文廷式的話，細細推究，是認爲蘇比辛更爲更爲難學，意即蘇比辛爲高，而夏敬觀表示不能贊同，提出了「學辛得其豪放者易，得其穠麗者罕」的觀點。這個觀點裏也有兩層意思：一是認爲「學辛得其豪放者易」，這是說學辛詞學其形貌是容易

〔註 66〕徐傳禮：《藝術流派研究：試論學派和流派的生態平衡》，載《社科縱橫》1996 年第 1 期。

〔註 67〕周春豔：《論辛棄疾詞爲兩宋第一及辛詞作爲審美理想對於詞體的意義》，濟南：山東師範大學碩士學位論文，2004 年。

〔註 68〕唐圭璋編：《詞話叢編》，中華書局，1986 年版，第 4764 頁。

的，或者說學習那種單純的「豪放」是容易的；一是認爲「得其穠麗者罕」，學習辛詞，能夠學習到這種「豪放」之外的「穠麗」，是很罕見的。從這些意思來看，顯然夏氏認爲辛詞的美學境界更高，同時，他無疑也隱含著提出了「豪放」可以兼有「婉約」之長的觀點，辛詞的境界正是既有「豪放」又「婉約」，兼有兩者之長，正是辛詞的最高境界。這裡的問題不是「婉約」能不能「豪放」的問題，因爲這個問題涉及到作者主體的內在思想精神和「氣」的修養積聚，這個道理上面文中我們已經論述過了，如果沒有內在的盛大而充沛的「氣」，是不可能做到「豪放」的，即使做，也是貌似而不是神似。因此，這裡的核心問題是在肯定「豪放」兼有「婉約」之長爲詞的最高境界的基礎上，「豪放」能不能兼有即吸收「婉約」之長的問題，這是夏敬觀給學辛詞者的一個忠告和提示，而從辛棄疾本人的創作實踐和成就來看，顯然他是不存在這個問題的，辛詞的成就及美學境界已經很好地解決了這個問題，上面我們所引沉雄《古今詞話》裏的觀點，就是極爲典型的。至於後人學辛而不似，如馮煦《蒿庵論詞》評價劉過說：「龍洲自是稼軒附庸；然得其豪放，未得其宛轉」〔註 69〕，未能盡得稼軒詞的長處，當然也難以達到其最高境界，然而這卻正如龍榆生所說「前人有謂學蘇、辛將流爲粗獷者，此自不善學者之過」〔註 70〕，而非辛棄疾之過了。

關於「豪放」兼有「婉約」之長，有的學者認爲蘇軾也具有這個特點，如王易在《詞曲史》一書中指出：「世之議《東坡詞》者二端：一非本色，二疏音律。姑無論以東坡之天才學力，不必拘拘於所謂婉約之本色，優妓之歌喉即就其集中諸作細按之，亦未必遂爲確論。《東坡詞》實兼具豪放婉約二格者。」〔註 71〕不過，從蘇軾的創作實際來看，所謂「兼具有豪放婉約二格者」，還多是在蘇軾的詞既有「豪放」詞也有「婉約」詞的意義上，至於在一篇作品之中而兼有「豪放」、「婉約」的長處，比起辛詞則是差之甚遠了，這是我們必須要清楚地認識到的。從詞的藝術境界來說，辛詞是「汲取各家之長」的，「說辛詞豪放固然不錯，但其也有十分婉約的一面」，但是辛詞重點是「發揚了蘇軾詞風」（即「豪放」詞風），「在反映時代精神和進行藝術創作方面達到了更高境界，使詞體打破了傳統的觀念，並獲得空前解放。」

〔註 69〕唐圭璋編：《詞話叢編》，中華書局，1986 年版，第 3592 頁。
〔註 70〕龍榆生：《龍榆生詞學論文集》，上海古籍出版社，1997 年版，第 109 頁。
〔註 71〕王易：《詞曲史》，東方出版社，1996 年版，第 152 頁。

〔註 72〕正因爲如此，周春豔《論辛棄疾詞爲兩宋第一及辛詞作爲審美理想對於詞體的意義》一文，才提出了辛詞爲兩宋第一併作爲詞體的審美理想的觀點。〔註 73〕劉揚忠也從審美理想的角度出發，認爲辛棄疾「除了喜愛陽剛壯大之美以外，更嚮往一種能剛能柔、不主故常、融匯萬狀的更完美的藝術美。」〔註 74〕將後一種境界視爲他的一種自覺而積極的美學追求，既指出了辛詞「陽剛壯大」的本質，又揭示了其審美理想緯度上「豪放」兼有「婉約」之長的藝術境界，這是非常正確的。在以「豪放」爲主而又兼有「婉約」詞之長的基礎上，辛詞達到「豪放」詞乃至詞的最高境界是必然的。

第三節 「豪放」與「本色」

比否定「豪放」詞突破發展「婉約」詞更具理論形態、更系統的堅守「婉約」的，乃是詞史上的「本色」論。「豪放」和「婉約」兩者究竟誰是詞的「本色」，乃是詞學史上至今仍糾纏未清的重大理論問題。「本色」一語，義爲物品本來的顏色，如《文心雕龍・通變》云：「夫青生於藍，絳生於茜，雖逾本色，不能復化」〔註 75〕，宋人林岊撰《毛詩講義》有云：「黃者狐之本色」〔註 76〕，孟元老《東京夢華錄》卷五「民俗」條有云：「凡百所賣飲食之人……其賣藥賣卦，皆具冠帶。至於乞丐者，亦有規格。稍似懈怠，眾所不容。其士農工商諸行百戶衣裝，各有本色，不敢越外。」〔註 77〕引申到文學批評之中，最著於元曲的評論。以「本色」衡曲，又常與「當行」連用，其義相互補充，乃見圓滿具足，如淩濛初在他的《譚曲雜箚》中說：「曲……大略貴當行不貴藻麗，其當行者曰本色。」〔註 78〕詩學中運用者，則有嚴羽《滄浪詩話》云：「禪道在妙悟，詩道亦然。惟悟乃爲當行、乃爲本色。」〔註 79〕但

〔註 72〕張維青、高毅清：《中國文化史》，山東人民出版社，2002 年版，第 206 頁。

〔註 73〕周春豔：《論辛棄疾詞爲兩宋第一及辛詞作爲審美理想對於詞體的意義》，濟南：山東師範大學碩士學位論文，2004 年。

〔註 74〕劉揚忠：《辛棄疾詞心探微》，齊魯書社，1990 年版，第 778 頁。

〔註 75〕《文淵閣四庫全書・文心雕龍輯注》（電子版），上海人民出版社、迪志文化出版有限公司，1999 年版。

〔註 76〕《文淵閣四庫全書・毛詩講義》（電子版），上海人民出版社、迪志文化出版有限公司，1999 年版。

〔註 77〕孟元老：《東京夢華錄》，山東友誼出版社，2001 年版，第 47 頁。

〔註 78〕《中國古典戲曲論著集成》（四），中國戲劇出版社，1959 年版，第 254 頁。

〔註 79〕郭紹虞主編：《中國歷代文論選》（第 2 冊），上海古籍出版社，2001 年版，第

是，「本色」既然是符合事物自己本身的一種屬性，則「悟」既爲禪的「本色」，又爲詩的「本色」，歧義已見。因此，對於「本色」的理解，自古以來雖然因爲事物的不同而存在各種不同的理解，但是其基本義一直未發展變化。「本色」論在文學理論領域的歧義和爭議，乃是發生在誰是「本色」這一角度上。諸家都有自己所認爲、認可的「本色」，這是爭議發生的根源所在，也是「本色」論的核心所在。

在詞學領域之內，傳統詞學「本色」論的根本出發點，乃是對於詩詞體性形式的差異而產生的不同認識，其實質是強調「婉約」是詞這種體式的「本色」，以達到爭取並確立「婉約」爲詞的正宗地位的目的。這種端倪，首先是起源於對於詞體的審美特徵的認識，強調詞「別是一家」，這就不能不追溯到李清照的《詞論》：

> 逮至本朝，禮樂文武大備。又涵養百餘年，始有柳屯田永者，變舊聲作新聲，出《樂章集》，大得聲稱於世；雖協音律，而詞語塵下。又有張子野、宋子京兄弟，沈唐、元絳、晁次膺輩繼出，雖時時有妙語，而破碎何足名家！至晏元獻、歐陽永叔、蘇子瞻，學際天人，作爲小歌詞，直如酌蠡水於大海，然皆句讀不茸之詩爾。又往往不協音律，何耶？蓋詩文分平側，而歌詞分五音，又分五聲，又分六律，又分清濁輕重。且如近世所謂《聲聲慢》、《雨中花》、《喜遷鶯》，既押平聲韻，又押入聲韻；《玉樓春》本押平聲韻，有押去聲，又押入聲。本押仄聲韻，如押上聲則協；如押入聲，則不可歌矣。王介甫、曾子固，文章似西漢，若作一小歌詞，則人必絕倒，不可讀也。乃知詞別是一家，知之者少。後晏叔原、賀方回、秦少游、黃魯直出，始能知之。〔註 80〕

傳統詞學除極少數人外，大都持以「婉約」爲詞的「本色」的觀點，而對「豪放」進行實際的排斥或否定，而其核心觀點，則主要有「豪放」是「詩化詞」和不協律兩種。這兩種觀點在詞學史上最早最系統的論述，則皆可見於李清照的《詞論》。就前者而言，李清照《詞論》中雖有「詩化詞」的觀點，但其立論針對的是「豪放」和「婉約」兩方面的詞人，並不專門針對「豪放」詞

424 頁。

〔註 80〕陳良運主編：《中國歷代詞學論著選》，百花洲文藝出版社，1998 年版，第 71～72 頁。

人，這和後世借用她的「詩化詞」觀點而加以擴大化並專門用它來針對和否定、排斥「豪放」詞的用心是大不相同的。而且李清照的《詞論》，其重心點還是落實在了強調詞的體性特點，尤其是強調詞的音律上面，主要強調了詞「別是一家」的體性特點，而「別是一家」則正是「本色」的另一種說法。正如前文所闡述的：「『豪放』、『婉約』何者是詞的『本色』，其核心點是這種『本色』之爭是否能解決詞的片面發展和進一步發展的問題；『豪放』詞是否是一種『詩化之詞』，其核心點是詞應不應該具有詩學的廣闊視野以求取得更高層次的發展」，李清照《詞論》中的「詩化詞」和後世的「詩化詞」觀的不同也正在於此，所以我們在本節專門探討《詞論》中以音律爲中心的「本色」理論，而主要解決詞以「婉約」爲「本色」的片面強調，而關於「詩化詞」的一方面則放到下節專門論之。

利用詞「別是一家」的理論，認爲詞的體性是「婉約」的而非「豪放」的，並用不「協律」來判定「豪放」詞的非「本色」，是詞學史上建立「婉約」爲詞的「本色」論，達到排斥和否定「豪放」目的的相輔相成的兩個方面，例如周明秀的《詞學審美範疇研究》，提出「『協律』是『本色』的第一要義」的觀點，就是以李清照的《詞論》爲依據的。下面，我們分別進行闡述。

就上述詞「別是一家」理論的第一方面而言，其實李清照所論，僅是填詞的入門工夫，只不過她要求得比較嚴格而已，以至於連一些「婉約」詞的大家也被批評。也就是說，詞的成功與否或者藝術成就的高低，能否在創作中眞切地體現詞的體性特點，這是最基本的第一步，卻不是最後的最高的評判標準。除了這個標準，尙有藝術標準、社會思想和精神境界方面的標準，比如王國維《人間詞話》就旗幟鮮明地提出「詞以境界爲最上」〔註 81〕，所以說單純用這個標準來衡量和評價「豪放」詞，是極其片面的。嚴格地說，詞在歷史上之所以被稱爲「詩餘」，就是因爲它和詩歌在本質上是相同的，不同的只有一點，就是在形式上詞是由長、短句構成的，因而形式上比較活潑，易於發揮詩人活潑自由的情思。但是從這一點上來說，在中國整個詩歌史上由詩到詞是一種進步，作爲作者，你可以在詞出現以後仍然做你的詩，宋詩不是也取得了很高的成就嗎？而且，在詩詞關係上也應該採取辯證的觀點，詞在唐宋之交的詩歌體裁角逐中佔了上風，但它還是以詩的形式爲基礎的，

〔註 81〕王國維：《人間詞話》，上海古籍出版社，1998 年版，第 1 頁。

例如近人蔣兆蘭在《詞說》裏就強調：

> 初學作詞當從詩入手，蓋未有五七言不能成句，而能作長短句者也。詞中小令，收處貴含蓄，貴神遠，與詩之七絕最近。慢詞貴鋪敘，貴敷衍，貴波瀾動蕩，貴曲折離合，尤與歌行爲近。其他四五七言偶句，則近與律詩。〔註 82〕

然而，採取詞的形式而仍然帶有詩的氣息（這裡主要是由於詩歌特別是律詩形式上整齊劃一帶來的板腐氣），那麼，確實是於詞不相適宜的，是一種倒退，就如同人類社會中的「返祖」現象一樣。李清照《詞論》中詞「別是一家」的思想，其積極的意義正是在這裡。可以說她反對的正是這種詩化的氣息，包括在大詞人蘇軾那裡，其大部份詞確實在氣息上是有些生硬板滯類似詩格的，在這一點上，我們承認李清照批評得對。也正是在這一點上，我們看不出她的《詞論》中有反對「豪放」詞的意思，她的反對蘇軾，是和「婉約」派的詞人歐陽修、晏殊這樣的大家並列在一起進行的，可見她的意思不是反對「豪放」詞，而只是反對詞的不能脫除詩的氣息而已！在《詞論》裏我們看不到她強調詞的本色或正宗就是「婉約」的而非「豪放」的，並因此對「豪放」詞加以排斥。實際上，在「豪放」派取得最大成就的詞人辛棄疾那裡（李建國在《論辛詞豁達自適的藝術境界》一文中指出：「在詞壇上，蘇東坡與辛稼軒素以豪放派著稱。蘇東坡雖然是先行者與開拓者，對形成豪放一派功績很大，但仍未擺脫『豔科』詞風的影響；『橫掃六合』的詞家辛稼軒才堪稱豪放派的眞正代表。」〔註 83〕），已經在很大程度上擺脫了詞中詩化氣息的影響，辛詞藝術的成就之高是舉世公認的，從藝術特色上講，辛詞大部份作品是一點也不失詞的委婉曲折的情致的，這一點稍後還要談論到（劉揚忠在《南宋中後期的文化環境與詞派的衍變》一文中說：「具有某種集大成性質的稼軒體，不但在思想特質上堪爲南宋時期民族正氣與時代精神的代表，而且在藝術上也全面繼承了詞體文學的優秀傳統，完成了南北詞風、剛柔之美的融合」〔註 84〕）。即使從詩詞體性形式的差異來說，辛棄疾也無任何問題，因爲《宋史・辛棄疾傳》裏說：「蔡光陷北，辛棄疾以所業謁之。蔡曰：『詩

〔註 82〕 唐圭璋編：《詞話叢編》，中華書局，1986 年版，第 4629 頁。

〔註 83〕 李建國：《論辛詞豁達自適的藝術境界》，載《貴州社會科學》1997 年第 2 期。

〔註 84〕 劉揚忠：《南宋中後期的文化環境與詞派的衍變》，載《中國社會科學院研究生院學報》1997 年第 6 期。

則未也，他日當以詞名。』」可見，當時辛棄疾拿著自己的詩詞請蔡光指教，蔡光的建議是他不適合作詩，「詩則未也」，這句話有兩種意思的可能：一是認爲他的詩歌藝術水平還不到家，一是說其詩詞所表現的境界來說，辛棄疾的素質不適合作詩，而聯繫後面「他日當以詞名」的判斷來看，則顯然是指後者，而且隱藏著的意思是適合作詞。而分析蔡氏的整句話，他是憑什麼得出這樣的結論的呢？顯然就是從詩詞體性形式上說的，兩者的體性形式不同所導致的風神特點，內行者在某種程度是可以看出來的（因爲當時辛棄疾只是初作詩詞，受形式的限制很大），古人常就此義示人，如徐釚《詞苑叢談》一書有云：

> 或問詩詞曲分界，予（筆者按：指王士禎）曰：「『無可奈何花落去，似曾相識燕歸來』，定非香奩詩；『良辰美景奈何天，傷心樂事誰家院』，定非草堂詞也。」〔註85〕

這裡王士禎在判斷詩詞曲分界的時候，依據的就是三者體性形式上的特點的差別，對此他是相當自信的。其中尤其值得注意的是晏殊《浣溪紗》裏的名句「無可奈何花落去，似曾相識燕歸來」，本來是在先寫成的詩裏的，後來才又將它寫入詞中，就是因爲這兩句的氣息太過柔弱，不適合安排在律詩中。〔註86〕同樣的例子，還有一例，唐末翁宏《春殘》詩云：「又是春殘也，何時出翠幃。落花人獨立，微雨燕雙飛。寓目魂將斷，經年夢亦非。那堪向愁夕，蕭颯暮蟬輝。」後來晏幾道將其中的「落花人獨立，微雨燕雙飛」兩句寫入《臨江仙》：「夢後樓臺高鎖，酒醒簾幕低垂。去年春恨卻來時。落花人獨立，微雨燕雙飛。　記得小蘋初見，兩重心字羅衣。琵琶弦上說相思。當時明月在，會照彩雲歸。」意味便完全不同，唐圭璋《唐宋詞簡釋》評價說：「『落花』兩句，原爲唐末翁宏之詩，妙在拈置此處，襯副得宜，且不明說春恨，而自以境界會意。」〔註87〕之所以「襯副得宜」，就是因爲這兩句更有詞的意味。翁宏的原詩並不著名，這兩句也非名句，但是經晏幾道用到詞中，竟然天衣無縫，成爲千古名句。〔註88〕在辛棄疾那裡，蔡光顯然也看出

〔註85〕《文淵閣四庫全書·詞苑叢談》（電子版），上海人民出版社、迪志文化出版有限公司，1999年版。

〔註86〕《文淵閣四庫全書·欽定四庫全書考證》（電子版），上海人民出版社、迪志文化出版有限公司，1999年版。

〔註87〕唐圭璋：《唐宋詞簡釋》，上海古籍出版社，1981年版，第80頁。

〔註88〕王瑋瑋：《「落花人獨立，微雨燕雙飛」——〈春殘〉、〈臨江仙〉比較賞析》，

了他的素質不適合創作具有詩的體性特點的體裁形式，因此判斷他「他日當以詞名」，其實也就是建議他專力作詞。後來辛棄疾是聽從了蔡光的建議的，一生專力於詞的創作，果然取得了偉大的成就。

因此，用李清照詞「別是一家」的觀點去反對詞中的「豪放」風格，實在是對李清照的誤解或者是別有用心的歪曲，而且這種誤解和歪曲一直是歷史上「婉約」派反對「豪放」派的主要理論根據，所以造成了極其惡劣的影響，影響了詞的正常發展，通觀詞的歷史，其經驗教訓是值得注意的（詳見後文嚴迪昌和胡明兩先生所論〔註 89〕）。而從辛詞的藝術境界和成就來看，詞「別是一家」的觀點，並不能成爲詞的「本色」乃是「婉約」的立論依據，當然更不能成爲否定「豪放」詞的理論依據。正因爲如此，張惠民認爲，《詞論中》「三公並列，而晏歐二公……屬傳統的婉約派，適足以說明『別是一家』說與豪放、婉約之爭無涉，否則，易安豈非自相矛盾。」〔註 90〕周桂峰在《李清照論》的《李清照〈詞論〉研究》一部份中也認爲，「我們雖不能說她贊成蘇軾的內容開拓，但起碼可以說她沒有反對」〔註 91〕，提出了「《詞論》不反對題材革新說」：

> 《詞論》有云：「至晏元獻、歐陽永叔、蘇子瞻，學際天人，作爲小歌詞，直如酌蠡水於大海，然皆句讀不葺之詩爾。」這段議論大膽而過激，成爲論者責之最甚的一段。鄧魁英先生就曾說過：「在她看來詩與詞的區別，不只在句法的整飭或參差不齊，還有題材和藝術手法的不同。」「拘於傳統的狹窄題材，而且排斥新的風格和手法，這就是當時詞壇上保守一派的主要特點，而李清照的《詞論》恰也如此。」「李清照《詞論》的保守，主要在於她所提出的詩詞分畛域的主張，是爲了以狹隘的傳統題材和手，排斥詞的革新。這是違背詞的發展趨勢的。」李清照對晏歐蘇三公的評價只有「皆句讀不葺之詩爾」八個字，似乎怎麼也讀不出「以狹隘的傳統題材」來

載《語文知識》2006 年第 8 期。此文比較翁宏《春殘》詩與晏幾道《臨江仙》詞之意境，重點分析了這兩句在詩詞中的不同風味。

〔註 89〕孫崇恩、劉德仕、李福仁主編：《辛棄疾研究論文集》，中國文聯出版公司，1993 年 2 月第 1 版，第 62 頁；胡明，《一百年來的詞學研究：詮釋與思考》，載《文學遺產》1998 年第 2 期。

〔註 90〕張惠民：《宋代詞學審美理想》，人民文學出版社，1995 年版，第 28 頁。

〔註 91〕周桂峰：《李清照論》，中國文聯出版社，2001 年版，第 259 頁。

「排斥詞的革新」的意思來，因而很難說就是「違背了」「詞的發展趨勢」。況且，晏歐蘇三人被編爲一組，蘇既是大家公認的「革新派」，大大開拓了詞的題材，歐陽修則遠遜色於蘇軾，「承襲『花間餘風』是歐詞的一個主要方面」，屬於那個「狹窄題材」，只是偶然探出一隻腳，寫了一些「直抒胸臆的」和「寫景」的詞，算不上有多大改革。而晏殊是「一面調和鼎鼐，一面歌舞享樂」，其詞乃是「宴席之間」爲了應歌而作的「柔情曼語」，「內容並未脱離花間派的範圍」，便怎麼也說不到「革新」與「擴大詞的題材範圍」上去了。李清照既將三公編爲一組，必因其有某種共性。既然他們三人的共性不在題材方面，便不能以「拘於傳統的狹隘題材」加之李清照，李清照也就完全可以不接受「排斥詞的革新」、「違背詞的發展趨勢」之類的指責。至於表現手法，素以「晏歐」並稱的兩家尚且有較大差異，更不要說三家之同了。那麼，李清照何以要將他們編爲一組呢？這只能是由於三公在音律方面的原因。李清照的後文即已講明此意。《詞論》緊接著說：「又，往往不協音律者，何耶？」正因爲上文所論及的是音律方面的問題，這裡才提出來專門討論。所謂「句讀不葺之詩」，其實只是說三公寫的歌詞不合律。當然，李清照這裡的表述缺少分寸感，語氣太輕鄙。不合音律者，三公有之，其中以蘇軾爲較多，但在蘇氏的洋洋大觀的歌詞作品中也仍是少數，不可以「皆」概稱之。晏歐也有。晏殊以來自軍樂《秦王破陣樂》的《破陣子》來寫「燕子來時新社，梨花落話清明」的旖旎春光就顯然不符合這個本屬「龜茲部」以配有二千人參加的舞蹈的樂曲格調。既然「句讀不葺之詩」的指責主要著眼於音律方面，那麼，人們爲什麼偏要扯到「題材與手法」上去呢？問題出在這一段文字的斷句上。人們往往將「又不協音律者」屬上，並去掉那個成爲拖累的「者」字。而如此引用的結果，似乎影響了後來的《苕溪漁隱叢話》標點者。人民文學出版社 1962 年出版廖德明標點本，他將這一段點爲：「……然皆句讀不葺之詩爾，又往往不協音律者，何耶？」如此標點，易啓誤端。既然後文出現了「不協音律」的明白職責，則前面的「句讀不葺之詩」必當另有所屬，聯繫蘇軾的創作實踐和當時人的評論，便「悟」出了此句所指當爲「題材和手法」方面的。

再加以推論和「上綱」，則「保守」的帽子可加，「違背詞的發展趨勢」的斷語可下，「大部份應當批判」的決定也就做出來了。文字無誤，只是標點不准，便有如此之大的誤解，眞是「差之毫釐，謬以千里」。爲了不至致誤，合乎原意，這一段似應這樣標點：「至晏元獻、歐陽永叔、蘇子瞻，學際天人，作爲小歌詞，直如酌蠡水於大海；然皆句讀不葺之詩爾。又，往往不協音律者，何耶？蓋詩文分平側……」〔註 92〕

應該說，周先生在這裡論證「《詞論》不反對題材革新說」，是非常充分的。然而必須指出的是，在論證的過程之中和對《詞論》的理解上，還是出現了不應有的錯誤。一是其所謂的標點錯誤，還值得商榷。郭紹虞的標點是：「……至晏元獻、歐陽永叔、蘇子瞻，學際天人，作爲小歌詞，直如酌蠡水於大海，然皆句讀不葺之詩爾，又往往不協音律者。何耶？蓋詩文分平側……」〔註 93〕，這種標點法，也還說得過去，但是因爲「何耶」之後是解釋音律問題的，所以將並列的「皆句讀不葺之詩爾」和「往往不協音律者」用「。」號斷開，就不是很精確。仔細分析一下，就可以知道「句讀不葺之詩爾」和「又往往不協音律者」，是一個並列的關係，前者從詩詞作爲詩歌的兩種體裁差異的角度來批評晏、歐、蘇三人的詞像「詩」，因此，周先生所說的「既然後文出現了『不協音律』的明白指責，則前面的『句讀不葺之詩』必當另有所屬」，是完全正確的。但是他又說「聯繫蘇軾的創作實踐和當時人的評論，便『悟』出了此句所指當爲『題材和手法』方面的」，將對三人的詞作「句讀不葺之詩」的批評歸結到「題材和手法」上，則不完全正確，其間關係的應該主要是詩詞體性之別的問題，這是周先生的第二個錯誤。——也就是說，從「皆句讀不葺之詩爾」和「又往往不協音律者」的並列關係來看，分析其語氣，就可知道，「皆句讀不葺之詩爾」是一個大判斷，是主要的、本質上的，這一句實際上否定了三人所作的詞不是詞，這是非常具有否定力度的。這兩者的並列關係，如果後者不是有著重點的解釋的話，那即使純粹的並列關係，從問題的重要程度來說，則前者爲主，後者爲次，是不同的。正是因爲這個

〔註 92〕周桂峰：《李清照論》，中國文聯出版社，2001 年 12 月第 1 版，第 248～251 頁。

〔註 93〕郭紹虞主編：《中國歷代文論選》（第 2 冊），上海古籍出版社，2001 年版，第 350 頁。

緣故，所以李清照又特別解釋了「不協音律」的原因，從兩者的並列關係來看，這又是一個遞進而言之的層次。因此，兩者在語法上是並列的，但是在問題的重點程度和語意上，則是遞進的。因此，綜合語法和語意兩種因素來看，正確的標點應是：「至晏元獻、歐陽永叔、蘇子瞻，學際天人，作爲小歌詞，直如酌蠡水於大海，然皆句讀不葺之詩爾。又往往不協音律者，何耶？蓋詩文分平側……」，周先生講「又」單獨點爲一句，從語氣和文意上來說都是不對的。其中「又往往不協音律者」之中的「者」字，也絕非衍文或多餘，這個「者」在這裡是「……的原因」的意思，因此後文接著就是「何耶」（意爲「爲什麼呢？」），屬於原因前置，後文遂接著從音律的角度來加以解釋。如果沒有後面的解釋，而與「皆句讀不葺之詩爾」並列的話，則這個「者」字是完全沒有必要存在的。周先生的第三個錯誤是說「所謂『句讀不葺之詩』，其實只是說三公寫的歌詞不合律」，「那麼，李清照何以要將他們編爲一組呢？這只能是由於三公在音律方面的原因」，將三人的相同之處「皆句讀不葺之詩」歸結到「音律」方面，聯繫前面我們的分析就知道這是不對的。問題不僅僅在於此，而更在於，周先生將原因歸結到「音律」上，一方面是爲了反駁李清照並不在題材內容反對蘇軾（或「豪放」詞）的，另一方面又論證了三人的相同之處在於音律不合，卻又找錯了原因，也就是說，周先生在上文中以錯誤的論據和論證，得出了一個正確的結論。爲什麼會這樣呢？這是因爲，就「皆句讀不葺之詩」而言，晏、歐、蘇三人爲李清照所批評的相同之處，既非「音律」，又非「題材或手法」，而是詩詞體性形式的不同，周先生找到了另外一個錯誤的結論，在並不存在非此即彼的情況之下，周先生用非此即彼的方法得出了正確的結論，可謂「歪打正著」，因爲在用錯誤的論據論證的過程之中，畢竟達到了反對認爲《詞論》「以傳統的題材和手法，排斥詞的革新」的說法，得出了其反面的《詞論》並不「以傳統的題材和手法，排斥詞的革新」的結論。正因爲如此，所以周先生又犯了一個錯誤，就是在以錯誤的論據反對另外對《詞論》的錯誤理解的論證之中，他的反對，是建立在對方對《詞論》的錯誤理解之上的，僅僅是在論證「皆句讀不葺之詩」這一點上才具他所認爲的合理性的，而從《詞論》的整體思想來看，「以傳統的題材和手法，排斥詞的革新」，卻又確實是《詞論》的缺點所在，否則也就不會成爲歷代詞學中利用《詞論》來爲詞以「婉約」爲本色的立論的重要依據了。也就是說，周先生「歪打正著」的結論的正確性，僅僅是局部的，而非整體的。從《詞論》的整體思想來看，確實是保守的，其主要表現就是對於「音律」的片面強調。關於這方面，我們在下面接著上文所講的第二方面（不「協律」來判定「豪放」詞的非「本色」）來詳細地加以論述。

就上文所講的第二方面而言，可以說李清照詞「別是一家」的思想、精神是正確無誤的，可是，後人對她的誤解和歪曲，實在也是由於《詞論》的理論本身的缺陷所致，或說因此而使人易乘其隙漏，這就是她對於「音律」的嚴格而近於苛刻的強調。李清照對於詞中「皆句讀不葺之詩」現象的批評是對的，但是她所指出的糾正方法（「協律」）卻是一種誤導！這是因爲——上面我們已經講到，詞的「別是一家」的思想主要是建立在詩和詞的形式差別的基礎之上的（此外，還有韻律方面的差別，比如說詞在用韻方面比起律詩來要寬泛自由一些，但這些方面的差別是次要的），我們知道，詩歌在唐代的達到繁榮的巔峰，包括其內容、形式兩方面的內容，在總體的藝術成就上亦然，七言律詩是在唐代達到成熟的，尤其是在杜甫、李商隱等人那裡，前面提到的李澤厚所說的後一種「盛唐」建立形式上的典範、規範，就是指這一點。形式上的成就是律詩成熟的一大標誌，但物極必反，形式上的過份定型化，也給內容的表現帶來了某種束縛，限制了內容的發揮，導致形式主義傾向的產生，晚唐詩歌的復向綺豔回歸，可以說就是這樣一種不自覺的但卻是必然的傾向。因此，在某種意義上，律詩形式的極大成熟的同時，也就孕育著與之對立的一種因素，最終使之走向衰落。實際上，對於杜詩律詩的成就表示出極大讚歎的同時，我們也不要忘記，正是杜甫以其無與倫比的魄力在律詩形式方面的空前的開拓和發展，使得律詩形式方面的開拓空間在後世詩人那裡大大的減少了，杜詩集大成的意義在很大程度上就是體現於此，但對於後世詩人而言，這卻是一個「災難式」的結果和現實，一個意味著再難以逾越的不可企及的高峰，事實上聯繫一下中國詩歌的發展史我們就會發現，後來的詩人也確實沒有能夠超出杜詩的高度。因此，由詩向詞的必然發展演變，很大程度上是由於形式方面的原因，關於這一點，胡明曾經就胡適在《詞選自序》中提出的詞的三段論做了肯定，就是因爲這個三段論概括了詞的陷入形式主義因而被曲所取代這樣一個不可避免的歷史事實：

> 詞本身的歷史又分爲「歌者的詞」、「詩人的詞」和「詞匠的詞」。——「歌者的詞」即是民間新創詞的體裁，文人參加漸成「詩人的詞」，而「詞匠的詞」即是「天才墮落而爲匠手，創作墮落而爲

> 機械」，生氣剝喪完了後的「小技巧」、「爛書袋」、「爛調子」！技術主義，工藝主義，典故與書袋代替、壓倒了活的文學的創作與藝術的眞美。〔註 94〕

這樣一種情況，詞取代詩、曲取代詞，都是因爲形式的僵化導致了內容的貧乏而不能納入現實社會生鮮的氣息和活力所致。李清照如果從這個角度來開方子，那麼就必然會走向對詩與詞這兩種體式不同特性的分析，然而，她卻從音律的角度，從「平側」、「清濁輕重」、押韻這樣一些角度來認識詞的特性（施議對在《中國詞學史上的三座里程碑》一文中也說：「所謂樂府，用現代人的話講，是一種音樂文學；用前人的話講，就是聲學。劉熙載《藝概・詞曲概》謂：「樂歌，古以詩，近代以詞。如《關雎》、《鹿鳴》，皆聲出於言也；詞則言出於聲矣。故詞，聲學也。」將詞當聲學看待，相信李清照也是這一用意，所以即有「別是一家」說問世。〔註 95〕）實際上即使在程度上稍稍有所不同，這些方面並不能在本質上或者根本上區分詩和詞的差別，也就是說，並不能說明詩和詞各自獨具姿態的體性特色。何況，即使是詩詞在體式上存在著應有的差別，也都是外在形式方面的因素，而不能由之引申出詞的審美理想就必須是柔弱的觀點和結果。強調詩詞（包括曲）各自的本色、獨特之處，這是它們作爲一種文體得到確立的重要基礎理論支撐，李清照所誤導的這樣一條路子，其影響是極爲負面的，對於詞的發展確實是消極的，尤其經過南宋格律派理論家張炎的強大的系統理論建樹，導致重格律的這一傾向在詞學史上佔據了長時間的主流傾向。〔註 96〕從音律的角度和強調詩詞體性形式有所差異這兩大理論形態，來對「豪放」進行否定，是其主要理論基礎。其中，後者尚處於較淺的層面上，而前者則因爲創作實踐的廣闊操作空間，尤其形成了強大的排斥和否定「豪放」的現實基礎。時至今日，這一傾向在現代學者中仍然具有巨大的勢力和影響力，他們在詞的內部研究詞文學和詞學，將詞束縛在「體制」之內，形成了詞學史上的「體制內派」，表現出理論研究脫離社會現實和在單純創作實踐的層面上來認識詞及其審美特點、審美境界的重大缺陷，這些都可以追溯到《詞論》，因此其守舊思想，往往最爲後人所詬病，如龔兆吉評價李清照《詞論》思想說：

〔註 94〕胡明：《一百年來的詞學研究：詮釋與思考》，載《文學遺產》1998 年第 2 期。
〔註 95〕施議對：《中國詞學史上的三座里程碑》，載《學術研究》2004 年第 4 期。
〔註 96〕周桂峰：《李清照論》，中國文聯出版社，2001 年版，第 262～264 頁。

柳詞語言的通俗化口語化深受廣大群眾所喜愛……李清照卻批評柳詞「辭語塵下」……正代表了南宋詞壇的守舊思想。徽宗崇寧四年（1105）設置大晟府，要求掌管和整理古樂修訂今律爲宮庭服務。精通音律的詞家周邦彥曾掌管大晟府，他力圖把詞的格律、法度和型式規範化。李清照的觀點，正代表了這種趨勢。固然他對李煜、秦觀、黃魯直等人詞作的評價是正確的。她所提出的「詞別是一家」，要求詩詞應有所區別，有其合理的一面，但是她把詩詞的界限絕對化，就會把詞局限於「豔科」的小圈子了，那就必然使詞作脫離社會現實而僵化沒落。事實上她在金滅北宋之後，隨著戰亂而流落江南，生活的巨變開拓了她的眼界，思想感情也有了變化。她後期的詞作並不斤斤於高雅、典重、故實和聲律，而突破了她前期的守舊理論。然而後來不少詞論家卻不顧李清照後期的創作經驗，而緊緊追隨她前期的守舊理論，這是她始料不及的。〔註 97〕

李善階也指出：

詞「別是一家」，是《詞論》中一個重要的論點。這個論點主要是針對蘇軾等人「以詩爲詞」、「以文爲詞」而發的。根據這一主張，李清照要求在藝術創作上要保留詞的特點，要求協音律、有情致，這都是對的。問題是她沒有看到歐陽修、蘇軾等在詞創作方面的革新精神，這就未免保守了。歐陽修、蘇軾等，是宋代提倡詞風革新的有代表性的人物，他們衝破了「詞爲豔科」的傳統意識，拓寬了詞作品的題材，形成了詞不僅清新婉麗而且豪放雄渾的風格。他們主張詞應當與詩一樣具有詠懷言志的作用，從而提高了詞的社會功能，形成了詞的豪放風格。這無疑是代表著先進方向的。其後，辛棄疾、陸游等繼續前進，爲詞的發展開闢了廣闊道路。在這方面，李清照是有局限的、保守的，不合潮流的。並且，她的這種主張也在一定程度上限制了她的創作成就，使她在詞創作方面，沒能衝破一些傳統觀點的束縛，也就沒能攀上更新的高度。〔註 98〕

謝桃坊的觀點也甚爲中肯：

〔註 97〕龔兆吉編：《歷代詞論新編》，北京師範大學出版社，1984 年版，第 10～11 頁。

〔註 98〕李善階：《評李清照〈詞論〉》，載《山東社會科學》1995 年第 3 期。

> 李清照論詞基本上是立足於新的婉約詞的立場，表述了這一群詞人的藝術見解。這樣它必然帶有極大的片面性。《詞論》是宋詞發展過程中一定階段出現的較爲極端的現象，當然其中包含了某些合理的成分。從李清照關於詞的理論和創作實踐來看，她未能解決詞的藝術形式與現實生活內容的矛盾。……《詞論》便是這種矛盾的產物：既否定詞體的改革，又未找到新的出路，於是仍回到固守傳統「豔科」、「小道」的舊軌道去。〔註 99〕

李清照的《詞論》，就是這樣一種矛盾的體現，解決不了這個矛盾，就只能回到老路上去，這是她的悲哀所在。謝先生還指出：「《詞論》所包含的詞學思想是豐富的，但由於後世詞學家對它的誤解，特別看重其音律的意義，以致在近代詞學中形成關於詞律的『五音陰陽』說。這種消極的作用是李清照所未料及的。」〔註 100〕包括李清照本人，實際上也只是從詞的入門工夫來認識詞，而未能上升到更高的境界，中國詩歌史上旗幟鮮明地主張詩詞各有自己的特色，只認識到其同中之異而未認識到其異中之同的作用，當以李清照《詞論》中「別是一家」的觀點最具代表性，方智範、鄧喬彬、周聖偉、高建中《中國詞學批評史》指出：「我們應當承認詞與詩有不完全相同的體性和風格，也應該承認詞與詩並非完全的不相同。李清照對詞所標舉的典重、故實、渾成、高雅等要求，同樣也是中國古代詩歌的傳統審美規範。因而，她一意嚴分詩詞疆界，反而模糊了詩詞的差別，所謂過猶不及。以此而論，詞『別是一家』的理論，又有不盡合乎事理之處。由於她以這把不盡合乎事理的標尺丈量蘇軾詞，所以只能看到蘇軾詞不協音律的特點，而看不到他革新詞體，爲詞開疆拓土、融注生命活力的宏大意義，未免保守和片面。」〔註 101〕此論極是，顯然，就詩詞的體性特點之異和詩詞的審美境界之同來說，後者具有更爲重要的地位，因爲它關乎文學藝術的終極藝術境界，在認識到了詩詞之異的基礎上再回歸到詩（大詩學意義上的詩歌），其中經過了一個曲折的過程，這個過程的完美流程應該是上升的，是詩詞之同的審美境界對詩詞之異的體性特點的否定性超越，而要達到這個超越，顯然是不能僅僅呆在詩詞體性特點之異的原地的，「豪放」詞的進步和突破「婉約」詞，其意義正在於此。

〔註 99〕謝桃坊：《中國詞學史》（修訂本），巴蜀書社，2002 年版，第 69～70 頁。

〔註 100〕謝桃坊：《中國詞學史》（修訂本），巴蜀書社，2002 年版，第 70 頁。

〔註 101〕方智範、鄧喬彬、周聖偉、高建中：《中國詞學批評史》，中國社會科學出版社，1994 年版，第 73 頁。

〔註 102〕因此張惠民認爲，就詞學的「本色」論（如陳師道論蘇詞非本色）和蘇軾的「以詩爲詞」而言，「前者立論所持的是詞以婉美爲本色的傳統觀念，其實質是以詞在特定環境、特定歷史時期形成的客體規範作爲論詞的依據，是一種客體性的理論。而後者著眼於詞的表現主體性情的藝術本質而立論的，是一種洋溢著詞論家主體精神的詞學理論。」「（詞）至東坡，始有意提倡風雅，於詞中表現主體之胸襟懷抱、思想感情與審美個性，完成了詞由客體性向主體性的轉變，使詞從本質上向詩的抒情性、表現性回歸。」〔註 103〕兩者哪個層次和著眼點更高，可謂一目了然。詞有客體性向主體性回歸，正是詞回歸其本質的一種體現。正是在這個意義上，蘇軾「以詩爲詞」的意義顯然並未被人正確理解，實際上「在蘇軾的詞學理論中，他就是明確提倡『以詩爲詞』的……以『詞』作爲『詩』的餘波和苗裔，顯然是蘇軾『自是一家』說的最本質的理論內核。在他看來，詞之於詩，既是相對待的不同文藝體裁（共時性的異體），又是詩的產物（歷時性的淵源關係），更是詩人（同一抒情主體）不同形態的創造物。其理論的主要內涵就是說：詞來源於詩，與詩同質而異體。顯然，『以詩爲詞』是蘇軾的詞學本體論。在蘇軾看來，詞在本質上可以同詩一樣，表現主體的情性襟抱，可以抒寫人生之遭際、反映社會的盛衰和歷史的浮沉；可以像詩一樣有山光水色般的清麗，又可以如唐詩般的高華悲壯氣象恢宏，可以有金戈鼓角齊鳴的壯觀，更可以有天風海濤浩浩蕩蕩的氣勢。而不應一味溺於閨房之內雌聲而學語男子而作閨音。可見，蘇軾『以詩爲詞』的理論，旨在呼應自己爲詞拓境千里的創作實踐，爲詞注入強烈的主觀生命意識，突出表現抒情主體的個性風貌，擴大詩的文學的抒情功能，那小詞的豔科小道的品質和地位提高到詩的地位上來，顯然是一種推尊詞體、改革詞風而產生的新的詞學觀念。從歷史主義地看問題，其積極意

〔註 102〕筆者《李清照〈詞論〉箋略》云：「詞別是一家，當是詞之本色，亦即詞之初境界，而非終境界。李易安此處所論，即言入門工夫，而嫌諸人不甚地道也。應知詩詞曲在初境界如體制之格調、風味、姿態處有異，而其終境界則宜趨一致，即詩歌之審美理想，安能以詞之初境界、入門工夫爲準以評衡此作，因此之誤而以爲其他之誤，而不自知也。任何文學體式，若不與世俗之現實世界之利益直接相關，則終不能成大，主體不能臻於『無我之上之有我之境』，此亦文學之所以高於藝術之根本原因。李易安詞別是一家之論之根本缺陷，乃在於此！」（見拙著《〈漱玉詞〉評說》，陽光出版社，2013 年版，第 107 頁）

〔註 103〕張惠民：《宋代詞學審美理想》，人民文學出版社，1995 年版，第 145、146 頁。

義是應予以肯定的。」當然，「我們說蘇軾的『以詩爲詞』是其詞學的本體論，更在於這與其藝術本體論是相通的。他認爲，不同形式不同體裁的文藝作品，都是主體抒寫、表現情性的創造物，其本質是一樣的。」同時張先生認爲，蘇軾「僅僅是在藝術的本質論上提出『以詩爲詞』的命題，這是相對形而上的命題，而不是主張詩詞不分，取消詞體的獨立性和內在規定性，使詞在形式上合流於詩，而後者正是後人對蘇軾的『詩餘』說所產生的誤解。」〔註 104〕這一點可以由蘇軾婉約風格的詞作得到他「不是主張詩詞不分，取消詞體的獨立性和內在規定性，使詞在形式上合流於詩」的明證，如果說他的偏於「豪放」風格的詞作還不能完全免除形式上類似於詩的缺陷，那麼在「豪放」派的後起者辛棄疾那裡，則已經完全沒有問題了——蘇軾的詞學理想得到了完美的貫徹和體現。

如果說《詞論》是客觀地顯示出了這個矛盾，而後世的詞學家主觀地利用《詞論》詳論音律的內容，將其發展爲一種不利於詞的發展的消極的理論，這種消極的理論體現出古代詞學的缺乏開拓性。實際上古人對這個問題一直糾纏不清，尤其是對「婉約」和「豪放」的問題糾纏不清，也正是由於這方面理論建樹貧乏的緣故。理論上的糾纏除了別有用心的歪曲以抬高「婉約」詞的地位之外，理論本身所具有的模糊性，也是造成這種局面的淵源之一，由於這個原因，詞學史上的很多理論糾纏實際上是處於一種「關公戰秦瓊」的狀態，根本未能具體分析別人的觀點的精神意脈指向哪裏，那麼「關公戰秦瓊」的情況也就勢所難免。推究起來，對於詩、詞、曲三者體式上的區別與特色最清晰、最精彩出色的理論闡釋，是在近、現代學者那裡才得以完成的，這就是曲學大師任中敏的力作《散曲概論》中的有關章節，因爲後文在論述元曲的「豪放」時還要涉及，這裡就暫不作引了。「婉約」和「豪放」的關係問題，從本質上講是既對立又聯繫的，是在一個統一體中的一體兩面，在這個問題上，筆者認爲陳匪石《聲執》（卷上）裏的觀點是很好的：

> 行文有兩要素，曰氣、曰筆。氣載筆而行，筆因文而變。昌黎曰：「氣盛則言之短長與聲之高下者皆宜。」長短高下，與筆之曲直有關。抑揚垂縮，筆爲之，亦氣爲之。就詞而言，或一波三折，或老榦無枝，或欲吐仍茹，或點睛破壁。且有同見於一篇中者，百鍊

〔註 104〕張惠民：《宋代詞學審美理想》，人民文學出版社，1995 年版，第 9～10、10～11 頁。

剛與繞指柔，變化無端，原為一體，何也。志為氣之帥，氣為體之充，直養而無暴，則浩氣常存，惟所用之，無不如志。苟餒而弱，何以載筆。名之曰柔，可乎。讀昔人詞評，或曰拗怒，或曰老辣，或曰清剛，或曰大力盤旋，或曰放筆為直幹，皆施於屯田、清眞、白石、夢窗，而非施於東坡、稼軒一派。故勁氣直達，大開大闔，氣之舒也。潛氣內轉，千回百折，氣之斂也。舒斂皆氣之用，絕無與於本體。如以本體論，則孟子固云至大至剛矣。然而婉約之與豪放，溫厚之與蒼涼，貌乃相反，從而別之曰陽剛，曰陰柔。周濟且準諸風雅，分為正變，則就表著於外者言之，而仍只舒斂之別爾。蘇、辛集中，固有被稱為摧剛為柔者。即觀龍川，何嘗無和婉之作。玉田何嘗無悲壯之音。忠愛纏綿，同源異委。沉鬱頓挫，殊途同歸。譚獻曰：「周氏所謂變，亦吾所謂正。」此言得之。故詞之為物，固衷於詩教之溫柔敦厚，而氣實為之母。但觀柳、賀、秦、周、姜、吳諸家，所以涵育其氣，運行其氣者即知。東坡、稼軒音響雖殊，本原則一。倘能合參，益明運用。隨地而見舒斂，一身而備剛柔。半唐、彊村晚年所造，蓋近於此。若喧豗放恣之所為，則暴其氣者，北宮黝、孟施舍之流耳。〔註105〕

陳先生認為，「婉約」和「豪放」都不是本體意義上的，而只是「氣」在「舒」、「斂」情態下變化出來的兩種不同的狀態，而在本體的意義上，「氣」是「至大至剛」的，其表現為物態，「舒」則呈現為「豪放」，「斂」則呈現為「婉約」。「氣」是「至大至剛」的，它是「婉約」和「豪放」的根源，在「婉約」和「豪放」的關係上，可以說後者是更接近「氣」的本原狀態的，而「婉約」就是「氣」在實現的過程中一個個相對靜止的處於「收」或「斂」的狀態的點，因此，從這個意義上說，「豪放」是可以兼「婉約」而有之的。本書把「收」、「放」作為研究「豪放」這個範疇的邏輯起點，在陳匪石這裡得到了明顯的支持。作為「婉約」、「豪放」關係的一個總結，陳先生的觀點是最具代表性的。前面已經談到「豪放」可以兼「婉約」而有之的情況，對此錢鍾書在《管錐編》裏闡述了大家之作往往「破體」的特色〔註106〕，楊信義在《辛詞藝術風格獨特與多樣的統一》一文中也明確地論述說「確實有那麼一些傑

〔註105〕唐圭璋編：《詞話叢編》，中華書局，1986年版，第4949～4950頁。
〔註106〕錢鍾書：《管錐編》，中華書局，1986年第2版，第890頁。

出的大家，是既有『詣之所極』的獨特風格，且能『兼眾體』的」〔註 107〕，這種情況基本上是存在於「豪放」派詞人大家那裡，而「婉約」派詞人大家就幾乎沒有這種情況，不是很能說明問題嗎？陳匪石還以辛棄疾的《祝英臺近》（「寶釵分」）爲例分析了這種情況：

細味此詞，終覺風情旖旎中時帶蒼涼淒厲之氣，此稼軒本色未能脫盡者，猶之燕、趙佳人，風韻固與吳姬有別也。〔註 108〕

作爲所謂的「佳人」，我們不能說吳越之女的風韻就是本色而燕趙之女的風韻就不是本色的吧？而這種特色，正是「婉約」之中仍然有「豪放」的情況，他正說明了辛棄疾對「婉約」詞的提升，因此這是一種更高水平意義上的『婉約』詞——這是外在形式風格是「婉約」而內在含有「豪放」的例子，這種風格的典型代表之作是《摸魚兒》（「更能消、幾番風雨」），表面上的「婉約」的色調加上內在的「豪放」的內容和「豪放」之氣，兩者結合在一起，就產生了一種既委婉曲折、百轉千回又一氣貫注、淋漓盡致的獨特風貌，從這一點上來說，這種風貌超越了對「婉約」、「豪放」之分的一般性理解，是「豪放」的一種高級境界。又比如《水龍吟·登建康賞心亭》這樣一首以「豪放」爲主的作品，既有「把吳鈎看了，欄杆拍遍，無人會，登臨意」式的「豪放」抑鬱，又有「倩何人、喚取紅巾翠袖，揾英雄淚」式的「婉約」意態和氣格，更是體現了辛詞「豪放」兼「婉約」而有之的風貌。後一種情況，是辛棄疾詞作的主體部份。對於這樣一種風貌，繆鉞也有獨到的會心：

余讀稼軒詞，恒感覺雙重之印象，除表面所發抒之情思以外，其裏面尚蘊含一種境界，與其表面之情思相異或相反，而生調劑映襯之作用，得相反相成之妙，使其作品更躋於渾融深美之境。此其所以卓也。……晚唐五代詞，多寫男女閒情幽怨，其體要眇，其境淒迷，下逮秦晏，意境雖高，而塗轍未改，此所以能在詩之外別爲一體，造成一種特美，引人愛好者，其故在此。然詞之內容，若長守傳統之遺，則又未免失之單簡。自蘇軾開拓詞之領域，稼軒繼之，益爲恢宏，重在言志，非徒應歌，無意不可入，無事不可言。就擴大詞體而論，此種轉變，未嘗非進步，然所難者，在如何仍能保持

〔註 107〕楊信義：《辛詞藝術風格獨特與多樣的統一》，載《鹽城師專學報（哲社版）》1995 年第 1 期。

〔註 108〕劉揚忠選編：《名家解讀宋詞》，山東人民出版社，1999 年版，第 177 頁。

詞體要眇淒迷之美，不然，則成爲押韻之文，領域雖開拓，而詞之所以爲詞者亦亡矣。秦晏以詞寫男女之情，內容與體裁相得而彰，其勢甚順。稼軒以詞寫感事憂時之雄懷壯志，相反之物而調劑渾融之，其事較難。故秦晏之作，其情思與意境合，吾人讀之，得一單純之印象。稼軒作壯詞，於其所欲表達之豪壯情思以外，又另造一內蘊之要眇詞境，豪壯之情，在詞要眇詞境之光輝中映照而出，則粗獷除而精神益顯，故讀稼軒詞恒得雙重之印象，而感渾融深厚之妙，此其不同於秦晏者也。再以淺喻明之。昔人謂意喻之米，文則炊而爲飯，詩則釀而爲酒，蓋詩重在味也。若準斯例，詞則如酒中之甘醴。溫韋秦晏之詞，純醴也。柳永、周邦彥之詞，則醴中浸以甘芳之物，如蓮子紅棗等，其味猶相合也。稼軒之詞，則如以甘醴之糟製肴饌，雞鴨豚魚，無所不可。雞魚之味，雖遠於甘醴，若糟浸既久，漸漬已深，於雞鴨本身之鮮肥外，又益以醴糟之甘醇，一嘗入口，別具風味矣。〔註 109〕

在這裡，繆鉞淋漓盡致地闡述了辛詞兼有「豪放」、「婉約」兩種風格之長（並避免、彌補其短）所表現出來的更爲優美渾融的藝術境界，他在文章中所詳細分析的詞作，即是《摸魚兒》一篇，他充分肯定了辛詞的這種藝術成就，而對以周、柳、秦、晏爲代表的「婉約」派詞人的「單簡」提出了批評，而這種批評正是從「婉約」詞或「婉約」風格的不足之處著眼的。在這個問題上我們也不能過份責備「婉約」派詞人，因爲要做到「婉約」或是「豪放」，主觀努力是一方面的原因，但是主觀方面的原因要以客觀的情況、條件爲基礎和前提，而在這個基礎和前提上不可忽視的兩方面的客觀原因就是——

其一，像清代田同之在《西圃詞說》「填詞見性情」條裏所說的那樣：

填詞亦各見其性情，性情豪放者，強作婉約主，畢竟豪氣未除。性情婉約者，強作豪放語，不覺婉態自露。故婉約自是本色，豪放亦未嘗非本色也。〔註 110〕

今人岳海波也說：

〔註 109〕劉揚忠選編：《名家解讀宋詞》，山東人民出版社，1999 年版，第 354～355 頁。

〔註 110〕唐圭璋編：《詞話叢編》，中華書局，1986 年版，第 1455 頁。

從這些比較中，我們還看出一個特點，就是尊重個體，張揚個性。我們總是在忙著研究別人，研究那些大師，研究那些領導時尚的人，希望把自己改造成「大師」。這很重要，但更重要的是研究自己，自己是個什麼樣的人？自己是什麼樣的心性？怎樣畫出適合自己的畫？有的人明明是「小橋流水」，卻硬撐「大江東去」，明明是「徐熙」，偏要去弄「黃筌」。其實，陽剛與陰柔說不上誰好誰壞，豪放與婉約分不出孰高孰低，關鍵要創造出適合自己的風格，發現自己最簡單，發展自己也最難。〔註 111〕

根據自己本身條件、稟賦的特點自然而然地傾向於「婉約」或「豪放」的風格，這是創作中最基本也最重要的一個起點和前提，否則，連自我都做不成，沒有個性而「邯鄲學步」迷失故我，又怎能達到藝術上的佳妙境界呢？徐喈鳳《詞證》也說：

詞雖小道，亦各見性情。故婉約固是本色，豪放亦未嘗非本色也。……後山評東坡詞「如教坊雷大使之舞，雖極天下之工，要非本色」，此離乎性情以爲言，豈是平論！〔註 112〕

「離乎性情以爲言」，正點出了問題的關鍵所在。蔣景祈《雅坪詞譜・跋》也說：

宋詞惟東坡、稼軒魄力極大，故其爲言豪放不羈，然細按之未嘗不協律。下此乃多入閨房褻冶之語，以爲當行本色。夫所謂當行本色者，要須不直不逼，宛轉回互，與詩體微別，勿令徑盡耳。轉譜豔辭狎語，豈得無過哉？〔註 113〕

「與詩體微別」，也正指出了詩詞在形式上的差別是細微的，非關本質的。這些意見，都是很中肯的，很好的。

其二是創作題材方面的原因，例如清代沈詳龍《論詞隨筆》「詞有婉約有豪放」條指出：

詞有婉約，有豪放，二者不可偏廢，在施之各當耳。房中之奏，出以豪放，則情致絕少纏綿；塞下之曲，行以婉約，則氣象何能恢拓。

〔註 111〕岳海波：《傳統的揚棄》，載《齊魯藝苑》（山東藝術學院學報）2002 年第 3 期。

〔註 112〕轉引自朱麗霞《清代辛稼軒接受史》，齊魯書社，2005 年版，第 176 頁。

〔註 113〕轉引自朱麗霞《清代辛稼軒接受史》，齊魯書社，2005 年版，第 176 頁。

詞調不下數百，有豪放，有婉約，相題選調，貴得其宜。調合，則詞之聲情始合。〔註 114〕

和具體的題材與情境相聯繫，適宜於「婉約」則「婉約」，適宜於「豪放」則「豪放」，筆者認爲這種說法是有道理的，在綜合這兩種前提條件的基礎上，再去認眞對待「婉約」和「豪放」的問題，也就比較易於公正、客觀了。即使在「豪放」派成就最大的詞人蘇軾、辛棄疾那裡，這樣的原則也是有效的，而且可以說蘇辛詞之所以能夠呈現出「婉約」、「豪放」兼容的現象，也正是因爲這方面的兩個原因。也就是說，在本質上，「婉約」和「豪放」是對立的，一個人的性情和作品風格只能以一種風貌爲主，所以我們稱既創作了「婉約」詞又創作了「豪放」詞的蘇、辛詞是「豪放」的，雖然是以其最高的成就爲衡量標準的，但是這種標準顯然的是建立在上述基礎之上的。這是一個基本點，是一個相對的兩方面的因素而不是絕對的，因爲就「婉約」和「豪放」所從衍生的哲學原點「陰」、「陽」範疇而言，在具體的事物身上，它們是既對立又統一的。從「陽」是絕對的（又比如在另一個層面「動」、「靜」關係上，「動」是絕對的）而「陰」是相對的角度說，又奠定了「豪放」之所以能夠兼「婉約」而有之的哲學基礎。「豪放」與「婉約」這兩種風格能夠兼容的根本性的原因，如果探究起來，從「豪放」和「婉約」這一對範疇的邏輯起點那裡，即「收」、「放」關係上，可以找到之所以能夠如此的根本原因之所在，這就是在前文中論述的「豪放」的內在結構合成的方式上，「豪」與「放」是「內外」、「動靜」、「虛實」、「收放」的等各個層面的辯證統一，也就是說，在「豪放」的結構合成上，本身即已經蘊涵了一種「收」、「放」的對立統一關係，因此就潛在的具有了容納「婉約」一面內容的可能。而在結構合成的方式上，「婉約」是不具備「豪放」那樣的結構合成方式的，而基本上是一種偏於「收」的方式，「婉」和「約」均具有「收」的意態，而不是像「豪」和「放」合成「豪放」的方式那樣。因此，筆者認爲在「婉約」和「豪放」的關係上，恰恰不是象傳統觀念的詞以「婉約」爲本色或正宗所說的那樣，而問題的實質在於，不是誰是本色或正宗的問題，而是哪一種風格具有更高的價値的問題，而從兩者的結構合成和社會思想意義這兩個本源性和終極價値判斷的角度上來進行評判，甚至在藝術境界的角度上來進行評判，毫

〔註 114〕龔兆吉編：《歷代詞論新編》，北京師範大學出版社，1984 年版，第 232、231 頁。

無疑問「豪放」一格具有更高、更大的價值，具備更全面、更豐富、更完善完美的審美意蘊。傳統詞學觀之所以屢屢強調詞以「婉約」爲本色和正宗，實際上和他們的私心是密不可分的。要認識他們的這個私心，就要借助上面所論述的兩點（以田、沈爲代表），正因爲有這樣的兩點，所以有些人（筆者認爲是大部份人）天生就是適宜於作「婉約」詞的，或許他們不無企望「豪放」詞的心態，或在公心上是認爲「豪放」詞要比「婉約」詞有著更大的價值的，但是人總是有私心的，以己之所長並把其及其所能達到的境界視爲藝術的最高境界或審美理想，也是可以理解的。這種情況突出顯現在某些兼有文學家和批評家爲一身的那些人身上，而在論點上呈現出矛盾的狀態：從文學家的視角即從文學創作的角度上說，他們不可能沒有私心，因而就出現上面所說的現象，以己之所長並把其及其所能達到的境界視爲藝術的最高境界或審美理想；而從批評家或研究者的角度上說，客觀的事實讓他們不得不分析總結出比較客觀、公正、科學的結論，這樣一來，就又不得不和第一種情況的觀點相矛盾。爲了很好的說明這個道理，我們以錢鍾書爲例：錢先生是一個修養很高的舊體詩人，他在清華求學的青年時代就得到了當時宋詩派理論的大家陳衍（著有《石遺室詩話》，錢先生述其交往而作《石語》）的讚賞，同時，錢先生又是詩學批評和研究大家。在《談藝錄・六》中錢先生認爲：

> 鄭君朝宗謂余：「漁洋提倡神韻，未可厚非。神韻乃詩中最高境界。」余亦謂然。〔註115〕

以後，錢先生在《管錐編・一八九》一節中又對「韻」這一範疇做了詳細的補充和擴展說明，表明他仍未放棄此一說法和信念。〔註116〕錢先生以詩名世，或許他對「神韻」說的推崇，不無其作爲一個詩人主觀上對於詩的一種個人偏好與理解，因爲如果從客觀的角度來進行學理的科學的研究分析，那麼錢先生的名文《中國詩與中國畫》應該說更接近實際而具有參考價值。在此文中，錢先生通過對中國文學藝術的具體分析得出的觀點是與《談藝錄》或《管錐編》不相容的，甚至在一些細節上是相互牴牾的。在《中國詩與中國畫》一文中，錢先生分析論證了詩畫最高標準的差異，認爲：

> 中國舊詩不單純是「灰黯詩歌」，不能由「神韻派」來代表……

〔註115〕錢鍾書：《談藝錄》，三聯書店，2001年版，第128頁。
〔註116〕錢鍾書：《管錐編》，中華書局，1986年第2版，第1352頁。

神韻派在舊詩傳統裏公認的地位不同於南宗在舊畫傳統裏公認的地位，傳統文評否認神韻派是標準的詩風，而傳統畫論承認南宗是標準的畫風。

神韻派在舊詩史上算不得正統，不像南宗在舊畫史上曾佔有統治地位。唐代司空圖和宋代嚴羽似乎都沒有顯著的影響；明末清初，陸時雍評選《詩鏡》來宣傳，王士禎用理論兼實踐來提倡，勉強造成了風氣。這風氣又短得可憐。王士禎當時早有趙執信作《談龍錄》，大唱反調；乾、嘉直到同、光，大多數作者和評論者認爲它只是旁門小名家的詩風。

總結起來，在中國文藝批評的傳統裏，相當於南宗畫風的詩不是詩中高品或正宗，而相當於神韻派詩風的畫卻是畫中高品或正宗。〔註 117〕

在《中國詩與中國畫》裏，錢先生從歷史、學術的角度否定了「神韻」作爲中國詩歌的審美理想或最高境界的事實。因此，我們在審視「婉約」派詞學理論的時候，應該首先想到這一層！改變傳統的觀點是很難的，可喜的是現在人們對傳統的觀點採取了既吸收又有所保留的態度，最重要的是我們一定要割捨感情上的糾纏，而採取科學、公正、客觀的態度，只有這樣，才能對理論、對文學創作有所裨益，實現我們學術研究的眞正目的，體現其眞正的意義。筆者之所以選擇「豪放」這樣一個基礎性的理論點（卻極少有人做專門系統深入的研究），可以說正是爲了糾正大部份人從常識的角度去理解「豪放」所出現的種種偏差，這種目的是非常明確的，也希望能夠得到相當的理解。

「本色」之義既不成立，那麼附屬於此問題的「正宗」、「變調」、「別體」諸論也就不攻自破了。〔註 118〕從這一個角度，我們可以判斷歷史上一直糾紛

〔註 117〕錢鍾書：《錢鍾書散文・中國詩與中國畫》，浙江文藝出版社，1997 年版，第 207、213、221 頁。

〔註 118〕劉熙載《藝概・詞曲概》將詞的正宗追溯到李白，謝桃坊先生指出：「劉熙載爲了肯定豪放詞的歷史地位，以李白爲蘇詞之淵源。他說：『東坡詞……若其豪放之致，則時與太白爲近。太白《憶秦娥》聲情悲壯，晚唐、五代惟趨婉麗，至東坡始能復古。後世論者，或轉以東坡爲變調，不知晚唐、五代乃變調也。』他試圖從詞史來說明自張綖以來關於『正體』與『變調』的觀念是顚倒了的，因而極力欲恢複詞史的本來面目。這種看法是有非常明顯的反傳統意義的。」見謝桃坊《中國詞學史》（修訂本），巴蜀書社，2002 年版，第

不斷的「婉約」與「豪放」正宗與否問題的得失之處，凡是強調「婉約」是詞的本色或正宗的，他們所持的都不是發展的觀點，在這個問題上，嚴迪昌的觀點是比較客觀而公正的：

> 如果從詞在萌生、發展過程中一開始就與音樂有其不可分割的血緣關係來分列「正宗」和「別調」，當然不是沒有根據的。然而，當詞作爲是抒情詩體之一種，特別是當這一抒情詩體在發展過程中與音樂之間的關係日趨淡化，其本身的抒情特點日益獨立、抒情的功能愈發完善的情況下，仍然以不變的傳統的「正宗」準則來繩衡以至束縛這一文學體裁的自在衍變，無疑是一種不利於詞的繁榮的觀念。
>
> 在文學藝術的事業中，過份的標舉「正宗」之類的模式，只能造成羈絆和束縛，這道理是清楚的。所以，按理說詞人們根據各自的審美情趣審美習慣以及滿溢於懷的情思的需要，選擇何種樣的風格樣式本屬正常的事。只要愜於情、精於藝、嫻熟、自然、高妙地運用詞的體式來抒發心底的激動，那麼無論是清雄健舉、慷慨恣肆，還是雅麗婉委、纏綿悱惻，也即無論是陽剛抑是陰柔，均無高下貴賤之分。濫加甲乙、強分主次都屬沒有必要的偏狹之見。
>
> 但是，傳統的觀念和習慣的成見是頑強的。自從蘇、辛之詞問世，「別是一家」之議論就不絕如縷。其始這種辨析尚可理解，而後愈演愈烈，某些評斷表現爲固而妄之偏執。因此，凡有類似「稼軒風」的詞人或作品湧現，必有一番熱鬧激烈的爭鳴。這也就是往往在詞的文體稍見起色，重見活力之時，必有以挽回「頹波」、恪守正統的論者出來予以訓導和辯證。〔註119〕

保守者「婉約」的人生姿態是導致其創作呈現「婉約」風格的根本原因，這是沒有問題的。在這個問題上，近、現代的學者仍然對其保持著濃厚的興趣，

342～343頁。筆者以爲，劉氏之論，追溯詞正體之源至於李白，而《憶秦娥》諸作，至今未有確論可明爲李白作者，故論據不可實也。然其觀念，乃確然不以「婉約」爲詞之正體無疑，其反舊學之思想精神由此可得見也。但立足於「正」、「變」以爲論，尚不足以衡詞眞正之價值何若也。爭祖論宗，特吾中國傳統文化劣習耳。

〔註119〕孫崇恩、劉德仕、李福仁主編：《辛棄疾研究論文集》，中國文聯出版公司，1993年版，第62頁。

以至於在詞學研究的領域形成了所謂的「體制內派」和「體制外派」，胡明在《一百年來的詞學研究：詮釋與思考》一文中分析、考察了近代以來詞學研究的兩條路子，即以王國維、胡適、胡雲翼、陳鍾凡、陸侃如、馮沅君、劉大杰、鄭振鐸、柯敦伯、薛礪若等人爲代表的「體制外派」，和以夏敬觀、劉毓盤、梁啓勳、吳梅、王易、汪東、顧隨、任訥、陳匪石、劉永濟、蔡楨、俞平伯、夏承燾、唐圭璋、龍榆生、詹安泰、趙萬里等人爲代表的「體制內派」，兩派均是人才濟濟，不乏大家，前一派的特點是「建立起了一套嶄新的詞學研究框架和詞史的認識觀念，使詞學研究最終完成了從傳統向現代的轉型，把詞學推進到了一個科學學術的新階段，或者說開啓了一個詞學新時代。……用中西學融合的文化哲學的批評手段居高臨下，自外而內地解剖傳統詞學……『革面』居次，『洗心』爲上。」後一派的特點是「注重詞的本體理論，詞的內部深層結構，整理與研究工作多集中於詞籍、詞譜、詞調、詞韻、詞史，也即是龍榆生提出過的詞學八項中的三項：目錄之學、聲調之學與詞史之學。」〔註 120〕可以看出，所謂「體制外派」的研究是從整個中國文化和文學史的範圍內來審視詞這一文體的，因此具有歷史的宏大眼光，尤其是胡適和胡雲翼，他們兩人極力推崇「豪放」詞，正是基於這樣的眼光。胡適關於詞的「本身」、「替身」和「鬼」的三段歷史論，無疑是天才式的判斷，是符合詞的發展史的。他之所以特別推崇「豪放」詞，正是因爲「豪放」詞能夠納入現實的內容而具有與時俱進的生命力和新鮮的活力，那種最新鮮的活力是最值得肯定的，如果不是從大文學的角度來審視這一問題，就不可能得出這樣的結論！雖然胡適在破舊方面顯得有些過份，但是他的用意是明顯而無可非議的。實際上「體制內派」所做的工作對於詞學的整理與研究具有不可替代的作用，但它對詞的創作並沒有直接的推動作用，是一種體制、形式的琢磨和固守，重在保存和繼承詞學，而不是從現實中汲取內容來改進詞的創作，而寧可忽視詩歌一直存在的體式發展（從詩到詞，再從詞到曲），體現了一種靜態的僵化視野。對此，胡明也不無憂慮地指出：

> 婉約派回到正宗地位，「豔科」一併它的「綺羅香澤」也得到了新人文主義和新人性論的辯護。體制內表現出的一種心理偏斜很快便催生了孤立主義的偏執。與之相通的則是對詞「別是一家」認識

〔註 120〕胡明：《一百年來的詞學研究：詮釋與思考》，載《文學遺產》1998 年第 2 期。

的重新皈依，自覺而且過份地強調詞的嚴格合樂性、特殊的聲調韻律與獨立的文體發展機制，重新彌漫起一股封閉型的孤立主義空氣。筆者認爲不可忽視的一點是：新時期以來，尤其是九十年代以來相對哲學的貧困、歷史的淡化，迅速富裕起來的詞學形成一股回歸體制的思潮（其精神内核頗有點像國學向乾嘉的回歸），價值取向上向三十年代的詞學教授的體制内作業靠攏，進而自覺地、順理循章地並且自矜地向王鵬運、朱祖謀，甚至朱竹垞、萬紅友靠掛。詞學研究一旦退到了體制内，可以快慰一時，得一些當行本色的心理滿足。李清照「別是一家」以及「作小歌辭，人必絕倒」云云正是最經典的封閉心理和技藝主義的歷史憑藉！——詞學眞成了音樂史的一個附庸，或者純粹的一門技術工藝，她的學術生命史便會中斷。我們應該明白，詞的文體的獨立性固然一定時期内依存於與音樂的特定關係，但詞的藝術價值，詞的文學審美意義則是與曲調妍媸、與音樂性純駁關係不大的！詞學的理論前進與研究開拓在今天必須打破自我封閉的體制内思維的硬殼才能有所成功！〔註 121〕

確實如此，胡明的意見，實爲精闢不易之論！對於音樂和詞文學的關係，胡適早在《詞選》中就認爲：「至於（蘇、辛詞不合乎）音律一層，也是錯的。詞本出於樂歌，正與詩本出於樂歌一樣。詩可以脫離音樂而獨立，詞也應該脫離音樂而獨立。蘇軾辛棄疾做詞，只是用一種較自然的新體詩來做詩；他們並不想給歌童倡女作曲子，我們也不可用音律來衡量他們。」又說：「詞本是從樂歌裏變出來的。但他漸漸脫離了音樂，成爲一種文學的新體。蘇軾、辛棄疾諸人便是朝這個方向走的。南宋姜夔、吳文英、張炎、王沂孫諸人又把那漸漸脫離音樂的詞，硬送回到音樂裏去。他們寧可犧牲詞的意思來遷就詞的音律，不肯放鬆音律來保存詞的情意。於是詞就成了少數專家的技術，不能算是有生氣的文學了。」〔註 122〕用發展的眼光來看待詞的發展，也確實是這樣的。這樣的觀點，也正是一種「大詩學」的眼光，於詞的境界的提高，乃是至關重要的。俞平伯在《〈唐宋詞選〉前言》中在評論蘇軾詞時

〔註 121〕胡明：《一百年來的詞學研究：詮釋與思考》，載《文學遺產》1998 年第 2 期。

〔註 122〕轉引自朱惠國《中國近代世詞學思想研究》，上海古籍出版社，2005 年版，第 293 頁。所引原著胡適《詞選》，臺北商務印書館，1970 年版，第 217、367 頁。

也說：

晁李說他不合律，這也是個問題。如不合律，則縱佳亦非曲子，話雖不錯，但何謂合律，卻是一個複雜的問題。東坡的詞既非盡不可歌，他人的詞也未必盡可歌，可歌也未必盡合律，均見於記載。如周邦彥以「知音」獨步兩宋，而張炎仍說他有未諧音律處，可見此事，專家意見分歧，不適於做文藝批評的準則。至於後世，詞調亡逸，則其合律與否都無實際的意義，即使有，也很少了，而論者猶斷斷於去上陰陽之辨，誠無謂也。〔註 123〕

音律問題亦是「婉約」、「豪放」關係中的一個重點，如李清照的《詞論》就是以此爲據而褒貶當時的詞人的，俞先生這裡的意見自然是歷史的觀點，實際上古代的詞學理論家已經有見於此，如宋代的沈義父在《樂府指迷》中說：

近世作詞者，不曉音律，乃故爲豪放不羈之語，遂借東坡、稼軒諸賢自諉。諸賢之詞，固豪放矣，不豪放處，未嘗不叶律也。如東坡之《哨遍》、楊花《水龍吟》，稼軒之《摸魚兒》之類，則知諸賢非不能也。〔註 124〕

此外陸游也說：

世言東坡不能歌，故所作樂府多不協律。晁以道謂紹聖初，與東坡別於汴上，東坡酒酣，自歌陽關曲。則公非不能歌，但豪放不喜翦裁以就聲律耳。試取東坡諸詞歌之，曲終，覺天風海雨逼人。〔註 125〕

這些意見，表面上是替「豪放」詞辯護的，實際上理由顯得不是十分充分，沈義父的理由是「不豪放處未嘗不叶律」，似乎言外之意是他只推許蘇、辛不「豪放」的作品，其眞正意圖我們不好臆測，但是肯定蘇、辛是能夠做到叶律的，亦即是說，二人的不叶律處，恐怕另有原因，也就是從蘇、辛通曉音律來反駁以爲「豪放」派之所以「豪放」的原因是不通音律的論點。陸游則直接說出了蘇軾之所以有不叶音律的詞是因爲蘇軾「豪放」（可以理解爲是性格上的）而導致的「不喜剪裁以就聲律」，帶有猜測的因素，但是他說出

〔註 123〕劉揚忠選編：《名家解讀宋詞》，山東人民出版社，1999 年版，第 26～30 頁。

〔註 124〕陳良運主編：《中國歷代詞學論著選》，百花洲文藝出版社，1998 年版，第 185 頁。

〔註 125〕陸游：《陸放翁全集・老學庵筆記》，中國書店，1986 年版，卷五第 33 頁。

了這樣一個事實：在聲律的範圍之內，某些內容是入不了詞的，在這點上陸、沈兩人是一致的。這樣我們就可以替他們說出背後的潛臺詞了：詞要獲得新的表現領域而體現與時俱進的歷史發展風貌，獲得創新的動力，就必須在一定形式上突破音律的限制（尤其是那種極其嚴格的死板的形式上的限制，形式上的限制必然會導致內容的不能得到很好的發揮），這正是「豪放」詞必然要出現的原因。因此，王易在《詞曲史》一書中的意見，還是比較中肯的：

> 自來爲詞者皆目之爲豔科，以爲綢繆宛轉，綺羅香澤，乃詞之正宗。……然徒事婉約，則氣骨不高。且輾轉相效，尤易窮迫，流爲蹈襲。……陳師道謂「東坡以詩爲詞，如教坊雷大使舞，雖極天下之工，要非本色」，蔡伯世謂「子瞻辭勝乎情」，李清照謂「往往不協音律」，晁補之謂「居士詞，人謂多不諧音律，然橫放傑出，自是曲子中縛不住者」，諸家對蘇評語，皆有不滿。實則詞既上承樂府，遠紹《風騷》，理宜不限一塗，傳情萬態；況剛柔迭用，喜慍分情，志動於中，則歌詠外發，豈可自小其域，而區區以婉約爲正哉？〔註 126〕

在這種情形之下，蘇軾所開創並由辛棄疾發展確立而達到頂峰的「豪放」派，其對於「婉約」詞的突破乃是必然的，更爲重要的是，這種突破不是詞體的一種變體，而是在眞正意義上奠定了詞的和詩並列而成爲「一代之文學」的崇高地位，李春青在《宋學與宋代文學觀念》一書中指出：「就詞這種文學形式的發展來說，蘇詞的出現又證明著詞有『變』而爲『正』的轉變。……豪放詞……出現的意義在於：詞作爲一種文學話語形式取得了與詩文並駕齊驅的地位，而詞的地位的提高又表徵著純粹私人情感也與作爲社會主流意識形態話語的政治倫理具有了同樣的重要性，而這又正是士人文化人格走向成熟的標誌」〔註 127〕，龍榆生也在《中國韻文史》一書中認爲：「自東坡解放此體，而作者個性，始充分表現於此中」〔註 128〕，無論是從宋代士人的人格成熟還是表現在文學之中的作者的個性來說，「豪放」詞既然具有如此重要的價值，又怎麼會不是「本色」的文學呢？有的學者至今還從「協律」的角度，

〔註 126〕王易：《詞曲史》，東方出版社，1996 年版，第 151～152 頁。
〔註 127〕李春青：《宋學與宋代文學觀念》，北京師範大學出版社，2001 年版，第 287～288 頁。
〔註 128〕龍榆生：《中國韻文史》，上海古籍出版社，2002 年版，第 92 頁。

爲「婉約」爲詞的本色立論，如周明秀在《詞學審美範疇研究》中提出了「『協律』是『本色』的第一要義」的觀點：

> 「協律」問題始終是「本色」論的核心問題。李清照《詞論》認爲詞「別是一家」（與詩相比），「別」就「別」在詞須協律可歌，若不可歌，則成「句讀不葺之詩」。南宋晚期到元初的詞家，如楊纘、沈義父、張炎、陸輔之等都特別重視詞的協律問題。楊纘《作詞五要》列出了五條作詞要領，前四條講的都是音律問題：「第一要擇腔。腔不韻則勿作。……第二要擇律。律不應月，則不美。……；第三要填詞按譜。……詞若歌韻不協，奚取焉。……；第四要隨律押韻……」只有第五條「要立新意」說的是詞的立意問題，可見音律在詞的創作中地位之重要。〔註 129〕

在中國詩歌史上，一個不可爭議的事實就是，如果說「豪放」詞是因爲「豪放」而導致了不協律的話，那麼，後來的元曲比詞格律更爲嚴格，更爲複雜難作，以至於元曲幾乎非專家不能做，但是元曲卻繼承了「豪放」詞的精神，以「豪放」爲主流或本色，這又如何解釋呢？可見，「豪放」既然和「婉約」成爲對立的範疇，那麼協律論絕非詞的「本色」說的核心問題，不能以之作爲「婉約」詞爲詞的本色的理論依據。反過來講，沒有格律束縛的文學，也照樣可以做到「婉約」之美的境界，例如《詩經》中的很多愛情詩，從這個角度，也可以很好的說明這個問題。

現在，對於「婉約」詞重新評價的反撥在一定程度上意味著對「豪放」詞的否定，這當然是不好、不客觀而科學的現象。時至今日，「婉約」、「豪放」詞的關係已經沒有再作糾纏的必要，我們在這裡要指出的是，「豪放」詞的意義，如果能夠落實到用「豪放」的核心內涵來切實地啓示我們在對待社會現實方面採取「放」即包容的積極的態度，體現並貫徹《易傳》「天行健，君子以自強不息」（《乾卦・象傳》）這種較爲健康的民族精神風貌，那麼，我們就不會在這個時代裏落伍、迷失！

〔註 129〕周明秀：《詞學審美範疇研究》，華東師範大學博士論文（2003 年，導師方智範）。

第九章　「豪放」範疇主要涉及理論問題論辨（下）

第一節　「豪放」與「詩化詞」

除了利用「本色」爲「婉約」爭取詞的正宗地位之外，還有一個「豪放」詞是詩化之詞的觀點，這和上面論述的以李清照《詞論》爲開端的關於詞「別是一家」的觀點來爲「婉約」詞的「本色」做辯護而間接地排斥「豪放」不同，在這裡他們是直接以詩化之詞來作爲排斥「豪放」詞的合法地位的證據和理論依據，實際上間接地屬於「本色」論的範圍。這一傾向在現當代尤其得到了系統的論述，例如楊有山的文章《婉約與豪放——「本色」詞與「詩化」詞》，即是這種觀點的突出代表。〔註 1〕在此之前，胡適也有「詩人的詞」的提法，如上文中所引，但是聯繫胡明的文章我們就可以發現，胡適關於詞的歷史分爲「歌者的詞」、「詩人的詞」和「詞匠的詞」的分法，是和他的文學革命論的若干重要觀念，尤其是和對「活」的文學（特別重視文學中的「生氣」和「人的意味」）推崇的觀念聯繫在一起的，也就是胡明闡述的「白話文學爲中國文學史源流中的正宗與主潮，因而最有價值，最有生命，最應受到尊重。詞正是白話文學發展史的一個重鎮，既具典型意義又有影響力。」

〔註 1〕詩詞在形式上的差別，其實並未超出詩歌形式差別的範圍，因此現代有的學者直接從詩歌發展的角度認爲詞是一種「新體詩」（劉揚忠《辛棄疾詞心探微》，齊魯書社，1990 年版，第 62 頁），應該說從這種角度來審視詩詞，比單純從形式上強分兩者更具有科學性。

〔註2〕白話文學作爲俗文學又是和廟堂文學（雅文學）相對立的，這裡面涉及到一個中國文學「雅」、「俗」分野大格局的問題，胡適認爲：

> 一切新文學的來源都在民間。民間的小兒女，村夫農婦，癡男怨女，歌童舞妓，彈唱的，說書的，都是文學上的新形式與新風格的創造者。這是文學史的通例，古今中外都逃不出這條通例。〔註3〕

因此胡適「詩人的詞」的說法是在「雅」、「俗」對立的文學大格局下提出來的，它主要涉及的實質是文學的「活力」問題，而「詩人的詞」是其中的一環，是活力有所喪失（比之歌者之詞）然而卻是詞的發展史上最有價值的一環，因爲詞在這裡發展到了巔峰。〔註4〕所以說胡適「詩人的詞」的觀點，和上面所說的把「豪放」詞視爲詩化詞從而對其加以排斥、貶低的做法，有著本質的區別，胡適在這裡沒有排斥「豪放」詞的意味，而「詩人的詞」的說法是面向一切處於這種狀態之下的詞人的。而且，胡適是近、現代以來對「豪放」詞大加推崇而引起了巨大影響的人物，二胡（胡適、胡雲翼）先後相繼，將「豪放」詞推上了高峰。胡適《答錢玄同》曾說：「詞之重要，在於其中爲中國韻文添無數近於言語自然之詩體。此治文學史者所最不可忽略之點。……（文體）最自然者，終莫如長短句無定之韻文。元人之小詞即是此類。今日作詩（廣義言之）似宜注重各種長短無定之體。」〔註5〕可以看出，胡適在這裡是從詩歌形式的優劣來探討此一問題的，所謂「詞之重要，在於……詩體」一語，即已承認詞也是一種「詩體」，這正是一種「大詩學」的角度。謝桃坊指出：「近體詩、詞、曲是中國古典格律詩的三種樣式，這從廣義詩學概念來理解是確切的」〔註6〕，因此，胡適不可能在這個意義上把「詩

〔註2〕胡明：《一百年來的詞學研究：詮釋與思考》，載《文學遺產》1998年第2期。

〔註3〕胡適：《白話文學史》，上海古籍出版社，1999年版，第15頁。

〔註4〕謝桃坊指出：「在胡適看來，這是唐宋詞發展的高峰，因而最應該肯定。」「胡適對『詩人的詞』評價最高。」見《中國詞學史》（修訂本），巴蜀書社，2002年版，第491、492頁。

〔註5〕胡適編選：《中國新文學大系・建設理論集》，上海良友圖書印刷公司，1935年版，第86～87頁。

〔註6〕謝桃坊：《中國詞學史》（修訂本），巴蜀書社，2002年版，第465～466、492頁。同時謝先生指出，胡適「將曲納入詞的歷史則是概念的混亂了」，這是不錯的。但是必須指出，謝先生所謂的「廣義的詩學」，仍然是一種狹義，即就詩歌本身來說的，只是從「詩、詞、曲」三者來說，對於其中任何一種而言是廣義的。筆者在文中所謂的「大詩學」，在外延上和謝先生所言基本一致。

人的詞」作爲反對「豪放」詞的理論依據。

楊有山的這篇文章，首先在開頭提出了兩個他認爲前人注意不夠的兩點問題：

> 宋詞中的婉約、豪放問題，是一個關乎到如何認識宋詞的整體成就、發展規律及詞人在詞史上地位的問題。……但是，不管是贊成這種兩分法（或理解爲兩種基本風格，或理解爲兩種流派，或理解爲陽剛與陰柔兩種美學範型），還是否定這種兩分法（或認爲婉約、豪放只是多種流派的兩種，或認爲二者只是多種風格的兩種），都對以下兩個問題注意不夠。一是用婉約、豪放的明確概念來論詞，儘管源於明人張綖，但對詞中這兩種創作傾向的認識則是從宋代就開始了的。二是很少有人注意到前人在論述這一問題時的出發點，即詞中婉約、豪放問題的提出是與詩詞的體性之辨相聯繫的。這兩點是相互關聯的。〔註 7〕

從這兩點出發，楊先生首先在文章中梳理了宋詞中出現這兩種創作傾向的最早淵源：

> 最早意識到宋詞中有兩種不同創作傾向的是歐陽修。魏泰《東軒筆錄》卷十一云：「范文正公（仲淹）守邊日，作《漁家傲》樂歌數闋，皆以『塞下秋來』爲首句，頗述邊鎮之勞苦。歐陽公嘗呼爲『窮塞主之詞』」。而這種被歐陽修譏諷的「窮塞主之詞」，正與歐陽修寫的詩若合符契。《隱居詩話》云：「晏元獻殊作樞密使，一日，雪中退朝，客次有二客，乃歐陽學士修、陸學士經。元獻喜曰：『雪中詩人見過，不可不飲也』。因置酒共賞，即席賦詩。」是時西師未解，歐陽修句有「主人與國共體戚，不惟喜樂將豐登。須憐鐵甲冷徹骨，四十餘萬屯邊兵」。此詩因「頗述邊鎮之勞苦」，而惹得「元獻怏然不悅」。被人稱爲「開宋代豪放詞先聲」的范仲淹的《漁家傲》「塞下秋來」，被歐陽修譏爲非「本色」的「窮塞主之詞」，有趣的是，歐陽修卻冒著權貴不喜的風險用詩寫「邊鎮之勞苦」。在歐陽修看來，詩詞有別，「分工」明確，范仲淹的「窮塞主之詞」，若是言志之詩，自是當行本色，若填入小詞，則不免旁門左道了。

〔註 7〕楊有山：《婉約與豪放——「本色」詞與「詩化」詞》，載《信陽師範學院學報》（哲社版）1994 年第 3 期。

楊先生用這個事例來說明詞的言志是「旁門左道」，然而通過資料的分析，我們卻發現根本得不出這樣的結論。楊先生的邏輯，存在明顯的問題。第一，從實事求是的態度來說，歐陽修稱范仲淹《漁家傲》爲「窮塞主之詞」，歷史上包括現代的學者包括楊先生，似乎認爲這是一種貶低的稱呼和評價，筆者認爲這是一種莫大的誤解。楊先生認爲這是對范仲淹的「譏諷」，恐怕是一種主觀臆斷，從歐陽修和范仲淹的人品、當時的威望及他們之間的關係來說，尤其是從范仲淹《漁家傲》的藝術特色及成就來說，歐陽修都沒有譏諷范仲淹的理由，因爲若然如此，無異是對范仲淹的極大不尊重。而且，人們之所以認爲「窮塞主之詞」是貶義的，恐怕是受了「窮塞」的影響，從事實上說來，這個詞語是對邊塞的一個十分到位的確切的概括，「窮」是其突出的特點，也是事實，它修飾的是「塞」，而非是「主」或「詞」，如果說因爲寫邊塞就會被視爲貶義上的「窮塞主」，那麼唐代的邊塞詩取得了比歐詞更高的成就，豈非也不會得到世人的讚賞？在事實和邏輯上，這顯然是不成立的。實際上，這裡「窮塞主」的意思是范仲淹的這首《漁家傲》眞實地寫出（反映）了邊塞的情況，表達了作者眞切的情感且兩者結合得非常好，因此足以當得「窮塞主」（寒荒邊塞主人）之稱的，是一個褒義的稱讚的說法，是對其詞表現得非常「地道」的一種肯定。楊先生又以歐陽修詩歌創作的情況來論證詩歌中的本色是偏於「豪放」的，一方面，這個「本色」之謂是楊先生自己總結出來的，另一方面，這樣的論證又實在是否定了詩歌中偏於「婉約」風格特色的一類詩歌的地位，認爲詩歌就是應該是「豪放」的，實際上這樣的邏輯推理是不正確的，也是靠不住的。第二，與上述內容密切相關，楊先生在文章引用的證明其論點的證據是有問題的。歐陽修之所以作詩而不爲晏殊所喜，從資料看來，主要是因爲在私人宴集這樣一個閒散自由的場合，歐陽修作詩涉及國事體念邊塞將士之苦，晏殊認爲是一種大煞風景的行爲，可以說在這件事上，晏殊的做法和反應是不太正常的，在價值取捨上不如歐陽修的態度，楊先生卻認爲晏殊的做法是對的而拿來作爲證據，這怎麼能行呢？因此，楊先生從詩專言志而詞長言情的角度來說明「婉約」是詞的本色，是不能成立的。最後，更爲嚴重的是，楊先生把「婉約」的本色之淵源追溯到宋初那裡，根本就是一個錯誤，至少是不徹底的表現。論證「婉約」是詞的「本色」的觀點，至少應該從詞產生的源頭那裡尋找依據，切實的分析資料，作出科學的客觀的判斷，而詞是在唐代即已經興起的一種文體，根據現代詞學資料的不斷得到發現和整理研究，俞平伯在《〈唐宋詞選〉前言》裏的觀點，可以說是一個代表，他從詞的發生之淵源的角度論證了詞的源頭並非是「婉約」的這樣一個事實，這對於傳統的詞是「豔科」、以「婉約」爲特色的觀點，可謂是一個致命的打擊：

> 我們試從個別方面談，首先當提出敦煌曲子。敦煌寫本，最晚到北宋初年，卻無至道、咸平以後的，這些曲子自皆爲唐、五代的作品。舊傳唐、五代詞約有 1148 首（見近人林大椿輯本《唐五代詞》），如今又增加了 162 首。不但是數量增多了，而且反映面也增廣，如唐末農民起義等，這些在《花間集》裏就蹤影毫無。以作者而論，不限於文人詞客，則有「邊客游子之呻吟，忠臣義士之壯語，隱君子之怡情悅志，少年學子之失望」，以調子而論，令、引、近、慢已完全了，如《鳳歸雲》、《傾杯》、《內家嬌》都是長調，則慢詞的興起遠在北宋以前。以題材而論，情形已如上述，「其言閨情與花柳者，尚不及半」（亦根據王說），可破《花間集序》宮體倡風之妄說。過去的看法，詞初起時，其體爲小令，其詞爲豔曲，就《花間》說來誠然如此，但《花間》已非詞的最初面目了。因此這樣的說法是片面的。〔註 8〕

因此，可以斷定，詞在北宋之初是以「婉約」的面目出現的，正是受了《花間集》尤其是《花間集序》的片面影響，正是在此意義上，俞先生在同文中又鄭重指出：

> 詞的發展本有兩條路線：(1) 廣而且深（廣深），(2) 深而不廣（狹深）。在當時的封建社會裏，受著歷史的局限，很不容易走廣而且深的道路，它到文士們手中便轉入狹深這一條路上去。……可以說，詞在最初已走著一條狹路，此後歷南唐、兩宋未嘗沒有豪傑之士自製新篇……若依我看來，東坡的寫法本是詞的發展的正軌，他們認爲變格、變調，實係顛倒。〔註 9〕

俞平伯所批評的，是詞學史上以「婉約」爲詞的本色或正宗的理論根源——「正變說」，但這種理論沒有「本色」論更具有代表性，因爲「正變」說只能

〔註 8〕 劉揚忠選編：《名家解讀宋詞》，山東人民出版社，1999 年版，第 27 頁。

〔註 9〕 劉揚忠選編：《名家解讀宋詞》，山東人民出版社，1999 年版，第 27 頁。筆者按：此處所引中的「他們」，指晁補之、李清照等人。

說明詞發展的原始開端情況，不能說明詞的發展實際的成就，其根本原因就在於事物的發展未必是前好於後，因此葉燮《原詩》一書，並不以「正」來否定「變」。遺憾的是，現代學者中仍有用這種「正變」理論來否定「豪放」詞的，例如周明秀在《詞學審美範疇研究》中說：

> 中國古代社會是宗法社會，其社會心理基礎是「尊祖敬宗」，因此，文學批評中貴古賤今、崇正抑變的價值取向也就成爲必然。「正」即「正統」、「正宗」之「正」，是一種肯定性的值得尊敬的價值。早期的婉詞雖然以其綺靡豔俗不登大雅之堂，但因是詞的始祖、古體，也就佔據了詞苑的「正體」、「正宗」位置，獲得了不可否定的地位和價值。古代詞學所以崇婉抑豪，原因就在這裡。儘管婉約詞的豔冶特徵不合儒家的雅正觀念，但由於它是詞的「本色」、「正體」，似乎也就具有了理所當然的合法地位。〔註 10〕

周先生還認爲，「『花間標準』是判別詞體正變的核心標準」，因此「從邏輯上說，既然把詞體兩分爲『豪放』和『婉約』，那麼『豪放』之外的必然都屬『婉約』，也即『正』體，然而在具體的批評語境中，『婉約』的涵蓋面並沒有那麼廣，它往往只是指以《花間集》爲代表的早期婉約詞的風格。」〔註 11〕這種觀點，其實是爲了維護「花間」體詞的「正宗」地位，甚至將後來的「婉約」詞的「正宗」地位也一併抹殺了，可見其矛盾之處。況且聯繫上面俞平伯的結論，顯然這種觀點是站不住腳的，因爲「花間」體詞並非詞的原始源頭。而且，源頭並非詞關乎本體或本質的問題所在，宋人林景熙在《胡汲古樂府序》一文中早就指出：

> 唐人《花間集》，不過香奩組織之辭，詞家爭慕傚之，粉澤相高，不知其靡，謂樂府體固然也。一見鐵石心腸之士，譁然非笑，以爲是不足涉吾地。其習之者，亦必毀剛毀直，然後宛轉合宮商，嫵媚中繩尺，樂府反爲情性害矣。樂府，詩之變也……豈一變爲樂府，乃遽與詩異哉？……根情性而作者，初不異詩也。」〔註 12〕

〔註 10〕周明秀：《詞學審美範疇研究》，華東師範大學博士論文（2003 年，導師方智範）。

〔註 11〕周明秀：《詞學審美範疇研究》，華東師範大學博士論文（2003 年，導師方智範）。

〔註 12〕《文淵閣四庫全書・霽山文集・卷五》（電子版），上海人民出版社、迪志文化出版有限公司，1999 年版。

這種固守原地而以人爲非而自以爲是做法，是根本有背於詩歌是抒發作者的性情的本質的。從詩歌的本質入手來解決這個問題，不但是一個最根本的層次，顯示了一種「大詩學」的精神，而且還能由詞體會到婉約詞的不足，可謂精闢。元人王若虛在《滹南詩話》中，也從詩詞一理的「大詩學」的角度，辯證的批評了認爲「豪放」詞是「以詩爲詞」的說法：

> 陳後山謂子瞻以詩爲詞，大是妄論，而世皆信之，獨茅荊產辨其不然，謂公詞爲古今第一。今翰林趙公亦云此，與人意暗同。蓋詩詞只是一理，不容異觀。自世之末作習爲纖豔柔脆，以投流俗之好，高人勝士，亦或以是相勝，而日趨於委靡，遂謂其體當然，而不知流弊之至此也。（《滹南集·卷三十九·詩話》）〔註13〕

王若虛在這裡指出了「詩詞只是一理」，是很有指導意義的，他所說的並非是詩詞一體，而是一理，這個理字，當然包括詩詞的一些基本問題，也就包含詩詞的審美理想問題，在審美理想這個問題上，詩詞無疑是都要歸屬於詩歌這個大的範圍之中去的，這其中自然也包含元曲，從詩歌的高度去認識詩詞曲的一些重大問題，這樣一種高度和角度，我們謂之「大詩學」，而所謂的「纖豔柔脆」、「日趨於委靡」，以至形成了詞體「其體當然」如是的觀念，這其實是自己降低了詞的審美理想的境界，是不足取的一種傾向和趨勢。

所以，無論從哪個層次上說，楊先生的觀點都是站不住腳的（龍榆生在《宋詞發展的幾個階段》一文中主張「婉約」、「豪放」這兩派分流的重要關鍵，還是在歌唱方面的成分爲多」〔註14〕，也沒有涉及到審美理想這個層次，因而也是不太確切的。）下面我們再來看他的「詞中婉約、豪放問題的提出是與詩詞的體性之辨相聯繫的」，楊先生也知道這一點是和第一點「相互關聯的」，既然如此，這個問題也就迎刃而解了。實際上楊先生詩歌專主言志而詞專主抒情的觀點，本身即存在著很大的問題，既不能成爲他的邏輯推理的一個有效的中間環節，也不能由之引推導出可靠的結論。可以試想一下，如果詞成爲完全個人的東西而毫不涉及到「志」的內容（主要是社會思想在文學中的體現，尤其是人對社會現實的強烈感受，從楊先生所引的歐陽修詩的例子看來，我們不得不遺憾地認爲他是反對在詞中表現這種思想的），那麼文學

〔註13〕《文淵閣四庫全書·滹南集·詩話》（電子版），上海人民出版社、迪志文化出版有限公司，1999年版。

〔註14〕劉揚忠選編：《名家解讀宋詞》，山東人民出版社，1999年版，第70頁。

的社會價值和歷史文化價值何在？文學成爲個人情感的載體，而失去了反映社會現實的作用，那麼這種所謂的個人感情，也就不能和社會現實相聯繫而完全隔絕於社會現實，這種理路，不但是詞的發展的片面之路、狹隘之路，而且可以確定基本上就是一條死路。試想一下，詞的歷史上如果沒有蘇軾、辛棄疾這樣的「豪放」派大家，那麼詞史將會黯然失色，還成什麼樣子？！詩歌應該是「情」、「志」並舉，而不應該固守一偏，本書上節張惠民《宋代詞學審美理想》一書所論「（詞）至東坡，始有意提倡風雅，於詞中表現主體之胸襟懷抱、思想感情與審美個性」、龍榆生《中國韻文史》一書所論「自東坡解放此體，而作者個性，始充分表現於此中」、繆鉞《論辛稼軒詞》所論蘇、辛詞「重在言志」，皆是其明證。同樣從文體的體性特點入手來論證詞爲豔科的謝桃坊，在其《詞爲豔科辨》一文中也不得不承認：「以就宋代豔詞而言，即使其中的優秀之作，也未達到精神生活的最高等級。」〔註 15〕沒有對社會現實的敏銳的感覺和關注，精神境界上達不到最高境界，這是一定了的。謝先生也是試圖從詩詞的體性的不同特點來論證「詞爲豔科」的觀點的，不過他不是像楊先生那樣由之以排斥「豪放」詞，而是自認爲實事求是地考察了詞的發生和文體各自的特性方面的原因，從而論證同時也就是返回了傳統的認爲詞以「婉約」爲本色的老路上去了。他追溯的詞的「豔科」傳統的淵源要比楊有山早得多，而追溯到漢魏樂府詩和南朝樂府民歌，他們的一個共同的錯誤是把古代中出現的具有所謂「豔」的色彩的詩或歌辭，把這個現象論證爲他們所謂的詞的特色或本色，其實除了這些具有「豔」的色彩詩歌和歌辭外，不「豔」的一面也是大量存在的，卻被他們忽視了。其實，按照他們的邏輯，如果以能夠找出具有「豔」的色彩的詩歌作爲證據的話，他們應該追溯到《詩經》（俞平伯在《〈唐宋詞選〉前言》中認爲，「詞以樂府代興，在當時應該有『新詩』的資格」，因爲詞是自《詩經》以來的中國詩歌中的雜言詩的代表形式）才對，《詩經》裏具有「豔」的色彩的詩篇主要是體現在愛情詩那裡，是有很大的數量的，並且同樣有和詞一樣的雜言形式。令人奇怪的是，謝先生在論述各種文體都有著自己獨特特點的時候，引用了曹丕在《典論・論文》裏「蓋奏議宜雅，書論宜理，銘誄尚實，詩賦欲麗」的話，爲了不致厚誣謝先生，我們把他後面的話引在下面：

> 此四種文體的性能是不同的，作者只有把握其特性，才可發揮

〔註 15〕謝桃坊：《詞爲豔科辨》，載《文學遺產》1996 年第 2 期。

> 其應有的功能，否則將造成相反的效應。曹丕之後，陸機的《文賦》、李充的《翰林論》、摯虞的《文章流別論》和劉勰的《文心雕龍》等均繼續探討了文體體性問題。詞體的興起較晚，經中唐以來文人的試作和五代詞人的發展，至兩宋而繁榮興盛。北宋時不少名公晏殊、范仲淹、韓琦、歐陽修、司馬光、王安石、蘇軾等，他們德行高尚，剛正立朝，文章典雅，但皆有豔麗之詞。

謝先生從引證詩歌的「麗」的特色上，一下子就跳到了詞，並且認爲諸人的「豔麗之詞」正是符合這一特色，可是，難道謝先生忘了嗎，他是從論述詩詞的體性不同入手的，現在一下子就從詩跳到詞上，是不是在他的心中本來自然的就認爲兩者在體性上是一致的呢？他居然忘了詩歌也是以「麗」爲特色的——我們暫且不論這觀點的對與錯，這樣來論證詞爲豔科的傳統，又怎麼能行呢？所以謝先生最後總結的「這都表明，就文體體性而言，『詞爲豔科』的判斷是確切的」的結論，恰恰是不確切的！謝先生接著又從社會文化的角度分析了詞之所以爲豔科的原因，最後他說：

> 詞爲豔科，這是詞體文學所產生的社會環境與它流行的文化條件決定的，表明它就體性而言最適宜表達愛情的題材，而且是宋詞題材內容的基本情形。宋人思想的活躍與欲望的增強，尤其受到市民文化思潮的影響而有了明顯的個體生命意識，這在詞體文學裏表現得鮮明而深刻。人們爭取戀愛自由，努力衝破禁錮人欲的精神枷鎖，堅信愛情具有至高無上的權力與不可抗拒的力量，而且試圖爲肉欲恢復名譽，也就是爲個人恢復名譽。從這一意義而言，我們對詞爲豔科應予肯定，因爲它代表著民族文明進步的思潮，企盼著實現人性的復歸。

實際上，謝先生所分析的情況基本上是正確的，不同的是我們面對同樣的情況，最後作出的評判卻大不一樣。當時的社會文化確實是導致詞向豔科發展的根源性的原因，關鍵是我們不認爲這是一種合乎詞的正常發展歷史的發展傾向。從文學的歷史上來看，「文」與「質」的關係基本上遞進而爲主的，例如建安尚「質」，講究內容，而六朝則是以「文」勝，講究的是形式，繼之唐初尚內容，唐末又陷入尚形式的路子。詞正是在唐代晚期發展起來的，文學的大氣候決定了它在那時的特點正式尚「文」的，講究形式的（主要是辭藻、情感方面，以豔麗爲色）。因此，把詞在這一歷史時期裏的發展風貌放在社會、歷史、文學的大背景下來看，顯然的這是一種片面的發展，而把這種片面的發展傾向作爲既定的事實來當作詞爲豔科的證據，就不免出現問題了！上面我們已經說過，連謝先生自己都承認：「以就宋代豔詞而言，即使其中的優秀之作，也未達到精神生活的最高等級」，這怎麼是一種正常的發展呢？所以，總結起來，從文體的體性的角度來排斥「豪放」的非本色性，是不能成立的。尤其是企圖從這個角度來排斥「豪放」詞從而在根本上貶低其價值如楊先生，更是不應該的。謝先生的觀點比較溫和，但是明顯帶有欲調和歷史上崇「豪放」和崇「婉約」兩派觀點的意味，他想把「詞爲豔科」的觀點盡量界定在文體體性的範圍之內，因而得出了這樣的結論：

> 詞爲豔科，這與文學價值判斷不屬於同一範疇，它僅僅是傳統的文學體性的判斷。詞以豔麗爲本色，或以婉約爲正宗，這是詞史已經表明的事實，所以爭辯正宗或別調的歷史地位是沒有必要的。某種文學歷史情況之造成，自有其相應的文化背景，這是不能由文學研究者的主觀意圖可以改變的。當我們接受「詞爲豔科」的觀念時，並不意味著對宋詞中蘇軾改革詞體意義的否定，也不意味著對辛棄疾及辛派詞人等有重大社會意義的豪放詞的否定，更不意味著視豪放詞爲別調便貶低它的思想和藝術的價值。

所謂「詞史已經表明的事實」云云，就表明了仍甘心局限於傳統落後的詞學觀，這怎麼能行呢？至於不否定「豪放」詞的革新意義，就比楊有山先生的觀點客觀、科學得多了，這也算是對試圖用「詞爲豔科」爲證據從而對「豪放」詞加以排斥、貶低的人們一個很好的糾正。實際上以「婉約」爲詞的本色的一派理論家，他們才不會理解這樣的思想，因爲他們這種思想的主旨就是要通過強調「婉約」是詞的本色或正宗，來達到指示詞人們在走上詞的創作之初的時候，就要向「婉約」詞靠近、遵循「婉約」才是詞的審美理想，從而達到排斥「豪放」詞的目的。因此，從根本上說來，「婉約」、「豪放」的本色、正宗之爭實質上是詞的審美理想之爭，在這個最高點上，兩者沒有調和的餘地。謝先生試圖調和兩者的觀點，最終恐怕不會爲兩者的任何一方所重視和接受。

現在我們再回過頭來繼續探討楊有山《婉約與豪放——「本色」詞與「詩化」詞》一文中的觀點。接下來，楊先生又認爲，「從肯定蘇軾的創作傾向的一些議論來看，也可以得出同樣的結論」：

> 王灼說：「東坡先生以文章餘事作詩，溢而作詞曲，高處出神入天，平處尚臨鏡笑春，不顧儕輩。或曰：『長短句中詩也』，爲此論者，乃是遭柳永野狐涎之毒。詩與樂府同出，豈當分異？若從柳氏家法，正自分異耳。」二人都指出蘇軾的新詞風與《花間集》、柳永詞爲代表的傳統詞風迥別，而蘇軾的「樂府（詞）」卻與詩「豈當分異」？儘管王灼不同意別人視蘇軾詞爲「長短句中詩也」，而他自己卻恰恰視蘇軾詞爲「長短句中詩也」。我們再看宋人對「豪放」詞風的另一代表辛棄疾的議論。范開《稼軒集序》說，辛棄疾是「一世之豪，以氣節自負，以功業自許，方將斂藏其用，以事清曠，果何意於歌詞哉，直陶寫之具耳。」這種把詞當作「陶寫」「經濟之懷」的工具的創作主張，與「詩言志」的傳統一脈相承。而潘牥說得更爲明確：「東坡爲詞詩，稼軒爲詞論。」從宋人的論述中不難看出，他們把范仲淹肇其端、蘇東坡開其風、辛棄疾集其成的詞的創作傾向，看作一種與傳統詞風相對的詞的「詩化」傾向，他們所創作的詞自然就是有別於「本色」詞的「詩化」詞了。

事實果然是這樣嗎？我認爲，分析材料必須要找準作者論述問題的角度，否則就有可能風馬牛不相及。實際上王灼的意思，他是在詩詞同屬於詩歌這一種文體的角度上來說這段話的（後文中楊先生所說的「就連蘇軾自己也公開承認自己的詞是『古人長短句詩也』。他在《與蔡景繁》中說：『頒示新詞，此古人長短句詩也。得之驚喜，試勉繼之』」，其實蘇軾所言也是在這個角度上講的），他是支持蘇詞的，若按照楊先生的理解，能從中找出相反的意思來，那麼，只有在王灼論述的邏輯靠不住或者他本人的理論水平極其低下的情況下，才可能出現。後一種情況無疑是對王灼的侮辱，楊先生這裡正是從邏輯上來推論的。而事實上不是王灼的邏輯有問題，而是楊先生沒有找準王灼論述這個問題的角度而已！在詩詞同是詩歌這一文體的前提下（這正是一種歷史的觀點，前面提到的俞平伯詞在當時具有「新詩」資格的觀點，亦是如此。從今天看來，這在中國詩歌史上基本上已經是一種常識性的判斷了），王灼的意思是很明確、無歧義的：他之所以認爲柳永的路子與詩相異，就是說柳永的偏主「婉約」的創作，實際上是殘缺不全因而是不完善的，還不能達到詩詞同屬於的那種「詩」的正常的發展姿態，因此王灼「長短句中詩」的意思並不是如楊先生所認爲的那樣，若果眞如此，那王灼豈不是太笨了嗎？而潘氏的「東坡爲詞詩，稼軒爲詞論」，也存在這種情況。他在這裡的評價，實際上是就蘇、辛詞中的短處而言的，並且蘇、辛的詞中確實也存在著這樣的短處，而按照楊先生的理解，就有拿「豪放」詞之短處來跟「婉約」詞的長處比較之嫌，那麼結果是可想而知的！這裡我們必須要弄清兩點：一是既然是比較「婉約」與「豪放」的優劣，那就應該是在兩者最高的水平那裡進行比較，這樣才能見出眞正的高低，從公正的態度說來，比較的目的不是爲了爭什麼短長，確立什麼正宗之類，而是要從比較之中得到各方的優劣之處，從而爲文學創作提供有力的證明和指引。而在「豪放」詞的最高水平的詞人辛棄疾那裡，他的代表作根本沒有潘氏所說的「爲詞論」的毛病，甚至在蘇軾那裡，情況也是如此。二是——在第一點的基礎上，聯繫一下楊先生所說的論據，根本不能得出這樣的結論：

> 從宋人的論述中不難看出，他們把范仲淹肇其端、蘇東坡開其風、辛棄疾集其成的詞的創作傾向，看作一種與傳統詞風相對的詞的「詩化」傾向，他們所創作的詞自然就是有別於「本色」詞的「詩化」詞了。

他的明顯的錯誤是以偏概全、以粗論精，只是注意到蘇、辛兩人的「異中之同」，而沒有研究其「同中之異」，實際上以李清照、晁無咎、陳師道爲代表的宋人，他們對蘇軾的評價在很大程度上並不適用於辛棄疾，兩人的關係是「豪放」詞的初創與完善的兩個不同的詞的發展時期，我們且來看詹安泰《宋詞風格流派略談》一文中的意見：

> （「豪邁奔放」的風格）以辛棄疾爲代表。其源出於蘇軾，經過賀鑄、張元幹等悲壯激昂之作，益以時代的劇變，使這一派詞走上雄奇跌宕、豪邁奔放的道路而另成一種獨特的風格。蘇詞雖然是「無意不可入，無事不可言」，但畢竟是「以詩爲詞」（陳師道語），是「衣冠偉人」（譚獻語）。到了辛棄疾，那就經、史、子、集任意驅遣，自然合度，是英雄豪傑、「弓刀遊俠」（譚獻語）了。這是辛詞的特色，學辛詞的人都學他這種特色。實際上，辛棄疾是一位才大、學博、有豐富的閱歷、有深厚的感情，而又創造性很強的作家，他的詞是兼有婉約、俊秀、典麗種種面貌的，這就不是學辛詞的人都做得到，不過他不是用這些來獨開户牖和影響別人罷了。〔註 16〕

〔註 16〕劉揚忠選編：《名家解讀宋詞》，山東人民出版社，1999 年版，第 85 頁。

顯然，蘇、辛具有很大的不同，實際上「豪放」派在最高水平的詞人蘇、辛那裡，他們的詞都不能用詞體的狹小範圍來束縛之，而是具有深厚的個人性情、人格、思想、精神境界和社會歷史文化現實方面的內容，因此在根本上蘇、辛的差異是必然的，二人的詞也是不可學的，否則就只能是「緣木求魚」式的學法，因爲蘇、辛詞的長處在詞外，在詞內的範圍內學習他們，就難免只是得到其短處。這就是爲何辛棄疾之後的作者容易以「豪放」短處的面目出現，從而爲「婉約」派理論家所詆的原因。詹先生最後一句話的意思就是如此，清代周濟在《介存庵論詞雜著》中也說：

> 後人以粗豪學稼軒，非徒無其才，並無其情。稼軒固是才大，然情至處後人萬不能及。〔註17〕

如果單純去學蘇、辛的「豪放」風格，那就只能得到其「粗豪」處了。此外，還有一層是蘇、辛所不同的，那就是蘇軾既是詩歌大家，又是詞的大家，而辛棄疾則是專攻於詞的，陳模《懷古錄》（卷中）記載：

> 蔡光工於詞，靖康間陷於虜中。辛幼安嘗以詩詞請之。蔡曰：「子之詩則未也，他日當以詞名家。」稼軒歸本朝，晚年詞筆尤好。〔註18〕

這說明辛棄疾在開始文學創作時就顯示出了創作詞的才華，而對詩則不甚有良好的感覺，不能充分掌握詩的體性（詳見上章第三節所論）——既然如此，辛棄疾又怎麼能像楊先生所說的那樣能夠創作「詩化」詞或在詞中體現出「詩化「的傾向呢？

楊先生接下來又論述說：

> 明人張綖首先明確地用婉約、豪放的概念來概括詞中這兩種不同的創作傾向，他在《詩餘圖譜》中說：「詞體大略有二，一體婉約，一體豪放。婉約者欲其詞調蘊藉，豪放者欲其氣象恢宏。然亦存乎其人，如秦少游之作多是婉約，蘇子瞻之作多是豪放」。徐師曾就張綖的看法進一步發揮說：「至論其詞，則有婉約者，有豪放者。婉約者欲其辭情蘊藉，豪放者欲其氣象恢弘。蓋雖各因其質，而詞貴感人，要當以婉約爲正。否則，雖極精工，終乖本色，非有識之所取也」。詞重抒情，尤其是重在表現超出「禮義」規範的情感，不

〔註17〕周濟：《介存庵論詞雜著》，人民文學出版社，1959年版，第8頁。
〔註18〕吳世昌：《辛棄疾論略》，載中國文學網「學者風采」欄。

> 同於「言志」之詩。因「婉約」詞「旖旎近情」，符合「詞貴感人」的特質，故「當以婉約爲正」。而「豪放」詞趨向於詩的「言志」傳統，較少抒發超出「禮義」規範的個人情感，故「雖極精工，終乖本色」。

張、陳二人以「婉約」爲本色是其本意，但是問題在於楊先生把他們的意思和他所說的「詞重抒情，尤其是重在表現超出『禮義』規範的情感，不同於『言志』之詩」聯繫起來，把前者作爲後者的依據——在我們看來，這兩者之間根本不存在這樣的邏輯關係！後面的話完全是楊先生自己發揮的觀點，和張、陳兩人一點關係也沒有。固然，在封建統治愈加腐朽的晚唐、五代時期，在士人的仕進之途、積極進取的意義已經顯得不大以後，他們在文學的天地裏向著個人情感生活和藝術境界的回歸，也是一種必然的反映。這裡面有兩條途徑，一是向隱逸思想的靠近，追求內心的淡泊以遠離和逃避世俗的醜惡、腐化、浮華；一是追逐現實世界的聲光色影，將個人的思想感情來一個徹底的放縱。從這個意義上說，將個人感情世界裏的放縱色彩表現在詞裏，確實有一種叛逆的因而是超出禮義的色彩，這一點我們不會加以否定，但是，楊先生說「『豪放』詞趨向於詩的『言志』傳統，較少抒發超出『禮義』規範的個人情感，故『雖極精工，終乖本色』」，這就大爲錯誤了。我們知道，在我國最早的詩歌總集《詩經》那裡，就已經出現了許多以諷刺、嘲諷、詛咒統治者的光輝詩篇，雖然以「溫柔敦厚」爲傳統的詩教在孔子那裡得到提倡並在後世成爲中國詩歌傳統所遵奉的重要原則，但是，中國詩歌也同時強調詩是可以「怨」的，孔子不是說「詩可以興，可以觀，可以群，可以怨」(《論語・陽貨》) 嗎？何況還有漢代太史公著名的「發憤」說 (《史記・太史公自序》)、唐代韓愈的「大凡物不得其平則鳴」說 (《送孟東野序》)，錢鍾書寫作了《詩可以怨》一文來探討這個問題。而「怨」的原因，大多正是由於政治上的不得志，對於現實社會的苦悶和控訴。從漢樂府的敘事詩到唐代大詩人李白的「安能摧眉折腰事權貴，使我不得開心顏」(《將進酒》)，從感情到內容，超出禮義的詩歌實在是數不勝數！詩「可以怨」是「豪放」的詩學精神，這在前面我們已經論述過了，它對「溫柔敦厚」的突破是明顯的，如果說「婉約」在當時還有著突破的意義，那麼「豪放」則是對「婉約」的突破與發展，換言之，是一種更大的突破。其次，從本書第四章所分析的「豪放」這個範疇的內涵來看，「豪放」的核心內涵是「不受拘束」，而在現實社會中最能拘束人的，還是人類社會的制度與禮法，這在封建社會裏表現得尤爲突出。「豪放」在本質上是和這種形式化了的或者說是腐朽了的封建禮法制度及其文化相矛盾的，「豪放」正是對禮義的突破和超越，在詩詞中都是如此，那又怎麼會得出「較少抒發超出『禮義』規範的個人情感」的結論呢？周喬建在論述辛詞的曠達詞時說：

> 對狂逸放任的生活行爲的吟唱，也是辛棄疾曠達詞的內容之一。狂逸放任原本是魏晉士人的一種生活風度，其內涵蘊有對世俗禮教的鄙棄和精神自由的嚮往，後代的中國文人則往往將其作爲反抗現實或反叛傳統禮教的消極表現方式。〔註19〕

從實際的情況看來，辛棄疾的人生姿態是以積極爲主的，這遠非魏晉時期頹廢、狂放士人的精神狀態所能比。並且，即使「婉約」詞和「豪放」詞都具有抒發超出禮義的情感的現象，「豪放」詞也比「婉約」詞來得徹底些，更具有根本性的意義。這是因爲，在個人情感的範圍內去超出禮義，實在是極其有限的，並且像詞的這種流於香豔溫柔以沉迷於聲色之流的所謂對禮義的超越，並不是社會正常發展的產物，因而不是我們的理想即不是我們永遠要嚮之發展前進的方向。「豪放」對禮法制度的超出、超越是在文化的層次上展開的，直接聯繫社會現實並有著積極改造、改變社會現實的理想和願望，它的前提是對人的主體性精神的加強和尊重，這和「婉約」詞的在消極頹廢的所謂超出社會禮義是不可同日而語的。

楊先生在下文中闡述了「宋詞中之所以會形成婉約與豪放兩種創作傾向」的多種原因，實際上這和利用「婉約」是詞的本色來論證「豪放」詞的非本色即「詩化」的傾向，從而達到排斥、貶低「豪放」詞的目的——主要是在詩詞的體性的角度上進行論述的，關係已經相去甚遠了，而探討二者形成的原因，實在不是這個角度的最佳支持點，因爲在二者形成的原因這個角度上，很大程度上是在風格論的意義上進行的——這多少已經超出了詩詞體性之分的範圍，而從楊先生此文的題目來看，顯然「婉約」和「豪放」的矛盾主要是在「詩」與「詞」上。即使如此，爲了不致斷章取義的批評，且看楊先生從「社會根源」的角度對「豪放」詞的形成所做的分析：

> 但是，由於城市經濟發展不夠充分，市民階層還沒有形成一個

〔註19〕周喬建：《論辛棄疾的曠達詞》，載《贛南師範學院學報》（社科版）1995年第4期。

> 獨立的群體，儘管當時「歌臺舞席，競賭新聲」(即民間詞）但從詞家的整體看，絕大多還是屬於士大夫階層。當社會矛盾激化、危及統治階級的根本利益時，便想到了自己「治國、平天下」的責任，而不滿意於婉約詞的「淫哇之聲」(王灼語)，力求「以詩爲詞」，使詞和詩一樣成爲補察時政、言志述懷的工具。所謂「豪放」詞，就是這種「詩化」詞。從詞史的發展看，豪放詞的興起和繁榮都與社會矛盾的激化有關。當北宋中期社會矛盾激化、競爭日烈的時候，蘇軾首先貶斥柳永的浮豔之詞，擯棄「柳七郎風味」，追蹤「詩人之雄」而「自是一家」。蘇詞淡化了柳詞的市民情調，主要表達士君子之「志」。很顯然，蘇軾所開創的「指出向上一路」的「豪放」詞風，就是要打通詞與詩的界限，就是「以詩爲詞」。豪放詞的繁榮是在南宋前期，當時更是民族矛盾空前慘烈的時期。亡國滅種的時代災難，喚起了詞人們的社會責任感。詞要「復雅」，要關乎世運之盛衰，表現「經濟之懷」，貶斥婉約詞的「淫豔猥褻」，力求使詞上法風騷，下祖蘇軾，成爲詞人們的普遍觀念。在這種特定的社會條件下，詞的「詩化」成爲歷史的必然。愛國和憂國之音成爲詞壇的主旋律，促成了豪放詞的繁榮。

依照楊先生文章中的觀點，似乎以爲詞的主體應該是「市民階層」創作的「民間詞」，這和詞是以「婉約」爲本色的有何關係呢？按照上文中俞平伯先生所總結的詞在初起時並不專是「婉約」的，因此即使二者有所聯繫，也是不能成立的。其次楊先生犯了一個不應該犯的常識性錯誤：他把「豪放」詞歸結爲「市民階層」尚未得到充分發展時的產物，並且它的創作主體主要是士大夫階層，似乎是說這樣一種傾向是不好的，這就違反了文學發展史上的幾個基本的事實：即胡適先生所說的「一切新文學的來源都在民間」，這是一方面；但是文學發展的源頭之在民間並不意味著它就停留在民間以至於到它的成熟完善階段，從「俗」到「雅」是文學發展演變的基本流程，文學是在文學家、知識分子階層手上完善起來的。胡適接著上面的話又說：「《國風》來自民間，《楚辭》裏的《九歌》來自民間。漢魏六朝的樂府歌辭也來自民間。以後的詞是起於歌妓舞女的，元曲也是起於歌妓舞女的。」〔註 20〕而《國風》整理於知識階級，《九歌》整理於屈子，詞曲也是在知識階級手裏發

〔註 20〕胡適：《白話文學史》，上海古籍出版社，1999 年版，第 15 頁。

展壯大的，這種正常的傾向怎麼能作爲「豪放」詞「詩化」的「罪證」呢？楊先生論述了「豪放」詞產生的必然性，即使可以歸入「詩化詞」的範圍裏去，也不能用其文章中預先設置好的「詩化詞」是一種貶義的語境來含糊之，這裡顯然是「名」不副「實」。而且按照楊先生的意見，似乎把「豪放」詞的言「志」作爲「復雅」的一個必然趨勢和表現，這明顯有悖詞學史的常識：

> 張炎……所提出的主要觀點是：一、「雅正」；二、「清空」；三、「意趣」。他首先強調：「詞欲雅而正。志之所之，一爲情所役，則失其雅正之音。」（《則論》）所謂「雅正」，主要是強調不要「爲情所役」，「屏去浮豔，樂而不淫」（《賦情》）。據此，他批評辛棄疾一派的豪放詞「非雅詞」。顯然，他是想把婉約派詞納入儒家正統詩教的規範。〔註21〕

可見，像上文中楊先生已經論述的那樣，婉約詞在發展之初是以超出禮義的姿態出現的，那麼它在宋代的發展，恰恰是從這種超出禮義的姿態逐漸走向「把婉約派納入儒家正統詩教的規範」的一個過程，又怎麼能把這個罪名加到「豪放」詞的頭上呢？實際上恰恰相反，「豪放」詞既然是和當時的社會現實、社會矛盾密切聯繫的，它的內容始終是鮮活的，因而不可能是走向「復雅」之路的，如果以「言志」就是復雅的證據，那麼詩歌一直是以「言志」爲傳統的，難道詩歌史都將因此而遭到否定？在「雅」、「俗」的關係上，涉及到兩個方面，一方面是指文學的從民間走向知識分子階層，這是文學運動的一般過程；一方面是從內容、形式這兩個維度去認識它們，即既有形式上的「雅」、「俗」，又有內容上的「雅」、「俗」，前一維度是指文學形式上的逐漸完善乃至於僵化，最後限制了內容的發展，後一種維度是指文學內容上的逐漸喪失了表現現實社會鮮活的生活和情感的過程，並且這個過程是因爲創作主體逐漸失去對社會現實關注的熱情而越來越講究形式所導致的。因此，從形式和內容的不同維度去用「雅」、「俗」的尺度衡量文學，前一種在價值評判上是逐漸走向落後的、逐漸被否定的，而後一種則是進步的、積極的。從詞的實際發展演變情況看來，恰恰是「豪放」詞在不斷擴大著詞的表現領域，保持著和社會現實的聯繫，尤其是在辛棄疾那裡，他作有數量不少的俗

〔註21〕朱恩彬主編：《中國文學理論史概要》，山東文藝出版社，1996年第2版，第224頁。

詞，口語化、地方化的色彩非常濃厚。我們也很難相信，和社會現實保持著如此密切聯繫、呈現積極進取姿態的「豪放」詞，竟然是落後的、不合詞的發展的正常方向的！楊先生試圖在這裡用這個事實來論證其「蘇軾所開創的『指出向上一路』的『豪放』詞風，就是要打通詞與詩的界限」的觀點，是不能成立的。這是貶低蘇軾開創「豪放」詞的歷史功績的表現，按照其邏輯，「豪放」詞的「詩化」傾向在文體上是一種明顯的倒退。從上面分析的內容、形式兩方面之在「豪放」詞的實際情況那裡，我們知道「豪放」詞在內容上是要比「婉約」詞更爲鮮活的，而與鮮活的內容相適應的形式，一定是先進的，所以從詩詞的體性方面來說，如果說詞中帶有詩（主要是指律詩板硬、僵化的形式氣息）的氣息是一種落後的表現，那麼反推過去，這種與鮮活的內容相適應的先進的形式，一定不是帶有詩的氣息的，否則它就不會先進或很好地容納鮮活的內容了。

楊先生所論述的第二個形成原因是「歷史轉折時期，詞人們人生價值觀念的矛盾，是形成詞中『婉約』與『豪放』兩種創作傾向的另一原因」：

> 豪放詞的代表詞人與此恰恰相反，他們大都表現出正統士大夫的人生理想，體現出對社會政治價值的熱烈追求，他們的詞也成爲這種人生價值觀的外化。……辛棄疾「果何意於歌詞哉，直陶寫之具耳」，就是這種創作傾向的最好體現。很顯然，豪放詞的藝術精神向詩回歸，而與「本色」詞迥異。

關於宋人的審美理想及社會政治價值方面對宋詞的影響，前文中的論述已經涉及到了，這裡只是指出楊先生對范開「果何意於歌詞哉，直陶寫之具耳」這句話的誤解——這句話恰恰不是詞是所謂的士大夫人生價值觀的外化，而是和王國維在《人間詞話》表達的這樣一個思想基本相同的：

> 詩人對宇宙人生，須入乎其內，又須出乎其外。入乎其內，故能寫之。出乎其外，故能觀之。……美成能入而不出。〔註22〕

實際上這種說法是傳統的論述做詩工夫在詩外的思想的一個變相罷了，它本身並沒有問題。同時，「豪放」詞的藝術精神向詩回歸，其實是一種提高，不能用所謂的「回歸」來論證其落後或非「本色」性，這是一個「大詩學」的角度問題，對此我們已經論述過了。

最後，楊有山談到：「宋代詞人對音律的不同態度，也是形成詞中婉約與

〔註22〕王國維：《人間詞話》，上海古籍出版社，1998年版，第15頁。

豪放兩種創作傾向的重要原因。」這個問題在上文中已經講得比較充分了，此處不再贅述。在文章之末楊先生引用《四庫全書總目》的觀點，來總結「婉約」是詞的本色的論點：

> 如何評價婉約、豪放這兩種創作傾向及其詞人詞作，《四庫全書總目》的評價值得我們參考。如《四庫全書總目・詞曲類・東坡詞提要》：「詞自晚唐五代以來，以清切婉麗爲宗。至柳永而一變，如詩家之有白居易。至軾而又一變，如詩家之有韓愈，遂開南宋辛棄疾等一派。尋源溯流，不能不謂之別格。然謂之不工則不可。故至今日，尚與花間一派並行而不能偏廢」。爲什麼詞應以婉約爲「正宗」呢？《總目》對此也進行了深刻地分析。《樂章集提要》說：「蓋詞本管絃冶蕩之音，而永所作旖旎近情，故使人易入。」《放翁詞提要》說：「楊愼（詞品）則謂其『纖麗處似淮海，雄快處似東坡』。平心而論，遊之本意，蓋欲驛騎於二家之間。故奄有其勝，而皆不能造其極。要之，詩人之言，終爲近雅，與詞人之冶蕩有殊。」這些論述正確地指出了詞以抒發個人情感、風格「清切婉麗」、追求「使人易入」的審美快感爲其本體特徵。而婉約詞正體現了詞的這一本體特徵，故應以「清切婉麗」的婉約詞爲「正宗」、「本色」。豪放詞多爲「詩人之言，終爲近雅，與詞人（本色詞人）之冶蕩有殊」，是一種「詩化」詞，這是對「本色」詞的革新與變異。雖然其價值不能低估，「謂之不工則不可」，「異軍獨起，能於剪紅刻翠之外，屹然別立一宗，迄今不廢」，但「尋源溯流，不能不謂之別格」。可以說，《總目》對婉約、豪放這兩種創作傾向的評價是比較實事求是的。

拿清人的觀點作爲總結沒有什麼不可以的，但是一定要分析它是否可靠，我們來看一看龔兆吉相關的分析，是否說得更有道理一點：

> ……對辛詞評論的大量湧現是在清代。《四庫全書提要》的作者對辛雖有所讚揚，但卻以傳統觀點另眼相待：「……」。統治階級的調子已定，眾論便以此爲據，對辛棄疾「撫時感世之作，磊落英多」（毛晉：《稼軒詞跋》）的特色避而不談，則從詞的藝術特點方面予以評論。大力肯定辛詞的周濟，卻提出這樣的批評：「稼軒不平則鳴，隨處輒發，有英雄語，無學問語，故往往鋒芒太露。」（《介存

> 齋論詞雜著》）……辛詞的豪放風格是和抗金愛國思想、慷慨悲歌精神密切結合在一起的。在清代高談辛氏的抗金思想是不適宜的，強調辛詞的豪放風格不免犯忌，於是便爲周濟、王國維在分別曲解之後而予以否定了。詞論家能夠肯定的多是辛詞中的比興手法，委婉曲折地抒寫懷抱之類的藝術表現能力了。這樣，辛氏的「撫時感世」的批判精神，詞論家便略而不論，而去大談其沉鬱風格，以減弱其思想鋒芒。〔註23〕

這實在是很好的總結，龔先生所言「統治階級的調子已定，眾論便以此爲據」的缺陷，身爲今人的楊先生也實在未能避免。在這個問題上，筆者認爲我們不應該再受任何歷史偏見的影響，而應切實地研究作品和當時的社會現實，這樣才能得出較爲客觀、公正一點的結論。

值得注意的是，余傳棚在《唐宋詞流派研究》一書中認爲，「婉約」詞和「豪放」詞一樣，都具有「以詩爲詞」的特點：

> 20世紀80年代以後，詞論家對於婉約一派研究包括評判其功過是非，更注重實事求是，糾偏補闕，亦多創獲。但由於目光主要投向戀情詞，或論證其合理性，或賦以新價值，以至尚有未及見處，如婉約詞派少有南唐一派之哀怨，罕見花間一派之淫樂，大有趨求雅正中和之意，即爲人所忽視。實際上這一現象關乎其對花間詞派所創「豔科」傳統之糾正、改造，意義甚大。對婉約詞派此舉若能予以重視，合理評判，有關其功過是非的評判不僅會更全面，而且會更允當。本書第二章曾指出花間詞派所創「豔科」的傳統詩教和「發乎情，止乎禮義」的傳統禮教，係向根深蒂固已有千餘年之久的文學傳統挑戰。第三章曾指出南唐詞多言哀苦，少敘歡娛，哀情之作遠勝花間，歡情之什有所不及。然則花間、南唐兩派詞作比較起來，其於傳統詩教之違背、文學傳統之挑戰，主要表現乃一在樂而淫，一在哀而傷。婉約詞繼花間、南唐二派之後勃然興起，其詞既少有南唐一派之哀而傷，亦罕見花間一派之樂而淫，表明其已於自覺不自覺間用實際創作顯示出其對花間、南唐二派背離傳統詩教之不滿，並企圖予以糾正，以向傳統詩歌復歸。

〔註23〕龔兆吉編：《歷代詞論新編》，北京師範大學出版社，1984年版，第30～31頁。

> 如果這也是一種「以詩爲詞」，無疑是更深層意義上的一種「以詩爲詞」。如果這是「豔科」傳統的一種自我完善，無疑是對「豔科」傳統進行糾偏、改造而得到的一種自我完善。歷代詞學界多以花間詞派創立「豔科」傳統爲非，爲有過，以豪放詞派「以詩爲詞」，反對「豔科」傳統爲是，爲有功。據此，婉約詞派既以其創作對「豔科」傳統示不滿，行改造，並在深層意義上「以詩爲詞」，豈非也是一種自行其是之大是，無意邀功之大功！豈非值得大書特書！〔註24〕

余先生對歷來評論者都以「豪放」詞爲「以詩爲詞」而反對詞爲豔科的傳統爲有功，而對婉約這種深層意義上的「以詩爲詞」則視而不見，表示了極大的不滿，並指出婉約詞也是在深層意義上「以詩爲詞」，豈非值得我們深思？從這個意義上來說，宋人審美意識的確立，乃是建立在唐末五代柔弱淫靡的審美意識的基礎之上的，詞初起於民間而逐漸爲文人、士大夫所注意並繼承，經過這種「以詩爲詞」的階段實在是很正常的，也是必然的，這種努力，正是將詞逐漸提升到「大詩學」的境界上來的一個努力和方向，如果不是這樣，宋詞又怎麼能夠取得和唐詩一樣的「一代之文學」的崇高地位呢？李春青在《宋學與宋代文學觀念》一書中指出「就詞這種文學形式的發展來說，蘇詞的出現又證明著詞有『變』而爲『正』的轉變。在蘇軾之前，事實上蘇軾本人也包括在內，人們對詞的看法的確存有輕視之意，認爲它不能與詩和文相提並論」〔註 25〕，最初詞被稱爲「詩餘」，就正是建立在這一意義之上的。龍榆生也說：「詞發展到了稼軒，才眞正在文學史上奠定了它的崇高地位」〔註 26〕，可見，拋開「詩化詞」這種片面的看法，而著眼於詞從「婉約」到「豪放」爲眞正的發展的事實，問題就迎刃而解了。實際上，宋代的胡寅和王灼就是如此做的，他們將「詞的創作與『詩人之旨』發生了聯繫，掀起了一個爲時甚久的尊體運動」〔註 27〕，可見，詞要獲得與詩歌同樣的文學地位，就要上升到詩歌的境界，和「詩人之旨」發生聯繫，如此一來，詞的尊體才能完成。王灼對蘇詞的推崇，不單是從題材、內容和審美境界上來著眼的，

〔註24〕余傳棚：《唐宋詞流派研究》，武漢大學出版社，2004 年版，第 78～79 頁。

〔註25〕李春青：《宋學與宋代文學觀念》，北京師範大學出版社，2001 年版，第 285 頁。

〔註26〕龍榆生：《龍榆生詞學論文集》，上海古籍出版社，1997 年版，第 359 頁。

〔註27〕謝桃坊：《中國詞學史》（修訂本），巴蜀書社，2002 年版，第 24 頁。

而且也十分重視詞的音樂性，這一點在謝桃坊《中國詞學史》一書中說得非常明確：

> 王灼論詞有很明確的音樂文學觀念，他以儒家傳統的詩樂論來說明音樂文學的產生。儒家關於藝術起源的自然論強調了詩、樂、舞的自然結合。王灼從古代詩樂自然論出發，認爲「故有心即有詩，有詩則有歌，有歌則有聲律，有聲律則有樂歌」(《碧雞漫志》卷一)。這說明了主體心志爲詩之本源，而且它與歌、聲律和表演存在著天然和諧的關係。王灼雖然也繼承了儒家的詩教說，卻揚棄了由統治階級來施行政治教化的主張，特別指出詩的社會功能的實現是依靠藝術感染力量，而且只有音樂文學才能擔負此任。雖然他是認爲「言志」與「緣情」並重的，尤其注重「眞情」，因而反對「淺近卑俗」的詞，卻熱烈稱讚蘇軾「偶而作歌，指出向上一路，新天下耳目」(《碧雞漫志》卷二)。這些意見都有助於克服五代以來詞體觀念的片面性，表明宋人的詞體觀念更趨於成熟，爲尊體運動奠定了理論基礎。〔註 28〕

從音樂性的角度肯定「豪放」詞的價值，並找到切實的理論根源作爲立論的基礎，同時又在更高的層次即詞的「尊體」的高度上認識詞體，王灼的理論可以說是很具有科學性的，可惜的是後人並未加以繼承而已。郭沫若曾經皆批評袁枚的《隨園詩話》而闡明了詩詞曲都是詩的道理：「……又於同卷第六一則中論及洪昇，筆法亦完全相同：『錢塘洪昉思（升），……人但知其《長生》曲木與《牡丹亭》並傳，而不知其詩才在湯若士之上。……』以詩與曲對舉，稱洪之詩而於其曲不置可否，用意亦在揚詩而抑曲。其實曲與詩之別僅格調不同耳。詩失去性情而有詞興，詞又失去性情而有曲作。詩、詞、曲，皆詩也。至於曲本則爲有組織之長篇敘事詩，西人謂之『劇詩』。不意標榜性情說之詩話家，乃不知此。」〔註 29〕專作詩話的袁枚都「乃不知此」，則今天闡述「豪放」詞是「詩化之詞」而強調它並非是本色的「詞」，卻努力去論證詞並非詩的觀點，這是極需要我們引起充分的注意和警惕的。

〔註 28〕謝桃坊：《中國詞學史》(修訂本)，巴蜀書社，2002 年版，第 24～25 頁。

〔註 29〕《郭沫若全集》(文學編第十六卷)，人民文學出版社，1989 年版，第 307～308 頁。

第二節　「豪放」、「婉約」二分法辨

「豪放」和「婉約」的對待提出，始創於明代張綖的《詩餘圖譜》一書，後來清代的王士禛在《花草蒙拾》和《香祖筆記》裏，將張綖所說的「詞體」變換爲「詞派」，關於其同異，我們在論述「豪放」在清代的發展時已經涉及。後世詞學，不論是對於張綖「豪放」、「婉約」二分法是否過於簡單的問題，還是對於王士禛分詞爲「豪放」、「婉約」二派所帶來的宋詞是否確有此文學流派的存在的問題，其基本點都是對於「豪放」、「婉約」二分法的置疑。下面，我們集中來探討以下這個問題。

詞的風格問題，如果不是牽涉到「豪放」範疇的成熟這樣一種重要因素——而必須根據「豪放」發展成爲一個美學範疇來對此進行評判的話，那麼我們完全可以說「豪放」、「婉約」二分法絕對不是盡善盡美的，這是毫無疑問的。歷史上的詞風格千姿百態，又怎麼能以簡單的二分法來概之呢？作爲「陰」、「陽」觀念在詞的風格領域裏延伸的「豪放」和「婉約」，它們之間是存在著一種中間狀態的，否則就不足以形成風格的多種形態。對此現象，筆者曾在《詩詞曲學談藝錄・卷四》論辛稼軒詞一則裏總結說：

> 夫婉約豪放二種，大體概之耳，凡人之所作，皆有此二種元質，但看其以何種爲主，詞中並無單純之婉約豪放。推原其理，《老子》早已揭之。蓋物之生也，罔不有二元之對立，無二元之對立，事物非徒不能發展進步，亦且不能存在自立。雖有二元之對立，然在事物發展過程中，必惟一種元質爲主，一種爲輔。主輔可轉化，而不可同時爲主。世人但知蘇辛豪放派未嘗廢婉約，不知周、柳、姜、吳亦未嘗廢豪放也，但其調合之比例有異，而顯爲程度之不同而已矣。……例之以如：
>
> 永叔《蝶戀花》之「日日花前常病酒，不辭鏡裏朱顏瘦」，柳耆卿《雨霖鈴》之「今宵酒醒何處？楊柳岸、曉風殘月」，晏小山《鷓鴣天》之「舞低楊柳樓心月，歌盡桃花扇底風」，周美成《滿庭芳》之「歌筵畔，先安枕簟，容我醉時眠」、《定風波》之「從醉，明朝有酒倩誰持」，賀方回《浣溪沙》之「惱花顛酒拼君嗔」（方回豪宕之作不必引矣），姜白石《慶宮春》之「採香徑裏春寒，老子婆娑，自歌誰答」、《暗香》之「舊時月色，算幾番照我，梅邊吹笛」，吳夢窗《賀新郎》（「喬木生雲氣」）之篇。

> 諸如此類，其本豪放，而以豪放之致出之。何謂致，即譬海上冰山而浮出水面者，僅其小焉者也。故豪放之駢枝別子曰灑落，曰疏放，曰清拔，曰曠達，曰壯鬱；而婉約之駢枝別子曰纏綿，曰密麗，曰綺豔，曰清華，曰幽秀。至其色之纖穠淡泊，與婉約豪放之本質所關甚微，故有極穠豔而豪放者，如稼軒《水龍吟・登建康賞心亭》之「倩何人、喚取紅巾翠袖，揾英雄淚」，而產生異樣之意態，爲異樣之嫵媚，不可一概而論焉。〔註 30〕

「婉約」和「豪放」之間的這種中間狀態在創作上得到了長足的發展，「宋詞中存在第三種美學境界」〔註 31〕，這是詞的發展的事實。其最初呈現出這種風貌的詞或許不難找到，但是從一個詞人的整體風貌的特色而言，姜夔無疑是第一個最爲明顯地呈現出這種特色的詞人，其詞居於「婉約」和「豪放」的風格之間，而不好簡單的將其列入任何一種風格。其後，張炎又加入了這個行列，從而更加凸顯了這種特色，也使這種特色的詞具有了單獨建立流派的可能。單純在風格的意義上，這可能比「婉約」和「豪放」的趨向於對立的兩極的狀態具有更高的層次，但從詞的實際發展史來看，這種中間狀態的風格根本不能在內容上繼承「豪放」詞的長處，而只是以放棄內容爲代價而講求「雅正」的形式意味的一種表現，它雖然是一種中間狀態，但卻並不代表其能兼有「豪放」、「婉約」之長，實際上，就姜、張一派的特色來說，余傳棚在《唐宋詞流派研究》一書中總結了四個特點〔註 32〕：一是「要求詞協音合律，否則乃『長短之詩』。」這個特點正證明了上面我們所說的論斷，從審美理想上來說，也未達到「大詩學」的境界。二是「要求詞用語須雅，否則近乎民間俗曲『纏令』。」這個特點體現了姜、張一派在內容上缺少社會現實的反映，因此在語言上就只能求「雅」，這種雅化正降低了詞的活力，也不符合從詩到詞到曲詩歌體制不斷俗化的大趨勢——這個趨勢我們在下一節中將詳細探討。三是「要求詞意須含蓄，否則『無深長之味，難見雅致』。」這其實走的仍然是單純的「婉約」派的路子，在審美意識上講求「含蓄」，正是一種越來越保守的表現。四是「要求詞之發意須持中守正，恰到好處，否則『狂怪而失柔婉之意』」，這個特點是仍然以「溫柔敦厚」的傳統詩教爲審美

〔註 30〕于永森：《詩詞曲學談藝錄》，齊魯書社，2011 年版，第 211～212 頁。

〔註 31〕謝桃坊：《中國詞學史》（修訂本），巴蜀書社，2002 年版，第 578 頁。

〔註 32〕余傳棚：《唐宋詞流派研究》，武漢大學出版社，2004 年版，第 162～164 頁。

理想的表現，須知「持中守正」乃趨向於一種靜態，和「中和之美」的表現兩端而不有兩端的弊端，而呈現爲一種活潑的動態，是大不相同的，這種審美理想表現了詞作者對現實的無力，即使是在理想上也喪失了積極入世的精神姿態。余先生也承認姜、張一派之失在於「在創作中過於恪守『樂而不淫，哀而不傷』的傳統詩教，抒情達意過求『溫柔敦厚』，委婉含蓄，以至思想傾向曖昧，感情表達含混，既乏自然眞切，更缺樸實生動，不脫矯揉造作之嫌，難辭炫弄技巧之譏，就是本可以寫得慷慨激昂的愛國詞，也因爲受制於深隱含蓄，難以啓人情志，感人奮進。」〔註 33〕因此，余先生從詞的發展的「正」、「變」的角度，認爲：「依中國傳統文化固有的深層崇祖意識觀念，在詞之創作領域，花間詞派所創『豔科』傳統當視爲詞作傳統之『正』，豪放詞派爲反對『豔科』所創之『以詩爲詞』，宜爲詞作傳統之『反』，雅正詞派起而糾兩派之偏，既反對頹放詞派之俗豔，又不滿辛派末流之粗豪，適爲『正』、『反』兩種傳統之『合』。因此，由『正』而『反』而『合』，既可視爲唐宋詞派流變之規律，又可視爲唐宋詞發展所循之規律。」〔註 34〕余先生用這個規律來爲姜、張雅正詞派美化，其實是嚴重違反了唐宋詞發展的一般規律的常識，以姜、張的成就高過豪放詞派了。姜、張的雅正一派逐漸走向了單純重視形式上的「格」和內容上的「氣調」，在藝術風貌上特別講究「格韻」，從而走向了內容的空虛和頹廢，其價值不但於詞無大功（即總體上能扭轉局面的功勞和價值），反而於詞的發展有害，這已經是詞學史上的常識了。吳熊和在《唐宋詞通論》一書中指出：

> 重周、姜而薄蘇、辛，反映了宋末詞風之弊……《詞源》論詞，唯重雅正，取徑已經十分狹窄……因此《詞源》的清空之說，是宋末詞風之弊在理論上的表現之一。而崇尚清空的結果，詞的最終衰落，就愈發不可避免了。〔註 35〕

風格和氣韻固然關係到內容，但是如果單純從這些外在的東西上去求內在，那麼它的流於狹窄和衰落，就是不可避免的了，這一種詞學追求的癥結，就在這裡。孫克強在《白石詞在詞學史上的影響和意義》〔註 36〕一文中詳細理

〔註 33〕余傳棚：《唐宋詞流派研究》，武漢大學出版社，2004 年版，第 180～181 頁。
〔註 34〕余傳棚：《唐宋詞流派研究》，武漢大學出版社，2004 年版，第 197 頁。
〔註 35〕吳熊和：《唐宋詞通論》，浙江古籍出版社，1989 年 1 月第 1 版，第 307～311 頁。
〔註 36〕孫克強：《白石詞在詞學史上的影響和意義》，載《中國韻文學刊》2002 年第 2 期。下文中相關論述所引未加注釋文獻，俱轉引自該文。

繹了姜夔的這種詞學風貌逐漸爲世人所知的過程和論述，指出：

> 開始從特異風格而欣賞白石詞的是柴望，《涼州鼓吹自序》云：詞起於唐而盛於宋，宋作尤莫盛於宣、靖間，美成、伯可各自堂奧，俱號稱作者。近世姜白石一洗而更之。《暗香》、《疏影》等作，當別家數也。大抵詞以雋永委婉爲上，組織塗澤次之，呼嗥叫嘯抑末也。唯白石詞登高眺遠，慨然感今悼往之趣，悠然託物寄興之思，殆與古《西河》、《桂枝香》同風致，視青樓歌紅窗曲萬萬矣。

孫先生認爲，柴望已經「指出白石詞與周邦彥、康與之爲代表的北宋詞已有了根本的不同……柴望此序已不再將白石詞僅作爲美成詞的相擬詞人來看待，而指明其作爲一代新詞風的開創者，柴望此序對確定白石詞在詞史上的地位有著重要意義。」此後，「張炎進一步將姜夔詞推舉爲唯一的詞學典範」，並把姜夔做視爲他所推崇的「清空」詞的代表人物。接著孫先生分析了姜詞在明代未受到重視的兩個原因，一是「白石詞集全本於明代末始現於世」，二是「在明代詞壇影響最大的詞選本《草堂詩餘》中未選白石詞」。隨後，「清代以朱彝尊爲領袖的浙西詞派推南宋，倡清雅，並將白石詞推上清雅詞派宗主的地位。朱彝尊反覆稱舉白石，『詞莫善於姜夔』……『姜堯章氏最爲傑出』……將白石詞推爲雅詞的典範。指出其雅的內涵又表現在兩方面：其一爲思想內容的雅正。……其二爲音韻聲律的規範精美。」「朱彝尊尚南宋、倡清雅、以姜張的詞學主張爲浙西派的詞學理論的核心，白石詞成爲詞學典範，浙派中後期的成員如汪森、厲鶚、王昶、吳錫麒、郭麟等人莫不以此爲立論根本。經過浙派的努力，詞壇風氣爲之改觀，詞壇幾於『家祝姜張，戶尸朱厲。』」「習詞者將白石視爲詞家之「聖」已爲共識。如吳蔚光云：『文極於左，詩極於杜，詞極於姜。』（注：《自怡軒詞選序》）鄧廷楨云：『詞家之有白石，猶書家之有逸少，詩家之有浣花。』（注：《雙硯齋詞話》）宋翔鳳云：『詞家之有姜石帚，猶詩家之有杜少陵。繼往開來，文中關鍵。』（注：《樂府餘論》）陳廷焯亦云：『詞有白石，猶史有馬遷，詩有杜陵，書有羲之，畫有陸探微也。』（注：《雲韶集》卷六）享譽之高爲其他唐宋詞人所遠不可及。」

常州派與浙西詞派對姜夔的態度稍爲不同：

> 常州派詞人雖亦稱許姜夔，但已較浙派產生了變化。第一，已由浙派將白石推爲「最爲傑出」、「最雅」的獨尊，變爲群賢之一，

已無宗派領袖的光環。第二，與浙派突出白石詞清雅風致，音律規範的特徵不同，常州派從「意內言外」、「比興寄託」處發掘白石詞的優長。……亦有對姜夔詞進行反思，重新認識的。如周濟《介存齋論詞雜著》云：吾五十年來服膺白石，而以稼軒爲外道，由今思之，可謂瞽人捫籥也。稼軒鬱勃故情深，白石放曠故情淺。稼軒縱橫故才大，白石局促故才小。惟《暗香》、《疏影》二詞，寄意題外，包蘊無窮，可與稼軒伯仲。余俱據事直書，不過手意近辣耳。白石詞如明七子詩，看是高格響調，不耐人細思。白石以詩法入詞，門徑淺狹，如孫過庭書，但便後人模仿。

周濟從「情」和「才」的角度衡量了辛與姜的差距，並把後者和明七子相提並論，說明他對姜詞在內容方面的缺陷，已經有了一個明確的認識。因此他才會說「白石疏放，醞釀不深」的話。所以孫先生評價「應該說，周濟能在詞壇上論姜一片稱頌之時，對白石詞重加審視，提出獨見，尤其是指出了白石詞在『詞聖』光環所掩遮住的缺陷，的確難能可貴。」

正因爲有如上之所述，所以孫克強總結說：「他首創的清雅詞風於婉麗、豪放之外別立一宗，並蔚然成派，成爲詞家『第三派』。這一成熟的風格流派的形成，豐富了詞體風格的內涵，並使詞最終能夠與傳統的詩文並列比肩起了重要的作用。」正是在這個意義上，孫先生才認爲自明代張綖分詞體爲二以後，詞派二分之說流行的做法是「如此分派過於簡單粗疏。從詞史的實際面貌考察，同爲豪放派之外詞人，姜夔與傳統觀念上『本色』、『當行』的《花間》詞人及周邦彥風格頗爲不同。」並引吳淳還論白石詞與《花間》的差異及蔣兆蘭論白石與美成之關係爲證：

南宋詞至姜氏堯章，如一變《花間》、《草堂》纖穠靡麗之習。野雲孤飛，去留無跡，前人稱之審矣。（注：《序武唐俞氏白石詞鈔》（《姜白石詞編年箋校》引）

南渡以後，堯章崛起，清勁逋峭，於美成外別樹一幟。張叔夏擬之野雲孤飛，去留無跡，可謂善於名狀。（注：《詞說》）。

而在清初顧咸三的《湖海樓詞序》裏，則把張炎也歸到了姜夔的陣容之中，云：

宋名家詞最盛，體非一格。蘇、辛之雄放豪宕，秦、柳之嫵媚風流，判然分途，各極其妙。而姜白石、張叔夏輩，以沖澹秀潔得詞之中正。

「中正」一語，可謂道出了姜、張一派作爲「婉約」、「豪放」之間的中間狀態的事實。蔡宗茂則在《拜石山房詞序》裏從「格」、「氣」、「情」的角度指明了這三者的基本特徵：

詞盛於宋代。自姜、張以格勝，蘇、辛以氣勝，秦、柳以情勝，而其派乃分。

《賭棋山莊詞話》續編四引王鳴盛語，則明確以一個新的風格流派目之：

北宋詞人原只有豔冶、豪蕩兩派，自姜夔、張炎、周密、王沂孫方開清空一派，五百年來，以此爲正宗。

朱彝尊則在《曝書亭集》卷四十《黑蝶齋詩餘序》中概括了姜、張一派的詞人陣容：

詞莫善於姜夔，宗之者，張輯、盧祖皐、史達祖、吳文英、蔣捷、王沂孫、張炎、周密、陳允平、張翥、楊基，皆具夔之一體。

至此，無論是在創作還是在理論上，處於「婉約」和「豪放」二派之外的以姜、張爲代表的第三派的歷史面貌已經十分清晰地勾勒出來了。從上面的論述中可以看出，除了周濟指出了姜詞的不足之外，其他人對姜氏都是十分欣賞的，尤其在清代，更是被某些理論家推崇到了無以復加的地位。

客觀、公正地說來，這種由「婉約」、「豪放」之間聯繫著而產生的中間狀態即第三派，它既然在後世產生了如此大的影響，而且它確實又不能簡單歸入「婉約」和「豪放」二派中的任何一派，我們就應該實事求是地評價其在詞史尤其是在中國詩歌史上的地位，及其與「婉約「、「豪放」的關係——尤其是在「婉約」、「豪放」的對立格局中處於什麼位置，以及對這種對立格局有何影響的問題。除了「清空」、「雅正」的評價之外，還有「騷雅清勁」之目，如詹安泰在《宋詞風格流派略談》中即以姜詞視爲此種風格的代表，陳文新《論常州詞派的詞統建構》一文則視之爲「清逸」（醇雅）派，「常州詞派在建構統系時，可供選擇的事實上只有三大流別，即豪放派、婉約派和清逸派（醇雅派）。」〔註37〕陳先生認爲這一派「與神韻派對應，其題材選擇雖不局限於山水，但在風格上卻無疑與山水詩相近」。流連山水之作，是很難容納鮮活而深厚的社會現實方面的內容的，從而易導致單薄、浮淺。而據詹先生的意見，姜夔的詞「自周邦彥來而有新變。有時也學東坡之高曠，而無

〔註37〕陳文新：《論常州詞派的詞統建構》，載《社會科學研究》2004年第2期。

其襟抱；也學稼軒之勁健，而無其魄力。」就正說明了這一點。從整個中國詩歌史的範圍來看，既然姜詞是和「神韻」派詩歌相近的，根據錢鍾書的觀點，它不可能是中國詩歌的最高品或正宗，根本沒法和李、杜相比，這當然有詞這種文體自身的局限即不易深厚博大，難以反映廣闊複雜的社會現實生活方面的原因，但是就詞的向這個方面努力的力度和決心而言，姜氏一派不是做得最好的，遠遠比不上「豪放」派。從詞本身的視界而言，姜詞有意在「婉約」和「豪放」的對立格局之外另立一格，其探索和成就也是不可抹殺的，正如詹先生所評價的，姜夔「極意創新，力掃浮豔，運質實於清空，以健筆寫柔情，自成一種風格」，從而「在當時以至後代，都有較大的影響」，但是他也指出朱彝尊《黑蝶齋詩餘序》中的話是「浙派詞人有意抬高姜詞的說法……說他們受姜詞的影響很深則可，把他們都看成姜詞的嫡派，那是不切合實際的。勉強可以歸入姜派的是史達祖、高觀國、周密、王沂孫和張炎」。我們知道，從事物的發展過程來說，任何事物的發展都必須經過一個「否定之否定」的過程，而眞正意義上的「發展」，是新事物的屬性，是事物發展未達到其頂點前的充滿活力的狀態。從這個意義上來說，由於世界在本質上是絕對的「動」的，因此，以詞而論，則「豪放」更接近這個本質，這是詞的發展的第一階段；然後是「婉約」詞的出現（這裡是指這一方面的風貌佔據了事物矛盾中的主導方面），達到對「豪放」的否定，進入第二個階段；再向前進，則仍然是「豪放」又戰佔據了主導地位，進入第二層的否定，替代「婉約」而完成事物發展的第三個階段即最後一個階段——然後，在這個起點上再進行更高層次的循環。而從整個中國詩歌的歷史（這裡單純從唐代以後）來看這種否定性的循環，第一個循環與第二個循環之中，包括了詩歌到詞的過渡，而第二個循環與第三個循環之中，則包括了詞到曲的過渡。也就是說，在進入下一個更高層次上的循環時，是以文體的代興爲特徵的。因爲從整個中國古代詩歌的發展史來看，唐代以後，詩歌是處於一個盛極而衰的大格局中，詩歌這一文體還面臨著中國古代文學這樣一個更大範圍的循環（即從雅文學向俗文學的過渡，詩歌向小說的過渡），詩歌要保持其盛極而衰之後並不立即消失的生命力，其現實的措施就是詞的替代詩、曲的替代詞，因此，在詩歌的整體格局上，它根本沒有時間、沒有機會在一種文體之內反覆進行提升式的循環否定，因爲相對於詞對詩的否定、曲對詞的否定而言，它的範圍要狹窄得多，因而在保持、挽救詩歌的生命力方面，意義和價值就小得多。

所以，單純從詞的範圍來說，「豪放」詞發展到集大成的辛棄疾那裡，就已經完成了這種否定性的循環，也就是說，從周邦彥對「婉約」詞的集大成式的繼承和發展也好，姜夔、張炎開拓「婉約」、「豪放」對立格局之外的第三條路子並卓有成就也好，此時詞的生命力已經盛極而衰，而他們對前人的發展，就被曲的替代詞的更大的發展和否定性的循環所掩蓋了，而不具備眞正的否定性的發展和循環的意義了——從上文中我們對宋末詞風之弊的分析研究看來，事實上這種第三條路既在一定程度上擺脫了「婉約」、「豪放」獨立格局的不好的影響，同時，又在緩和「婉約」、「豪放」對立矛盾的時候，失去了事物發展的根本動力，因爲在矛盾狀態達到最強力的時候，也是事物最可能得到發展的時候，甚至是飛躍式的發展，當「豪放」以全新的姿態對「婉約」進行否定的時候，詞正是取得了飛躍式發展的前景。也正是在這種情況之下，「豪放」上升爲一個範疇，而成爲一代文學詞的審美理想的標誌，而與唐代的「豪放」具有明顯的區別——前者不但是在外在條件上和法度形成某種程度的獨立，而且在其內部的結構合成及文論範疇範圍內的對立面，都達到了一個巔峰狀態，一個「豪放」發展的最佳狀態，而後者則是單純的在和外部條件與主體的對立中顯示出「豪放」的內涵和意義的。在宋代，「豪放」的這種狀態，使得「豪放」在其本身的結構合成和對外部條件的關係上，都達到了一個矛盾的接近激化的時刻和狀態，因而無論是其內部還是外部，其間相持的張力都達到了最緊張、最大的狀態——如果這種狀態再進一步發展，則將突破「豪放」的最佳狀態即作爲一個審美範疇的狀態而帶上非美的因素——這種狀態在「豪放」派末流詞人那裡得到了體現，而在辛棄疾那裡，則又吸取「婉約」詞之長，因而避免了這種傾向，體現出「如張樂洞庭之野，無首無尾，不主故常；又如春雲浮空，卷舒起滅，隨所變態，無非可觀」（范開《稼軒詞序》）的風貌，兼有「豪放」、「婉約」二派之長，這正是典型的詞發展至第三階段的美學特徵。姜、張一派是在詞的逐漸衰落的歷史進程中體現出其掙扎的特色和價値的，因而它不是詞的發展的最高境界，成就也根本不能和「婉約」及「豪放」詞的最高成就相比。孫克強說的「周濟之後謝章鋌、李慈銘、王國維等人分別對白石詞提出批評，如謝氏批評『白石字雕句煉，雕煉太過，故氣時不免滯，意時不免晦。』（注：《賭棋山莊詞話》卷一）尙能切中弊端，而李氏所云：『石帚名最盛，業最下，實群魔之首出者。』（注：《越縵堂讀書記》八文學四）王氏所云『白石有格而無情』，（注：《人間詞話》）

則貶斥過於偏激。」其實不是客觀的評價，諸人對姜氏的批評，除了李氏不足爲取外，均可謂中姜詞之短處。尤其是王國維，他是中國詩學意境理論的最後的集大成者和總結者，他在《人間詞話》中對姜詞的評價不是很高，應該是有其依據的：

> 詠物之詞，自以東坡《水龍吟》爲最工，邦卿《雙雙燕》次之。白石「暗香」、「疏影」格調雖高，然無一語道著，視古人「江邊一樹垂垂發」等句何如耶？
>
> 白石寫景之作，如「二十四橋仍在，波心蕩、冷月無聲」、「數峰清苦，商略黃昏雨」、「高樹晚蟬，說西風消息」，雖格韻高絕，然如霧裏看花，終隔一層。梅溪、夢窗諸家寫景之病，皆在一「隔」字。北宋風流，渡江遂絕。抑眞有運會存乎其間邪？
>
> 古今詞人格調之高，無如白石。惜不於意境上用力，故覺無言外之味，弦外之響，終不能與於第一流之作者也。
>
> 南宋詞人，白石有格而無情。〔註38〕

平心而論，王國維對姜詞的評價有時並不是那麼正確，例如前兩條，從藝術的角度來批評，就是值得懷疑的，實際上，它所指謫的這些詞句，都是姜詞中的佳作、妙句，具有非常動人的藝術效果。但是，我們要理解王國維的角度：王國維雖然是中國古代文學理論的殿軍，仍然表現出濃厚的古代氣味，擺脫不了濃厚的封建社會腐朽的思想和情調，但是在某些方面，他對文學的革命性的建設觀點，甚至一點也不比後來的胡適遜色。胡適在衡量詞時是將其放在整個中國詩歌史的範圍內，以能否具有鮮活的活力來審視之，因而表現出毫不妥協的讚賞、推崇詞的前期發展的傾向。王國維的思想是落後與先進相混合的產物，但是他具有敏銳的直覺和藝術欣賞力，並且他的這種能力也是以文學的活力作爲衡量的第一義的，他在詞上的推崇北宋而不屑南宋，在研究曲時的崇元曲而貶明清之曲（參見《宋元戲曲史》），都充分說明了這一點。這樣說來，姜詞中的這些具有藝術特色的詞句，在王國維而言就是一種微不足道的小技巧，根本彌補不了它們在詞的整體活力上的喪失。因此，當我們面對姜詞時，確實覺得其格調是非常之高的，然而在這格調後面，就沒有多少值得肯定的東西了。所以，姜氏這種走第三條路的做法，犧牲的恰恰是文學中最珍貴的東西：文學的生鮮的活力——這種活力實際上是作者的

〔註38〕王國維：《人間詞話》，上海古籍出版社，1998年版，第9、10頁。

一種綜合素質的體現，包括作者思想、精神境界的高低，在現實社會中的積極與否，是否對社會現實及人間的眞善美保持著巨大的持久的熱情——這是一方面，在對社會現實及人間的眞、善、美保持著巨大而持久的熱情的同時，還應該對社會現實中的醜惡表現出憎惡的姿態，從而體現出人的主體性精神的積極的一面，激發起努力改變社會現實的決心和勇氣，從某種程度上來講，這後一方面的內容，尤其決定著文學的價值的最終高度和終極意義，是人的價值的體現，是人之所以「美」的獨特魅力之所在！在姜氏一派的詞裏，我們可以看見前一方面是主要的，但是後一方面顯然做得並不盡人意。姜、張一派逃避著人世間眞正的深厚的「情」和「意」，反覆詠歎的是只剩下一個軀殼而沒有多少實際內容的美的形式和格調，是這種經過過濾和淨化了的純美的感情和形式。正是因爲這個緣故，所以現代詩學評論家梁宗岱，才會把姜夔推崇爲中國古代能夠體現「純詩」特色的詩人的代表：

> 我國舊詩詞中純並不少（因爲這是詩底最高境，是一般大詩人多必到的，無論有意或無意）；姜白石底詞可算是最代表中的一個。不信，試問還有比《暗香》，《疏影》，「燕雁無心」，「五湖舊約」等更能引我們進一個冰清玉潔的世界，更能度給我們一種無名的美底顫慄的麼？〔註 39〕

「純詩」是西方的文藝理論，梁宗岱詩學思想受西方象徵主義詩歌理論的影響極深，它是在詩歌內部的層次上來建構詩歌的世界的，它不注意和重視外部的因素。對於這樣一種觀點我們不想做過多的評述，我們只是依靠常識就可以斷定，即使梁宗岱把姜詞評價得如此之高，但是其詞根本不能和李、杜相提並論，這個我們前面已經講到了。因此，從「婉約」、「豪放」對立統一的大格局來看姜、張一派，那麼我們就可以爲之歸結出這樣的定位：從各品的優劣來講，「婉約」優點是長於敘說情致，境界幽婉，短處是色彩有時太濃厚，向形式主義靠近了，並且其發展趨勢是排斥內容的擴大的；姜、張一派在一定程度上糾正了「婉約」派色調上的缺陷，而出之以清逸，這樣一來，至少是在文化意蘊的層次上和中國傳統的哲學老莊思想有了相通之處，因而體現出更高的文化品位，但是在內容方面，仍然未能糾正「婉約」派的缺失；「豪放」派在時間上的出現早於姜、張一派，因此它不可能是對此一派的繼承與糾正，它是直接以「婉約」派的對立面出現的，並在蘇、辛那裡達到了

〔註 39〕梁宗岱：《梁宗岱文集》（批評卷），中央編譯出版社，2003 年版，第 87 頁。

對「婉約」長處的繼承發揚和短處的糾正，從而迅速走向成熟，形式、內容上都達到了相當完善的地步。從這一點來說，「豪放」派是極其值得肯定的，它應該是詞的發展的完善階段。但問題是它是在「豪放」詞本身之外出現的，是在詞的發展史的歷史視野中出現的，這就是：由於「豪放」詞在辛棄疾那裡迅速得到成熟和完善，因此，內容上和形式上可以發展的空間就很小了，這種情況正像詩歌中的杜甫一樣，他們留給後人可供開發的地方太少了，因此，杜甫之後的詩歌就逐漸走上了沒落的路子，「豪放」在辛棄疾之後也面臨著這樣的一個境遇。這時候，詞雖然已經不可避免地走上了衰落之路，但是它的生命力並不是立即就喪失殆盡，尤其是在曲替代詞的過程當中，在辛詞之後出現了一個暫時的空隙，也就是中間地帶，還沒有立即被曲所佔領，這樣一來，姜、張要在詞上取得成就，面臨的就會是這樣的選擇：一是「婉約」派的路子，可惜的是，這一派在姜、張之前已經在周邦彥那裡也得到了極大的完善和集大成，要超過周氏的成就幾乎不可能，所以這條路走不通；一是「豪放」派的路子，由於辛詞的存在，也是行不通的。本來，姜、張可以選擇任何一種路子而在造詣上成爲其中的一個大家，但是，他們是有著自覺的創造意識的，這種創造意識不允許他們只是重複前人的老路，而且這種做法只是增加了任何一派的一個具有成就的個體存在的景觀，而在詞史上的「發展」意義，就難以體現出來，體現在他們那裡。所以，雖然「婉約」和「豪放」相聯繫著的中間狀態在詞的發展史和詞的發展過程中不是一個最高的發展環節，但是在詞的發展史中，這種中間狀態畢竟是一種未得到充分發展的階段，切實一點而發展這種中間狀態，也是一種創造性的工作，也是極有價值的，也許，姜、張正是看準了這一點，因此才作出這樣的選擇——從後人由於對「婉約」、「豪放」對立認識走向極端而導致的不滿於其中的任何一方，而對姜、張一派的路子表示出極大的興趣的詞的歷史來說，姜、張一派的取捨是有價值的。可以說，姜、張一派與「婉約」和「豪放」的聯繫就在這裡，它的歷史意義也在這裡。

古代的詞學風格論主要是在「婉約」和「豪放」這兩種對立的視角中展開的，各人的敘述和使用的字眼和概念可能有所差別，但是，總體上說來都可以歸入「婉約」或「豪放」詞的一方，而對於姜、張詞派的認識，也是在這種格局中的一個有限的突破點。因此，「豪放」、「婉約」二分法之外的從其他從風格形態的層次上去闡述其存在的依據，並反對二分法的做法，其實是未把握、體悟到二分法對於詞的眞正的具有生命力的發展這一內在的脈絡所造成的。而對這種二分法從根本上質疑並試圖徹底加以否定的是近現代的詞學研究者，例如劉揚忠在《新中國五十年的詞史研究和編撰》一文中闡述說：

> 早在「文化革命」前，詞學界就盛行「豪放」、「婉約」二分法，將宋詞作家強劃爲「豪放」、「婉約」兩大派，稱頌「豪放派」爲「現實主義主流」，進行不適當的抬高和揄揚；認定「婉約派」爲「反現實主義逆流」，對之大張撻伐，批判其「剝削階級思想感情」，從而攪亂了一部詞史。

在評述陶爾夫、劉敬圻《南宋詞史》的時候，又說：

> 所謂「兩條主線」，是指此書援用傳統的「豪放、婉約」二分法，以「豪放」、「婉約」兩大風格體系爲線索來探討南宋「詞藝」的發展與深化。書中指出：「不論南宋豪放詞以外有多少種不同風格，歸根結底，都不過是婉約詞在南宋特定歷史時期的發展與深化而已。所以，此書將始終以豪放與婉約二者爲線來加以貫穿。至其發展演變以及風格特色之明顯不同，則主要靠分析闡釋來加以解決。」（第215 頁）此處暴露了本書的一大矛盾和缺失：既然已經認識到南宋詞風格流派多姿多態，在「豪放詞」之外有若干種「不同風格」（且是「明顯不同」），那就應該突破「二分法」的傳統格局，改從新的視角或層面去把握南宋詞的歷史進程，以期描繪出如朱彝尊所說的「極其工」、「極其變」的風格流派多樣化態勢；遺憾的是，著者仍囿於傳統詞史觀的簡單化、兩極化的思路，將多元化的南宋詞流變格局又套回削足適履的「豪放」「婉約」二分法的框子裏。因此，此書雖然詳細描述了南宋詞史，比之前人（指本世紀前半期）在同一領域的耕耘，的確是做到了「點的深化和面的拓展」（見該書卷首王兆鵬序），但從觀念、方法與詞史範式上看，基本上仍屬守成之作，而較少創新之意。〔註 40〕

不過，胡明的《一百年來的詞學研究：詮釋與思考》一文，和「體制內表現出的一種心理偏斜很快便催生了孤立主義的偏執」的憂慮相聯繫的，是他對

〔註 40〕 劉揚忠：《新中國五十年的詞史研究和編撰》，載《文學遺產》2000 年第 6 期。

《南宋詞史》的肯定：

由於胡適、胡雲翼兩位在不同歷史時期不同文化內涵的立論褒貶，五十餘年來豪放一派一直處於受尊仰的地位，而婉約派尤其是南宋的幾位婉約派大家長期受打壓。新時期的詞學界尤其是體制內派的主流首先想到的課題就是要推倒重豪放、輕婉約的「歷史冤案」。「老魚吹浪」，「鳥雀呼晴」，一時文章如潮。還專門列入大型討論會中心議題，集體喊屈訴冤。「周情柳思」終於壓倒了「蘇辛氣調」，婉約派徹底平反。蘇東坡的「豪放」大受質疑的同時，周清眞已升壇成了「通天教主」，南宋的白石、夢窗、碧山、玉田幾似「四大天王」。不過科學冷靜的學術結帳工作則是到九十年代初才出現，陶爾夫、劉敬圻合撰的《南宋詞史》的出版標誌著詞輕南宋的局面根本扭轉，立足詞本體美學的詞史評價正式確立，功不可沒！〔註41〕

劉揚忠又說：

楊海明的《唐宋詞風格論》則是一部打破舊觀念、超越傳統的詞風詞派論，專從風格衍化的層面來描述唐宋詞流變史的新穎之作。該書細緻而深入地論述了詞的「主體風格」—即「眞、豔、深、婉、美」……實際上否定了五六十年代詞學界盛行的關於詞史上「豪放」、「婉約」兩大派對立鬥爭的謬說。

此後，「在新時期的後十年中，進一步擺脫按時序進行作家作品論列的習慣做法，並完全突破以『豪放』、『婉約』兩分法去硬套宋詞發展史的傳統格局」，「劉揚忠的《唐宋詞流派史》則是意在繼承其師吳世昌打破傳統的『豪放』、『婉約』兩分法，建構科學的唐宋詞流派理論和體系之遺願的一部新作。八十年代初，吳世昌連著發表幾篇文章，力破將唐宋詞統籌爲『豪放』、『婉約』兩體兩派的舊說，引發了詞學界的一場爭論。」劉先生的《唐宋詞流派史》是一部專門研究詞的風格流派的專著，在第一章第三節中簡略的敘述了歷史上詞學理論的分派，指出：

清代以來，隨著詞學之「中興」，辨源析流之風格始盛。婉約、豪放兩派說雖因王士禎的明確張目而影響日增，但另具隻眼而詳析

〔註41〕胡明：《一百年來的詞學研究：詮釋與思考》，載《文學遺產》1998年第2期。

> 體派者亦漸漸多了起來。初時人們認識尚比較粗淺，僅朦朧感覺到在豪婉或剛柔兩大傾向之外還有第三種傾向，於是提出劃分三派的主張。

接著劉先生列舉了四家具有代表性的主張三派的人物，即顧咸三（《陳其年湖海樓詞序》引）、汪懋麟（《梁清標棠村詞序》）、蔡小石（《拜月詞序》）、《四庫全書總目·東坡詞提要》。四派之說則有郭麐（《靈芬館詞話》卷一）、周濟（《宋四家詞選》）、孫麟趾（《詞徑》）、謝章鋌（《賭棋山莊詞話》卷九）。更細的劃分則「首推陳廷焯的十四體說」（《白雨齋詞話》卷八）——「實際上將唐宋詞劃分成了八個流派」。另一八派說是詹安泰（《宋詞風格流派略談》），這八種風格流派是：「眞率明朗」，以柳永爲代表；「高曠清雄」，以蘇軾爲代表；「婉約清新」，以李清照、秦觀爲代表；「奇豔俊秀」，以張先、賀鑄爲代表；「典麗精工」，以周邦彥爲代表；「豪邁奔放」，以辛棄疾爲代表；「騷雅清勁」，以姜夔爲代表；「密麗險澀」，以吳文英爲代表。〔註42〕歷史上有代表性的風格流派的劃分，基本就是如此。對於這種趨勢，即對唐宋詞的風格流派的細化趨勢，因爲風格本就是多種多樣的，所以這種做法無可非議。但是在強調「婉約」、「豪放」二分法過於簡單的時候，卻不是歷史的科學的態度。應該說這是有聯繫但又各自獨立的兩個層面的事情，也就是說，他們在批評這種二分法過於簡單的時候，並沒有找準反駁的角度，而這又是由於他們對「婉約」和「豪放」的二分法的眞正原因缺乏體會的必然結果。詞的創作者是大量的，每個人的創作個性和風格自然也是多種多樣的，就如同唐詩風格的多樣化一樣，可以說司空圖在《詩品》裏列出的二十四中風格（有些不盡是），只是唐詩風格的一個側面——同樣，在詞的風格的認識上，難道古人連這個簡單的道理也不懂？這恐怕是不可能的！而「婉約」、「豪放」二分法的實質，密切地聯繫著這對範疇的發展，聯繫著詞在自身範圍內的發展、成熟和完善，體現著這種發展的二者之間的矛盾，是「收」和「放」的關係，是在這樣一個視角下的一個簡單而精確的總結。因此，「婉約」和「豪放」的二分法實際上表明了這樣一個事實：不用這樣一個視角去審視詞的發展史，我們就不能深刻理解和體會詞的發展的整個過程，無法深刻體會詞是怎樣在這種對立的格局下發展至於成熟的，用矛盾來揭示事物本質發展變化的方法，可以說是最好的也是最根本的方法。從這個視角來審視詞的發展史，是

〔註42〕劉揚忠：《唐宋詞流派史》，福建人民出版社，1999年版，第24～27頁。

一個最佳的角度，二分法的意義也正存在於此，這一點我們即使在更詳細的分析詞的風格流派的時候，也不能否定這種獨特的角度的價值之所在！這是本書不認同上述觀點中的認爲二分法是過於簡單的地方，也是本書特別強調的地方。如果用多種多樣的風格形態論來論證二分法之非，從而將二分法也降低到風格形態論的單純層次，這就用貌似正確的方法否定了二分法的實質精神。特定歷史時期用極端化的「矛盾」論思想來對待「豪放」、「婉約」，而必須將其提升到「對立鬥爭」的層次，固然不可取，但是用正確的辯證法思想來分析兩者的矛盾統一，則無疑在任何時候都不過時。這就如同男女、陰陽這些二元辯證概念並不會過時一樣——比如我們並不會因爲可以將人分成比男女氣質更多的多種風格，就可以說人的男女之分是不合理的。

對於「豪放」、「婉約」派別的問題，吳世昌的《宋詞中的「豪放」派和「婉約派」》一文較有代表性，並引起了較大影響，其基本態度，是否定宋詞中有所謂的「豪放」派。吳先生在文中說：

> 於是有人提出不同意見了。他們說：明明北宋有「豪放派」、「婉約派」，蘇東坡不是「豪放派」嗎？幾乎每一本文學史、詞論，不都是這樣說的嗎？問題的要點是：他們這樣說，有何根據？回答應該是他們的作品。那麼，第一個問題是，東坡有哪些「豪放」詞？於是翻開每一本文學史或詞論，照例舉出了「大江東去」、「老夫聊發少年狂」、「明月幾時有」等幾首，這些詞怎麼能稱爲「豪放」？「豪放」作品的例子，在東坡以前有李白，在東坡以後有辛棄疾。把這兩個詩人的作品來比較東坡這幾首經常爲人引證的作品，便可看出東坡的這幾首作品只能說是曠達，連慷慨都談不到，何況「豪放」。「豪放」之說不知起於何時。陳登不理許汜，許汜說他「湖海之士，『豪氣』未除。」顯然說陳登傲慢，並非褒詞。「放」字則似乎起於魏晉間「放浪形骸之外」一語，結合「豪」與「放」爲一詞而成爲豪放，大概起於唐朝，《唐書》稱李邕爲「豪放不能治細行」則是指其品行。〔註 43〕

仔細琢磨這段話，我們就可以發現，吳先生的基本意見是認爲蘇詞不是「豪放」的，但並不排除辛詞是「豪放」的。在同屬於「豪放」的陣營之內，蘇、

〔註 43〕吳世昌：《宋詞中的「豪放」派和「婉約」派》，載《文史知識》1983 年第 9 期。

辛詞的美學風貌差異，古今已漸成共識，王國維《人間詞話》就曾說：「東坡之詞曠，稼軒之詞豪」〔註44〕，說蘇詞「豪放」詞的主體風貌是「曠達」，這是沒有問題的，問題在於，恰恰是吳先生所舉的這幾首詞，正是蘇詞「豪放」風貌的代表作，如果說《水調歌頭》(「明月幾時有」) 一篇，還攙雜有「曠達」的成分，那麼其他兩首，則絕對是以「豪放」爲主要特色的，我們看其中的《江城子・密州出獵》：

> 老夫聊發少年狂，左牽黄，右擎蒼，錦帽貂裘，千騎卷平岡。爲報傾城隨太守，親射虎，看孫郎。　酒酣胸膽尚開張，鬢微霜，又何妨。持節雲中，何日遣馮唐？會挽雕弓如滿月，西北望，射天狼！

此詞「境界壯闊，氣勢飛動，節奏跳蕩，音調瀏亮，風格雄放豪邁，充滿陽剛之氣。」〔註45〕如果這樣的詞還不是「豪放」詞，如果這樣氣勢豪壯、意態狂放的詞還不算是「豪放」詞，那什麼樣的詞才算是呢？就此詞而論，其「豪放」的程度，是一點也不遜色於後來的辛詞中的「豪放」之作的，其中幾乎沒有一點「曠達」的影子。在否定蘇詞的「豪放」上得出「我們可以說，在北宋詞的寶庫中，蘇東坡貢獻了一些與眾不同的作品。他的功績是對詞有所增加，而不是改變什麼詞壇風氣」，則根本否定了蘇詞的貢獻，這已經是不足一駁了。而吳先生的意思顯然不止於此，他是要明確地否定從古到今對蘇軾貢獻的評價的：

> 除了增加一些不同內容的詞以外，蘇東坡並沒有像胡寅說的「一洗綺羅香澤之態」，這完全是信口開河。《東坡樂府》三百四十多首詞中，專寫女性美的（即所謂「綺羅香澤」）不下五十多首，而集中最多的是送別朋友，應酬官場的近百首小令，幾乎每一首都要稱讚歌女舞伎（「佳人」），因爲當時宴會照例有歌舞侑酒，有時出來歌舞的是主人的家伎（如《紅樓夢》中唱戲的十二個女孩子）。所以在東坡全部詞作中，不洗「綺羅香澤」之詞超過一半以上，其他詠物（尤其是詠花）也有三十多首，腦中如無對「佳人」的形象思維是寫不出來的。甚至連讀書作畫，也少不得要有「紅袖添香」，說蘇東坡這樣一個風流才子，竟能在詞中「一洗綺羅香澤之態」，將誰

〔註44〕王國維：《人間詞話》，上海古籍出版社，1998年版，第11頁。
〔註45〕歐陽俊評注：《豪放詞》，巴蜀書社，2002年版，第28頁。

欺，欺天乎？

完全否定胡寅對蘇詞的肯定，歷史上即使是排斥「豪放」詞的理論家，也未有如吳先生者，完全否定了蘇詞對詞的發展的歷史貢獻〔註 46〕，這種做法，顯然是值得商榷。至於吳先生用數量來反對蘇詞是「豪放」的——吳先生又在《宋代詞論略》一文中認爲：「蘇軾對於詞的變革仍不徹底：在擴大題材、轉變詞風問題上，並未眞正突破『詩莊詞媚『的界限，蘇軾詞中，仍多爲宛轉抒情的小歌詞，專門爲歌妓而作或與歌妓相關的篇章，佔了全部詞作三分之一」〔註 47〕，《有關蘇詞的若干問題》一文又說：「據我約略估計，龍榆生的《東坡樂府箋》共收詞三百四十多首，像『大江東去』一類所謂『豪放』詞，至多只有六七首。」〔註 48〕——就更不如蔣哲倫在《詞別是一家》的觀點科學、公允〔註 49〕，其論已見上文「豪放」對「婉約」的突破與發展一節中，不再贅述。至於吳先生《有關蘇詞的若干問題》一文中說：「我只是要說明：蘇詞中『豪放』者其實極少。若因此而指蘇東坡是豪放派的代表，或者說蘇詞的特點就是『豪放』，那是以偏概全，不但不符合事實，而且是對蘇詞的歪曲，對作者也是不公正的。蘇詞的價値，遠遠在幾首所謂『豪放』詞之上。蘇軾在中國文學史上的貢獻是多方面的，而所謂『豪放詞』也者，在他的全部著作中是極少數的偶而即興之作，而主張蘇詞爲『豪放派』的代表的批評家們，把他們所舉的例子加在一起，不到十首，怎麼可以無限誇張這寥寥幾首，而睜眼無視其餘三百三十多首，這難道是對一個作家的公正評價嗎？即使算作讚揚，這種違背事實的讚揚，恐怕受之者也要不安的。有些選家，有些文學史的編寫者，選來選去，評來評去，總不外『明月幾時有』、『大江東去』這幾首。但讀者對於在蘇軾身上貼『豪放派』簽條這種手法，早已感到膩味了。讀過蘇軾全部作品的人看到這種八股式的簽條，也會覺得是受了

〔註 46〕謝桃坊先生《中國詞學史》（修訂本，巴蜀書社，2002 年版）係 2002 年出版，仍然對胡寅等人對蘇詞的評價持肯定態度，見第 24 頁。

〔註 47〕吳世昌：《宋代詞論論》，見中國社會科學院中國文學網「學者風采」欄。文末有施議對先生《附記》云：「這是與業師吳子臧（世昌）教授合作辭條——《宋代詞》，載《中國大百科全書》（中國文學卷II），第 767～770 頁。中國大百科全書出版社，1986 年 11 月北京第一版。發表時有所刪節。此爲原稿，曾經子臧師所審訂。謹全文刊出，以爲紀念。」

〔註 48〕吳世昌：《有關蘇詞的若干問題》，載《文學遺產》1983 年第 2 期。

〔註 49〕蔣哲倫：《詞別是一家》，上海社會科學院出版社，2005 年版，第 80～81、90～91 頁。

騙。至於作者本人，他早已加入了『浪淘盡』的『千古風流人物』的隊伍之中，也不會再提出不同意見了。」〔註 50〕可見，吳先生「以偏概全」的說法，恰恰與蔣哲倫《詞別是一家》一書中的意見完全相反，除了用數量少而否定蘇詞的「豪放」，還認為蘇詞中的「豪放」詞價值遠遠不如其他的「婉約」詞，也是違背詞的發展史常識的結論。

為什麼吳先生會認為這不能算是「豪放」詞呢？推究起來，原來吳先生對「豪放」的內涵理解有偏差，他在「『豪放『之說不知起於何時」的基礎上，粗粗地追溯「豪放」到「湖海之士，『豪氣』未除。」至於是「褒詞」與否，存在一個立論視角的問題。正統人士在古代，包括統治階級本身，一向是對「豪放」不太讚賞的。「豪放」一詞的出現，也並非始於《唐書》，而是始於《三國志》。在《宋詞中的「豪放」派和「婉約」派》一文中，吳先生甚至不承認南宋的「豪放」詞：

> 自靖康之變以後，北宋亡國、人民大量逃難到江南，流離顛沛之苦，妻離子散之慘，國土淪亡之痛，引起了大多數知識分子的悲慘感慨，怎麼還有心思「品清謳娛客」？在這種局面之下寫出來的作品，當然是慷慨激昂、義憤填膺的，所以南宋詞人中多有所謂「豪放派」是理所當然的。其實「豪放」二字用在這裡也不合適，應該說「憤怒派」、「激勵派」、「忠義派」才對。「豪放」二字多少還有點揮灑自如、滿不在乎、豁達大度的含義。所以豪放、婉約這些名目，在當時並無人用，只有後世好弄筆頭或好貼簽條的論客，才愛用以導演古人，聽我調度。

說用「豪放」一詞來概括南宋的「豪放」詞不合適，而應該說「憤怒派」、「激勵派」、「忠義派」，我們只能說吳先生對於辛棄疾等人的「豪放」詞，顯然並未進行深刻的體會和研究，更不用說將「豪放」視為一個美學範疇，視為一個美學風格論範疇，來審視和評價南宋的「豪放」詞了。吳先生對於「豪放」一範疇的內涵和精神、特點，甚至歷史發展等等，瞭解得並不透徹。之所以出現這些問題，恐怕和吳先生對詩詞的審美評鑒經驗有關〔註 51〕，例如在《有

〔註 50〕吳世昌：《有關蘇詞的若干問題》，載《文學遺產》1983 年第 2 期。

〔註 51〕吳世昌先生早年即以考證聞名，但亦多有舛誤，如曹雪芹有詩「白傅詩靈應喜甚，定教蠻素鬼排場」之句，見於敦誠《琵琶行傳奇》題跋，全詩已不可見，著名紅學家周汝昌嘗以此兩句作首，補充完全為：「唾壺崩剝慨當慷，月荻江楓滿畫堂。紅粉真堪傳栩栩，淥樽那勒感茫茫。西軒鼓板心猶壯，北浦

關蘇詞的若干問題》一文中說：

> 蘇軾是一個多產的作家，他的好詩好詞有的是，但這首應酬詞《水龍吟》卻作得並不好。那也不足爲蘇軾病。一個大作家寫得多了，總不免偶而有些敗筆，出點次品，或重複雷同，或前後矛盾。好像長江大河，一瀉千里，其中泥沙雜下，都不稀奇。問題在於：爲什麼選蘇詞者偏要選這首應酬別人的詠物詞？爲什麼論蘇詞者偏不見蘇軾的幾百首別的好得多的詞，而單只見這首詠物的遊戲之作？選者如果沒有耐心從全部作品中挑選一個作家的精品，而只願從別人的選本中翻來覆去討生活，則嚴肅的讀者只有不讀選本，細讀原著這一條出路了。

按照吳先生的意見，顯然蘇軾的這首《水龍吟》（「似花還似非花」），在整個蘇詞之中是劣製品，連一般水平也靠不上的，這實在是石破天驚之論。王國維《人間詞話》云：「東坡《水龍吟》詠楊花，和韻而似原唱。章質夫詞，原唱而似和韻。才之不可強也如是！」又云：「詠物之詞，自以東坡《水龍吟》爲最工。」〔註 52〕爲了不致厚誣吳先生，我們把蘇軾的和作和章質夫的原作放在這裡，以供參考：

> 燕忙鶯懶芳殘，正堤上柳花飄墜。輕飛亂舞，點畫青林，全無才思。閒趁遊絲，靜臨深院，日長門閉，傍珠簾散漫，垂垂欲下，依前被風扶起。　　蘭帳玉人睡覺，怪春衣雪沾瓊綴。繡床漸滿，香球無數，才圓卻碎。時見蜂兒，仰黏輕粉，魚吞池水。望章臺路杳，金鞍游蕩，有盈盈淚。——章質夫《水龍吟・楊花》
>
> 似花還似非花，也無人惜從教墜。拋家傍路，思量卻是，無情有思。縈損柔腸，困酣嬌眼，欲開還閉。夢隨風萬里，尋郎去處，

琵琶韻未荒。白傅詩靈應喜甚，定教蠻素鬼排場。」然未公諸於眾，上海人民出版社，1974 年所編印之《紅樓夢研究資料》曾刊載之，吳世昌、徐恭時見之，撰文考證此詩即曹雪芹原詩（載 1974 年 9 月南京師範學院所編《文教資料簡報》增刊，《哈爾濱師範學院學報》1975 年第 1 期轉載之。《南京師範學院學報》1977 年第 4 期刊陳方《曹雪芹佚詩辨僞》一文，辨其非曹氏詩。吳世昌先生乃又撰《曹雪芹佚詩的來源與眞僞》一文，兩萬餘言，載於《徐州師範學院學報》1978 年第 4 期，引經據典，證其不僞。1979 年周汝昌先生乃自承認係其補作，且有三首，此事遂定。詳劉夢溪先生《紅樓夢與百年中國》第八章，中央編譯出版社，2005 年版，第 349～354 頁。

〔註 52〕王國維：《人間詞話》，上海古籍出版社，1998 年版，第 8、9 頁。

又還被鶯呼起。　　不恨此花飛盡，恨西園落紅難綴。曉來雨過，遺跡何在，一池萍碎。春色三分，二分塵土，一分流水。細看來不是，楊花點點，是離人淚。——蘇軾《水龍吟·次章質夫詠楊花韻》

可以看出，平心而論，章氏的原作也是不錯的作品，但是就楊花寫楊花，只見其風神、風致，而未有更深遠的寄託，而蘇詞的佳處即在於其表面上寫楊花而實際寫人喻人，有著深厚的寄託，呈現出一種深切的纏綿的人生況味。就算這首詠物詞不至於到古今「最工」的地步，也不至於得出在蘇詞中屬於劣製品的結論吧？吳先生對於詩詞的鑒賞，看來確實和一般人存在較大的差異。審美鑒賞允許差異性的存在，但我們對差異應該有一個具體分析和客觀評價。

在「豪放」、「婉約」二分法及其流派之有無這個問題上，筆者認爲孫方恩的《唐宋詞人不宜分爲婉約豪放兩大派》一文，具有獨特的角度和分析方法，因此在這裡特別研究一下其中的觀點。此文是從反駁劉福元、楊新我的觀點開始的：

劉福元、楊新我先生在《古代詩詞常識》（河北人民出版社，1982年版）一書中，將婉約詞派和豪放詞派不同之處（即劃分的原則）歸結爲：「在題材選擇方面不同。婉約詞派多寫兒女之情、離別之思，豪放詞派則廣泛地選擇題材；在表現方法方面不同。婉約詞派多用含蓄蘊藉的方法，將情思曲折地表現出來，豪放詞派採取得更多的方法，以鋪陳、直抒爲主；在藝術風格方面不同。婉約詞派多委婉、綺麗，豪放詞派則以恢宏、沉鬱爲主。」〔註53〕

孫先生認爲，從「題材」、「表現方法」上並不能將唐宋詞人分成婉約、豪放兩大派。在第一點上，孫先生主要考察了詞在發展之初題材選擇上的範圍，從牛嶠、李煜、范仲淹、柳永等人的實際創作考察後的結論是，「擴大詞的題材並不是從蘇軾開始的」。孫先生沒有引用敦煌曲子詞的資料，前面俞平伯文章已經說過，詞在最初是各種題材都兼而有之的，婉約風格的詞只是其中的一小部份。因此，孫先生的觀點並不爲錯，可是他忽視了一個最基本的事實，那就是從「婉約」和「豪放」的對立的矛盾那裡，找出根本性的原因。實事

〔註53〕孫方恩：《唐宋詞人不宜分爲婉約豪放兩大派》，載《中國人民警官大學學報》（哲社版）1997年第2期。

求是地說來，用題材方面的原因來劃分「婉約」、「豪放」二派，只是一個十分粗略的做法，是在「豪放」的廣義上來進行的，並不具備「豪放」的狹義的資質，其實根本原因應該不是誰先擴大了詞的題材的問題，而是誰先將這種題材在創作上取得最大成就，以足以和《花間集》影響下的「婉約」詞相對立，從而取得獨立資格的問題，歸根到底，是一個詞的質量的問題。而這個人不是牛嶠、李煜、范仲淹、柳永等人，卻是蘇軾。用題材來劃分「婉約」、「豪放」二派固然不是一種科學的徹底的方法，但是同樣的，推翻這種做法，也不意味著它就能成爲否定「婉約」、「豪放」二分法的證據。在第二點上，即表現方法上，孫先生認爲這也不足以成爲劃分二派的依據：

> 所謂的婉約派詞人並不是只用含蓄委婉的方法將情思曲折地表現出來。南唐後主李煜詞的一個重要的特點就是大膽眞摯，能把自己的情感毫不掩飾地吐露出來。如「獨自莫憑闌，無限江山，別時容易見時難。」(《浪淘沙》)「問君能有幾多愁？恰似一江春水向東流。」(《虞美人》)「剪不斷，理還亂，是離愁。別是一番滋味在心頭」。(《相見歡》) 這些動人的詞句，我們能不說都是直抒胸臆嗎？同樣，李清照《聲聲慢》中的「這次第，怎一個愁字了得！」多麼大膽直率，她將自己的千種憂愁，萬般苦楚，毫無保留的從筆端噴發出來，這難道不是直抒胸臆嗎？相反，所謂的豪放派詞人的豪放詞倒也經常大量使用委婉含蓄的表現方法來表達自己的情感。如辛棄疾的《摸魚兒・更能消幾番風雨》，這首詞從內容上講是表達愛國熱情和壯志未酬的憤慨，但作者巧妙地運用了比興手法，上片通過寫眼前的暮春殘景，既表達了自己功名未就、年華虛度的處境，又表達了南宋朝廷前途的暗淡。下片又通過寫古代宮女的失寵憂怨，表達了自己屢遭貶斥的遭遇。眞可謂是搖曳多姿、委婉含蓄。另如蘇軾的《江城子・密州出獵》中「持節雲中，何日遣馮唐？」借典故表達出希望朝廷能夠重新重用自己的心願。辛棄疾的《永遇樂・京口北固亭懷古》中用孫權、劉裕、廉頗等歷史人物的典故表面自己的北伐熱情和眼前的處境，不都是一種委婉含蓄的手法嗎？

劉、楊兩先生的觀點是從一般意義上來說的，從表現方法的角度區分「婉約」和「豪放」二派，確實也不是一個嚴格的根本上的依據，因爲表現方法是外在的，屬於藝術表達的範圍，「豪放」和「婉約」的區別雖然也含有這方面的因素，但不是本質意義上的。孫先生看到了這一點，應該說是極其高明的。然而，通過他所引證的例子來看，仍然沒有從本質的意義上來審視這個問題，他顯然沒有考慮何爲「豪放」何爲「婉約」的問題，所以他的辯駁也就只是停留在表現方法的外在的層面上，而沒有觸及根本性的原因。不錯，文章中所說的李煜、李清照的例子，確實不是含蓄的，但是，也仍然不是「豪放」的，孫先生在這裡同樣推翻的是證據，但是其反證卻不足以推翻「婉約」、「豪放」二分法的正確性。正像呂漢野在《司空圖〈詩品〉釋論》分析的，「『豪放』的關鍵在於『由道返氣』」。〔註 54〕楊廷芝《詩品淺解》釋「豪放」一品爲「豪邁放縱。豪以內言，放以外言。豪則我有可蓋乎世，放則物無可羈乎我。」可以看出，上引二李的詞句既無「豪邁」之象，也無「放縱」的意味，可見「直抒胸臆」未必就是「豪放」。我們概括「豪放」的內涵有兩方面，一是內在的「氣」的盛大，一是由於這種盛大的內在的「氣」而導致的外在的「氣勢」的盛大和「放」的姿態，內在是主導性的因素，而這種內在之「氣」的精神內核是「不受拘束」，這樣看來，二李之詞雖然在表達方法上是「直抒胸臆」的，但是他們沒有內在的盛大的「氣」，也在外在上表示不出「放縱」的意味，所以說不是「豪放」的。

接著孫先生又從風格的角度分析了二分法的不可行性，這一部份沒有多少新意，只是泛泛而談，倒是他對俞文豹在《吹劍續錄》中所載的軼事：「東坡在玉堂日，有幕士善歌。因問：『我詞何如柳七？』對曰：『柳中郎詞，只合十七八女郎執紅牙板，歌『楊柳岸，曉風殘月』；學士詞須關西大漢，銅琵琶、鐵綽板，唱『大江東去』。東坡爲之絕倒。」提出了自己的看法，認爲憑此論斷出「以柳永爲代表的婉約派和以蘇軾爲代表的豪放派」，「這實是犯了以偏概全的錯誤。」下文中還涉及到了「蘇軾詞作風格的主導方面是豪放卻令人懷疑」的問題——這個問題（用詞作的「數量」來作爲劃分流派的依據）在本書前文中已經論述過了——其實在這則軼事中，也仍然是一個詞的質量的問題，即蘇、柳二人是在各自最擅長的特色、最獨具的特色、最高水平的作品上來進行對比的。關於這個問題，這裡不再做過多評述。

在詞的風格問題上，自從胡適、胡雲翼特別的推崇「豪放」派以後，「豪放」詞的地位高了起來，「婉約」被不適當地壓制了，但是平心而論，兩位胡

〔註 54〕呂漢野：《司空圖〈詩品〉釋論》，載《杭州大學學報》（哲社版）1994 年第 4 期。

先生基本上還是在學術的範圍內（胡雲翼前後觀點稍有不同，後來的趨於偏激，實是受了當時政治環境的影響，但是其主要從社會學的意義上肯定「豪放」詞的思想和社會價值，則是正確的）來對待這個問題的，他們不能容忍文學中的「腐氣」，而只推崇那種生鮮的最活色生香的代表著文學發展方向的詞，他們的著眼點在指引文學前進的方向和路徑，所以他們只對第一流的東西感興趣，雖然次一等的文學也有著獨特的不可抹殺的價值。他們處於新舊文化碰撞的漩渦之中，時代的大潮流要求他們必須這樣做，也是可以理解的。他們對於文學的理解和評述，都是在中國文學和文化的大背景下進行的，因而具有宏大的歷史的眼光和氣魄，至於他們的觀點後來被「左」的政治氛圍所利用而走向了極端，這種後果多帶來的負面效應，只能由歷史來負責，而不能強加在他們身上。正像劉揚忠在《唐宋詞流派史・自序》裏提到的，吳世昌對於「豪放」、「婉約」二分法的不滿，主要就是反對這種極左的做法，用「豪放」和「婉約」硬套一部唐宋詞史，因爲「這種分派仍然有意無意地貶低了婉約派詞人，抬高了豪放派詞人，不利於我們對各個詞人做出全面而科學的分析。被歸入豪放派的詞人總像是戴上了一頂桂冠，倍顯榮耀；歸入婉約派的詞人總像是充滿了卿卿我我的兒女之情，讓人另眼相看。」（孫方恩《唐宋詞人不宜分爲婉約豪放兩大派》）矯枉必須過正，但是我們所期待的不是過正的這種狀態，而是在矯枉過正之後又慢慢恢復到一種「正」的狀態，我們應該實事求是的繼承發揚前人的成果，而不是因爲他們的成果在後人那裡變了形，就連他們也拋棄了，就像潑洗澡水連嬰兒也一起潑掉一樣！五六十年代詞學界盛行的關於詞史上「豪放」、「婉約」兩大派對立鬥爭的謬說當然不足爲據，事物的矛盾無時無刻不存在著，但是我們不能將這種矛盾硬套到現實生活和文學創作中來。——然而我們也不要忘記，實際上「婉約」和「豪放」又確實是對立矛盾著的，而且只有從這個角度出發，我們才能眞正深刻地理解詞這一文體及其發展演變的眞實面貌，這一點我們不能否定。應該否定的只是兩派對立鬥爭的絕對化，兩者既對立矛盾，又相聯繫統一，不能只強調前者而遺棄後者。我們反對絕對化，但是不能由此否定二者確實存在著矛盾的這樣一種事實，因而否定「婉約」、「豪放」的二分法的基礎性的、根本性的作用和意義。現在，關於詞的風格流派的研究已經比過去深細得多了，我們在對待二分法上，不是徹底的否定，而應該是發展繼承式的「否定」。一句話，「婉約」、「豪放」二分法是我們研究和深刻理解詞及其歷史的一塊基石，是我們深刻認識「豪放」發展爲一個美學範疇、認識「豪放」在中國古代美學史上的重要地位和價值的一塊基石。而要正確地認識「豪放」、「婉約」二分法，就必須從美學範疇的高度，從「豪放」這個範疇的核心內涵去理解把握它，因爲「豪放」的核心內涵是這個美學範疇之所以能夠成立的根本原因，它可以解決「豪放」的一切問題——這一點我們已經在《導論》中指出了，而很多學者不能認識到這一點，未能從「豪放」和「婉約」美學範疇形成的高度去認識和把握唐宋詞的發展脈絡，就可能導致抓不住問題本質的錯誤。例如余傳棚在《唐宋詞流派研究》一書中探討唐宋詞各種衝突的「核心衝突」究竟是什麼的時候說：

> 唐宋詞派間衝突非止一端，依本書前各整探討，其核心衝突，粗看似乎集中體現於對詞體本質屬性之不同理解，即：詞屬於音樂藝術還是屬於文學藝術？當稱其爲「曲子」還是應視爲詩？作詞重入樂合律還是重抒情言志？宜爲合樂應歌而作還是宜「以詩爲詞」，置其他合樂可歌性於不顧？這一衝突集中體現於傳統「婉約」、「豪放」二派之爭，歷來爲詞論家所矚目、首肯。但稍作細究，其實大不然。因爲本書第六章業已述明，蘇軾「以詩爲詞」，創爲豪放詞，其詞並非不能歌，只不過不適女音歌。向被視爲婉約派張目，實乃揭示雅正詞派創作綱領之沈義父《樂府指迷》一書，所不滿於豪放詞僅止於辛派末流之「不曉音律，乃故爲豪放不羈之語，遂借東坡、稼軒自諉」，於豪放派兩大主要代表作家蘇、辛之詞乃大加稱賞，謂「諸賢之詞，故豪放矣，不豪放處，未嘗不叶律也。……」足見核心衝突並不在對詞體本質屬性之不同理解。那麼退而求其次，再看是否體現於對詞體藝術表現之不同追求，即：與抒情達意尚直陳，還是尚曲達？語言風格是尚綺靡或俚俗，還是尚雅麗或清麗？粗看起來，似能成立，稍作細究，亦大不然。因爲形式從屬於內容，唐宋諸詞派間有關表現手法、語言風格之爭雖時有發生，但遠非衝突之核心。本書第二至七章分論各詞派，業已論明委婉抒情並非專屬婉約一派，其他詞派抒情達意亦多能婉曲。如豪放詞派辛詞之「摧剛爲柔」，即繫於豪放中寓以婉曲。又如頹放派柳永雖擅鋪敘直陳，但間以委婉之筆抒情，亦甚動人。此外，花間、頹放二派或綺靡、或俚俗之語言風格雖頗爲其他詞派所忌，但並非勢同水火，毫不相

容。如婉約詞家李清照之詞，即頗注重熔煉俗語。雅正詞派論家沈義父《樂府指迷》論詞之「要求字面」，即曾肯定「《花間集》小詞，亦多好句。」可見藝術表現、語言風格之不同追求，亦非核心衝突之所在。除此之外，惟餘詞之內容一端，即：是宣淫導欲，還是緣情言志？是宗奉「豔科」傳統，還是恪守傳統詩教？根據本書前各章所論，此端正是唐宋諸詞派之核心衝突，其他衝突皆由此而生。惟其衝突顯著，唐宋詞派陣容儼然兩分：一爲花間、頹放二派，宗奉「豔科」傳統，樂於宣淫導欲；以爲豪放、雅正二派，恪守傳統詩教，力主緣情言志。〔註55〕

余先生間接地批評了從詞體本質屬性和藝術表現的不同追求爲唐宋詞發展的核心衝突的觀念，這對於理解並糾正傳統詞學上以不合音律爲由排斥「豪放」詞的錯誤觀念，是有很大的幫助作用的。當然，問題並非如此簡單——同時，余先生的這種觀點混同了「豪放」、「婉約」對立的事實，認爲從風格上不足以區分兩者，而將其核心衝突歸納到內容上的「宣淫導欲」與「緣情言志」的衝突，就此點而言，存在諸多問題：首先，將柳永（即所謂的「頹放派」）歸入到「宣淫導欲」的陣營裏去，顯然是一種極爲貶低其價值和地位的做法，這不符合柳永在詞史上早已被公認的巨大貢獻。其次，將「豪放」派歸於傳統詩教之中去，則是沒有認識到「豪放」派對傳統詩教的突破和創新。再次，沒有將「豪放」、「婉約」對立的動力來源找明白，而僅僅是認爲在一般的內容層次上來確認一種所謂的「核心衝突」，而不知道這種「核心衝突」的根本在於「豪放」依照其核心內涵「不受拘束」對「婉約」形成的突破與發展，而這種突破於發展同時也就是對傳統詩教的突破與發展。「豪放」與「婉約」的核心衝突不是一般的內容性質的東西，而是來源於作者的審美理想，「豪放」在宋代對「婉約」的突破與發展，是在建立了一種詩歌的新的審美理想的層次上來實行的，如果說這種審美理想在詞中還得不到當時的承認，那麼在詩歌發展的下一階段元曲，則毫無任何疑問的成爲了發展的主流，而元曲的發展，正是繼承「豪放」詞的精神即其審美理想的。最後，沒有認識到「豪放」是一種審美理想，就必然不能認識到「豪放」和「婉約」形成對立的歷史價值和作用，也就必然不能認識到「豪放」、「婉約」二分法的巨大歷史作用。對於明人張綖《詩餘圖譜》中「豪放」、「婉約」二分法，現代的很多學者都

〔註55〕余傳棚：《唐宋詞流派研究》，武漢大學出版社，2004年版，第195～196頁。

認爲過於簡單，在這個問題上，朱崇才的《論張綖「婉約—豪放」二體說的形成及理論貢獻》一文，經過對張氏詞學發展實踐歷程的考察，得出了較爲可信的結論，我們不妨來看看朱先生的觀點。首先，他從張氏選擇「豪放」和「婉約」這兩個概念來概括詞學風格論，做了一番探討：

> 與前人相比較，張綖「二體說」有了兩個突破性的進展：一是從兩大對立的相似性家族辭語中分別選擇了「婉約」與「豪放」這兩個概念；二是將這兩個辭語作爲「成對範疇」，用以覆蓋「詞體」這一概念的外延。張綖對於「婉約」、「豪放」兩個辭語的選擇，對於詞學風格論的進展具有決定性的意義。這兩個辭語，相對於家族中的其他成員，具有更高的概括性和更深的內涵。……「婉」外有曲線美，內有順從美，兼有淒清幽深之致，在宋金元詞話中，常與媚、麗、嫻、孌，曲、轉、委、諧及深、清、淒、幽等辭連用，組成諸多雙音辭語，表達相同或相近的含義。「約」的本義是約束，有所約束，不使過份外露，有或隱或現之致，朦朧隱約之美。其在物爲「隱約」，在人爲「綽約」。朦朧隱約綽約之人、事、物，有所保留，有言外不盡之意，曲意爲之，有要眇之韻。「婉」與「約」相配合，正可以表述詞體的豐富特徵。「豪」的本義是豪豬（野豬），引申爲「豪壯」、「豪放」、「粗豪」等義，與「婉」正相反對；「放」則有放逐、解放等義，與「約」也正相反對。在「二體說」中，婉對豪，約對放，對仗工整，堪稱「的對」。將這一正相反對的辭語對舉，就可以完全覆蓋一個事物的外延。上文曾述及，一個完整的具體事物，應有兩個端點，這兩個端點間則是廣闊的連續的過渡地帶。因此，要完整準確地概括這一事物所呈現的種種現象並透過這些現象抓住這一事物的本質，就必須使用「成對概念」，這一成對概念必須分別對應這兩個端點，兩個端點間必須有本質的必然的聯繫，這一成對概念必須能夠反映所指事物的本質，並且更重要的是，這對概念必須能夠表現這一事物所在系統的本質及其各要素之間的必然聯繫，必須成爲統攝全系統的核心概念，從而使「概念」上升爲「範疇」。「婉約豪放二體說」正符合這一要求。如果說，張綖之前的諸多相似辭語，還只是個別的、描述性的、偶然使用的諸多個別概念，那麼，兩相對舉的「婉約—豪放」，就已經是一個精心選擇的、具有

> 一般性抽象性的、作爲「成對範疇」出現的「一個概念」。這「一個概念」，在某一角度上，能夠覆蓋「詞體」從一個端點到另一個端點的全部內容，因而具有高度的概括性和深刻豐富的內涵。

朱先生的論述是很細緻的，他揭示了「豪放」、「婉約」二分法在詞學史上的貢獻，這種合理的評價，其實也正是著眼於「豪放」和「婉約」在對立對待的意義上發展成熟爲美學範疇的這個基本事實。而面對一些批評這種二分法的言論，他也做了批駁：

> 對於張綖的「婉約豪放二體說」，從問世一直到現在，也不時地出現一些負面的評價。這些評價主要有兩類，一類是認爲「二體說」沒有抓住事物的本質，如清陳廷焯《白雨齋詞話》卷一評此說「似是而非，不關痛癢」；一類則認爲詞體遠不止二，從而提出詞有「三體」、「四體」乃至更多體的說法。
>
> 《白雨齋詞話》是從追尋「本原」的角度來批評「二體說」的。「本原」當然就只能有一個，對於陳廷焯來說，這個本原就是「詩教」的「沉鬱頓挫」，除此之外，一切當然「似是而非，不關痛癢」。我們認爲，對於詞體「本原」的追尋有一定的意義，王國維後來就尋得了一個「境界」，從而將詞學理論大大推進了一步。但追尋本原與分析風格畢竟是兩回事，姑且不論陳廷焯所說的「本原」是否符合詞學實際，至少不能因爲有了「本原」就放棄對於風格的討論，因爲這畢竟是兩碼事。
>
> 「詞體不止有二」的觀點，倒是可以借用陳廷焯「似是而非，不關痛癢」一語批評之。如果使用不同的批評及分類標準，詞體當然就遠不止有二。毋需深思，就可以舉出十體八體來。但是，要深入研究一個對象，就只能先假定這個對象是靜止的孤立的，每一次就只能使用一個特定的評價或分類標準，這是科學研究的常識。兩點就可以決定一線，而第三點，不是多餘的就是錯誤的。在這一前提下，任何對象都是一分爲二的，詞體也不能例外。在一個特定的美學風格維度上，如果使用了處於兩個相反端點的成對概念，那麼，這一對象在同一層次上就只能一分爲二，而不可能有更多。例如，一首特定的詞，如果從某種特定的美學風格維度分析，它只能有三種情況：婉約的、豪放的、處於婉約與豪放之間的。這三種

情況當然都可以用『「婉約——豪放」來說明。那種認爲除了婉約豪放，還有第三甚或四、五乃至更多「體」的觀點，實際上是混用了不同的評判或分類標準。中國古代文論，由於其特殊的品格及表述方式，並不一定需要嚴格遵守西方學術規範中最爲重要的形式邏輯，但在21世紀的今天，如果仍然混用兩個或兩個以上的評判及分類標準，並由此而非難明代的「二體說」，就顯得有些不夠嚴謹了。〔註56〕

我們在這裡不厭其煩地大段引用朱先生的文章，相信可以爲這個問題劃上一個完滿的句號了。此外，蔣哲倫在《詞別是一家》一書中，從「豪放」風格並非是單純的一種風格，而是以「豪放」爲核心的一個風格群的角度，肯定了張綖「豪放」、「婉約」法是「大體合理」的，「是有客觀事實爲依據的概況」〔註57〕，也值得參考。

第三節　「豪放」與詩體形式（詩、詞、曲）的演進變化

和歷史上形式和法度對「豪放」形成束縛這樣一種趨勢相應和的，當然還有「豪放」對於文學形式的一種反向的力量，這種反向的力量推動文學形式——尤其是詩體形式的發展變化，從而構成了由詩到詞，又由詞到曲不斷變化的風景：

中國詩體的演變有兩條內在線索，而促使詩體不斷發展變化。

〔註56〕朱崇才：《論張綖「婉約—豪放」二體說的形成及理論貢獻》，載《文學遺產》2007年第1期。另任訥《散曲概論》一書亦有類似觀點，其《派別》一章有云：「世間事既有兩種極端者，亦必有中和者。豪與麗雖分明兩派，而以一人兼有之，或以一詞兼有之，皆尋常事。近人有因蘇、辛詞集中未嘗無一二婉約之作，周、秦詞集中亦未嘗無一二豪放之作，遂謂放與約不足爲詞之兩派。實則分詞曲之派別，應以詞曲爲單位，曰此詞約彼曲放則可，不應以詞人、曲人爲單位也。」（中華書局，1931年版，第38頁）此論甚是通達，具體到作品，當然更好，然亦未必不能具體到人，故其續論「即論斷各家之派別，舉其著作之多數者如何，方足爲據，不應因其少數之作相反，而遂全部抹殺也。」（中華書局，1931年版，第38頁）則不確，其標準當以質量爲第一位的考慮因素，數量次之——即在一定數量的基礎上，主要考察質量即一個詞人所取得最高成就、最爲傑出的作品，而判定其屬於何種派別。

〔註57〕蔣哲倫：《詞別是一家》，上海社會科學院出版社，2005年版，第88～89頁。

一條線索是詩體本身的，即文學題材與內容之間的辯證發展，當形式不適合於表現內容，或內容在此形式下已不能有活力之時，則詩體必然要發生變化。這就是詩變爲詞、詞變爲曲的原因，這種發展變化觀爲先人所認識，到今天已顯然無新意可言了——同時，附著在這條線索之上的是豪放詞產生發展的一些原因，例如詩詞與音樂的關係、文人大量創作詞以及婉約派視野狹小不利於表現更加深廣的現實生活等等，這方面亦是前人之述備矣，只是細節方面還留有餘地，還可以增加。另一方面是在詩之外的，亦是在更加闊大的場景下才漸趨明朗的，只有把這條線索理清，才能眞正發現詩歌史上豪放派的獨特價值與重要地位及其深遠重大的意義。這條線索就是中國文學體裁的發展演變史，文學四大體裁詩歌、散文、小說、戲劇，按照今天的目光看來，而剔除歷史的偏見，顯然四種體裁之中以詩歌和小說爲最重要，西方人重視戲劇、小說，實則戲劇尤其是詩劇，本質上仍然是敘事文學，這與小說並無異處。恰恰相反於西方，中國歷史上小說、戲劇一向被視爲小道末技而不入流，這是先人的偏見，這偏見到今天差不多已經消除了，但在古代這卻足以給我國文學發展帶來極大的偏差、損害，甚至不可救藥的是硬傷。我認爲文學最重要的元素是敘事，尤其是虛構，既足以區別於歷史著作，又能夠彰顯文學應有之義，從而能夠充分描寫現實、理想中的應有之義，所以詩的語言加上小說的體裁，這兩種元素的和合乃是文學體裁上的極致，而從本質上講，小說更勝於詩。當然這一點並不重要，重要的是小說這一體裁在題材的意義上絕不亞於詩，而反觀整個中國文學史，由於史的發達，文學的敘事功能被大大地抑制了，眞正意義上的小說出現於唐代，且尚有史的痕跡，而小說的初步興盛則已晚至明清兩代，比起詩的繁榮期唐代，已經是晚了近千年，這顯然是極不正常的現象。因此，我們就可以把詩與小說的歷史看作是兩種文學體裁的鬥爭史，即是詩歌一直在壓抑小說而小說不斷反抗的歷史。敘事這種元素在文學中是生命力很強的占主導地位的一個因素，本來詩歌絕對不可以將其忽視，而應該積極地容納它，趁機興起敘事詩，這樣才能吸收小說之長而發展自己，使詩這一體裁有更爲廣闊的表現空間，以使其永葆活力。然而事實上卻是中國的詩歌在文學的歷史上屢屢喪失機會：建安風骨之後是六朝的淫靡（漢樂府已經出現了極好的敘事詩，可惜沒有得到很好的繼承），盛唐氣象之後是唐末五代的香豔，元曲之後是前後七子的復古——當然，此時已經是詩的頹敗期了。這種互爲相勝的現象本來是自然應有之義，奇就奇在在大多數文人的心裏，其所追求的或說奉爲文學正宗的卻是陰柔一脈，例如詞以婉約爲正宗的論調，實在是多得很，即使明識如鄭板橋，亦有「詞與詩不同，以婉約爲正格，以豪宕爲變格」，似乎這樣強調就滿足了其抑制豪放派的思想，雄才如李太白，不是也被一句不可學就搪塞過去了麼？其實他們根本不懂得中國文學與藝術的最高境界是不一樣的，「總結起來，在中國文藝批評的傳統裏，相當於南宗畫風的詩不是詩中高品或正宗，而相當於神韻派詩風的畫卻是畫中高品或正宗。舊詩或舊畫的標準分歧是批評史裏的事實」，「王維無疑是大詩人，他的詩和他的畫又說得上『異跡而同趣』，而且他在舊畫傳統裏坐著第一把交椅。然而舊詩傳統裏排起坐位來，首席是輪不到王維的。中唐以後，眾望所歸的最大詩人一直是杜甫。借用克羅齊的名詞，王維和杜甫相比，只能算『小的大詩人』。」詩中的陰柔派力量一直很強大，但他們繞不過李杜，詞裏的情形剛好相反，即使出了像蘇東坡、辛棄疾這樣佔據了詞史上最高位置的大詞人，也不能改變詞以婉約爲正宗的傳統，這也和英雄不問出處的理念相悖，彷彿小妾生的兒子強過正妻所生就不大正常一樣，厲鄂《樊榭山房文集》卷四《張今涪紅螺詞序》裏說：「嘗以詞譬之以畫，畫家以南宗勝北宗。稼軒、後村諸人，詞之北宗；清眞、白石，詞之南宗也」，對照錢先生的話，這不是錯套亂用，以求取一時的自欺欺人的安慰麼？詞與詩的評判標準的分離，多是由於豪放詞本來就不是平常人所能企及的，周濟《介存庵論詞雜著》中說：「後人以粗豪學稼軒，非徒無其才，並無其情。稼軒固是才大，然情至處後人萬不能及」，徐釚《詞苑叢談》引黃梨莊語也說：「有稼軒之心胸，始可爲稼軒」，這眞可謂一語道破天機，即使如劉克莊、劉過諸人，不也是徒學其皮相而遺其神髓麼？這就是問題之所在。像蘇辛這樣心胸、懷抱、感情、人格俱入於超一流的人物，百世罕見，也眞難爲婉約派詞人了！可是其癥結是他們不能正視這個問題，總是拿婉約爲詞的正宗來做幌子，而力圖迴避詞的介入現實以擴大其表現力，迴避眞正的感情，這就把詞徹底葬送了。「重周、姜而薄蘇、辛，反映了宋末詞風之弊」，「《詞源》論詞，唯重雅正，取徑已經十分狹窄……因此《詞源》的清空之說，是宋末詞風之弊在理論上的表現之一。而崇尚清空的結果，詞的最終衰落，就愈發不可避免了。」〔註 58〕

從文體上來說，中國詩歌經歷了一個這樣的過程：由非格律向格律的發展和完善，又因爲這種完善束縛了內容，最後導致格律詩的破產，與之相適應的，是中國古代詩歌的興衰情況，即由興到衰的歷史。胡適《文學改良芻議》一文的「七曰不講對仗」部份，對律詩形式的束縛做了極好的分析：

排偶乃人類言語之一種特性，故雖古代文字，如老子孔子之文，亦間有駢句。如……「爾愛其羊，我愛其禮」。此皆排句也。然此皆近於語言之自然，而無牽強刻削之跡；尤未有定其字之多寡，聲之平仄，詞之虛實者也。至於後世文學末流，言之無物，乃以文勝。文勝之極，而駢文律詩興焉，而長律興焉。駢文律詩之中非無佳作，然佳作終鮮。所以然者何？豈不以其束縛人之自由過甚之故耶。（長律之中，上下古今，無一首佳作可言也。）今日而言文學改良，當「先立乎其大者」，不當枉廢有用之精力於微細纖巧之末。此吾所以有廢駢廢律之說也。即不能廢此兩者，亦但當視爲文學末技而已，非講求之急務也。〔註 59〕

明確指出律詩形式「束縛人之自由過甚」，在此方面用力，乃屬「文學末技」。此論極爲精到；陳獨秀《文學革命論》一文亦有云：

齊、梁以來，風尚對偶，演至有唐，遂成律體。無韻之文，亦尚對偶。《尚書》、《周易》以來，即是如此。（古人行文，不但風尚對偶，且多韻語，故駢文家頗主張駢體爲中國文章正宗之說。——亡友王無生即主張此說之一人——不知古書傳抄不易，韻與對偶，以利傳誦而已，後之作者，烏可泥此？）東晉而後，即細事陳啓，亦尚駢麗。演至有唐，遂成駢體。詩之有律，文之有駢，皆發源於

〔註 58〕于永森：《論豪放詞在詩體變化中的獨特價值》，載《語文學刊》2006 年第 11 期。

〔註 59〕胡適：《文學改良芻議》，載 1917 年 1 月 1 日「新青年」2 卷 5 號。

> 南北朝，大成於唐代。更進而爲排律，爲四六。此等雕琢的阿諛的鋪張的空泛的貴族古典文學，極其長技，不過如塗脂抹粉之泥塑美人，以視八股試帖之價值，未必能高幾何，可謂爲文學之末運矣！韓、柳崛起，一洗前人纖巧堆垛之習，風會所趨，乃南北朝貴族古典文學，變而爲宋、元國民通俗文學之過渡時代。韓、柳、元、白，應運而出，爲之中樞。俗論謂昌黎文章起八代之衰，雖非確論，然變八代之法，開宋、元之先，自是文界豪傑之士。〔註 60〕

陳獨秀進而論及形式對內容的束縛和影響，其論亦甚中肯。我們這裡所說的格律，主要是以律詩爲基準的，因爲律詩達到了形式束縛的極致，詩詞間的過渡，主要就是對律詩的一種反動。律詩重視字句的陰陽、平仄、清濁，至於押韻等因素，還不是律詩的專利，而大體上是中國詩歌一個最基本的標誌。律詩形式上的完善是在唐代完成的，中國詩歌亦在此一時期達到最高峰。接下來的由詩向詞而曲的演變，是詩歌在衰落之初在形式上進一步解放以容納內容的活力，而使詩歌繼續其生命力的一個策略，是在外部環境下詩歌內部的一個自覺的演化進程。因此，在詩、詞、曲的區別上，就是以文體特徵爲主要內容的，三者的遞進基本上就是詩歌在形式上的逐漸「放」的過程。並且這種「放」的過程，基本是在形式意義的對句式的調整方面爲顯著的特點的，詩歌中有律詩也有古風之類相當自由的形式，但是，這種形式在句式上基本是整齊劃一的，整齊劃一是一種比較低級的節奏，它所產生的美也是比較簡單的，是一種外在形式上的節奏，而不是內在的生命氣韻的節奏。而爲了很好地表現出內在的生命氣韻的節奏，首先就要突破這種形式上的整齊劃一——詞對於詩的突破和進步，在很大程度上意義就在於此。但是這種突破仍然是一種有限的進步，這是因爲，詞雖然在形式上採取了長短句的展現方式，並且詞調眾多，但是局限於一種詞調之內，它的形式仍然是固定的——也就是說，詞對詩在形式上的突破，眞是太小了，這就從體制上限制了詞的發展，因而它被一種在形式上更爲開放的文體所替代，就是必然的了。「豪放」的內在精神即不受拘束要求詩歌必須這樣做，於是，曲就替代了詞，「豪放」在這個意義上進一步得到發展。對於這個問題，近人任中敏在《詞曲通義・性質》裏所概括的詞、曲兩種文體的區別、特點，可以說是最爲精彩：

〔註 60〕《陳獨秀選集》，上海人民出版社，1993 年版，第 261 頁。

詞靜而曲動；詞斂而曲放；詞縱而曲橫；詞深而曲廣；詞內旋而曲外旋；詞以婉約爲主，別體則爲豪放；曲以豪放爲主，別體則爲婉約；詞尚意內言外；曲竟爲言外而意亦外——此詞曲精神之所異，亦即其性質之所異也。

詞合用文言，曲合用白話。同一白話，詞與曲之所以說者，其途徑與態度亦各異。曲以說得急切透闢、極情盡致爲尚，不但不寬馳、不含蓄，且所衝口而出，若不能待者；用意則全然暴露於辭面，用比興者並無所興亦說明無隱。此其態度爲迫切、爲坦率，恰與詞處相反地位。〔註61〕

任先生雖然以研究散曲的開山著稱，但是他在這裡所將詞曲的區別，卻是在文體的意義上進行的，普遍適用於雜劇和散曲——實際上雜劇、散曲在文體上只一致的，雜劇是以散曲的形式組織起來的。任先生已經非常精彩地指出了曲在文體上的「放」的姿態，而且，「豪放」在曲這種文體中得到了「本色」之目，是元曲發展的主流。龍榆生在《中國韻文史》第十六章《元人散曲之豪放派》中說：「元曲以豪放爲主」〔註62〕，這應該是曲學史上一個毫無疑問的「常識」。闞眞在《論元雜劇的民族特色》一文中說：

……人們大約都已經注意到，一翻開元雜劇劇本，就可感覺到它突出的豪放風格。劇中的主要人物，尤其是劇中的正面人物，或作者肯定、頌揚的人物，都具有一個共同的特點，那就是性格倔強剛毅、行爲果敢堅定。比如同爲妓女，在對待愛情婚姻問題上，元雜劇中的女子極少「我是曲江臨池柳，者（這）人折去那人扳，恩愛一時間」的悲歎，更多的是「如今顛倒顛，落的女娘每倒接了綠鞭」，「姻緣簿全憑我共你，誰不待揀個得意的……」的自信。當然，這種自信，主要是由於元代妓女已匯入當時追求、抗爭的社會潮流中，但我們從這些雖然不是少數民族的人物身上，也可以感受到游牧民族的那種無拘無束，以及北方民族特有的豪辣、彪悍的強烈影響。可以說，這是蒙元時代雜劇特有的現象。〔註63〕

現代學者多從散曲的角度來論述曲之「豪放」，但其實雜劇中的「豪放」也是

〔註61〕任中敏：《詞曲通義》，商務印書館，1931年版，第29～30頁。筆者按：大體相同的文字亦見任氏《散曲概論·做法》。
〔註62〕龍榆生：《中國韻文史》，上海古籍出版社，2002年版，第117頁。
〔註63〕闞眞：《論元雜劇的民族特色》，載《民族藝術》1997年第4期。

有目共睹的，尤其是關漢卿的雜劇，這種「豪放」的特色在元曲之初要比後來明顯得多，只是由於現代學者不把雜劇視爲詩歌的範圍，而忽略了雜劇中的「豪放」。實際上就雜劇的組織形式而言，它的基本構成單位正是詩歌的形式——即曲體，因此除了內容的「豪放」之外，雜劇也必然具有曲這種文體形式上的「豪放」的特色。從文體的形式上說來，散曲和雜劇具有共同的「放」的特點，而且這種「放」是在中國古代文學「雅」、「俗」格局演變中逐漸展開的。如果說詩詞還是一種「雅」文學的話，與之相適應的文體形式已經變得極其僵化而限制了內容的發展，那麼曲則是一種以「俗」爲特色的一種文學體式，這一點李昌集在《中國古代散曲史》裏也提到了：

> ……元曲的根本精神乃是一種批判、否定意識，發之文學，則是一種既有破壞性、又有創新性的文學新流，其價值在打破傳統的雅文學範式，而成就了一種新文學。〔註64〕

傳統上所說的詩莊、詞媚、曲俗，這種對於詩詞曲的文體體性的認識，說明了曲和詩詞是大異其趣的。因爲要表達「俗」的內容，所以需要「俗」的形式，而「俗」的形式的建立又促進了內容「俗」的可能。「俗」是一種解放的動力，「俗」的力量要求活潑生新的形式，上面我們論述的詩詞在形式上的不斷變化（從整齊劃一到長短句），其內在的動力正是「俗」之一字。「俗」的內容是現實社會生活的體現，它要進入文學是必然的事，而既有的詩詞在形式上已經不適應這種內容的表現，因此由詩而詞而曲的變化，主要是在形式上大做文章的，實際上就是在形式上的不斷的「放」，這種「放」的姿態到了曲而達到頂點——是詩歌的頂點而非中國文學的頂點，因爲到了元代後期，「俗」文化的內容和現實都已非詩歌多能盡以容納，畢竟，詩歌這種題材的容量是有限的，它在表現社會生活寬廣深厚的意蘊方面，已經遠遠不能適應現實的需要，雖然雜劇採用詩歌的組織形式而具有了宏大敘事的功能，但是由於雜劇的迅速雅化，加上它的結構合成具有明顯的缺陷（一本四折容量仍然非常有限），就被傳奇和南戲所取代——即使這樣，他在文學文體形式上也競爭不過小說，曲（包括戲曲）的衰落，是在中國古代詩歌逐漸將主流地位讓位於小說的整體背景下完成的。因此，曲是中國古代詩歌在形式上作出的最後的「放」的努力，這一步是巨大的，可以說在本質上已經有了極大的差

〔註64〕李昌集：《中國古代散曲史》，華東師範大學出版社，1991年版，第637～638頁。

別。從語言的層面上來說，正像任中敏所說的，「詞合用文言，曲合用白話」，兩者在語言和形式上的巨大差別，可以通過下面的引文清楚地比較出來：

紅藕香殘玉簟秋。輕解羅裳，獨上蘭舟。雲中誰寄錦書來，雁字回時，月滿西樓。　　花自飄零水自流。一種相思，兩處閒愁。此情無計可消除，才下眉頭，卻上心頭。

以上是李清照的《一翦梅》詞——因為李清照是強調詞是「別是一家」的，她十分重視詞的文體體性，並且她的詞也確實達到了她自己所說的這種要求，因此就選她的一首詞作為代表。

〔罵玉郎〕這無情棍棒教我捱不的。婆婆也，須是你自做下，怨他誰？勸普天下前婚後嫁婆娘每，都看取我這般傍州例。

〔感皇恩〕呀！是誰人唱叫揚疾，不由我不魄散魂飛。恰消停，才蘇醒，又昏迷。捱千般打拷，萬種凌逼，一杖下，一道血，一層皮。

〔採茶歌〕打的我肉都飛，血淋漓，腹中冤枉有誰知！則我這小婦人毒藥來從何處也？天哪！怎麼的覆盆不照太陽暉！

〔黃鍾尾〕我做了個銜冤負屈沒頭鬼，怎肯便放了你好色荒淫漏面賊！想人心不可欺，冤枉事天地知，爭到頭，競到底，到如今待怎的？情願認藥殺公公，與了招罪。婆婆也，我怕把你來便打的，打的來恁的。我若是不死呵，如何救得你？

以上是關漢卿《竇娥冤》第二折裏的幾節曲文。通過比較，我們不難看出，《竇娥冤》裏的文字眞是如同大白話一般，所謂「俗」的特色，體現得眞是再明白不過了！而這種看似大白話的文字，其實是按照比詞律要嚴格複雜得多的曲律做出來的，在這種形式上極大的「放」的姿態後面，還有著極大的束縛——格律的束縛。從一方面說來，如果能夠掌握這種極其嚴格的格律，而達到嫺熟的水平，那麼就可以表現出像《竇娥冤》這樣的文字來，而具有十分之「放」的姿態，但從另一方面來說，關鍵是像關漢卿這樣的人物在文學史上是十分罕見的。突破了規律的束縛固然可以達到「豪放」的境界，但是這需要極其出色的本領，元曲在這方面做得確實比詩詞更為出色。如果單純以形式上而言，曲這種文體在語言的排列形式上是比詩詞「放」得多了，但是在格律方面，它是倒退的，不利於曲的普及和深入的發展。曲固然解放了詞在形式方面所留下的有待於更加開放的空間，因而將文學的表現領域極大地擴大到了世俗世界，但格律方面的倒退則一方面使曲的發展迅速雅化而喪失了鮮活的生命力，一方面則又使得曲的「豪放」保持在美的範圍之內，從而避免了「豪放」向非美的轉化——「豪放」在曲那裡竟然是一種這樣的方式來完成其歷史使命的，眞是一個極其有趣的現象！也就是說，「豪放」雖然是對於規律的突破與超越，但是這絕不意味著它是排斥規律的，實際上規律始終存在，如果從形式對內容的束縛來說，曲的艱深的格律是絕對不利於其發展的，是落後的，但是在保持「豪放」之美不至於墮入非美的領域方面，還眞是這種倒退的形式（格律）的束縛的功勞。一面是繼續的「放」，一面是倒退式的「收」，在兩者平衡的基礎上，「豪放」在曲這種文體那裡的表現是引人深思的。在「豪放」的發展過程中，「收」和「放」始終保持著使之保持在美的範圍之內的一個基本的比例和度量關係，所謂倒退的形式——格律，是從文學的發展方面著眼的，但在「豪放」範疇的發展那裡，它的作用是積極的，它限制著「放」的程度，或者說在語言句式的排列上它已經無能爲力，它就用另一方面的形式因素來束縛它——需要特別指出的是，曲體在形式上這種「放」的特色很大程度上是受制於格律的，它和詞並沒有什麼不同之處——如果不是因爲有「襯字」存在的話。正是「襯字」使得「放」的姿態成爲可能：在其他地方曲和詞的自由程度基本上是一樣的，但是因爲有了「襯字」，曲的文字就是不一定的了，「襯字」也沒有一定的字數限制，可多可少，善於利用「襯字」，無疑意味著文字中「豪放」特色的加強，亦即在創作時自由程度的加強。「襯字」在元曲創作之初是沒有這個概念的，它是後人總結出來的。元曲前期創作特別善於利用「襯字」，因此「豪放」的特色亦較後期遠遠爲多。當「襯字」被總結出來並被視爲可有可無時（後期的元曲尤其是散曲迅速雅化，在形式上的不善於利用「襯字」和不重視或說不知道「襯字」的意義因而不大利用，是一個很重要的原因），曲在文體體性上就表現出向詞的風味的回歸和倒退。雖然「襯字」具有如此重要的作用，但是其作用也是有限的，因爲「襯字」可多可少，並不意味著它可以無限地增多，在一定語言習慣規定下的各個句子裏，字數不可能太多，因此「襯字」的作用又是有限的。正因爲如此，我們才應該更重視「襯字」，這是我們體現或達到「豪放」境界所必需的，古人卻把它視爲可有可無之物，實在是太令人感歎了！如果這是歷史的必然，我們眞是不知道是該高興還是沮喪——畢竟，筆者認爲曲是一種近乎完美的詩歌文體形式，但是在這種完美的文體形式之軀體裏，卻注定了它衰落的命運，這是非常可惜的。

元曲體式上的「豪放」是十分顯著的，在雜劇和散曲中「放」的程度卻不一樣。雜劇在馬致遠那裡已經出現了雅化的傾向，比如《漢宮秋》——主要是在精神意蘊的層次；其散曲則被推崇爲元人散曲「豪放」一派的代表人物，尤其是像〔雙調・夜行船〕《秋思》、〔般涉調・耍孩兒〕《借馬》這樣的作品。總起來說，馬致遠的情況是散曲比雜劇更顯「豪放」的意趣，以散曲而論，他的散曲的「豪放」比不上關漢卿雜劇中的劇曲，尤其是在淋漓盡致地表達思想、感情、情趣、意態、韻致方面。以散曲而論，〔雙調・夜行船〕《秋思》比不上〔般涉調・耍孩兒〕《借馬》更顯「豪放」的意趣：前者的「豪放」主要是在精神意趣上表現出來，這在詩詞中已經不乏這樣的作品，因此其創新的意義就不是很大；後者的「豪放」主要是在曲的體制體性形式方面的，適合了曲的發展潮流、主流，具有創新意義。這在題材的選擇上也可以看出來，〔雙調・夜行船〕《秋思》抒發的是文人知識分子階層感懷不遇和自得自樂自適的人生情趣，基本上還不是世俗的生活意趣，而〔般涉調・耍孩兒〕《借馬》則是典型的世俗生相小品，刻畫借馬人的心理極其精細具體，語言以俗白爲主而具有鮮活的鄉土氣息，丁淑梅認爲：

> 此曲的「放」恰在於純用俗料、全用白描、不加裝點，完全脫離意境而理性精神自在、曲意深備。〔註65〕

如果說意境就是以含蓄婉約、講究言外之象、象外之意、意外之韻、韻外之味的藝術境界，那麼在類似《借馬》這樣的作品裏，它所達到或表現的藝術境界就不是以意境爲主了，而是以直爲美、以俗爲美、淋漓盡致而神味爛漫的藝術境界，這和曲這一文體的體制體性特點是一致的，在內在精神上是相通的。丁先生能夠認識到這一點，充分表明了其在藝術鑒賞上的敏銳的眼光，認識到曲和詩詞的藝術境界不同的。因而，如果意境理論是雅文學的理論支撐，那麼曲則是俗文學的代表，是俗文學的眞正開端，其所追求的藝術境界就不應該仍然是以意境爲主的了。元曲裏最好的作品都應該是這個樣子的，而不是像《秋思》這樣仍然抒發文人（或士）之意識及情趣的雅文學作品，而是像《借馬》這樣從形式（語言、表達方式等）到內容（思想、感情、精神、意趣等）從頭到尾完全體現新特色的作品——這是俗文學的代表，也是

〔註65〕丁淑梅：《中國散曲文學的精神意脈》，中國文聯出版社，2001 年版，第 46 頁。

「豪放」所體現的廣闊天地，因爲「豪放」那種無拘無束的內在的精神，是和「俗」文化、「俗」文學的精神直接相通著的，可以說，「俗」是「放」的極致，體現著「俗」和「豪放」的雙重魅力。其他作家的情況，比如王實甫，其《西廂記》也在曲體的形式上沒有達到「放」的最佳狀態，能夠體現曲體體性特點而極出色的，一般被稱爲「本色」之作，不過實際情況要複雜得多。「本色」之作在雜劇中多一些，這些作品一般是和社會現實生活聯繫比較密切的，帶著生活的鮮活氣息，因而語言質樸而意態本色，如果在藝術上達到很高的水平，那麼就達到關漢卿的境界了。《西廂記》在前人那裡一般被認爲是稱得上「本色」的，但是何良俊《曲論》卻說「《西廂》全帶脂粉……本色語少。」〔註 66〕「本色」這個概念在前人那裡的內涵並不一致，這裡不做詳細分析。筆者認爲，「本色」除了指在各個領域裏的一種境界，還特指接近現實生活色彩的那一類文學作品，體現平凡人生的意趣和理想，即在本質上是離不開曲之「俗」的精神的。從這一點說來，《西廂記》是寫才子佳人的，其語言、精神遠遠稱不上具有「俗」的特色，因而它是稱不上「本色」的，這種情況正和馬致遠散曲中的〔雙調·夜行船〕《秋思》一樣。能夠「本色」的曲作，也就是能夠「豪放」的作品，至少在形式上，二者具有相當的一致性。散曲在元曲中雖然是詩歌的純粹形式，但是它並不代表文學的發展方向，因爲在表現社會生活的生鮮氣息方面，它比不上雜劇——傳統上所說的唐詩、宋詞、元曲，都是從代表一個時代最先進最有活力的文學的角度而言的，即所謂的「一代之文學」，這個「一代之文學」在元代是指雜劇而非散曲，比如王國維就是在這個意義上說的（見《宋元戲曲史·自序》），但是自從任中敏開創專門研究散曲的工作以來，現代的學者普遍有將唐詩、宋詞、元曲中的「元曲」當作散曲的傾向，其主要理由是雜劇應該屬於戲曲（戲劇）的範圍而非是一種詩歌體裁，這樣一來，他們就將「一代之文學」這個榮譽也偷換過去了——實際上，「一代之文學」的命名和文學體裁併無直接的關係，如果把這個線索延長開來，還有「漢賦」、「魏晉文」及「明清小說」等，這樣「一代之文學」的意義也就不容易弄混了。而散曲，其成就遠遠不如雜劇，當然沒有「一代之文學」的實質。在散曲創作的實際情況中，除了關漢卿〔南呂·一枝花〕《不伏老》、馬致遠〔般涉調·耍孩兒〕《借馬》、杜仁傑〔般涉調·耍孩兒〕《莊家不識勾欄》、睢景臣〔般涉調·哨遍〕《高祖還鄉》等區區幾篇

〔註 66〕《中國古典戲曲論著集成四》，中國戲劇出版社，1959 年版，第 559 頁。

在形式上達到了極其「放」的姿態，因而具有了曲體「本色」的作品，大部份散曲作品都是不能和雜劇中的劇曲相比美的。風格不是關乎曲體體性本質的東西，所以，沈德符在《顧曲雜言》中將張可久的〔南呂‧一枝花〕《湖上歸》稱爲「清麗」派的代表，李開先在《詞謔》中至將此作譽爲「古今絕唱」〔註 67〕，就可見其曲識了——張氏作在體格風貌上已經接近詞格，而和《借馬》、《莊家不識勾欄》這樣能夠體現曲體之特色的作品的意趣，已相去甚遠了。雅化和曲體體性是大異趄趣的，曲作爲一種新的文學題材，其「俗」的特色主要體現在敘事上，雜劇即其典型的發展和表現方式，只不過它已經向戲劇靠近（本質上是向小說靠近），使人容易自然而然地忽視了在中國詩歌發展演變過程中的這種巨大的變化，忽視了詩歌發展到曲是一種以敘事爲主的文學體裁——它和詩詞的巨大差異在於後者主要是以情景爲構成要素的。因此散曲在後期的雅化實即以此種特點爲要：重新回到以抒情寫景的老路上去，去表達文人（士或知識分子）的情趣志意，這種「收」的傾向是和曲體體性上的「放」不相容的，因此，雅化了的曲就很難達到「豪放」的境界，而曲是「以豪放爲主，別體則爲婉約」的，所以張可久的曲根本稱不上曲的「本色」之作，亦非曲創作的最高境界，而是一種反動於曲體體性的「逆流」之表現。李昌集的《中國古代散曲史》第二章即名爲《元前期散曲的豪放之潮與雅化之流》，明顯把「豪放」之潮和「雅化」之流對立起來，後者是對於前者的一種倒退式的反動。「雅化」的涵義在本章第二節《雅化之流的深化》中得到了闡釋：

> 所謂「雅化」，有兩個層次不同的涵意。其一，從整個散曲文學的角度講，「雅化」是針對散曲母體——單純質樸的民歌俚曲而發生的總體上的變化，它包括精神境界的擴展和深入、傳統詩歌藝術手法的移入、語言的淬煉等等。……其二，對散曲文學內部不同的風格流派而言，「雅化」是針對情感激越豪宕、言理尖銳透闢的豪放之風而發生的含蓄典雅、清麗綿逸的另一流散曲風格。〔註 68〕

所謂第一層涵義，實即文學由「俗」趨「雅」（這在文體創立之初是一種建立規範使之得到更好發展的一個上升的值得肯定的過程）的一般過程，任何文學體裁都必經由這一步。因此，李先生說：「我們的闡述，是先以這一流爲起

〔註 67〕漢秋、李永祜主編：《元曲精品》，北京燕山出版社，2000 年版，第 105 頁。
〔註 68〕李昌集：《中國古代散曲史》，華東師範大學出版社，1991 年版，第 336 頁。

點，由此展開對整個散曲文學雅化現象的說明。」接著李先生論述了「向傳統文學返歸的典雅之流」現象，他以盧摯的〔雙調・沉醉東風〕《秋景》(「掛絕壁枯松倒倚，落殘霞孤鷺齊飛。四圍不盡山，一望無窮水。散西風滿天秋意，夜靜雲帆月影低，載我在瀟湘畫裏。」〔註 69〕）爲例：

> 可以看出，全曲表達的「閒適」之意與元散曲的主調一致，就此而論，其與「豪放」之流的最終本旨並無不同。然而，它卻沒有「豪放」派激越的情感內涵，更沒有指向現實社會的尖銳、憤懣的人生哲理。……他既不「豪」，也不「放」，然而卻又達到了「無累」的「逍遙」之境，從而與「豪放」派恰成鮮明的對照：豪放派越是將「超脱」說得急切透闢、尖銳徹底，就越證明其沒有「超以塵外」，越說明其心中盤旋著社會現實之「象」。劉熙載曰其「面子疑於放倒」，的確是一針見血而洞察入裏的見解。因此，典雅派與豪放派的文學精神在本質上具有兩種不同的指向：豪放派的精神基點指向外部的現實，其尖銳的人生哲理，貌爲超曠而實爲激宕的情感潛流，既立足於此岸世界、同時又企圖擺脱其重壓，典雅派的精神基點則完全超越了現實的羈跘，而只在純粹自我的心靈中將全部身心投入到現實的彼岸世界裏。而這，恰恰是傳統士夫在「忘卻營營」後自我調節、自我昇華的常見情調。〔註 70〕

「豪放」是不能忘情世俗的表現，而典雅一派則達到了所謂的「無累」、「逍遙」之境，作爲「傳統士夫在『忘卻營營』後自我調節、自我昇華的常見情調」，在根本上是和曲的精神相背的。這種情調在宋代蘇軾那裡已經達到了一個大成的境界，我們在上文中已經分析過了。從「豪放」的最高境界來說，這種情調顯然達不到這個最高境界，而毫無疑問的是，典雅派的曲卻是大不合曲體體性的：

> 人們常云典雅之曲風類「詞」而不似「曲」，形式的因素只是一種表徵，根本實質即在典雅化的散曲在「意境」上與傳統詩詞「化」爲一體。……故其作品中亦時可見「豪放」之作，但他們畢竟沒有下層文人遭受的時代重壓的切身體驗，其散曲中出現濃厚的士大夫

〔註 69〕筆者按：觀此作雖有曲意，然非當行本色之作。蓋以其曲意閒永雅靜，與曲體體性之活辣透闢、急切直露而淋漓盡致顯異。

〔註 70〕李昌集：《中國古代散曲史》，華東師範大學出版社，1991 年版，第 337 頁。

情調是可以理解的。〔註 71〕

不錯，這種現象是可以理解的，但這絕不意味著在文學發展的意義上他們的傾向是值得肯定的。如果是這樣，即不顧及曲體體性的特點，認爲「形式的因素只是一種表徵」，而只是在精神上表現出一點點的「豪放」，那無疑就是對由詞進化到曲這樣一段歷史的否定或忽視，是對於曲的文體特色的一個極大的忽視，因爲，只是在精神上表現出「豪放」的內容，這在詩詞中並不鮮見！實際上從上面的引文中已經可以看出，李先生的錯誤之處在於他不明白，曲所體現出來的藝術境界，是和傳統詩詞所造的意境大不相同的，「典雅化的散曲在『意境』上與傳統詩詞『化』爲一體」，並不是一種進步的現象，而是曲中的倒退。在這一點的認識上，他顯然不如上文中提到的丁淑梅。他這樣做的結果，實質上是否定了曲在形式上的進步即其「豪放」之處，這和其師任中敏的觀點是極爲牴牾的！任中敏對於詩詞曲體性特色的出色闡述，就是在形式的因素上進行的；而且，雅化的過程在很大程度上也是以形式方面的因素爲多。推究起來，在對於「豪放」在精神層面的理解上，任、李二先生都是沒有認識到「豪放」的最高境界的，李先生之所以用精神層面上的「豪放」來忽視形式因素上的「豪放」，可以說也不是沒有原因的。任先生曾經評價馬致遠的〔雙調・夜行船〕《秋思》云：

若問此曲何以成其豪放，則無人不知其爲意境超逸實使之然，文字不過適足以其意境副耳。然重賴意境之超逸以造成豪放，乃豪放之第一義也。〔註 72〕

實質上「超逸」是「超逸」，「豪放」是「豪放」，二者即使有相同之處，也不可能在最高境界上即其最本質的精神上是相同的，因此「重賴意境之超逸以造成豪放，乃豪放之第一義」的說法，就不太正確了。實際上這種「超逸」的集大成者是宋人蘇軾，而蘇軾的精神正和眞正的豪放還有一段距離，這點在前文中已經有詳細的論述。因此，這種「超逸」，絕不是元曲所表現出來的「豪放」的最高境界、最佳意蘊。散曲的迅速雅化，和這種「超逸」的精神有極大的關聯。任先生曾說「與詞相比較，詞爲『貴族文學』，散曲（元散曲）爲『平民文學』」〔註 73〕，而這種「超逸」的精神恰恰不是平民的，而是典型

〔註 71〕李昌集：《中國古代散曲史》，華東師範大學出版社，1991 年版，第 337 頁。
〔註 72〕任訥：《散曲概論》，中華書局，1931 年版，冊二第 34 頁。
〔註 73〕李昌集：《中國古代散曲史》，華東師範大學出版社，1991 年版，第 339 頁。

的傳統士大夫的情趣意味。其實眞正使得元散曲未能堅持「豪放」的主流而迅速雅化的原因，文人的士大夫情結固然有著不可推卸的責任，但是他們也只能如此，他們不可能體會世俗生活的極「俗」的一面的精神意趣。眞正的原因是「元散曲畢竟又是『文人文學』〔註 74〕，它的迅速雅化的根本原因是因爲其格律比詩詞艱深得多，阻礙了它向民間普及的力度，這和詩詞的情況是明顯不同的。這是曲體體性的比較外在的因素，但是卻實實在在地阻礙了曲的正常發展，這樣看來，它在本色上未能堅持「豪放」的特色，也就不足爲奇了。可以說，曲如果不緊緊抓住「俗」的精神意趣，在本色上是不可能表現出「豪放」的境界的。〔註 75〕

這種「俗」的因質，其實並不是在元曲中才出現的，文學既然是一個從「俗」到「雅」的互動的過程，因而在文學產生之初，「俗」在文學中即已經存在了，只不過由於古代文學在元代之前一直是雅文學佔據著主流，它在這種以「雅」爲特色的文學中所佔有的成分微不足道罷了。我們說「俗」在元代和「豪放」這一範疇相互影響而使二者都達到了一個前所未有的新水平，正是著眼於「俗」在文學中已經佔據了主流的位置這一情況的。詞即使發展到了能夠最大限度的容納社會現實內容的「豪放」派那裡——尤其是辛棄疾那裡，也基本上是一種雅文學，而曲作爲一種俗文學，則已經是一種無可爭辯的事實。詞中「俗」的傾向或跡象一直存在，在詞的初創時不必說，即使到了文人創作詞的時期，這種跡象也不絕如縷，如柳永就是以創作大量的「俗」詞著名的，如其《晝夜樂》；

一場寂寞憑誰訴，算前言，總輕負。早知恁地難拼，悔不當初留住。其奈風流端正外，更別有繫人心處。一日不思量，也攢眉千度。

秦觀是典雅清雋一路的，他也有俗詞，如《滿園花》(「一向沉吟久」。裏面有諸如「行待癡心守，甚撚著脈子，倒把人來僝僽」之類的俗語句。）這兩人在陸侃如、馮沅君的《中國詩史》裏，都被稱爲喜「用俗語」。李清照雖在《詞論》裏說柳詞「詞語塵下」，指的就是柳詞的「俗」處。不過詞的這種「俗」卻使詞格極其活潑，從而代表著詞的眞正發展的方向，所以李清照的詞中也不乏這樣的情致，比如《孤雁兒》裏的「一枝折得，人間天上，沒個人堪寄」、

〔註 74〕李昌集：《中國古代散曲史》，華東師範大學出版社，1991 年版，第 340 頁。
〔註 75〕拙著《元曲正義》一書有專節論「元曲之俗之精神」，本書不再贅述。

《永遇樂》裏的「如今憔悴，風鬟霧鬢，怕是夜間出去。不如向簾兒底下，聽人笑語」，帶有白話的通俗特點。到了辛棄疾，他所創作的口語化的俗詞就更多了，如《南歌子》：

萬萬千千恨，前前後後山。傍人道我轎兒寬，不道被他遮得望伊難。　　今夜江頭樹，船兒繫那邊。知他熱後甚時眠？萬萬不成眠後有誰扇？

又如《鷓鴣天》裏的「些底事，誤人哪。不成眞個不思家。嬌癡卻妒香香睡，喚起惺忪說夢些」、《西江月》裏的「昨夜松邊醉倒，問松『我醉何如？』只疑松動要來扶，以手推松曰『去』。」實際上這種潮流正是文學的生鮮的活力的表現，而它在辛詞那裡得到了最充分的表現，也說明了「豪放」詞確實是代表著詞的眞正的發展方向。元曲，如果單純以文人措手染指的散曲而論，這種「俗」詞在很大程度上積極影響著曲體體性的建立，而曲體體性的特點正是繼承詞的俗化傾向而來的，尤其是「豪放」詞，它在精神意脈上更加接近「俗」即聯繫社會世俗生活的文學精神。可以說，豪放派的獨特價值就在於它從形式上、精神上開啓了元曲，「金源詞論的特點，是特尊蘇、辛，而於當時左右南宋詞壇的周、姜詞派，卻絕少掛齒，這是令人刮目相看的。」〔註 76〕尤其是趙秉文、王若虛、元好問諸人，更是大力推崇蘇、辛而起到了影響文壇的直接作用，這對於北方文壇風氣的轉變，意義是極其重大的。一個明顯的證據就是南戲導源並不比元雜劇爲晚，但雜劇興起於北方，這顯然絕非偶然，因爲南方以陰柔爲美和特徵的文壇，不可能帶給南戲以迅速成長發展的生機和力量。在金元之際的詞壇，正是元好問、王若虛、趙秉文對「豪放」詞的推崇，才爲曲以剛健活潑的面目出現打下了堅實的基礎。尤其是元好問，他在繼承「豪放」詞方面不遺餘力，「可以認爲，遺山『樂府以來，東坡爲第一，以後便到辛稼軒』之論出，才眞正確立了蘇、辛的詞史地位。」〔註 77〕因此，元曲在體性上以「豪放」本色，既是對「豪放」詞風的一個自然的繼承，又是元曲「豪放」本色的根源性原因和根本的保證。從這個意義上來說，「豪放」對於詩詞曲發展的貢獻是無可置疑的、不可替代的。

和曲這種文體形式上的「放」的姿態密切聯繫的，是曲在表達方式上的

〔註 76〕吳熊和：《唐宋詞通論》，浙江古籍出版社，1989 年版，第 305 頁。
〔註 77〕趙維江：《論元好問的詞學思想》，載《齊魯學刊》1998 年第 6 期。

「放」——或說是「散曲『情采』的審美建構方式」——李昌集《中國古代散曲史》如是說：

> 梁啓超在《中國韻文裏頭所表現的情感》（見《飲冰室文集》三十八）中曾概括古代詩歌的情感表現有三種藝術建構方式：奔迸的表情法、迴蕩的表情法和含蓄蘊藉的表情法。「奔迸法」，指「有一類情感，是要忽然奔迸一瀉無餘的。……在這個時候，含蓄蘊藉，一點也用不著。」「迴蕩法」，「是一種極濃厚的情感蟠結在胸中，像春蠶抽絲一般，把它抽出來。這種表情法，看他專從熱烈方面盡量法揮，和前一類（奔迸法）正相同。前一類是直線式的表現，這一類是曲線式和多角式的表現。」「含蓄蘊藉法」，指「情感正在很強的時候，他卻用很有節制的樣子去表現他。……令人在極平淡之中，慢慢的領略出極淵永的情趣。」
>
> 這三種「表情法」，在任何一個時代、任何一種體式的詩歌中，均有表現，但不同時代、不同體式的詩歌卻往往以某種「表情法」爲主導的方式，從而形成自己的特色。以詞、曲相比較，詞以「含蓄」爲尚，曲則以「奔迸」爲尚而輔以「迴蕩」。〔註 78〕

在《中國古代曲學史》一書裏，李先生又說：

> 必須再一次說明：詞、曲之別並不等於對詞曲的高低評價，詞的「朦朧美」與曲的「眞率美」都是古代詩歌藝術的典型，詞特有的「寄寓」與曲獨到的「眞率」一樣具有藝術的魅力，但倘若依違於二者之間，曲作「朦朧」然無「寄寓」，便無異於蹩腳的詞；詞欲「眞率」然又脫不掉「文飾」，則無異於劣等的曲。
>
> 「直率」也是一種風格，「攬之不得，挹之不盡」固美，「銜口而出，急切透闢」亦美，元散曲的創造性和歷史的意義即在「急切透闢」，明代南散曲「曲」的個性比及元曲鮮明，主要原因正在無此一格，故與詞體過於接近。〔註 79〕

〔註 78〕 李昌集：《中國古代散曲史》，華東師範大學出版社，1991 年版，第 289 頁。

〔註 79〕 李昌集：《中國古代曲學史》，華東師範大學出版社，1997 年版，第 384、403 頁。筆者按：李先生此處所謂「元散曲的創造性」的意思應該是指曲體的體制形式而言，因爲雜劇和散曲的體制是一樣的，不過雜劇比散曲要複雜得多而已，在基本構成的單元上是相同的；也不是從散曲的創作成就來說的，因爲散曲的創造性的成就遠遠比不上雜劇。

這實在是很好的總結，前面所引任中敏「詞靜而曲動」的論斷，也基本上是在這個視角上來闡述的，不過要全面得多，從曲的情態、風格、特徵、表現方式等方面全面的總結了曲的特色。打一個通俗的比喻，如果詩、詞、曲都是戴著鐐銬跳舞的，那麼自然是以曲跳得最爲活潑瀟灑、酣暢痛快而淋漓盡致，無拘無束地就像是天眞爛漫的小兒女，這種情態是極其美的，能給人帶來最大程度的美的領略和享受。而這個比喻的實質或給「豪放」的啓示就是：在面臨同樣的「收」（表現爲各種各樣的規律、規範、制度等等）的境遇之下，那麼之後的事就是要看誰能突破、超越這些規律，看誰能在種種束縛之下更能達到「放」的效果，因此，在這個意義上，「放」就意味著一種眞正的創造力，一種眞正的美的、自由的狀態，「豪放」就是從必然王國向自由王國的必經之路，是在超越了規律之後顯示出來的一種美的極致的狀態。可以說，曲的價値，很大程度上是在這裡體現出來的！這種「放」的姿態之所以能夠實現，就是因爲「豪」的緣故，「豪」是「放」的內因，在中國文化的背景下，「豪」的內涵及其來源變化並不很大，但是在根本上它是和「俗」的精神意態分不開的，無論是人物的品評還是文學的評價，「放」的程度——尤其是兩者之間的由矛盾而形成的張力的大小，是「豪放」之作爲美的程度的一個標尺。如果說詩是「言志」的，那麼詞則是「抒情」的，而曲是「出味」〔註80〕的——這種「味」來源於世俗社會眾生相各個階層各個領域各種層次的雜多之美提煉後的昇華，因此曲的表現方式所佔的位置是相當重要的，它「不但不『隱蔽』，『婉約』其情，而惟恐其意不顯，其情不烈，表情越透闢、越急

〔註80〕「『神味』之最佳代表爲元曲（劇曲）」（于永森《詩詞曲學談藝錄》，齊魯書社，2011年版，第6頁）才，此處所謂「最佳代表」是就整體、綜合而言的，且是就詩歌範圍而言的，若就所有文體形式而論，則「『神味』典範代表之作如管仲姬之《我儂詞》（『你儂我儂，忒煞情多』）、杜甫之《石壕吏》，其閎大者則如關漢卿之《趙盼兒風月救風塵》、《感天動地竇娥冤》，郭沫若之《鳳凰涅槃》，廓及小說，則《紅樓夢》、《西遊記》、《儒林外史》也。故『意境』之核心爲吾國傳統文化中之雅文化，乃表現、凸顯、強化傳統文人、士大夫格調、趣味之大雅之美；『神味』則以自我之提升、成就爲核心，乃直面現實世界、社會民生之無限豐富、複雜、深刻之大雅大俗之美。故如《救風塵》、《趙盼兒》者，其所代表者爲文字層次之『神味』，雖精神出色，而意蘊仍不夠豐富、複雜、深刻而磅礴，《紅樓夢》仍以雅文化之氛圍爲主，《西遊記》幻寫現實世界，《儒林外史》仍爲世俗世界雅文化氛圍之一隅（因所寫人物之社會地位較低，故稍好於《紅樓夢》），皆於『神味』有所未足。」（于永森《諸二十四詩品》，陽光出版社，2014年版，第63頁）

切，曲『味』便越濃。」〔註 81〕曲中所表現出來的藝術境界，是一個「動」的活潑潑的感性和人的性情完美統一的整體，這種「動」突出地體現在曲因爲外在形式的最大程度的「放」而帶來的活力彌滿的狀態，它的形式是一個開放的空間，這種開放的姿態指向世俗社會和現實生活，具有和現實生活互動的能力。由於格律的艱深，造成了曲體在形式上的唯一的缺陷，不過前面我們已經指出，這是爲了保持曲體體性的「豪放」的本色之美所做出的犧牲，實際上沒有任何格律的文字，其在本質上是不屬於詩的，例如小說，即優美如《紅樓夢》，也不得不用大量的詩歌詞賦來彌補這方面的缺陷。而從深層次來說，詩是一種內在的東西，外在的形式當然不足以表現和達到這種境界，它是一種文化層次的東西，但是一定的外在表現形式依然是相當重要的，因此我們對於曲的形式應該給予一定的理解，也就是說，對於內在的重視是我們的重點，也正因爲如此，才沒有必要在形式因素的方面走向極端。這一點可以從中國現代詩歌的經驗歷程得到體會：在新詩的初起階段，由於對於舊詩歌格律的極大厭惡，新詩一開始就是在完全沒有格律束縛的環境下登上文學的歷史舞臺的，但是，在新詩的開拓者胡適那裡，他《嘗試集》裏的若干詩歌，只是拋棄了格律的諸如陰陽、平仄等方面，在押韻、句式的基本齊整上，還是有相當的講究。他所革新的主要是文學的精神，而形式上的因素既然是外在的，那麼完全可以保留其中有益和積極的方面，來繼續爲新的思想精神服務，這是不矛盾的。例如胡適非常喜歡填白話詞，並且成就很高，可以說超過了他的新詩（其新詩的貢獻主要是在作爲開拓者的偉大篇章的意義上來得到重視的），下面舉《如夢令》爲例：

天上風吹雲破，月照我們兩個。問汝去年時，爲甚閉門相躲？

誰躲？誰躲？那是去年的我！

這就是俗話所說的「舊瓶裝新酒」，這種意趣，不正和宋代詞人所作的俗詞面貌相同嗎？下來一千多年，重新回到這條路上，不是很好地說明了文學的發展方向——即「豪放」詞和曲，正是以活潑生新的生命力姿態躍上文學的最前線的嗎？如果說這種做法還是嫌「帶著纏腳時代的血腥氣」的話，那麼中國現代最偉大的詩人郭沫若，則是一個完全擺脫了舊詩習氣的詩人，他的豪放的氣勢、浪漫主義的神采、瑰麗宏大的詩歌場景、多姿多彩的藝術手法（蒲風在《論郭沫若的詩》一文中說郭沫若「熱情豪放的色彩，浪漫主義的精神，

〔註 81〕李昌集：《中國古代散曲史》，華東師範大學出版社，1991 年版，第 291 頁。

總使人們記起了一種新的活潑的、力的姿態。」總結 30 年代以前郭詩的特色「是氣魄的雄渾、豪放」〔註 82〕），代表了中國現代新詩的成就，至今無人可及。其詩歌形式完全是自由的，這樣一來，完全的無拘無束的「放」的姿態很容易使「豪放」墮入非美的境界，但是郭詩的高明之處在於，他用內在的氣勢控制著詩歌的節奏，即呂家鄉在《內在律：郭沫若對新詩的重要貢獻》所說的，郭沫若的最根本的貢獻是「內在律」的發現並以此置換了中國古代詩歌的「外在律」。〔註 83〕其實內在律在古代文學中普遍存在，例如韓愈的文章，他在《答李翊書》中說：

氣，水也；言，浮物也；水大而物之浮者大小畢浮。氣之與言猶是也，氣盛則言之短長與聲之高下者皆宜。〔註 84〕

就是指事物內在的節奏，或者說內在決定了外在的節奏；詩歌中像李白的七古。只不過由於新詩是以掃除舊詩的格律的面目出現的，因此郭詩在這方面的特點一下子就凸顯了出來。我們現在當然承認這種內在律的意義，但是內在律而不輔助之以外在律，那就很容易走向偏頗：對於郭沫若這樣在氣質上十分「豪放」的人來說，他用內在的「豪」來控制和調節外在的「放」，取得了很好的效果，然而缺陷也是明顯的。缺少了外在形式對「放」的節制，這種「火山爆發式的內發情感」〔註 85〕就很容易走向其反面，成爲毫無節制的情感宣泄（節制的意義是讓這種情感在表現出來時呈現一種美的風貌），從而破壞詩歌形式上的美感。後來以聞一多爲首的新格律派新詩，實際上就是郭詩所表現出來的形式上的不足的一種糾正，畢竟，對於本身就不能「豪放」的大多數詩人來說，這種形式上的節制或規範，還是有益的，尤其是在事物發展的初起階段。對比一下曲和新詩在形式方面的建樹，我們有理由相信，曲體體制所包含的形式因素的經驗，是中國文學各種文體中最富於創造性和啓示性的，關鍵就是因爲它是在「豪放」的整體格局下來完成這個調整的，有著潛在的理論上的自覺。曲體體制是以「豪放」爲本色的，新詩歌卻不是

〔註 82〕王愛軍、魏建：《郭沫若詩歌研究述評》，載《郭沫若學刊》1996 年第 1 期。

〔註 83〕呂家鄉：《內在律：郭沫若對新詩的重要貢獻》，載《山東師大學報》，1985 年第 6 期。呂氏以「內在律」總結郭沫若的詩歌是正確的，但是其對「內在律」理論本身的若干理解是錯誤的，筆者《詩詞曲學談藝錄》卷一第五五則曾有辨正（齊魯書社，2011 年版，第 112～115 頁），可參看。

〔註 84〕郭紹虞主編：《中國歷代文論選》（第 2 冊），上海古籍出版社，2001 年版，第 116 頁。

〔註 85〕張光年：《論郭沫若早期的詩》，載《詩刊》1957 年 1 月號。

這樣，像郭沫若式的「豪放」詩人畢竟是少數，通過「豪放」這樣一條理論線索來審視詩歌發展的未來，也許是十分必要的。

元曲體制形式上的「放」，加強了其內在的「豪」，從而使兩者達到了一個相當好的結合，而在精神意態上更趨「放」甚而達到了「狂放」的境界，而和唐、宋皆有所不同：

> 「豪」是唐人、宋人和元人的共通之處，但這個「豪」字在不同的時代所包蘊的深層內容又各不相同。在唐代，「豪」與豪邁、高亢、慷慨相連接；在宋代，「豪」主要表現爲胸懷坦蕩、堅毅不拔；而元人的「豪」卻是任情恣性。具體落實到「感士不遇」這個主題上，則表現爲對政治清明的「時」的期待與否完全不同。唐人所求在「外」，所以不曾失去對理想的「時」的期待。宋人所求在「內」，所以並不特別看重「時」對自己的影響，也就不會對「時」給予特別的期待；他們所執定的是自己的理想信念，所以能獨立不移地承受苦難挫折，從而表現出崇高的人格品節。發展到元人，他們對「時」已徹底絕望，於是把源於悲劇時代的巨大的悲憤情感轉化爲一種完全的棄世和自我放縱，在前人鄙棄的、不屑的世俗生活中安頓自己受傷的心靈，從而呈現出一種新的人格與追求。〔註 86〕

如果說唐人的「豪放」在內在、外在的精神上正好湊和了封建社會積極進取的剛健姿態，而體驗到了較少的外在世俗的束縛，那麼宋人的「豪放」則在內在的方面進一步發展，外在方面則做出了一些犧牲，元人將這種內在繼續發展，同時外在方面的「豪放」也達到了極致。從唐到宋而元，恰恰是「豪放」以各種可能的姿態適應外在的社會現實，從而使自己得到發展的全過程，其中「豪放」發展的線索——尤其是「豪放」的「收」與「放」的關係及大體比例，是十分明顯的。從總體上來說，「豪」和「放」在這三個時代的發展變化恰恰經歷了相反的趨勢，「豪」基本上是一個由「放」到「收」的過程，而「放」則是一個由「收」到「放」的過程。這種發展態勢充分顯示了「豪放」之中處於矛盾統一狀態的「豪」和「放」，在這個範疇發展過程中相互轉化、相互聯繫的實際情況，在美的範圍之內，這種轉化和調節是可能的，也是可行的。

陳忻所說的元人「把源於悲劇時代的巨大的悲憤情感轉化爲一種完全的

〔註 86〕陳忻：《唐宋文化與詩詞論稿》，重慶出版社，2004 年版，第 239～240 頁。

棄世和自我放縱，在前人鄙棄的、不屑的世俗生活中安頓自己受傷的心靈」，其實是外在的形式上的一種體現。這種放縱是表面上的，也就是劉熙載所說的「面子疑於放倒，骨子彌復認眞」（《藝概・詞曲概》），在無可奈何的頹廢消極色彩之下，元人所追求的是一種眞正屬於自己的人格，一種自我定義其價値的新型人格、精神意脈。不過，在雜劇中和散曲中的情況並不一致。雜劇的突出特點是通過劇中人物的「豪放」來表達自己的思想感情和精神意態，這在一定程度上是開創了文學中的表現豪放人物的先河——這種文學上的表現人物的「豪放」可以追溯到《世說新語》、《史記》等文本，但是它們都不是純粹的文學作品，因而在表現人物的「豪放」方面，遠遠不如雜劇更爲充分、更爲淋漓盡致。這是「豪放」發展的一個「回爐」式的現象，但是卻有了質的提高。這是因爲，史傳性的文本畢竟是以記述歷史人物爲主的，而能夠進入歷史視野的，一般不會或過多的涉及到世俗社會及其下層人物形象，而基本上是以統治階級爲主，例如《史記》的《遊俠列傳》，雖然涉及到了世俗社會，但是這些遊俠一類的人物，仍然是地方上的豪強勢力，和眞正的世俗社會的平凡小人物的生活，還有相當的距離，而且，對於他們事蹟的描寫勝過對於其本身「豪放」行爲及精神意態的描寫，他們具備了「豪放」的那種核心意蘊，但是在外在的表現方面，以及史傳性質的文本的表達方式即形式上的「豪放」上，根本和後世的元雜劇所寫不能相提並論。元雜劇像關漢卿的《救風塵》裏的趙盼兒，是下層社會的一個普通的命運十分悲淒的妓女形象，她所表現出來的「豪放」，正是這種描寫人物的「豪放」的一個突破性的進展。可以說，在表現「豪放」的文學文本之中，敘事的極大參與進來是一個十分重要的因素，它可以詳盡地描寫人物全方位的生活和精神方面的「豪放」，呈現一個立體式的系統的「豪放」意蘊的展示體系，從這點來說，元散曲在表現「豪放」的意蘊方面，也根本不能和雜劇相比，即在體制上就存在著相當的限制——實際上，散曲的散套形式也有相當的容量，敘事應該是沒有問題的，例如像〔般涉調・耍孩兒〕《莊家不識勾欄》、〔般涉調・哨遍〕《高祖還鄉》之作，即是元散曲中敘事的佳作。通過總結來看，敘事是一個關鍵性的因素，散曲中能夠以敘事爲意的作品，在品格上基本上都是能夠體現曲體體性「豪放」的本色的，如若不能，則形式是可以限制內容的表現的，在這一點上，散曲比不上雜劇——後者還是一種以抒發作者主體精神情態爲主的文學體制，在表現人物的「豪放」意蘊方面，雜劇佔有天然的優勢，這就是爲什麼在以「豪放」爲本色的曲體體制之中，能夠代表元曲的是雜劇而非散曲的原因，前者才是當之無愧的「一代之文學」，才是「豪放」意蘊大展風采的文學。正因爲有這種區別，雜劇和散曲在表現或達到精神層次上的「豪放」方面，是有著很大的不同的。

元曲體制體性的「豪放」，即使在關漢卿那裡也有極微妙者，這主要見之於其劇曲和散曲藝術境界的差別。「元代散曲豪放之風的起始，以作家的年輩而論，當推生於金末而主要活動在元早期的關漢卿。其〔雙調・喬牌兒〕『世情推物理』套以及〔南呂・一枝花〕《不伏老》是金末元初作家中少見的豪放之作。」〔註 87〕這裡評論的是其散曲，從「豪放」的境界和程度來說，關漢卿的《不伏老》比馬致遠的〔雙調・夜行船〕《秋思》要上，和〔般涉調・耍孩兒〕《借馬》接近而猶過之，但是比不上杜仁傑的〔般涉調・耍孩兒〕《莊家不識勾欄》。實際上，關漢卿初的散曲除了《不伏老》之作外，基本上是婉麗一路的，他眞正的「豪放」之作是體現在雜劇之中，達到了元人之曲「豪放」的極致——這也許從一個側面可以說明，關漢卿在散曲的創作方面，還沒有擺脫傳統士大夫文化品位情趣的影響，還是不能擺脫詞的「婉約」風格的影響，而不能在本色上體現出曲的「豪放」來，但是在雜劇中，他卻毫無疑問地達到了「豪放」的境界：這是一種自覺的意識呢？還是不自覺的行爲？這是我們十分關心和要研究明白的問題。如果是自覺的，那麼就說明，即使是關漢卿，也無法在散曲的領域裏達到曲體「豪放」的本色，這就和散曲本身的缺陷直接關聯；如果是不自覺的，那麼就說明，關漢卿是自然而然地順應了雜劇和散曲之間的微妙的差別，這也和散曲的缺陷相關聯，不過責任不能加在關漢卿身上。我們之所以進行如許分析，就是要說明，散曲沒有堅持曲體體性「豪放」的本色，而迅速的走向了「雅化」的道路，也許不完全是元散曲家的原因，也還有著散曲體制方面的原因。當然我們也可以把關漢卿的這種現象理解爲既然他在雜劇中極大的表現了「豪放」，從而在其散曲中與之形成一個互補的形勢——我們在宋詞中已經分析過了，最高境界的「豪放」，應該是兼「婉約」而有之的，但是問題在於，既然在雜劇中已經達到了這種境界，那麼作爲曲體之一的散曲，也應該達到這種境界。

總之，「豪放」作爲一種內在的精神貫穿了詩、詞、曲的形式變化，是其演變的根本動力所在。「豪」與「放」、主體和體裁形式之間的互動調節與適

〔註 87〕李昌集：《中國古代散曲史》，華東師範大學出版社，1991 年版，第 331 頁。

應，實現著其間不同的「張力場」，並決定著「豪放」精神灌注下詩、詞、曲體現在形式上的姿態、韻致和節奏，充分體現了「豪放」和詩歌體性形式的多姿多彩、斑斕萬狀。

第十章　「豪放」範疇的價值及其研究的現代意義

通過本書前面對於「豪放」這一範疇的探討和研究，其整體輪廓可以說已經比較清晰地展現出來了。「豪放」所具有的內在精神和外在姿容是中國甚至是世界文化史上獨一無二的〔註1〕，是中國傳統文化獨有的儒、道二家思想精神互補融合的結果，因而它就和整個中華民族的審美意識緊緊地聯繫在了一起，從整個「壯美」所涉及到的範疇來說，沒有任何其他一個範疇能夠如此，因而能夠承擔起振興中華民族積極而剛健的審美意識的重任——例如「雄渾」、「勁健」、「曠達」、「雄偉」、「壯闊」、「悲壯」等等，這些一般意義上的「壯美」風格，都沒有這個能力，它們都沒有「豪放」那種從結構的天然和諧到內在精神的博大精深到外在姿態的燦爛爛漫的盡善盡美。「豪放」具有非常重要的現代意義，它不但面向過去，也更有益於未來。

第一節　「豪放」是中華民族以「壯美」爲主要風貌的新的審美理想重建的重要精神

薛富興認爲，「對美學原理而言，美本質是第一性範疇，而對民族美學史而言，藝術審美理想是最高範疇。在審美意識中，審美理想是最高級、最自

〔註1〕「豪放」在世界範圍內的這種獨一無二性，主要是由於成長於中國古代社會的具體情境和中國傳統文化的特殊意蘊之中的中國文藝的特質所決定的，就其核心內涵「不受拘束」而言，則是可以通貫之於古今中外的。這就好比水土不同，風味各異，但作爲「種」的根本性質則是相同的。

覺的部份」〔註2〕，由於「豪放」的最高境界乃是中國傳統文化中儒、道兩家思想互補取長的產物，因此說「豪放」是中華民族以「壯美」爲主要風貌的新的審美理想重建的重要精神，並不爲過。「豪放」是一種具有開創意識的「壯美」，它和中華民族在新時期的文化復興和審美意識大方向的重建，具有內在的必然聯繫，並將起到無可替代的作用。有識之士，無不從「壯美」的審美理想境界來強調美的創造問題，強調民族審美意識的發展離不開「壯美」的積極開拓，而這種開拓性的建設，其實正需要破除陳規陋習的束縛，緊密地聯繫現實人生，關注民生的生存狀態，從主體性精神的能動精神出發，來達到改造自我、改造外在世界的理想——這正是「豪放」之精神所具有的特色。而要建立積極進取的民族審美意識，以重建新的審美理想，文學藝術無疑是最爲重要的一個實踐領域。魯迅在《人心很古》一文中指出，從古到今，中國人在思想觀念上的保守，是一直連貫著的，「現在的人心，實在古得很呢」。〔註3〕這種保守的思想，十分不利於新的民族審美意識的建立。他還曾經在《墳・看鏡有感》一文中批評後世文藝在思想精神上的拘束表現說：

> 遙想漢人多少閎放，新來的動植物，即毫不拘忌，來充裝飾的花紋。唐人也還不算弱，例如漢人的墓前石獸，多是羊，虎，天祿，辟邪，而長安的昭陵上，卻刻著帶箭的駿馬，還有一匹駝鳥，則辦法簡直前無古人。現今在墳墓上不待言，即平常的繪畫，可有人敢用一朵洋花一隻洋鳥，即私人的印章，可有人肯用一個草書一個俗字麼？許多雅人，連記年月也必是甲子，怕用民國紀元。不知道是沒有如此大膽的藝術家；還是雖有而民眾都加迫害，他於是乎只得萎縮，死掉了？〔註4〕

這種情形，確實是可以追究到時代和作者本身的思想精神境界的。宋人趙文曾經對比了南宋時期南北詞風的差異——南方柔弱，北方豪放——而發出深深的感慨說：

> 渡江後，康伯可未離宣和間一種風氣，君子以是知宋之不能復中原也。近世辛幼安跌宕磊落，猶有中原豪傑之氣。而江南言詞者

〔註2〕薛富興：《關於中國古典美學範疇體系》，載《山西師大學報（社會科學版）》1999年4月第26卷第2期。

〔註3〕《魯迅雜文全集》，河南人民出版社，1994年版，第110頁。

〔註4〕《魯迅雜文全集》，河南人民出版社，1994年版，第63頁。

宗美成，中州言詞者宗元遺山，詞之優劣未暇論，而風氣之異，遂爲南北強弱之占，可感已！（《青山集》卷二《吳山房樂府序》）〔註5〕

南方的詞風仍然沉浸在柔弱軟媚的審美意識之中而不知自振，導致了整個社會精神狀態的消極保守，而北方在元好問等人大力推崇豪放詞的基礎上，尚知道在審美意識上振奮，南北審美意識的差異直接關係到南北局勢的強弱，南宋終於爲北方的元人所滅，可以說審美意識的差異是一個重要原因——當然，這個因素在北宋建國之初就已經存在了。統治階層對於權力的根本維護（而不是著眼於整個國家、民族的根本利益，著眼於社會民生的根本利益），是宋人思想乃至審美意識不斷柔弱化的根本原因。今人陳傳席在《中國繪畫美學史》一書中沉痛地述說了中國古代尤其是封建社會後期，中華民族在審美意識趨於「柔」弱之後所帶來的極大危害：

「柔」的意識滲透於人的精神之中，使人和緩而軟弱，便於統治，而又不致爆發反抗。即在人群之中，「柔」的意識抑制了各種強烈的衝突，但易於產生虛僞和狡詐；易於使表面出現和悅，但更能使內裏增加複雜。人的智慧和精力往往不能正當地用在明處而過多地消耗在暗處。它對社會的破壞作用（雖然是潛在的）更在於使整個民族失去積極向上和剛猛自立的精神，失去了殘存的生氣。在「柔」和「暗」的意識中，封建社會的力量削弱了，民族精神消沉了，柔弱了，頹廢了，沒落了。士人們迷失了人生，迷失了自己，忘卻了民族，心目中不僅沒有了國家，實際上也沒有了自己。當明王朝出現危機時，士人們不是積極挽救，而是率眾投降，換取高官厚祿。明王朝滅亡，清軍入關，漢奸是主要力量。當權的士人卻很少參加抵抗。清軍入關之後，當時的文壇領袖錢謙益，一代詞宗吳梅村，歷代受明王朝大恩的宰輔之後王時敏，等等，不但沒有率眾反抗，或以一死報效國家，反而都是迅速投降以換取安泰和順的生活環境。「柔」的文藝是「柔」的意識之形態，它潛移默化民族的精神，使柔弱萎靡的民族更加柔弱萎靡，直鬧到清王朝的「萬馬齊喑」狀態。以致在外強入侵和凌辱中，不僅不去還擊，而且一味妥協投降，簽定屈辱的條約；直鬧到喪權失地，變爲半殖民地，變爲列強

〔註5〕《文淵閣四庫全書・青山集》（電子版），上海人民出版社、迪志文化出版有限公司，1999年版。

瓜分的「肥肉」。而整個民族卻仍不醒悟、仍不能同仇敵愾，萬眾一心，重鼓漢唐時代那種至大至剛的壯氣，奮起反擊，卻繼續在屈辱中苟且，此柔之悲也。〔註 6〕

中國傳統中的哲學辯證法的兩派——《易傳》中以剛健積極爲特色的辯證法和《老子》中以柔弱、守雌爲特色的辯證法——由於儒家「中庸」思想的調和、圓滑因素的影響，前者在中國古代文化中的位置和影響就沒有後者大，而只是體現在很少的人那裡，可以說後者是占主流地位的。正是這個緣故，使得中國封建社會後期的審美意識極大地被雌化和陰柔化了，從而直接影響了中華民族的創新意識和精神，導致了中華民族在近代的衰弱，文學藝術上也是「優美」風格佔了主流，這樣一來就反過來又使得柔弱的民族審美意識更加具體化和強化了。《易傳・大壯》云：「大壯，大者壯也。剛以動，故壯。」如果說「壯」是一種客觀的風貌的表現，那麼它是來自於內在的「剛」的，且經過「動」也即主觀能動的作用，才達到了這一境界的。如果不從內在重視和查找民族審美意識轉變的原因所在，是不可能找到眞正的原因的。陳先生接著指出了民族審美意識建設的重要性的問題：

有志之士都已認識到，改變民族，首先要改變意識，改變審美觀。於是「靜、淨」和「軟弱」被拋棄，代之而起的是吳昌碩、黃賓虹磅礴雄渾的藝術，他們的藝術不是淨，而是渾，他們不像以前畫家那樣用墨講究細潤，古人特忌用宿墨（髒），吳、黃卻以用宿墨（髒墨髒色）爲特色。他們的畫不是靜，而是動，繪畫本來就是要「生動」，後來卻變成「生靜」，現在又恢復到「生動」的境界。吳昌碩、黃賓虹的畫不是「軟弱」而是蒼勁雄強、氣勢磅礴，到了傅抱石，更變爲奮躍、飛動，又如天風海雨、驚雷奔電一般的激烈。傅抱石的畫開始被人譏笑爲「沒有傳統」、「不是中國畫」，這正是以傳統的「柔弱」、「靜淨」觀爲標準的；但不久即被整個時代多認可，可見，整個民族的審美觀都在改變。整個民族也在變，我們的民族又開始雄強了，不再受人宰割了。……藝術似乎是小道，恐怕也不是小道，它的方向可影響一個民族。審美觀是一股潛流，它的「強」則民族強，它的「弱」則民族弱。歷史之實正證實了這一點。……我並非不欣賞江南傳統畫風中的那種細秀小巧畫風。它抒情、瀟灑、

〔註 6〕陳傳席：《中國繪畫美學史》，人民美術出版社，2002 年版，第 480～481 頁。

> 輕鬆，給人溫柔的情感。但在溫柔鄉中標也可能會消弱人的壯氣，泯弱人的雄心。人的意識情感在這種柔弱的風格中也變得柔弱了，整個時代也就會變得柔弱。我們的時代更需要的是漢唐的豪氣、猛氣、大氣、厚氣、健氣，需要陽剛的正氣。……令人遺憾的是：陰盛陽衰，已經抬頭，這不是一個好兆頭，而且也不僅是美術一個領域。有識之士不能不加憂慮。是否要作一個反向的提倡，而且要先從審美的標準及價值意義方面作些闡說，使畫家能意識到這個問題，也許會好些。〔註 7〕

傅抱石的畫開始被人譏笑爲「沒有傳統」、「不是中國畫」，這正是以傳統的「柔弱」、「靜淨」觀爲標準的，這是一個事實，其實也就是在「豪放」的精神指引之下的一種突破和創新，這樣的創新精神不可能爲用舊時代的落後的審美眼光來審視它的人所肯定，而只能在新的時代環境裏得到認可和讚賞。陳振濂也在《現代中國書法史》中分析了吳昌碩的藝術之所以取得偉大成就的原因，他說：

> 回過頭來看趙之謙特別是吳昌碩……信手作書信手作印，乃至他的左高右低，無所顧忌的石鼓文結構，還有花鳥畫中凌空而起的嶄新章法，正可以說是一種典型的「主體切入」。他是用自己的心在作畫，一切外在的形式限定，如構圖、結構、線條，都是一種媒介而不是終極目標。比如：有誰可以不把印麵線條刻挺刻直？……但吳昌碩卻能把印章線條刻得蝕剝陸離、缺齒橫生，幾乎如同毛筆隨意書寫輕重由之一般。又比如，有誰可以不把漢字寫平寫穩？吳昌碩卻在種種《黄自元間架結構九十二法》甚囂塵上之際，我行我素，把最需要穩定的篆書寫得犬牙交錯，左右不對稱，線條也故意強調頭部的頓筆。……這種全方位的「主體切入」，米芾沒有，趙孟頫沒有，鄭板橋沒有，趙之謙也沒有，只有吳昌碩做到了。但米芾直至鄭板橋的「沒有」是時代所壓；而趙之謙與吳昌碩幾乎同時，他的「沒有」卻明顯地表白出他在精神境界上遜避吳昌碩一頭。當然也就意味著他對書法的看法、理解力乃至觀念上稍弱於吳昌碩一頭。〔註 8〕

〔註 7〕陳傳席：《中國繪畫美學史》，人民美術出版社，2002 年版，第 652～655 頁。
〔註 8〕陳振濂：《現代中國書法史》，河南美術出版社，1996 年版，第 42 頁。

不以「壯美」爲審美意識的先導，不欲以「豪放」的精神進行藝術的眞正創造，就不可能達到象吳昌碩那樣的藝術高度，這是其審美意識所決定了的，在某種程度上，審美藝術的高低，決定著藝術家所能達到的最終的成就和藝術境界。而審美意識的生成，則和現實有著密切的關係：

> 飽經戰亂的憂患與耕夫質樸的心態，決定了吳昌碩的審美趣味不可能靡弱軟媚。故爾當這位「耕夫」挾田野清曠之氣步入藝壇時，吟風弄月的士大夫們被驚得目瞪口呆。相傳吳昌碩五十學畫，前曾被引見任伯年，任伯年一見吳昌碩隨手畫的幾根線條大加擊賞，以爲將來必在自己之上。以任伯年一世畫名，又是海上巨子，對一個於畫道尚稱生疏的新手如此推揚，我想其中包含著的未必一定是功力深厚的單一內容，吳昌碩那雄強厚實的線條風格，義無反顧的斬截自如動作，對於不無柔媚的任伯年而言震動會更大。這種雄強的新氣象，任伯年不能爲，但他是看得懂的。任伯年如此，書法中的吳大澂直到曾農髯、篆刻中的趙叔儒也都很明白。〔註 9〕

只有壯美，只有「豪放」，才能引領藝術達到「大」的至高境界，才能使文藝和思想精神達到深閎壯闊的大聲之美的境界，這是整個中國美學史、中國文學史和中國藝術史的深刻而顚撲不破的規律和眞理。「對於當今書壇眾多書家的審美意識，我們無法逐個給予定位。在我們這個公認缺乏陽剛之氣的特殊環境中，在我們的雙眼已經被多如過江之鯽的『家』、多如枯枝敗葉的俗作濫作媚作搞得疲憊不堪的時候，書法多麼需要迴腸蕩氣、能帶給我們強烈震撼深刻感染的力作奇作。」〔註 10〕這種對於陽剛之美無比渴望的聲音，我們絕對不可以忽視。缺乏藝術個性、缺乏主體性精神的文藝，在將來是沒有多大的價値的。而在過去，也只有在「情」與「氣」的交織的無比「豪放」文藝作品之中，才能重溫這種大聲鏜鞳的恢宏境界，如郭沫若「五四」時期以《女神》爲代表的詩歌：

> 郭沫若詩歌所體現出來的非凡的「動」與「力」，不僅是一種新的詩歌觀念的體現，一種新的詩歌境界的追求，也是對傳統詩文化的強有力的挑戰。凡是對中國文化深刻反省的人，幾乎無一不感到

〔註 9〕陳振濂：《現代中國書法史》，河南美術出版社，1996 年版，第 46 頁。

〔註 10〕楊振和：《當代文化視野下書法審美變形之我見》，載《青少年書法（青年版）》2007 年第 1 期。

> 中國民族的陰柔性格與西方民族的陽剛性格的強烈對照。如果說西方文化「動」得令人眩目，那麼中國文化可謂「靜」得使人安睡。但到了郭沫若的詩歌，這種「靜」的文化受到了極大的衝擊。郭沫若把西方現代的人與自然、個體與社會對立的思潮，以及西方文化「動」的精神與敢於爭天抗俗的競爭意識融進詩裏，以表現大震撼、大咆哮的時代精神。這種宏大、雄偉、動蕩的詩歌精神與格局，與中國小巧、寧靜、和諧、拘謹的詩歌傳統適成對照，正是在這個意義上，郭沫若的詩歌具有不可多得的價值。郭詩的獨到之處，超出同代人成就的地方，也在於此。〔註 11〕

而沒有「豪放」的不守拘束的內在精神，這種境界之達到，則比登天還難，而甚至未必能夠夢見。郭詩的這種境界，就「豪放」的三個層次來說，已經遠遠超過了李白的「豪放」——李白的「豪放」尚是一種單純的個性的發揚，至郭沫若則幾乎綜合了所有的因素，而將「豪放」磅礡陽剛的壯美風采推到了無以復加的巓峰狀態，具有了無比深厚的社會、人生之意蘊。而這種奇觀，也只有西方的「崇高」美學之境界才能與之相比美——若就無限動宕流轉的氣勢和姿態而言，則「崇高」卻又不及「豪放」了。

在現代社會裏，文學藝術和價值觀念的多元化趨勢，實際上也體現了一

〔註 11〕龍泉明：《中國新詩的現代性》，武漢大學出版社，2005 年版，第 189 頁。同書第 188～189 頁作者指出了郭詩的「豪放」性質：「我們讀他的詩，無不感受到一種力的衝擊波震蕩著我們的心胸，無不在精神上生出勇於進取的力量。郭詩的力度感和雄放直率的風格與他那種獨特的『奔迸的表情法』相關，他寫詩都是『情感突變，一燒到白熱度，便一毫不隱瞞，一毫不修飾，照著那情感的原樣子，迸裂到字句上』，這就使他的詩『豪放粗暴』而不含蓄蘊藉。宗白華批評他的詩缺少『流動曲折』，希望他從傳統詩詞小令中吸取『意簡而曲，詞少而工』的長處，形成一種『曲折優美的意境』。實際上這是一個矛盾。郭沫若外向、衝動的性格和偏於直覺、靈感的思維方式，決定了他的詩的風格必然以雄放直率爲主。他如果眞正做到『意簡而曲，詞少而工』，也就不可能有惠特曼式的『豪放粗暴』的詩。這與其說是郭沫若的缺點，不如說是他的特點。郭沫若這些『動』與『力』的詩歌都是尼采所說的『酒神』狀態下的產物，是詩人整個情緒系統的激動亢奮，是詩人情緒的總激發和總釋放，同時又是詩人個性某一側面的最充分、最鮮明的藝術表現。郭沫若這類詩歌雖然顯得直露粗暴，但並不缺乏詩味，這是因爲他把強烈的直觀感受融化於自己的筆下，使自己的情緒、希望、理想、幻象詩化、個性化的結果。」所謂「豪放粗暴」，「豪放」乃是主要的根本的，「粗暴」僅僅是其表現的方式而已。

種「豪放」的氣度和精神。對於「豪放」這一語辭的關注和使用，也在現代社會以極高的速度發展起來，「豪放」被使用的頻率是驚人的，比如在網上「百度」一下「豪放」，其相關的網頁有 965 萬之多〔註 12〕，其中固然不乏「豪放女」這樣的反向發展因素和勢頭，而對於「豪放」的正面的關注、肯定和欣賞，也多了起來。比如李崟峰觀點鮮明的提出：「人生需要豪放，豪放亮麗了人生；沒有豪放的人生，是暗淡的人生。豪放，是人生的主旋律。」「沒有豪放的人生，是不會放射出奇異光彩的。」「豪放的人生，猶如烈酒般濃重。在風雨過後，英雄方顯豪放人生。人生路上以豪放爲伴，你才不會迷失方向；人生路上以豪放爲友，你才會領悟到生命的眞諦。」〔註 13〕阮礽喜也宣佈：「豪放是人性中的一種風格，儘管人性中的風格有多種多樣，有婉轉、有直率、有沉鬱、有含蓄、有清新、有風趣，也有飄逸之分，但我獨愛豪放的氣魄。」並且指出：「縱觀古今，大凡有所建樹者大多是『陽剛』之氣較足，性格豪邁奔放之人。因爲，他們能『向四方洞開』，『迎八面來風』，敢於想像，也敢於決斷，並且對生活充滿激情。尤其是在市場經濟蓬勃發展的新時代。試想，一個小肚雞腸、街頭巷尾常論『東家長、西家短』，遇事舉棋不定，裹足不前者，如何能適應新信息、新事物層出不窮的環境！多一些『三萬里河東入海，五千仞嶽上摩天』（陸游）的『豪放』和『陽剛』，少一些『淒淒慘慘戚戚』（李清照），『抽刀斷水水更流，舉杯銷愁愁更愁』的哀怨和悲憤，你的人生將會出現另一種境界。」〔註 14〕這些言論充分表明了陳傳席所說的現代社會以「壯美」風格爲主的民族審美意識的建立，絕不是毫無根據的。因此，可以說對於「豪放」的重視和重新認識評價，是直接和現代中華民族整體的審美意識和審美理想的建立密切聯繫在一起的，而且「豪放」還會對於其建立起到非常重要的推動作用。

民族審美意識的重建，關係到中華民族復興的大任，不徹底拋棄舊的消極的保守的審美意識和審美理想，新的民族審美理想的重建就無從談起。而民族審美意識和審美理想的更新、重建，則是更爲根本的中華民族新的文化

〔註 12〕此爲筆者 2008 年 12 月 18 日搜索所得的數據，2015 年 4 月 30 日筆者又重新搜索，得到的數據是 5390 萬。

〔註 13〕李崟峰：《豪放——人生的主旋律》，見「http://www.blog.ccoo.cn/nbk4/lshow.asp?id=65681&uid=12960」。

〔註 14〕阮礽喜：《豪放的魅力》，見 http://www.66163.com/Fujian_w/news/smrb/040607/1_38.html 網。

思想創構的急先鋒。〔註 15〕李大釗指出：「愚以爲吾東方靜的世界觀，若不加以最大之努力使之與動的世界觀接近，則其所採用種種動的新制度新服器必至怪象百出，不見其利而只見其害。然此非可輕易能奏功效者亦屬事實。當於日常生活中習練薰陶之，始能漸漬濡染，易靜的生活爲動的生活。取法乎上，僅得乎中。吾人即於日常生活中常懸一動的精神爲準則，其結果尤不能完全變易其執性之靜止。倘復偏執而保守之，則活動之氣質將永不見於吾人之身心，久且必歸於腐亡。」「東西文化之差別，可云一爲積極的，一爲消極的。此殆基於二者使現實生活徹底之意力之強弱」〔註 16〕，可見，中國傳統文化的特點，正是消極而保守的，對於改變現實生活的意志力是柔弱的，而要轉變人的精神面貌，而發揮其能動的主體性精神是非常重要的，否則，中國傳統文化的劣根性與惰性，就難以徹底地扭轉。因此，「豪放」範疇中所具有的「豪放」精神的內核，是中華民族復興的重要精神基礎，是我們建立新的民族審美理想的重要借鑒。自二十世紀八十年代以來，中國的改革開放舉世矚目，各個領域的發展也在不斷追趕世界的先進水平。若干成就的取得和新氣象的出現，根本上是在「解放思想，實事求是」的精神指引下不斷成爲現實的，「解放思想」是其中的必要前提條件，而「解放思想」的前提條件，則是不受傳統、既有思想的束縛。只有擺脫舊思想的束縛，克服各種已經過時的條條框框的限制，才能將人的主體性精神解放出來，實現將人的主觀能動性與社會實踐結合起來。新時代的理想和解放思想的精神的結合，正體現了一種「豪放」的意蘊和精神，也只有在這樣的精神指導之下，才可能領導中華民族走上復興之路，文學藝術也才能夠創造出具有「壯美」風格的作品，建立我們中華民族的新的審美意識。「豪放」對於「壯美」風格的意義就在於，

〔註 15〕比如筆者的「神味」說新審美理想理論體系：「『神味』理論即正爲突破、超越古代審美理想『意境』理論體系而設，爲建立新審美理想而設，總結、概括、提升古代尤其二十世紀以來中國文藝境界中『意境』不能涵蓋或非最具代表性之藝術境界之追求，指引今日、未來文藝之發展，最終更新審美意識、思想精神，並以之反觀而批判吾國傳統文化，而更進之也。」（于永森《諸二十四詩品》，陽光出版社，2014 年版，第 51 頁）迄今爲止，中華民族的新文化思想雖然尚未建立，但在文藝領域已然有了重大突破、超越和若干經典性的文本，最具代表性的是小說，其次是新詩（就此兩種文體而言，小說的突破和超越是整體性的，新詩的突破和超越的整體性僅限於思想意識方面，在具體成就方面尚未實現）。

〔註 16〕陳崧編：《五四前後東西文化問題論戰文選・東西文明根本之異點》，中國社會科學出版社，1985 年 2 月第 1 版，第 66、67 頁。

它的主體性精神對於一般意義上的「壯美」風格具有一種潛在的「先行」因素，只有在這樣的一種先行因素影響之下，才可能實現其他「壯美」風格形態各異、多姿多彩的發展。在當前的國際形勢下，創新精神被史無前例地提出並強調了起來，一個民族、國家能夠眞正立足於人類文明整體的根本因素，是其生生不息的強大的創造性。因此，正確把握「豪放」的精神實質和美學風貌，善於利用「豪放」的創造創新精神，對於改變人們保守、僵化、過時的思想意識，加快發展中國的經濟文化，實現眞正的歷時性跨越，有著特殊的重要意義。

第二節　「豪放」精神是批判地繼承和開創新文化、文學的前提條件

「豪放」精神是我們批判地繼承中國傳統文化的基礎，也是新時期開創中國新文學的前提條件。中國傳統文化曾經燦爛的事實是誰也否認不了的，但其固有的劣根性也是很嚴重的。從中西文化比較的角度來說，則「綜而言之，則西洋社會爲動的社會，我國社會爲靜的社會。由動的社會，發生動的文明，由靜的社會發生靜的文明。兩種文明各現特殊之景趣與色彩，即動的文明具都市的景趣，帶繁複的色彩，而靜的文明具田野的景趣，帶恬淡的色彩」〔註 17〕，以農耕爲主要特色的中國封建社會的漫長歷史和文化思想，形成的是偏於消極、保守、淡靜的「中和」思想和審美境界，它已經不適合早已經變化了的複雜多變、以動爲主的現代社會生活，結合時代的實際情況來批判的繼承傳統文化，以形成中華民族的新的審美理想境界，是我們繼續前進的必經階段。而其直接的目的，除了和中國文化的復興的歷史使命相聯繫之外，對於當前及未來的文學藝術發展方向的考慮，也是其中很重要的一部份。而且民族審美意識的轉變和發展，也是建立在文學藝術的發展基礎之上的。眾所周知，當前文學的發展還稱不上理想，以詩歌爲例，五四以來的新詩雖然取得了很大的成績，但是經過近百年的發展，並沒有實現當時預期的理想狀況。我們還沒有取得象古人舊體詩詞那樣的成就，經典性的作品也是少之又少。——而且，新詩的發展基本上是越來越個人化，當代詩歌在很大

〔註 17〕陳崧編：《五四前後東西文化問題論戰文選・靜的文明與動的文明》，中國社會科學出版社，1985 年 2 月第 1 版，第 20 頁。

程度上已經失去了閱讀的價值，失去了文學的藝術價值，更不用說審美理想的重建。建國後的新詩在根本上也沒有超過建國前的水平〔註 18〕，作爲中國新詩史上最爲重要的詩人郭沫若，其詩歌的主體特徵是「豪放」不羈的，這種精神引領了當時的時代潮流，成爲新詩史上僅有的壯觀景象。正是這種「豪放」精神的喪失，導致了當今新詩發展的失敗狀況。脫離時代、脫離社會、脫離民生、脫離自我眞實情感的詩歌是沒有出路的，也是爲「豪放」的意蘊所不允許的，「豪放」的精神是一種聯繫的精神，是一種雙向乃至多向的互動交流，這樣一來才能實現從積聚到釋放的流程的發生。本著「豪放」的精神，我們需要對傳統文學藝術做出重新的合理的評價，然後繼承其中積極有益的一面，克服其中無益落後的一面，而在新的時代背景之下來繼承發揚「豪放」的精神並創造「豪放」之美，是文學藝術走向繁榮的必經之路，從二十世紀初中國國畫在審美風格轉變方面的探索及其所取得的成就，是我們應該認眞思考並借鑒的。而且，「中國文學史上的幾次大的復古運動，都是打著復古的旗號來批判綺靡陰柔的文風以重振陽剛派文學的領導地位的。」〔註 19〕可喜的是，現在「豪放」之美已經在某些普通人中間不但具有了很高的地位，對於古代文學藝術的評價也出現了新的跡象。一直以來，「豪放」詞的最大代表是蘇、辛二人，但是在究竟是誰最足以代表「豪放」詞的問題上，古代還很

〔註 18〕這一論斷，主要是就新詩對於舊體詩的突破、超越意識及其實際突破、超越效果而言的。建國後新詩出現了不少個體徵態較好的案例，成就較大，但在更新審美理想的層面、高度上，卻未必作用更大。這是因爲，這些較爲成功的詩人或者在思想性上有所進步，但藝術性卻跟不上，或者藝術性較高，但思想性卻跟不上，缺乏二者高度統一的集成發展形態，缺乏足以引領改變、突破乃至超越中國傳統文藝舊審美理想境界的「經典」文本。也就是說，筆者對新詩的批評，是立足於最高的即審美理想的更新、重建這一標準的，並非看不到新詩發展中的若干實績——假如我們對比一下二十世紀以後新詩和小說所取得的成就，瞭解小說的成就遠遠高於詩歌，就會很自然地理解此點了。即不能局限在新詩自我發展的內部來評價其發展及成就，而必須立足於文藝所有文體形式、領域的整體來對其中的一種文體的發展及成就作出評價，如此才是最爲科學、客觀的，對於新的審美理想的創構也才是有借鑒意義的。就新詩的發展而言，不解決兩個根本問題（突破、超越傳統審美理想的思想意識、趣味，即思想性；二十世紀以來對於西方詩歌多元化理念、藝術表現等方面借鑒的良好消化——迄今爲止尚不能完全、很好地消化——與創新，即藝術性），並眞正做到「現實性」的貫徹，新詩是不可能取得根本性的突破式發展的。

〔註 19〕陳望衡：《中國古典美學史》（上卷），武漢大學出版社，2007 年第 2 版，第 248 頁。

難接受辛棄疾的「豪放」詞爲第一的事實，這是由於時代的審美意識所決定的，而現在則已經是沒有問題的了。周春豔的碩士學位論文就是以醒目的《論辛棄疾詞爲兩宋第一及辛詞作爲審美理想對於詞體的意義》爲題目的，而既然稱辛詞爲兩宋第一，實際上不單是超過了蘇軾，而且是肯定了在歷代詞人中辛詞爲第一且應當成爲詞的審美理想的事實，這是了不起的一種見識。她論述說：

> 辛詞是兩宋詞壇上內容最具時代性與豐富性，藝術上最能多方吸收、最多樣、也是最富有獨創性的詞作，其所呈現的感發生命的眞誠與厚重，詞的題材的開放性與包諸所有以及藝術風貌上開拓於豪鬱又兼各家之美的特色，使其堪稱唐宋第一的地位，詞發展到這裡，兼備了以前所有的美點，又有後人難以企及的開拓，唐宋詞壇上無人可以媲美他的這一地位，所以筆者將辛詞樹立爲詞學審美理想毫不爲過。……作爲抒情文學一種的詞，其最關鍵的品質，最突出的魅力，在於詞人情感體驗的極致飽滿和情感抒發的窮形盡態。在這一點上，蘇軾詞是不能免於「短於情」的譏議的，同時，從詞作表現手法上兼容並收又創變出奇的自覺性上看，蘇軾詞也顯然沒有展現出詞體的最高水平。而且蘇軾最好的文體是散文，「以文章餘事作詩，溢而作詞曲」，雖然其詞在傳統審美類型上開出新天地，新天下耳目，但與其詩文在反映時代政治與社會生活的廣闊上不可同日而語，詞仍不免爲詩文之外的餘事，而非獨立、平等、健全的新體抒情文學。……辛棄疾詞開拓了詞抒情的廣度和深度，使詞承載的內容由「小」到「大」，由本色的情思到具有詩性的豐富，並以帶有豪雄之風的剛性美感突破了傳統婉約詞的柔美，使詞具有亦剛亦柔、剛柔交織的風采美，而在意境與美感充實與更新兼備了詩文之美的同時，又未破壞詞體的文體特徵與文體美感，他比歷史上出現的哪一位詞人都全面，都更具有情感的廣度和包容性，藝術的兼備能力與獨創性，他是詞史上情感最飽滿、內容最充實、最豐富的詞人，也是詞史上藝術風格最多樣、表現手段最全面的詞人。他的詞，從容遊走於豪放、婉約兩大美感形態之間，彌補了詞作爲豪放詞和曠放詞的舉旗者的蘇軾詞「理勝於情」的片面性，也挽救了婉約詞抒情管道過於狹窄的危險，同時，還具備姜、張一路藝術趣味的獨

> 至者所不能具有的「有容乃大」的大家面目。推尊他的詞作爲詞學審美理想，不僅可以讓這位情感的強度、深度、寬度都達到別人無可企及程度的大家，讓這位在藝術上既可以摧枯拉朽又能夠熔煉百家的大有爲者，讓這位兼容最多、風格形態和最豐富的表現手法的大家，站到他應該站立的位置上來；而且可以把詞還原爲在性質上屬於廣義抒情文學的一支，而在功能上兼善抒發「軟性情感」與「剛性情感」的抒情文學，從而避免對於詞過於重視男女之情的表達及總是希望通過男女之情的渠道抒發其他類型感情的所謂「寄託」的偏愛，讓人們重新認識詞體的獨特性及它可能擁有的寬闊的表現空間。上述認識，將導致人們對於詞體特徵和功能認知擺脱舊習慣的影響，從而上升到一個新的臺階。〔註 20〕

周春豔的論述非常全面而言之有據，這是一種極其可喜的現象，它表明了現代社會人們對於「豪放」詞的認知已經達到了一個新的水平，而不僅僅是對於辛詞的認識而已。把辛詞推向「豪放」詞的居於第一的位置，並進而推爲兩宋第一的位置，實際上也就是把辛詞推向了古今詞人成就第一的位置——而且還把辛詞之路推崇爲詞學的審美理想，這種用意就更爲難能可貴了！毫無疑問，這對於「豪放」這一範疇在中國美學史上地位的提高，尤其是相對於「婉約」詞及「婉約」這一範疇而言，是有著極其重要的歷史性意義的。這一論斷充分說明了「豪放」詞在吸收「婉約」詞之長並開拓詞的表現領域方面的能力，是要比「婉約」更有前途的，在某種意義上來說，「豪放」詞其實已經實現了兼有「豪放」與「婉約」之長的現實，這對於我們正確的認識「豪放」範疇及「豪放」詞，以及重新以此角度來審視中國古代文學，無疑具有重大的現實意義。

網友「jiuguiwangxuan」在《豪放詞之眞僞》中提出了「豪放」的眞僞問題，可見認識是比較深入的了：

> 居山東 7 年，朋友之中無論男女，絕大部份在婉約和豪放兩者之間更傾向於豪放的古詩詞作品。可是豪放詩詞的作者當中其實有所不同，可能造成眞僞之分。比如說東坡詞，雖然膾炙人口，我總懷疑是一種僞豪放，即豪放的本質是思想感情上的豪放，遂演化成

〔註 20〕周春豔：《論辛棄疾詞爲兩宋第一及辛詞作爲審美理想對於詞體的意義》，濟南：山東師範大學碩士學位論文，2004 年，第 41、50、60 頁。

> 一種純文學上的豪放，李白等均可歸於此類。另外還有少數人，以稼軒詞爲代表，恐怕是眞豪放，雖然也許從文字角度看沒有僞豪放作品看起來過癮和有氣勢，但是給人的感覺卻更有金屬般的質感。其實道理很顯然，只有歷經軍旅生涯打磨的思想才可能有更深厚和蒼涼的領悟。〔註21〕

這種理解，其實就是從「豪放」的眞正起源來認識的，因而也就不是單純從文學風格的意義上來認識「豪放」的，可以說具有相當的深度了。難能可貴的是，作者指出了蘇軾的「豪放」是一種僞豪放——其實僞豪放談不上，蘇軾的「豪放」沒有達到「豪放」精神的最高境界卻是眞的。這種最高境界，實際上就是「豪放」的內在精神，在這一層上，蘇軾是不如辛棄疾的，所以他才轉變了前期對於懷素書法和吳道子畫的推崇——即把兩人推上最高位置，認爲兩人的境界比不上王維。蘇軾對於「豪放」詞的意義是開拓了詞的表現領域，辛棄疾不但把這種發展方向發揮到了淋漓盡致的地步，而且最重要的是對於「豪放」這一範疇的發展和推進，即發展和體現了「豪放」的內在精神，這也是爲什麼王國維在《人間詞話》裏說「東坡之詞曠，稼軒之詞豪」的原因，其實也就是說在精神上蘇軾是稱不上「豪放」的。還有人涉及到了「婉約」派詞中的「豪放」問題，也就是我們前文中論述的「豪放」與「婉約」中間狀態的問題：「遍觀諸家，唯覺婉約終爲主流，實則不然。便是婉約派中最傑出的作手，也多有豪宕之辭。」〔註22〕詩人汪國眞則寫有一首《豪放是一種美德》的詩歌：「我從眼睛裏／讀懂了你／你從話語裏／弄清了我／含蓄是一種性格／豪放是一種美德‖別對我說／只有眼睛才是／心靈的眞正折射／如果沒有語言／我們在孤寂中／收穫的只能是沉默……」，這樣理解「豪放」雖然是表面上的，但是畢竟也是對於「豪放」的一種肯定性言論。以上所舉事實充分說明了在新的時代背景下，「豪放」的價值已經得到了民眾的初步的認識和肯定，這對於我們批判地繼承中國傳統文化和文學藝術，發展以「豪放」爲特色的偏於「壯美」風格的文學藝術，具有很大的啓示意義。可以想像，如僅以詞學領域爲例，則歷史上的詞學基本上對「豪放」的評價不如「婉約」爲高，若按照「豪放」的眞正價值和地位對古代文學重新進行

〔註21〕jiuguiwangxuan：《豪放詞之眞僞》，引自「http://blog.myspace.cn/e/403455913.htm」。

〔註22〕陳子龍：《婉約、豪放之我見》，見「http://www.ntzx.net.cn/html/qy/26.htm」網。

審視，並做出應有的評價，切實貫徹批判地繼承的方法，則一個觀念的創新，對於古代文學及理論的研究來說，將意味著一個廣闊的新天地的出現，必將在文藝研究中呈現出新的氣象和境界。

任何發展都是為了人的最終提高、完善和發展，文學藝術是其中有效途徑之一，而從根本上說，「豪放」對於人的發展，對於發展人從而使之達到更高的層次和理想境界，具有特別重要的現實意義。在封建社會的漫長歷史中，由於統治階級大一統思想的限制和束縛，人的主體性精神得不到很好的發展和表現，整個社會的人民都處於一種「小我」的境界之中，能夠達到「大我」境界的，只是極少數英雄豪傑式的人物，他們發展自我的權利被無形中剝奪了，在這種情形下，建立中華民族的審美理想是不可能的事情。因此，陳寅恪在《清華大學王觀堂先生紀念碑銘》中說：「士之讀書治學，蓋將以脫心志於俗諦之桎梏，眞理因得以發揚。思想而不自由，毋寧死耳。斯古今仁聖所同殉之精義，夫豈庸鄙之敢望。先生以一死見其獨立自由之意志，非所論於一人之恩怨，一姓之興亡。嗚呼！樹茲石於講舍，繫哀思而不忘。表哲人之奇節，訴眞宰之茫茫。來世不可知者也，先生之著述，或有時而不章。先生之學說，或有時而可商。唯此獨立之精神，自由之思想，歷千萬祀，與天壤而同久，共三光而永光。」〔註 23〕對於獨立自由的呼喚，對於僵化的思想和體制的超越，以達到自我修養和改造現實的目的，正是「士」存在的最高價值所在。現在，改革開放重新打開國門，已經很好地解放了人們的思想，說到底，一切社會理想最後的目標還是體現在發展人上，體現在為了人上，各個領域的解放思想的行為，最終都是為了改善人民的生活生存狀態，最大限度地克服外在自然對於人的奴役，認識和利用自然規律，使人達到最大限度的自由，這和「豪放」的目標是一致的。「豪放」作為一種美，它的表現領域主要是人，只要是表現人的「豪放」美，自然事物是稱不上「豪放」之美的。能夠呈現為「豪放」之美的人，一方面體現了其內在精神的解放程度，一方面也體現了其所達到的自由程度。「豪放」是一種在不守約束精神指引之下呈現出來的自由爛漫的美，是人和「他者」極大和諧的體現，也是人和自我極大和諧的體現。民族審美意識的轉變，是建立在個體審美意識轉變的基礎之上的，只有在整個社會和民族極大程度的貫徹和發揚「豪放」精神，不斷創造「豪放」之美，中華民族的審美意識才能建立起來，進入到一個新的更高

〔註 23〕陳寅恪：《金明館叢稿二編》，三聯書店，2001 年版，第 246 頁。

的境界。以「豪放」精神和「豪放」之美爲統領的「壯美」風格的開拓和創造，是富有中國特色的獨一無二的偉大實踐，是中華民族復興的基本思想精神基礎和巨大動力。中國美學中的「壯美」諸風格之所以能夠和世界其他國家和民族的美學思想及精神區別開來，並顯示出自己獨有的特色，「豪放」是最爲重要的根本原因。和西方社會積極進取的精神相比，「豪放」有著自己鮮明的特點。西方社會的積極進取精神是建立在對自然的冒險和征服思想精神之上的，其著眼點處於第一位的是自然，而「豪放」的積極進取精神固然也有著這樣一種因素，但是這不是其最爲重要的一點，不是居於第一位的。「豪放」積極進取精神處於第一位的著眼點是人，是社會，核心是人，對於人的價值極大肯定和關注，是「豪放」精神的內在精神，這鮮明地體現在儒家思想精神裏：「廄焚。子退朝，曰：『傷人乎？』不問馬。」（《論語・鄉黨》）可以說「豪放」就建立在這樣一種偉大的人道主義精神之上，隱藏其後的，是人對於人的那種不由自主的情感，所謂「鬱乎深情，行不由己」（見筆者《新二十四詩品》），就是指此。「人才是自然不斷創造的最終目的」〔註 24〕，這也是中國傳統文化中極具價值的精神理念，而「豪放」之美又是這種精神理念的最集中和最精彩的體現。可以說在發展人關懷人這一方面，中國傳統美學中的美學品格，沒有一種能夠比得上「豪放」的。

總而言之，作爲中國古代美學史上富有民族特色的美學範疇的「豪放」，站在新時代的角度來系統而科學地研究它、肯定它、發揚它、創造它，以它爲視角和基礎批判地繼承中國傳統文化和文學藝術，並把它視爲中華民族思想意識、審美意識轉變的「先鋒」，並與當前中國社會的現實實踐密切結合起來，這不僅僅是單純在學術研究層面的事情，而是我們未來應該努力的方向。「豪放」這一美學範疇研究的意義，可以說是莫此爲甚！

〔註 24〕李澤厚：《批判哲學的批判》（再修訂版），安徽文藝出版社，1994 年 1 月第 1 版，第 420 頁。

結　語

「豪放」作爲中國古代文論和中國古代美學的重要範疇，長期以來一直沒有得到應有的重視，或者說在範疇的角度和意義上沒有得到相應的關注，因而對它的全面的研究相當缺乏和不足。就範疇的意義而言，「豪放」在詞學範疇的意義上發展成熟，在曲學範疇的意義上達到詩歌這一文體發展的巔峰，在詩學範疇的意義上最具有代表性和發展潛力，而在美學範疇的意義上具備最完整和最深厚的意蘊。若以大詩學的視角來審視詩詞曲學的話，則「豪放」範疇主要涉及三個層面：詩學範疇（含詞學範疇、曲學範疇）、美學範疇和風格論範疇。以往的研究涉及到「豪放」者，多是在詞學的領域裏進行的，由於詞學這個領域本身的局限，造成了諸多對於「豪放」的誤解和排斥，對於其地位、價值和意義估量嚴重不足。而僅僅從風格論的一般層次來理解「豪放」，也不足以精微地區分它和其他範疇之間的差異，不足以深入到「豪放」的內部體會其豐富而深刻的精神境界，同樣存在很大的缺陷。就「豪放」範疇所涉及的內容來看，可謂是多姿多彩、波瀾壯闊，本書希望從最基本的內容入手，全面反映「豪放」的美學風貌及其豐富的意蘊。

「豪放」是一個獨具特色的美學範疇，其內涵是「氣魄大而不受拘束」，是一種內容上積極進步具有進取精神現實世界世俗色彩、表達方式上淋漓盡致無拘無束、美學風格上偏於陽剛雄壯具有鮮明的主體性精神的美的形態，是一種特殊意義和形態上的「壯美」，鮮明而強烈的主體性精神是其根本特徵。「豪放」有廣義與狹義兩個視角，而作爲美學範疇的「豪放」，指的是狹義上的「豪放」，廣義上的「豪放」僅僅是一般「壯美」風格的一種。「豪放」的義界涉及到三個層面：社會人生、技藝表達和風格。「豪放」作爲一個美學範疇，其內涵涉及三個層面：內在精神層次的意義，表現爲人對於腐朽禮法制度及其所蘊含的思想意識，所影響形成的社會現實（現狀、格局）的反抗和超越；藝術表達層次的意義，表現爲人對於過時的規律和相對眞理的超越；風格層次上的意義，表現爲對「婉約」和「優美」風格的突破和超越。貫穿這三個層面的，乃是思想精神上的「豪放」。「豪放」的內在結構是由「豪」和「放」兩部份按照「中和」之美的規律結合在一起的，而這一結果是由中國傳統文化精神和美的規律兩方面的因素促成的。「豪放」的生成表現爲從「收」到「放」的過程，「豪放」生成的主體方面的原因主要是人的志意理想促成了內在的「氣」的積聚，而客觀方面的原因則主要是和地域、社會、時代、心境及其他物質因素——尤其是酒聯繫著的。「豪放」在人生和文學藝術中都有富有特色的表現，是唐代詩歌和元曲毫無疑問的最高境界，也是宋詞的最高境界。

「豪放」之美集中的文學藝術，主要是詩歌和繪畫、書法等等領域，尤其是唐詩、宋詞和元曲（雜劇），以及「顚張狂素」的大草書法，更取得了輝煌的成就。通過對於具有「豪放」之美的文藝作品的具體考察，我們可以總結出，「豪放」作爲一個美學範疇，主要有三個特點：鮮明而強烈的主體性精神特徵；盛大而充沛的內在氣蘊和外在氣勢；直抒胸臆、淋漓盡致的表達方式。

「豪放」和其他相近而容易混淆的範疇之間，有著十分精微的差異，本書主要辨正了「豪放」和「中和」、「壯美」、「崇高」及「浪漫」四個範疇的同異。「豪放」是「中和」之美的一種形態，而且是其較爲健康和積極的一種形態，它在哲學的高度上秉承並代表著《易傳》剛健積極爲主的「中和」之美一路。「豪放」是一種最富有主體性精神的「壯美」，其他「壯美」範圍的範疇則主要從外在風格的角度加以理解，主體性精神都不如「豪放」強烈而明顯。「豪放」可以被主體以外在的形式上直接表現出來，而「崇高」只能在主體或審美對象的內心產生；「豪放」產生的根源是主體的「志」（理想），是獨具中國傳統文化特色的「儒」、「道」兩家思想互補的一個結晶，而「崇高」產生的根源則是主體對外在世界的「恐懼」，以及由此帶來的對於命運和虛無的思考，最終達到對「有限」和「無限」的超越；「豪放」的主體通過積極介入現實社會生活而得到自身精神境界的提升，而「崇高」的主體則往往是通過悲劇性的毀滅來得到精神境界的昇華；綜合比較起來，「豪放」更具有現實性，而「崇高」則往往帶給人們強烈的心靈震撼，而對現實生活並無多大的改變。和「浪漫」的辨正主要是與西方的「浪漫主義」文藝思潮來進行的，指出兩者主要內容和歷史地位不同，「浪漫主義」的核心思想是個性解放，其主體資產階級最終推翻封建制度而成爲統治階級，具有特定的歷史內容和歷史地位，僅僅興盛於十九世紀初數十年的時間，而「豪放」則是以主體強烈的現實意識和社會責任感爲中心進行變革和創新的一種體現，它在中國古代始終沒有脫出封建制度及其思想的控制，貫穿了整個封建社會的歷史，具有更爲旺盛的生命力和現實基礎。

從歷史的角度來看，「豪放」萌芽於先秦中國傳統文化奠基的歷史時期，是社會禮法制度逐漸加強、腐朽並逐漸形成對人性的壓抑和束縛的產物。其中「放」的一面最先起步發展，並在老莊思想中得到體現；而「豪」的生成則主要是儒家思想的影響，尤其是其積極入世的精神和社會理想。在漢代以《史記》爲代表的經典文本中，「豪放」得到了一次較大的匯流。「豪放」在魏晉人的自我意識初步覺醒的歷史時期產生和發展起來，在這個過程之中，「玄學」對「豪放」的發展起了很大作用，經過南北朝和隋的醞釀，在唐代的文學藝術中得到了較大發展和體現，尤其是在書法和詩歌領域之中得到了集中體現。宋代是「豪放」發展爲一個美學範疇的時期，尤其在詞這種文體中得到了極大的發展而逐漸趨於成熟，但是在人的審美意識中它並不佔有正宗的位置，且爲正統的審美意識所排斥。元曲則是以「豪放」爲特點的文學作品佔據了主流地位，曲本身的形式即有著「豪放」的特點，而隨著詩歌——即很大程度上是以主體的抒情爲主的文學體式——在封建社會後半期的衰落，代言體的戲曲和小說的興起，明代以個性解放爲特色的文化背景之中「情」對於「志」一定程度上的消解，加上中國封建社會後半期思想越來越趨於保守和缺乏創造創新精神，「豪放」由此盛極而衰。

「豪放」具有極爲鮮明的區別於其他範疇的根本思想精神、哲學辯證法精神和詩學精神。「豪放」產生於「儒、道互補」的傳統文化格局，並取長補短，具有爲天下民生鞠躬盡瘁、死而後已的奉獻精神和意在現實的偉大品格，這是它的根本思想精神。傳統文化中的另一大宗——佛教思想中的「狂禪」之風，由於缺少用世之「志」，因此僅有「放」而缺少「豪」的內在內容，對於「豪放」的作用不是很大。以《易傳》爲代表的剛健積極的哲學辯證法對以《老子》、玄學等消極、保守的哲學辯證法的超越，形成了「豪放」的哲學辯證法精神，其根本特點是「剛柔並濟」，以剛健爲主，具有非常明顯的「壯美」風格意蘊，並有極爲強烈的主體性精神色彩。中國封建社會後半期，在偏於柔弱消極靜態的審美意識影響之下，民族審美意識對「中和」思想採取了偏離、歪曲及消極保守的發展，以「溫柔敦厚」爲特點的傳統詩學背離了孔子的詩教精神，對「豪放」進行壓抑和排斥，而「豪放」則繼承孔子詩「可以怨」的詩學精神，向著壯闊積極的方向發展。

「豪放」的核心理論問題，主要是和「婉約」緊密相關的。「豪放」在中國古代詞學領域之內一直受「婉約」的排斥，對它的評價也是在以「婉約」爲詞的正宗和本色的氛圍籠罩下進行的。實際上「豪放」詞的出現，是對「婉約」詞的一種突破和發展，它在最高境界上是可以兼有「婉約」之長的。以「婉約」爲詞的本色或正宗，體現了在詞學的狹窄範圍之內研究「豪放」的不足。用「詩化詞」的觀點來排斥「豪放」詞也是不對的，因爲詞也是詩的一種，它在體制和形式上雖然有著自己獨特的特點，但是在藝術境界上，它不可能迴避要達到詩歌的境界的現實，這是詩歌聯繫現實社會生活的必然要求所決定了的，正像詩歌初起之時也是一種音樂文學而終歸要獨立出來，以取得更大的發展，詞的發展也不能例外。「豪放」和「婉約」二分法的意義不是在詩詞的風格論層次上的，其意義就在於深刻地揭示了「豪放」和「婉約」各自發展成爲一個成熟的美學範疇的事實，也只有在這個視角之上，才能客觀公正地對兩者做出評價，因此，在對待二分的意義上使用兩者，僅僅適用於詞文學，而不能適用於其他文藝形式。「豪放」在詩歌體制和形式的變化發展過程中提到了不可替代的作用，並在元曲之中把「放」（直率熱烈、淋漓盡致）的表達方式呈現爲必然的合理性，呈現出中國詩歌表達方式的另一種面貌。

「豪放」範疇的研究具有重要的現代、現實意義：「豪放」和中華民族新時期文化復興和審美意識大方向的重建，具有內在的必然聯繫，並將起到無可替代的作用。我們的時代需要建立一種積極進取的以「陽剛之美」爲主要風貌的審美意識，以促進國家和民族文化的全面創新和發展，而其中所具有的「豪放」精神的內核，是中華民族復興的重要精神基礎；「豪放」是我們批判地繼承中國傳統文化的基礎，也是新時期開創中國新文學的前提條件，它對於人的發展，對於發展人從而使之達到更高的層次和理想境界，也具有特別重要的現實意義。

由於歷史上具有「豪放」風格和意蘊的文學藝術及其理論問題不乏精彩，在中國古代文化和文論中佔有重要地位，因此，對於「豪放」的研究仍需要繼續下去。筆者將繼續關注「豪放」及其研究，並且眞誠地希望更多的學者對此有所研究，還「豪放」範疇一個眞實而精彩、獨特而飽滿的形象和面目，並繼承其偉大的精神和絢麗多彩的風采，爲中華民族及其文化的偉大復興、新文化思想的創構做出應有的貢獻！同時，「豪放」作爲筆者以二十多年之力建構並闡釋的旨在突破、超越中國傳統文藝舊審美理想「意境」理論的「神味」說新審美理想理論的核心、根本思想精神和最高意蘊，它是負有獨特的理論使命的，希望讀者能夠將本書所研究的內容與「神味」說理論體系的建構與闡釋密切聯繫起來，不僅僅將本書所研究的內容僅僅視爲對於「豪放」美學範疇的一個獨立的、學術研究層面的研究，而是將本書研究的內容作爲深刻、全面理解「豪放」這一「神味」說理論體系建構的核心、根本思想精神的基礎性研究，證明筆者在建構「神味」說理論體系之時以「豪放」爲其核心、根本的思想精神，並非一時的心血來潮，而是有著長期、深入的關注和全面、深刻的理解、研究的，從而爲讀者更好地理解「神味」說理論體系起到應有的作用。也就是說，本書對於「豪放」的全面、系統的研究，最終是要在規範的學術研究的層面爲「神味」說理論體系的建構奠定一個核心、根本思想精神方面的研究基礎，從而爲「神味」說理論體系的建構與闡釋奠定一個良好的學術基礎，而這，才是本書的終極使命。〔註1〕

〔註1〕作爲「神味」説理論體系建構的學術基礎，本書僅僅是其中之一，其他的比如還有：《論意境》，爲「神味」説理論體系所要突破、超越的中國傳統文藝舊審美理想「意境」理論的研究奠定學術基礎；《王國維〈人間詞話〉評説》，爲「神味」説理論體系建構所要集中批判的「意境」理論的集大成形態「境界」説及相關的王國維美學思想的研究奠定學術基礎；《聶紺弩舊體詩研究》、《「神味」説理論體系文本例證：〈阿Q正傳〉評點》、《稼軒詞選箋評》、《元曲正義》、《王之渙詩歌研究》、《張若虛〈春江花月夜〉研究》、《〈漱玉詞〉評説》等，爲「神味」説理論體系的建構奠定文本細讀與研究的學術基礎；《論語我説》，爲「神味」説理論體系的建構奠定思想精神（批判儒家思想爲核心的反傳統）的學術基礎，等等。可以説，筆者自1997年以來所有的著作，均不同程度與「神味」説理論體系的建構與闡釋相關。

參考文獻

（以拼音字母爲序）

A

1. 艾治平：《婉約詞派的流變》，遼寧大學出版社，1994 年版。

B

1. 《白話金剛經》，麗岸注釋，三秦出版社，1992 年版。
2. 《白話壇經》，魏道儒注釋，三秦出版社，1992 年版。
3. 《百年經典文學評論》，長江文藝出版社，2004 年版。

C

1. 蔡守湘主編：《中國浪漫主義文學史》，武漢出版社，1999 年版。
2. 蔡翔：《俠與義——武俠小說與中國文化》，北京十月文藝出版社，1993 年版。
3. 曹亦冰：《俠義公案小說史》，浙江古籍出版社，1998 年版。
4. 曹利華：《中國傳統美學體系探源》，北京圖書館出版社，1999 年第 2 版。
5. 陳傳席：《中國繪畫美學史》，人民美術出版社，2002 年版。
6. 陳傳席：《中國山水畫史》，天津人民出版社，2001 年版。
7. 《陳獨秀書信集》，新華出版社，1987 年版。
8. 《陳獨秀選集》（共三冊），上海人民出版社，1993 年版。
9. 陳鼓應：《老莊新論》，上海古籍出版社，1992 年版。
10. 陳良運主編：《中國歷代詞學論著選》，百花洲文藝出版社，1998 年版。
11. 陳崧編：《五四前後東西文化問題論戰文選》，中國社會科學出版社，

1985 年版。
12. 陳望衡：《中國古典美學史》，武漢大學出版社，2007 年第 2 版。
13. 陳偉：《崇高論》，學林出版社，1992 年版。
14. 陳炎：《中國審美文化史》，山東畫報出版社，2000 年版。
15. 陳衍：《石遺室詩話》，遼寧教育出版社，1998 年版。
16. 陳廷焯：《白雨齋詞話》，人民文學出版社，1959 年版。
17. 陳忻：《唐宋文化與詩詞論稿》，重慶出版社，2004 年版。
18. 陳寅恪：《唐代政治史述論稿》，上海古籍出版社，1997 年版。
19. 陳寅恪：《金明館叢稿二編》，三聯書店，2001 年版。
20. 《陳寅恪學術文化隨筆》，中國青年出版社，1996 年版。
21. 陳振濂：《現代中國書法史》，河南美術出版社，1996 年版。
22. 程宜山：《中國古代文氣學説》，湖北人民出版社，1986 年版。
22. 褚斌傑、孫崇恩、榮憲賓編：《李清照資料彙編》，中華書局，1984 年版。

D

1. 丁淑梅：《中國散曲文學的精神意脈》，中國文聯出版社，2001 年版。
2. 鄧廣銘箋注：《稼軒詞編年箋注》，上海古籍出版社，1993 年版。
3. 杜磊：《古代文論「韻」範疇研究》，復旦大學博士學位論文（2005 年，導師汪湧豪）。

E

1. 《二程集》，中華書局，2004 年版。

F

1. 方智範、鄧喬彬、周聖偉、高建中：《中國詞學批評史》，中國社會科學出版社，1994 年版。
2. 馮友蘭：《中國哲學簡史》，新世界出版社，2004 年版。
3. 封孝倫：《二十世紀中國美學》，東北師範大學出版社，1997 年版。

G

1. 葛景春：《詩酒風流賦華章——唐詩與酒》，河北人民出版社，2002 年版。
2. 《郭沫若全集》（文學編），人民文學出版社年版（多卷本，1980 年後不定期出版)。

3. 龔兆吉編:《歷代詞論新編》,北京師範大學出版社,1984 年版。
4. 郭紹虞主編:《中國歷代文論選》,上海古籍出版社,2001 年版。
5. 郭紹虞集解:《詩品集解·續詩品注》,人民文學出版社,1959 年版。

H

1. 韓愈:《韓昌黎全集》,中國書店,1991 年版。
2. 何文焯輯:《歷代詩話》,中華書局,2004 年版。
3. (德)黑格爾:《美學》,朱光潛譯,商務印書館,1981 年版。
4. 洪再新編著:《中國美術史》,中國美術學院出版社,2002 年版。
5. 侯外盧、邱漢生、張豈之主編:《宋明理學史》,人民出版社,1997 年第 2 版。
6. 胡適編選:《中國新文學大系·建設理論集》,上海良友圖書印刷公司,1935 年版。
7. 胡適:《詞選》,河北人民出版社,1999 年版。
8. 《胡適留學日記》,海南出版社,1994 年版。
9. 胡雲翼:《宋詞選》,上海古籍出版社,1982 年新 2 版。
10. 胡仔:《苕溪漁隱叢話》,人民文學出版社,1962 年版。
11. 黃宗羲:《宋元學案》,中華書局出版社,1986 年版。

J

1. 蔣哲倫:《詞別是一家》,上海社會科學院出版社,2005 年版。
2. 金庸:《笑傲江湖》,廣州出版社、花城出版社,2003 年第 2 版。

K

1. (德)康德:《判斷力批判》,鄧曉芒譯,楊祖陶校,人民出版社,2002 年第 2 版。

L

1. (德)萊辛:《拉奧孔》,朱光潛譯,人民文學出版社,1978 年版。
2. 李斌城主編:《唐代文化》,中國社會科學出版社,2002 年版。
3. 李昌集:《中國古代散曲史》,華東師範大學出版社,1997 年版。
4. 李昌集:《中國古代曲學史》,華東師範大學出版社,1997 年版。
5. 李春青:《宋學與宋代文學觀念》,北京師範大學出版社,2001 年版。

6. 《李大釗選集》，人民出版社，1959 年版。
7. 《李太白集・杜工部集》，嶽麓書社，1989 年版。
8. 李萬才：《石濤》，吉林美術出版社，1996 年版。
9. 李澤厚：《批判哲學的批判》（再修訂版），安徽文藝出版社，1994 年版。
10. 李澤厚：《美學三書》，天津社會科學院出版社，2003 年版。
11. 李澤厚：《探尋語碎》，上海文藝出版社，2000 年版。
12. 李澤厚、汝信名譽主編：《美學百科全書》，社會科學文獻出版社，1990 年版。
13. 梁漱溟：《梁漱溟全集》，山東人民出版社，1989 年版。
14. 梁宗岱：《梁宗岱文集》，中央編譯出版社，2003 年版。
15. 劉方：《宋型文化與宋代美學精神》，四川出版集團巴蜀書社，2004 年版。
16. 劉綱紀：《〈周易〉美學》，武漢大學出版社，2006 年版。
17. 劉夢溪主編：《中國現代學術經典・胡適卷》，河北教育出版社，1996 年版。
18. 劉揚忠：《唐宋詞流派史》，福建人民出版社，1999 年版。
19. 劉揚忠：《辛棄疾詞心探微》，齊魯書社，1990 年版。
20. 劉義慶：《世説新語》，北京燕山出版社，1995 年版。
21. 龍泉明：《中國新詩的現代性》，武漢大學出版社，2005 年版。
22. 龍榆生：《中國韻文史》，上海古籍出版社，2002 年版。
23. 龍榆生：《龍榆生詞學論文集》，上海古籍出版社，1997 年版。
24. 陸侃如、馮阮君：《中國詩史》，百花文藝出版社，1991 年版。
25. 《魯迅雜文全集》，河南人民出版社，1994 年版。
26. 陸游：《陸放翁全集・老學庵筆記》，中國書店，1986 年版。
27. 呂薇芬主編：《名家解讀宋詞》，山東人民出版社，1999 年版。
28. 呂薇芬主編：《名家解讀元曲》，山東人民出版社，1999 年版。

M

1. 馬新國主編：《西方文論史》，高等教育出版社，2002 年第 2 版。
2. 馬召輝：《試論魏晉士人的狂狷美》，山東師範大學碩士學位論文（2006 年，導師周波）。
3. 孟元老：《東京夢華錄》，山東友誼出版社，2001 年版。
4. 《沫若文集》（10、12），人民文學出版社，1958 年版。

N

1. （德）尼采：《悲劇的誕生》，周國平譯，三聯書店，1986 年版。

O

1. 歐陽俊評注：《豪放詞》，巴蜀書社，2002 年版。

P

1. 彭國忠評注：《豪放詞百首》，安徽文藝出版社，2010 年版。
2. 彭會資主編：《中國古典美學詞典》，廣西教育出版社，1991 年 1 版。
3. 潘知常：《王國維：獨上高樓》，文津出版社，2005 年版。

Q

1. 戚良德：《〈文心雕龍〉文學美學思想研究》，山東大學博士學位論文（2007 年，導師譚好哲）。
2. 錢穆：《國史大綱》，商務印書館，1994 年版。
3. 錢穆：《朱子學提要》，三聯書店，2002 年版。
4. 錢鍾書：《管錐編》，中華書局，1986 年第 2 版。
5. 錢鍾書：《錢鍾書散文》，浙江文藝出版社，1997 年版。
6. 錢鍾書：《宋詩選注》，三聯書店，2002 年版。
7. 錢鍾書：《談藝錄》，三聯書店，2001 年版。
8. 錢中文、杜書瀛、暢廣元主編：《中國古代文論的現代轉換》，陝西師範大學出版社，1997 年版。
9. 《全元曲》：河北教育出版社，1998 年版。

R

1. 任繼愈主編：《中國哲學發展史》，人民出版社，1983 年版。
2. 任訥：《散曲概論》，中華書局，1931 年版。
3. 《儒佛道與傳統文化》，中華書局，1990 年版。
4. 汝信、曾繁仁主編：《中國美學年鑒（2001 年）》，河南人民出版社，2003 年版。

S

1. 《散曲流派傳》：吉林人民出版社，1999 年版。
2. 施議對：《今詞達變》，澳門大學出版中心 2001 年版。

3. 舒大剛、曾棗莊主編：《三蘇全書》，語文出版社，2001 年版。
4. 《四書五經》：嶽麓書社，1991 年版。
5. 《司空圖〈詩品〉解說二種》（孫聯奎《詩品臆說》、楊廷芝《廿四詩品淺解》），齊魯書社，1980 年版。
6. 孫昌熙、劉淦校點：《司空圖〈詩品〉解說二種》，齊魯書社，1980 年版。
7. 孫崇恩、劉德仕、李福仁主編：《辛棄疾研究論文集》，中國文聯出版公司，1993 年版。
8. 孫克強：《清代詞學》，中國社會科學出版社，2004 年版。

T

1. 唐圭璋編：《全宋詞》，中華書局，1965 年版。
2. 唐圭璋編：《詞話叢編》，中華書局，1986 年版。
3. 騰咸惠：《〈人間詞話〉新注》，齊魯書社，1986 年版。

W

1. 汪湧豪：《範疇論》，復旦大學出版社，1999 年版。
2. 王夫之：《薑齋詩話》，人民文學出版社，1961 年版。
3. 王國維：《宋元戲曲史》，上海古籍出版社，1998 年版。
4. 王國維：《人間詞話》，上海古籍出版社，1998 年版。
5. 王立：《偉大的同情——俠文學的主題史研究》，學林出版社，1999 年版。
6. 王立：《超俗拔韻的「逸」》，山東師範大學碩士學位論文（2004 年，導師周均平）。
7. 王明居：《唐詩風格美新探》，中國文聯出版社，1987 年版。
8. 王明居：《唐詩風格論》，安徽大學出版社，2001 年版。
9. 王明居：《文學風格論》，花城出版社，1990 年版。
10. 王士禎：《香祖筆記》，上海古籍出版社，1982 年版。
11. 王雙啓等選注：《歷代豪放詞選》，貴州人民出版社，1984 年版。
12. 王易：《詞曲史》，東方出版社，1996 年版。
13. 王英志主編：《袁枚全集》，江蘇古籍出版社，1993 年版。
14. 王幼安校訂：《蕙風詞話・人間詞話》，人民文學出版社，1960 年版。
15. 《文淵閣四庫全書》（電子版），上海人民出版社、迪志文化出版有限公司，1999 年版。引用書目如下（以時代爲序）：
《戰國策》

《子夏易傳》
〔南朝梁〕《梁文紀》（明梅鼎祚編）
〔南朝陳〕徐陵《玉臺新詠》
〔唐〕姚思廉《梁書》
〔宋〕林岊《毛詩講義》
〔宋〕邵雍《皇極經世書》
〔宋〕黃倫《尚書精義》
〔宋〕裴駰《史記集解》
〔宋〕王林《燕翼詒謀錄》
〔宋〕趙彥衛《雲麓漫鈔》
〔宋〕孔平仲《珩璜新論》
〔宋〕胡仔《苕溪漁隱叢話》
〔宋〕楊萬里《誠齋集》
〔宋〕郭祥正《青山集》
〔宋〕許顗《彥周詩話》
〔宋〕李廌《德隅齋畫品》
〔宋〕周敦頤《周元公集》
〔宋〕朱熹《朱子語類》
〔宋〕蘇軾《東坡全集》
〔宋〕蘇轍《老子解》
〔宋〕梅堯臣《宛陵集》
〔宋〕《宣和畫譜》
〔宋〕鄧椿《畫繼》
〔宋〕釋普濟《五燈會元》
〔宋〕趙構《思陵翰墨志》
〔宋〕董更《書錄》
〔宋〕岳柯《寶眞齋法書贊》
〔宋〕張端義《貴耳集》
〔元〕王若虛《滹南集話》
〔元〕白樸《天籟集》
〔元〕湯垕《畫鑒》
〔明〕張丑《清河書畫舫》
〔明〕賀復徵編《文章辨體彙選》
〔明〕韓昂《圖繪寶鑒續編》
〔清〕《御選歷代詩餘》
〔清〕《御選唐宋詩醇》
〔清〕《御定佩文齋書畫譜》
〔清〕《四庫全書總目提要》
〔清〕吳景旭《歷代詩話》

〔清〕黃叔琳《文心雕龍輯注》
〔清〕徐釚《詞苑叢談》
〔清〕王太嶽等《欽定四庫全書考證》

16. 伍蠡甫主編:《西方文論選》,上海譯文出版社,1979 年版。
17. 吳功正:《六朝美學史》,江蘇美術出版社,1994 年版。
18. 吳熊和:《唐宋詞通論》,浙江古籍出版社,1989 年版。

X

1. 夏之放:《論塊壘——文學理論元問題研究》,人民出版社,2007 年版。
2. 夏之放、孫書文主編:《文藝學元問題的多維審視》,齊魯書社,2005 年版。
3. 謝桃坊:《中國詞學史》(修訂本),巴蜀書社,2002 年版。
4. 徐復觀:《中國藝術精神》,華東師範大學出版社,2001 年版。
5. 許慎:《說文解字》,段玉裁注,上海古籍出版社,1981 年版。
6. 薛富興:《東方神韻——意境論》,人民文學出版社,2000 年版。

Y

1. 楊存昌:《道家思想與蘇軾美學》,濟南出版社,2003 年版。
2. 楊義:《李杜詩學》,北京出版社,2001 年版。
3. 姚君喜:《西方崇高美學》,甘肅人民出版社,2002 年版。
4. 《易經》:中國文史出版社,2003 年版
5. 余傳棚:《唐宋詞流派研究》,武漢大學出版社,2004 年版。
6. 余英時:《論士衡史》,上海文藝出版社,1999 年版。
7. 儀平策:《中國美學文化闡釋》,首都師範大學出版社,2003 年版。
8. 于安瀾編:《畫史叢書》,上海人民美術出版社,1982 年版。
9. 于永森:《後二十四詩品》,載《山東文學》2009 年第 8 期。
10. 于永森:《稼軒詞選箋評》,陽光出版社,2015 年版。
11. 于永森:《詩詞曲學談藝錄》,齊魯書社,2011 年版(2012 年第二次印刷版)。
12. 于永森:《〈漱玉詞〉評說》,陽光出版社,2013 年版。
13. 于永森:《新二十四詩品》,載《寧夏師範學院學報》2011 年第 2 期。
14. 于永森:《諸二十四詩品》,陽光出版社,2014 年版。
15. 于永森:《金庸小說詩學研究》,尚未出版。
16. 于永森:《「神味」說新審美理想理論體系要義萃論——當代中國「本土

化」文論話語體系之建構》，尚未發表。
17. 袁枚：《隨園詩話》，王英志校點，鳳凰出版社，2000 年版。
18. 袁行霈：《中國詩歌藝術研究》（增訂本），北京大學出版社，1996 年第 2 版。
19. 袁行霈：《陶淵明研究》，北京大學出版社，1997 年版。

Z

1. 曾振宇：《中國氣論哲學研究》，山東大學出版，2001 年版。
2. 曾祖蔭：《中國古代美學範疇》，華中工學院出版社，1986 年版。
3. 張法：《中國美學史》，上海人民出版社，2000 年版。
4. 張晧：《中國美學範疇與傳統文化》，湖北教育出版社，1996 年版。
5. 張國慶：《〈二十四詩品〉詩歌美學》，中央編譯出版社，2008 年版。
6. 張國慶：《儒、道美學與文化》，中國社會科學出版社，2002 年版。
7. 張惠民：《宋代詞學審美理想》，人民文學出版社，1995 年版。
8. 張弘主編：《懷素書法鑒賞》，遠方出版社，2004 年版。
9. 張維青、高毅清：《中國文化史》，山東人民出版社，2002 年版。
10. 張再林：《唐宋士風與詞風研究》，人民文學出版社，2005 年版。
11. 張世英：《進入澄明之境——哲學的新方向》，商務印書館，1999 年版。
12. 趙仁珪：《論宋六家詞》，北京師範大學出版社，1999 年版。
13. 《中國古典戲曲論著集成》，中國戲劇出版社，1959 年版。
14. 周波：《論狂狷美》，載《文學評論》2007 年第 2 期。
15. 周春豔：《論辛棄疾詞爲兩宋第一及辛詞作爲審美理想對於詞體的意義》，山東師範大學碩士學位論文（2004 年，導師鄧紅梅）。
16. 周篤文：《豪放詞典讀》，遼寧教育出版社，2009 年版。
17. 周桂峰：《李清照論》，中國文聯出版社，2001 年版。
18. 周濟：《介存庵論詞雜著》，人民文學出版社，1959 年版。
19. 周嘉惠：《唐詩宋詞通論》，中國文聯出版社，2001 年版。
20. 周均平：《秦漢審美文化宏觀研究》，人民出版社，2006 年版。
21. 周來詳：《古代的美　近代的美　現代的美》，東北師範大學出版社，1996 年版。
22. 周明秀：《詞學審美範疇研究》，華東師範大學博士論文（2003 年，導師方智範）。
23. 《周濤散文》：東方出版中心，1998 年版。

24. 朱恩彬主編：《中國文學理論史概要》，山東文藝出版社，1996 年第 2 版。
25. 諸葛志：《中國原創性美學》，上海古籍出版社，2000 年版。
26. 朱惠國：《中國近代世詞學思想研究》，上海古籍出版社，2005 年版。
27. 朱麗霞：《清代辛稼軒接受史》，齊魯書社，2005 年版。
28. 朱良志編著：《中國美學名著導讀》，北京大學出版社，2004 年版。
29. 朱培高編著：《中國古代文學流派詞典》，湖北出版社，1991 年版。
30. 朱熹：《孟子集注》，齊魯書社，1992 年版。
31. 朱熹：《論語集注》，齊魯書社，1992 年版。
32. 《朱子語類》：安徽教育出版社、上海古籍出版社，2002 年版。
33. 宗白華：《美學散步》，上海人民出版社，1981 年版。
34. 宗白華：《宗白華講稿》，江蘇教育出版社，2005 年版。
35. 左東嶺：《王學與中晚明士人心態》，人民文學出版社，2000 年版。
36. 祖保泉、陶禮天箋校：《司空表聖詩文集箋校》，安徽大學出版社，2002 年版。

後 記

本書係在筆者同名博士學位論文的基礎上修訂而成，較之論文，本書又補充了《「豪放」的審美意蘊》一章，對於整體的章節結構也做了重新設計、安排。筆者利用讀研、讀博長達六年的時間來對「豪放」進行專門、整體、系統的研究，並非一時心血來潮或單純地爲學位論文尋找一個可以寫作的「選題」，而是與筆者的思想狀況密切關聯。簡言之，「豪放」是筆者提出並系統建構、闡釋的旨在突破、超越中國傳統文藝舊審美理想「意境」理論的新審美理想理論體系「神味」說理論的核心、根本思想精神，是主體臻致最高的「無我之上之有我之境」的根本保障，也是主體突破、超越中國傳統文化思想而創新、進步的根本思想精神，是未來建構、創立新文化思想的根本動力，因此，它在筆者的治學、理論體系和思想等各個方面都具有非常重要的地位。筆者近二十年來始終專注於「神味」說理論體系的創構，迄今雖仍有數種重要代表作尚未出版，但其理論體系已然趨於完備，且在已出版的著作中已有了較爲充分的展示。〔註1〕「豪放」是「神味」說理論的根本思想精

〔註1〕截止到2018年本書出版前爲止，筆者的代表作計有《詩詞曲學談藝錄》、《聶紺弩舊體詩研究》、《諸二十四詩品》、《論意境》、《論豪放》、《論「神味」》、《「神味」說新審美理想理論體系要義萃論——當代中國「本土化」文論話語體系之建構》（「神味」說理論體系的系統簡綱，全面系統闡釋「神味」說理論體系的則是《論「神味」》一書）、《王國維〈人間詞話〉評說》、《元曲正義》、《王之渙詩歌研究》、《論語我說》等書，目前僅有前三種已經出版第五、七、九種正在出版之中；文學創作方面的代表作則是《否庵舊體詩集》，亦未出版。上述代表作，除《論意境》、《論豪放》、《論「神味」》、《王之渙詩歌研究》採用白話撰寫外，其他均繫採用文言文撰寫。

神，而「神味」說理論所蘊含的所有思想精神，則是筆者所欲創構的「新文化主義思想」的一部份，而「新文化主義思想」則又爲筆者所欲創構的「價值本體論」哲學的核心內容。後二者規模宏大，筆者平生未必有時間、精力完全完成，但讀者解會本書及「神味」說理論，則不可不對筆者整體的思想背景和狀況有所瞭解。無論如何，本書作爲筆者思想發展歷程中的代表作之一，則是足以當之的。至於當時與博士論文寫作相關的一些情況，在其《後記》中都有所交代，現保持原貌，畢錄如下（其後發生的最新情況則加以注釋）：

丁亥之秋，余至濟南三載，始趣大明湖之稼軒祠，一爲深致意者焉！四圍闃寂，花竹如海，碧波蒼茫，而壁廡殘破，人跡罕至，誦稼軒《賀新郎》「甚矣吾衰矣」之句，不覺潸然涕下。〔註2〕嗟乎！謹以此文獻諸稼軒，使知八百年後猶有人如我者，崇尚豪放乃竟若是也！必其人也而能爲其事，其性情使然乎，則神會也遠，豈徒然哉！

余之爲論豪放，非徒作爲也，而將以寄激情理想者焉。所最注目者，非豪放之爲尋常意義上之風格，而更傾心於其內在之精神，無不意在現實而欲有所作爲於世俗民生，又能擺脫一己名利得失之羈絆也。其作也，用心頗苦而用力甚巨，思想之而不得，則夜不能寐，則輾轉反側，每一細節，皆寓莫大之心血。自始至終，導師楊存昌先生極爲關切並時有教益，李衍柱、夏之放、楊守森、周均平、周波、趙奎英諸師亦善言如金如蘭，並致衷心之感謝也！

自甲申秋求學濟南，至今且歷六歲矣，余繼承意境理論之所長而又力圖突破王士禎之「神韻」說及王國維《人間詞話》之「境界」說，而別所創倡之「神味」說亦漸趨系統完善，一以貫之於《詩詞曲學談藝錄》（36 萬字）、《嫁笛聘簫樓曲話》（22 萬字）、《諸二十四詩品》（10 萬字）、《聶紺弩舊體詩研究》（32 萬字）諸撰，而「神味」說之思想核心即豪放之精神，豪放之最高境界即「無我之上之有我之境」。此間所作《王國維〈人間詞話〉評說》（30 萬字）、《〈漱玉

〔註2〕大明湖東岸之稼軒紀念祠已於己丑春修葺一新。博士論文完成的2010年，距筆者最初撰寫《稼軒詞論稿述略》數萬字長文（文言）已經過去了十多年的時間，這個時間段同時也意味著對於辛棄疾、辛詞及「豪放」的情感積累的不斷增加。

詞〉評說》（5萬字）、《〈稼軒詞〉箋評》（12萬字）諸書，亦皆其輔翼也。〔註 3〕此六載者，亦我人生最爲艱難之時也。父母老病，父且手術〔註 4〕；女兒降生，妻子失其業；居而無室，負債累累。每歸故鄉，往往而有心力交瘁之感，精神之苦痛無奈，無如何也。岳父母爲養妻女，並時有接濟，遂不至太過難堪。吾鄉文化界、濟南詩詞界之友朋，本校、各地之同窗、親友、網友，皆有助益；王景科師於生活尤爲照顧。凡此種種，皆所謂終身銘感，無時敢以或忘者也！

濟南一地，名勝古蹟眾多，文化底蘊之深厚，冠於齊魯，若華不注、千佛山、大明湖、趵突泉者，皆盡覽其跡。於以追懷前人高風，往往情不能自已。乙亥之秋，聚諸老於大明湖，現場賦詩，以倣杜甫歷下亭之吟詠，追王士禎《秋柳》詩之風流。數臨辛稼軒祠，揣其神想，仿拍闌干之恨，誦其豪放之詞，和其《賀新郎》兩章，久不忍去之，情爲之癡。己丑之春，復聚諸老於趵突泉之李清照紀念堂，以懷詠易安也，賦詩而悲其後半生之不幸，傷其詞情之深永。登華不注，覓李太白之仙蹤，思趙松雪之《鵲華秋色圖》，北望黃河，胸中氣爲之耿耿也。千佛山、佛慧山皆寓中所能望見，正可會意「我見青山多嫵媚，料青山、見我應如是」之境界。佛慧山尤峻秀奇逸，其上有宋景祐年間大佛頭，高可丈許，其下有開元寺遺址（唐時爲佛慧寺，明初易今名），小佛相菩薩之類多窈窕媚麗，往往至焉。讀萬卷書，行萬里路，此古人之所崇，山河壯麗，贈我以靈氣秀氣逸氣豪氣，信非虛度也。唯其江山之壯麗也，苦難之交加也，乃能深會憂患，得平常心，而情益磅礴浩蕩，故自戊子冬以來，詩情噴薄激發，製作尤盛，昔之所所兩律（語感韻），殆或可見我之心境焉：「卻立迷津問路難，也曾臨水夜無眠。久經坎坷多浮世，莫恨蒼茫少渡船。心所糾纏身所止，情相眷戀意相牽。如虹難道成豪放？獨

〔註 3〕上述著作，其中《詩詞曲學談藝錄》、《聶紺弩舊體詩研究》、《〈漱玉詞〉評說》、《諸二十四詩品》已經出版，《嫁笛聘簫樓曲話》更名爲《元曲正義》，即將出版。《元曲正義》、《諸二十四詩品》均已修訂至30餘萬字的篇幅，《王國維〈人間詞話〉評說》修訂至近60萬字，《〈漱玉詞〉評說》修訂至20萬字。

〔註 4〕2012年6月27日，父親意外去世，距61歲生日僅有10天。

去尋花穿柳煙。」〔註 5〕「人世能得幾日歡，早無理想亦無言。芳心容易花前動，皓月曾經簾外殘。緣倘可期劫可續，夢如難做影難刪。江湖莽莽風波處，畢竟蒼生最可憐。」

夫偉大閎美之學術，乃在眾手皆經之資料中，以獨有之眼光發見不易察覺之事實，而於世人有大資悟，而非泛泛以理資料，即使其資料有人所未經手者。此種之境界，得之陳寅恪先生，世人臻是者可謂鮮矣。在文學評論中，則以瑰美活潑之文字表現其人格境界、思想境界、精神境界，才、情、人格交相輝映，燦焉於世別開生面，於所爲具一種別有壯觀之深情，反覆詠觀之而不厭，而後其爲可也。此種之境界，得之王國維先生，世人至今無能爲繼者焉！嗟乎，雖無能爲繼，而可無限之心嚮往之也！

去日蒼蒼，來日茫茫，人事如雲，世情如煙，當回首時：雖如釋氏之夢幻泡影，亦曾美麗過，無所憾也。

2010 年夏博士論文答辯時，答辯委員會由童慶炳、曾繁仁、陳炎、譚好哲、周波、楊守森、李衍柱諸先生組成，童慶炳先生爲主席。諸先生提出了不少寶貴意見、建議，在此也謹深致感謝！由於學位論文寫作的規範性（八股性）、學理性所帶來的束縛性，導致博士論文在寫作時頗多拘謹，未能放手完全按照筆者的理想完全放開來寫，賦予其更爲感性的形態，灌注更多的思想情感，直接關涉更爲豐富、複雜、深刻的「現實性」，筆者所追求的研究這樣一個範疇應該是性情化和富有詩意的邏輯整體呈現這一目標，並沒有完全達到——現在看起來，由於其後乃至未來筆者的絕大部份時間、精力仍然始終爲「神味」說理論的系統建構、闡釋和延展所佔據，這將永遠是一個不可彌補的遺憾了。〔註 6〕不過，所幸的是對於「豪放」的研究畢竟完成了一個集成式的「整合」，也體現出了相當的學術個性，筆者的性情、志趣、思想也均能通過本書得到一個集中而充分的展示，何況在本書寫作前後筆者的其他著

〔註 5〕此詩尾聯兩句後易爲「家國何限我何幸，流落人間不記年」，收入拙著《詩詞曲學談藝錄・引言》（齊魯書社，2011 年版，第 2 頁），最終收入筆者的舊體詩詞集《否庵舊體詩集》。

〔註 6〕2007 年左右是筆者思想產生若干新變的分水嶺，筆者的博士論文主體大體完成於讀博之前，其後的兩次重大修訂過程均主要體現爲學術層面的進益、嚴密，而未涉及思想的變化。本書係博士論文的修訂、補充，其中雖有新的思想觀點加入，但整體態勢保持基本不變，特此說明。

作中對「豪放」也一直進行著各種各種的關注、闡釋，因此，這就足夠了。〔註 7〕筆者研究「豪放」這樣一個範疇，探討、闡釋這樣一種思想精神，根本而終極的目的是希望藉此啓發國人思想的不斷解放，直面並眞正關注社會民生，不斷以眞正的新文化、思想創新打破傳統思想觀念的束縛，爲中華民族及其文明的不斷推進、提高貢獻每個歷史階段的力量，整個中華文明爲人類文明的不斷推進、提高貢獻自己的新的力量。從根本上來說，人生存在（包括學術）的最高境界是見之於思想的，而不同的人、階層、民族的思想往往是無可調和的——其中尤以人的思想不同更具代表性，這就決定了各自價値觀的不同，因此，思想不斷解放、推進在根本上又是極其之難的。如何統一國人的思想意識，達成必須要在整體上、全局性地突破、超越中國傳統文化的最高境界這一問題的共識，以在學術、思想、文化領域實現眞正、根本的「原創性」創新、創造，是擺在國人面前以迄未來至少五百到一千年乃至更長時間的極其艱巨又極其緊迫的民族任務。〔註 8〕這樣一項民族任務所直接面對的，就是現實世界中的各種錯綜複雜的利益及其利害關係，而筆者傾其一生時間、精力，也不過只是在新審美理想理論體系的創構方面，提供一個可資借鑒的個案而已。眞正深閎偉美、精邃高華的學術，其最終必然呈現爲思想性、情感性與學者良知的無限性與高度統一，即主體基於上述三大方面萃積而成的生命力的灌注與發揚，可惜的是，中國的學術從來就不是單純的學術，越是希望在純粹學術方面有所作爲，則個體在現實世界中所遭受的困難就越多，付出的「代價」〔註 9〕就越大，筆者自治學之始即秉持「無功利」治學的心態，二十多年來一直如此，專心斯業而心無旁騖，本身又無良好的處

〔註 7〕亦有答辯委員會委員認爲論文寫得「太豪放了」，筆者視爲肯定性評價，因爲建國後學界的學術研究成果多偏於理性而缺乏必要的豐富的感性，而中國傳統文化的根本思維特性是能夠統一形象思維和邏輯思維的「悟性思維」（《諸二十四詩品引言》，陽光出版社，2014 年版，第 2 頁），中國古代文論尤其如此，我們當代的學術研究理應繼承這一優長；亦有委員認爲論文寫得過長，大約控制在 10 萬字左右即可，筆者則認爲有關「豪放」的研究在一般層面的資料已然很多，只有系統集成、整合才能達到提升、推進的目標，全面體現、彰顯「豪放」的思想精神，此一目標必然導致了論文內容的複雜性、豐富性，而不能只呈現爲缺乏豐富的感性的「骨感」十足的學理式、大綱式文本形態，因而沒有相當的篇幅是不足以達到上述目標的。

〔註 8〕筆者此類思想大多見之《論語我說》一書，此處不再過多贅述。

〔註 9〕筆者 2014 年末探望故鄉畫家史春堂先生，史先生亦言及專心從事繪畫的「代價」問題，彼此均深有感焉。

世、生存、調劑能力，現在年近不惑，已然感覺是身心俱疲了。唯一感到慰藉的，乃是學界同道、友朋知交對於筆者治學的大力肯定和對於「神味」說理論的高度評價。〔註 10〕筆者曾在《諸二十四詩品・後記》中說：「我之能以詩性之姿態存世，以詩意之境界治學，而任縱其性情理想，徜徉、逍遙於文藝之字裏行間，而略不事世俗之現實功利，則皆父母妻子之力、師友之助」〔註 11〕，這是大實話，也是極其心酸語！在得到「父母妻子之力」專心治學的同時，是筆者對於家庭責任的很大缺失，不能通過自己的努力改變家庭面貌，使親人過上更好的生活，這是筆者非常痛心、無奈且慚愧的。唯一能夠回報他們的，也只有筆者一本本傾注了全部理想和心血的著作了。現在，本書即將梓行，筆者謹以此書獻給我的父親于新昌先生、母親王戰英女士、妻子陳超女士，以表並銘記艱難中的相濡以沫之情——至於沉澱在筆者所有著作文字背後的那些個體特殊、具體、豐富、複雜的人生經歷和痛苦的體驗，則也許永遠是今後有興趣閱讀這些文字（或研究）的人所未必能夠體會得到的了。

由於本書篇幅龐大、頭緒眾多，書中所論或有舛誤不周之處，伏望讀者不吝指正，以更修益。同時，由於研究對象的具體化所限，筆者的一些思想、觀點不能完全或充分地展現在本書之中，有興趣的讀者可以參閱筆者的其他著作。最後，引用拙著《論語我說・自序》中的一段話，來作爲歸結：「我之思想、著作雖批判吾國傳統文化至烈，然無不爲繼承創新之義，一切諸作爲，無不以探討、研究、建立異於吾國傳統文化之新文化思想，廓清吾國傳統文化之劣根性，開闢中華久遠偉美之新格局、新徵態、新境界爲根本宗旨，即以吾國傳統文化爲根基，不依賴外力而獨立自主創立新文化思想爲期，俾國人深知吾國之傳統文化思想已非當今最高最上之價值，然後其追求、探索、創造、樹立更高更上價值層面之新文化思想之意識乃順理成章也，若其僅見我之批判吾國傳統文化至烈，而不見我之欲我中華之創立新文化思想者，勿觀我書可也！——若無特殊情況，上述文字將以慣例之形式現

〔註 10〕學界對於「神味」說理論體系已有高度評價，詳見拙著《詩詞曲學談藝錄》（齊魯書社，2011 年版）、《〈漱玉詞〉評說》（陽光出版社，2013 年版）、《諸二十四詩品》（陽光出版社，2014 年版）所附部份相關內容（自《詩詞曲學談藝錄》出版以來已有相關評價論文 10 餘篇，其中近 2 萬字研究論文 1 篇；其他私人書信數十幀），筆者或將綜合整理附錄於《論「神味」》一書，此處不再贅述。

〔註 11〕于永森：《諸二十四詩品》，陽光出版社，2014 年版，第 293 頁。

諸今後出版之著作，以表明我之態度，並藉此提醒世人、後人於前人苦心孤詣創造之學術成果，保有學術意義上應有之最基本之尊重也。」

2010.3.20 博士論文定稿於濟南之我見青山多嫵媚齋
2012.11.12 本書修訂於固原寧夏師範學院寓所之「超我」齋
2017.8.16 平度于成我定稿並識於故鄉之我善養吾浩然之氣齋